감각의 근대

소리 · 신체 · 표상

KANKAKU NO KINDAI
by TSUBOI Hideto
Copyright©2006 TSUBOI Hideto
All rights reserved.
Originally published in Japan by THE UNIVERSITY OF NAGOYA PRESS, Aichi.
Korean translation rights arranged with THE UNIVERSITY OF NAGOYA PRESS, Japan
through THE SAKAI AGENCY and ENTERS KOREA CO., LTD.

감각의 근대

소리 · 신체 · 표상

쓰보이 히데토 지음

박광현·손지연·신승모·장유리·이승준 옮김

어문학사

내가 처음 한국을 방문한 것은 1990년대 후반쯤이었으리라. 지금은 정확한 그 시기가 잘 떠오르지 않지만 방문한 곳은 서울이 아니라 목포였다. 목포대학교로부터 집중강의를 부탁받았던 것이다. 목포 시내가 아니라 전라남도 무안군이라는 곳에 있는 광대한 캠퍼스의 기숙사에서 머물며 일주일간을 지냈던 것이 내 한국체험의 시작이었다. 기숙사는 온돌방이었고, 나를 초청해준 분이 가져다준 커다란 병에 담긴 유자차를 매일 질리지 않고 마셔가며 수업 구상에 몰두했던 것을 기억하고 있다. 아침은 캠퍼스 안의 작은 집에서 기르는 닭울음소리에 잠에서 깼다. 대학 입구에는 대도시에서는 그다지 찾아볼 수 없는 다방이 남아 있었다. 그 후 한 번 더 목포대학교에 갔지만 이후 주로 방문한 곳은 서울뿐이었다.

하지만 최초의 목포에 대한 인상, 특히 그 골목길 풍경에 대한 인상은 나에게 강렬했으며, 이후 서울의 거리를 거닐어도 비슷한 골목길 풍경을 발견하는 일이 많았다. 목포에서 내가 곧바로 떠올린 것은 나카가미 겐지(中上健次)였다. 나카가미도 1980년대에 한국을 빈번히 방문하여 그와 관련한 작품을 쓰고 있는데, 그 목포 풍경에는 집요하리만치 묘사한, 비등하는 에너지를 담아낸 골목 세계가 생생하게 살아 숨 쉬고 있었다. 골목으로 접어드는 꾸불꾸불한 길 주변에 놓인 드럼통에서 타오르는 화염. 그 모습이 나카가미 겐지의 소설 속 골목길 풍경과 중첩되며, 한국에 관한 하나의 원풍경으로서 내 몸 속에 각인되었다.

목포대학교에 머물던 때에는 한국의 대학의 학부생이었던 박정란(이번 번역에 이어서 간행될 예정인 원서의 2부 번역에 참여했다)이 일부러 부산에서 장거리 버스를 타고 목포까지 나를 만나러 왔다. 그것이 지금까지 오래도록 이어지는 그녀와 만남의 단초가 되었는데, 이 일도 잊을 수가 없다. 그때 나는 나고야대학에 근무하고 있었고, 도합 19년간 근무하는 가운데 소속이 도중에 바뀌기는 했지만 많은 유학생을 해외에서 받아들였다. 정규 유학생으로서는 태국이나 터키로부터 유학 온 학생들을 제외하면 중국, 타이완 그리고 한국이 그 중심이었다. 그들과 만나 지금까지 교류해온 것은 내 교사 인생의 최대 재산인 것은 이미 의심의 여지가 없다.

이번 번역 프로젝트를 진행하며 감수 역할을 해준 박광현, 그리고 손지연, 신승모, 장유리, 이승준 그 외 앞서 언급한 박정란은 모두 나고야대학 시절에 내 세미나에서 함께 했던 동료들이다. 그들은 나와 나의 연구를 일본과 일본어 밖으로 나올 수 있게 해 주었다. 목포에서의 집중강의를 계기로 그 이후 매년 한 두 차례는 서울에 왔다. 한국에 오기 시작하면서 타이완이나 미국에도 거의 매년, 그리고 중국, 유럽 거기에다 태국 등 그 이외의 지역에도 자주 나가게 되었다.

하지만 나에게 한국, 서울이라는 나라와 도시는 그 외 지역과는 다른 특별한 장소다. 일본의 가까운 공항에서 인천공항까지는 겨우 두 시간이면 도착한다. 한국어는 여전히 못하지만 국제도시인 서울이면 일본에 있을 때와 동일한 감각으로 바로 거리 속으로 녹아들 수 있다. 그럼에도 한국 그리고 한반도 전체와 일본 사이에 있는 역사적 또 현재적 여러 문제는 표면적인 우호 무드만으로 간단히 넘어설 수 있는 것이 아니다. 그런 과제들을 '계속되는 식민지주의'라는 말만으로 요약할 수 있는 것이 아니다. 그러나 한국의 역사나 문학 연구자들과 넘어서기 곤란한 이 과제들을 서로 공유하면서, 나는 포스트콜로니얼한 문제제기와 탐구를 계속 이어가는 것이 포말적으로 유행하는 사상·학문 등으로는 결코 당치도 않으며, 우리들의 지금 삶의 근저에 관련한 불가피한 것임을, 그것이 이제까지 이상으로 절실한 의미를 지니고 있는 것임을 깨닫게 되었다. 그리고 그런 '깨달음'으로 이끌어준 것이 내게로 공부하러 와준 박광현 등이었던 것이다.

이 책의 원서인 『감각의 근대(感覚の近代)-목소리·신체·표상(声·身體·表象)』(나고야대학출판회, 2006)은 일본에서는 근대문학이나 비교문학의 분야 말고는 감성사의 영역에서 평가되어온 책이다. 감성사 혹은 감각사라는 것을 써보고 싶다는 욕구는 익히 일찍부터 있었다. 『감각의 근대』 전에 간행한 『소리의 축제(声の祝祭) —일본 근대시와 전쟁(日本近代詩と戰爭)』(나고야대학출판회, 1997)에서는 전쟁의 시대에 근대시가 어떻게 미디어와 유착하여 유행되었는지를 분석했다. 그때의 한 편 한 편의 텍스트는 '꼼꼼히 읽기(close reading)'를 행한 것이 아니라, 이를테면 '양(mass)'으로서의 전쟁시를 '원거리 읽기(distant reading)'의 대상으로서 다루었다. 그것은 '문학'의 상위 영역인 '정치'의 문맥 속에 문학 텍스트를 배치하여 다루려던 시

도였다. 전쟁시 그 자체가 '양'으로서의 차원으로 타락하고 자멸해간 것을 비판하기 위해서는 그 이외의 방법이 있을 수 없었다.

하지만 그와 같은 '원거리 읽기'의 시도에 대해서 나 자신 안에서도 그것만으로는 충족치 않다는 생각이 일었고, 그것에 대한 카운터적인 방향성을 찾기 시작했던 것이라 여겨진다. 문학을 정치와 보다 깊이 연관시키고 밀착시키기 위해서는 신체라는 것을 매개시켜야 한다. 왜냐하면 텍스트 안에 표상된 신체는 공공(公共)화되고 국가에 영역화된 정신에 의해서는 최후의 구석구석까지는 결코 지배할 수 없는 영역이기 때문이다(거꾸로 국가에 영역화된 정신이 육체화했을 때, 일본에서는 그것을 '국체(國體)'라고 불렀다). 신체의 기분 나쁘고 눈부신 개별성(idiosyncracsy)은 스스로의 신체를 자각하고 타자의 신체와 섞이며 혹은 서로 부딪히는 각종의 신체 의식의 과정 중에서 감각이라는 영역이 부상하지 않을 리 없다.

물론 모든 신체가 평등하고 균등한 관계 안에 있을 리 없으며, 감각 또한 곧장 계층화의 역학 중에 내던져진다. 감각 상호의 계층성을 여실하게 보여준 하나가 근대 일본 사회를 통제해온 측면의 시각중심주의인 것은 말할 것도 없다. 보는 행위는 근대에 있어서 '관찰'이라는 행위와 떼려야 뗄 수 없으며, 거기에 서구의 관상학이라는 통제적인 지(知)의 영역이 개입할 여지도 있었던 것이다. 후각이 상징주의나 자연주의 문학에서 중요한 감각이었다는 사실은 새로운 발견이랄 것도 없는데, 그렇다면 그것이 어떤 불길한 힘을 감추고 있었는지는 이외로 무시되어왔던 것이 사실이다. 이 책에서는 보고, 만지고, 맡고 하는 감각의 작동이 근대 일본의 문학이나 문화 텍스트 중에서 어떻게 위치를 가질 수 있었는지를 고찰했다. 원서의 제2부는 이와는 별도로 노래하는 신체, 듣는다는 감각에 초점을 맞추고 있다. 그것은 언젠가 다른 기회를 통해 한국어 번역이 간행될 것을 기대하고 있다.

감각 및 감각 표상을 역사적으로 파악하는 것으로서 감각사란, 앞서 서술한 의미에서 감각의 정치학으로서의 의미를 지닐 것이다. 그 정치학은 바다를 사이에 두고 서로 마주하고 있는 불행한, 하지만 결코 불행하지만은 않은 관계의 역사를 걸어온 한국과 일본에서 공유되는 바 있을 것이다. 물론 공유 불가능한 갈등을 껴안으면서 이 책의 번역이 한국에서의 일본연구나 아시아연구의 벽에 조금이라도 바람구멍을 내고, 마찬가지로 폐역(閉域)의 벽 안에 갇힌 일본의 일본연구나 아시아연구와의 사이에 더 넓은 논의의 가능성을 만들어주길 내심 바래본다.

마지막으로 이 번역 프로젝트를 실현해준 박광현 씨를 비롯한 옮긴이들에게 다시 한 번 진심으로 감사를 표한다.

2018년 9월 11일 교토(京都)에서

쓰보이 히데토(坪井秀人)

[박광현 옮김]

1. 일본어를 듣는 라프카디오 헌(Patrick Lafcadio Hearn)

방아 찧는 소리, 절간의 종과 북소리, 앵무새 울음소리, 거기에 "Daikoyai! kabuya-kabu!"(大根やい, 蕪や蕪), "Ame-yu"[あめ―湯(물엿장수-水飴売り)], "kawachi-no-kuni-hiotan-yama-koi-no-tsuji-ura!"[河内の国, 瓢箪山, 恋の辻占(점쟁이-辻占売り)]와 같은 다양한 행상들의 목소리……. 「신들 나라의 수도(神々の国の首都)」라는 에세이에서 라프카디오 헌(小泉八雲, Patrick Lafcadio Hearn)은 아침부터 밤까지 하루 종일 마쓰에(松江) 거리의 소리를 듣고 그것을 상세하게 적어넣고 있다. 아마도 이와 같은 소리의 경관(sound-scape)은 마쓰에 사람들에게는 물론 당시 도쿄(東京) 사람들에게조차도 거의 의식되는 일이 없지 않았을까. 있는 그대로를 말하자면, 그들은 그런 소리들이 들리지도 않았던 것은 아닐까. 예전에는 어느 가정에나 괘종시계가 집주인처럼 자리를 차지하고 있었지만, 괘종시계의 째깍째깍하는 소리는 거기에 사는 가족들의 귀에는 거의 들리지 않았을 것이다. 익숙

해진 소리는 의미 있는 기호로서 인식되지 않고 무시되기 때문이다. 거꾸로 가령 유럽의 거리에 체재하며 경험한 교회의 종소리를 상기해보면 좋을지 모르겠다. 그것이 돌바닥에 반향되어 만들어내는 독특한 음의 공간으로부터 말할 수도 없는 감동을 느끼는 것은 나뿐만이 아닐 것이다. 교회에 따라 각각의 음이나 울림이 다른 종들은 제각기 고유의 울림을 지닌 악기와도 같은 존재이다. 종소리는 이른바 그 거리의 신체로부터 울려퍼지는 소리이다. 하지만 그런 종소리도 그것을 매일 듣고 있는 그 지역의 사람들에게는 무의식상으로는 어쨌든, 시간을 고지하는 역할 이상으로 의식되는 일은 흔치 않을 것이다.

그런데 라프카디오가 들었던 것과 같은 생활의 풍부한 소리들은 오늘날 일본 도시는 물론 농촌에서조차도 잃어버리고 말았다. 위세 좋던 행상의 소리는 시장이나 슈퍼마켓의 생선가게 등에서라면 아직 들을 수 있지만, 두부 장수나 군고구마 장수, 빨래대 장수 모두 차에서 녹음테이프를 틀고 있을 뿐이며, 늦은 밤 메밀국수 장수의 나팔소리도 지금은 거의 녹음테이프가 쓰이고 있다. 내 나이의 사람들은 간신히 금붕어 장수를 비롯한 행상들의 소리를 몇 가지 기억하고 있는 세대이지만, 현대의 아이들은 차음(遮音)성이 높은 알루미늄 새시의 창 안에서 생활하고 있어, 옥외의 미묘한 소리나 음에 귀를 기울일 기회를 갖기에는 이미 어려울 것이다. 지금이야 창밖에서 들려오는 음성이라고 해봐야 스피커에서 나오는 장사나 선거, 그리고 폭주족, 우익의 가두선전 차, 소방차나 경찰과 같은, 굳이 말하자면 초대하지 않은 손님들일 뿐, 생활에 스며 있는 '소리나 음' 등이 아니다. 다시 말해 집 밖에서 실내로 들려오는 소리란 그 대부분이 침입자와도 같은 꺼림칙한 소음인 것이다. 타인의 음성은 방어되지 않으면 안 된다. 그를 위해서는 창이나 벽은 두꺼우면 두꺼울수록 좋다는 것이며, 통근 혹은 통학의 이동 중에는 이어폰으로 귀를 막고 자신만의 소리에 빠져들기도 한다. 그렇기 때문에 라프카디오 헌의 백년 후 독자인 우리는 그와는 다른 의미에서 그가 들었던 '일본의 소리' 들에 대해서 엑소시티즘(exoticism)을 (그리고 세대에 따라서는 다소의 노스탤지어를) 품기도 하는 것이다.

또한 메이지(明治)시기 일본의 행상에 관해서는 『풍속화보(風俗畵報)』와 그 원전에 대해 발췌하고 해설한 미타니 가즈마(三谷一馬)의 『메이지물매도취(明治物売圖聚)』(立風書房, 1991)나 기쿠치 신이치(菊池真一)의 『메이지오사카물매도휘(明治大阪物売圖彙)』(和泉書院, 1998) 등이 상세하고 편리하다. 그 일례로서 『메이지물매도취』의 '두부 장수' 항을 보면 메이지 이후부터 두부 파는 소리를 내는 동시에 방울을 흔들었다고 하고, 『시타마치 금석(下町今昔)』에서는 "두부장수가 나팔을 분 것은 러일전쟁을 승리한 기분 탓이며…… 그때까지는 나팔 없이 '두부요, 막 튀긴 두부튀김' 이라고 소리쳤을 뿐" 이라고 되어 있는데, " '두부요' 라고 하는 소리와 나팔 부는 사이에 '방울' 을 흔드는 자도 있었다"[1] 고 기술하고 있다. 이 책 『풍속화보』의 「교토(京都)의 두부 장수」의 삽화에는 손에 나팔을 든 두부 장수가 그려져 있다. 장소에 따라 행상의 형태나 물건 파는 소리도 달랐지만, 이러한 나팔(거기에다 방울)을 동반한 두부 장수 소리의 풍경이 멋없이 녹음된 나팔소리와, 자동차나 오토바이로 판매하는 형태로 바뀐 것은 1970년대쯤부터였지 않을까. 아무튼 러일전쟁경부터 60, 70년의 시간을 거쳐 두부 장수의 목소리나 음이 일본의 생활 속에 녹아들어 있었던 것을 확인할 수 있다. 이외에도 "아와지시마(淡路島)…… 오가는 물떼새(千鳥)-사랑의 점쟁이(恋の辻占)", "꽃편지(花の便り)…… 사랑은 점쟁이"(일명 점쟁이

소리), "가위, 칼, 면도기 갈아"(면도기 가는 장수), "데이데이(デイデイ)"[대나무 조리(草履)장수], "고물 있나요. 넝마나 낡은 비단(ぼろや古錦), 오늘은 아직 쌓이지 않았나요"(고물상)와 같은 물건을 사고파는 소리를 찾아볼 수 있다. 그중에는 "비가 와도 바삭바삭, 삭바삭바삭바, 바삭바삭"[바삭바삭(かりかり) 전병 장수] 등과 같은 재치 있는 것도 있다.

메이지시대에는 아직 이와 같이 사람의 목소리가 노상에 난무하며 거추장스러운 소음으로 배제되는 일이 없이, 생활 속 배경음악처럼 일상화된 채로 받아들여졌다. 바꿔 말하면, 공공의 장소에서 고성방가하는 것에 대단히 관대했으며, 이들 행상들의 음성 그 자체가 공공 공간의 일익을 담당했었다고도 생각할 수 있다. 현재 우리들은 공적인 정보라는 것은 신문지면이나 텔레비전, 그리고 컴퓨터 모니터나 라디오의 수신기 혹은 휴대폰의 디스플레이 등을 통해서 얻을 수 있다고 생각한다. 주위의 지인이나 가족의 입을 통해서 전달된 정보가 '공적(公的)'인 것이라고는 생각하지 않는다. 이와 같은 정보 기술의 내면화를 통해서 발생하는 현실과 표상의 전도(轉倒) 문제는, 그에 개재되어 있는 미디어의 역할을 생각하지 않으면 그다지 의미가 없다. 하지만 행상의 목소리가 난무하던 시대에는 노상에서 들리는 그 육성들이 공적인 정보일 수 있었다는 점, 이 점을 오늘날과 같은 시대에 상기하는 것은 나름대로 의미 있는 일이라고 생각한다. 메이지 사람들에게는 설령 물건을 살 맘이 없는 상품이라도 그것을 팔려는 행상의 목소리는 확실하게 (공적인) 정보였으며, 그것이 정보인 이상 공공의 가치를 지녔다. 다시 말해 그것은 소음이 아니라 유의미한 음(sound)이라고 인지되었던 것이다.

물론 미타니 가즈마가 지적하듯이[2] 이런 메이지의 행상은 에도(江戶) 행상 문화의 연장선상에 있는 것으로 생각해야 한다. 미타니는 메이지 30년대(1897~1906)가 되면 모든 행상들이 차를 끌게 되었다며, 에도로부터의 변화에 대해서도 지적하고 있는데(차나 오토바이로 두부를 팔게 되는 것은 그에 비하자면 세세한 변화에 지나지 않는다고 말할 수 있다), 정해진 토지에 가게를 내고 거기에서 물건을 파는 것이 아니라 노상에서 물건을 사고파는 매매 방법 자체가 에도시대의 잔재라고 생각해야 할지 모른다. 방아 찧는 소리나 종소리, 북소리에 어우러진 행상의 목소리…… 생각해보면 라프카디오 헌이 들었던 일본의 생활 속 음성은 모두 에도시대의 과거로부터 끊임없이 반복되어온 소리들이었던 것이다. 라프카디오 헌에게 이러한 음성은 일본이라는 동일성을 표상하는 기호였는데, 그것은 무엇보다도 바람직하며 아껴야 할 만한 음색(tone)으로서 나타내는 것이며, 그 음색은 문명개화 이후 서구로부터 침입되어온 다양한 노이즈로부터 지켜야 할 순결성으로서 자리하고 있었던 것이기도 하다. 음장(音場=청각 공간)에 관한 한 라프카디오 헌에게 공공성의 표정은 에도시대의 음으로 연속적으로 이어지고, 그곳으로 언제든지 재귀할 수 있는 '전통' 중에서 발견되었다고 생각해도 좋을 것이다.

2. 일본어를 보는 라프카디오 헌

그런데 이 「신들 나라의 수도」가 라프카디오 헌의 청각 체험의 기억이라 한다면, 마찬가지 『알 수 없는 일본의 모습(Glimpses of unfamiliar Japan)』(원저, 1894)에 수록된 작품 중에서도, 그 권말에 수록된 「동양 최초의 날」은 시각성의 표상에 경도되어 있으며, 양자는 분명하게 대칭을 이루고 있다. 이것은 이미 니시 마사히코(西成彦)가 자세하게 논하고 있는 대로이다. 특히 라프카디오 헌이 이 '작은 요정의 나라'에 상륙하여 최초로 감명을 받은 풍경으로서 노보리(幟)* 나 노렌(暖簾)** 그리고 간판, 거기에다 가옥의 여기저기에 기입된 한자 등, 일본어 문자를 열거하고 있는 것은 매우 흥미롭다. 니시 마사히코는 시력에 은혜를 입지 못했던 라프카디오 헌이 그 핸디캡으로 인해 오히려 일본의 인상을 말하는 경우에 있어서는 "시각의 우위"가 두드러지고, 또 일본의 문자(한자)문화를 끝내 습득하지 못함으로써 오히려 "심미적 견지"로부터 일본어 문자의 미(美)를 말할 수 있었다고 지적한다.[3] 니시도 인용하고 있는 다음의 한 구절은 그의 일본(어)문화에 대한 스탠스를 무엇보다 분명하게 이야기하고 있는 것처럼 보인다.

나는 자려고 모로 누웠다. 꿈을 꿨다. 기괴한, 수수께끼 같은 한자의 문구가 헤아릴 수 없이 내 옆을 달려 지난다. 모두가 동일한 방향으로 향해 간다. 간판이나 미닫이·장지, 그리고 짚신 신은 남자들의 등에 얹혀, 백과 흑의 온갖 한자의 무리가. 그것이 모두 살아 움직이며 게다가 그 삶을 자각하고 있는 듯하다. 일점일각(一點一角)이 마치 벌레들의 사지(四肢)처럼 움직이고 있다. 마치 대벌레 도깨비와 같다. 나는 언제까지나 낮고 좁은 처마에 햇살이 비치는 밝은 거리를, 흔들리는 환상의 인력거에서 바라본다. 그러나 그 차륜은 전혀 소리를 내지 않는다. 그리고 달리고 있는 차(Cha)라고 부르는 인력거부의, 거대한 버섯처럼 하얀 삿갓이 언제까지나 언제까지나 위아래로 흔들리고 있다…….[4]

---

* 긴 천의 한 쪽을 장대에 매어단 깃발로 대표적으로는 사내아이의 첫 단오절에 올리는 고이노보리(鯉幟)가 있다.
** 처마 끝에 차양할 목적으로 천으로, 일반적으로 가게마다 상점의 이름을 써넣고 입구에 걸어둔 천을 일컫는다.

요코하마(橫浜)의 외국인 거류지로부터 일본의 거리에 처음 발을 들여놓은 라프카디오 헌. 이 기념할 만한 일본에서의 첫날, 그는 "차(Cha)"라고 자칭하는 인력거부를 고용하여 구보로 사찰과 신사를 돌아본다. 위의 인용문은 숙소로 돌아온 라프카디오가 그날의 피로 때문에 깜박 잠들어 꾸었던 꿈의 묘사이지만, 잠자리에 들기 전에도 그의 귀에는 "Amma-kamishimo-go-hyakumon!"(안마, 상하, 오백문)이라는 안마하는 여성의 목소리가 슬픈 피리 소리와 교차로 들려온다. "The saddest melody, but the sweetest voice." —그 언어의 울림은 라프카디오의 지쳐버린 신체를 기분 좋게 마사지하고, 깜박 잠으로 유혹한다. 물론 인력거 주행의 리듬도 여운으로서 신체에 남아 있다. 라프카디오 헌을 열심히 읽은 독자라면 인력거에 오르는 순간부터 우라시마 타로(浦島太郞)*에 대한 몽상을 엮은 「여름날의 꿈」이라는 그의 주옥 같은 짧은 글을 떠올릴 것이다. 어쨌든 눈이 자유롭지 않던 라프카디오이기에, 안마하는 장님 여성(poor blind woman)에게 일정 정도의 공감을 드러냈던 것이라고 생각할 수도 있겠지만, 그보다도 여기에서 주목하고 싶은 것은 안마에 의한 촉각의 쾌락적 환상이 목소리와 피리소리라는 청각과 중첩되면서 그것들이 복합되어 몽중의 시각 환상을 이끌고 있는 것이다. 그리고 그 시각 환상의 풍경이란 눈에 드는 한자가 벌레와 같이 살아 꿈틀거리며 게다가 그것들이 무리를 이루고 질주해 간다고 하는 참으로 이상한 풍경인 것이다.

---

* 일본 각지에 널리 분포하는 옛날이야기 속 주인공. 대략 공통된 내용은 이렇다. 거북이를 구해준 우라시마 타로는 그 보은으로 용궁에 초대된다. 온갖 향응을 받으며 용궁에서 시간을 보낸 그는 "열어서는 안 된다"는 당부와 함께 다마테바코(玉手箱)라는 귀한 상자를 받고 귀향한다. 고향에 돌아오니 낯선 사람들뿐이고 강산도 변하여 용궁에서 보낸 시간이 생각보다 훨씬 길었음을 깨달았다. 그래서 실의에 빠진 나머지 다마테바코를 열어버린 우리시마 타로는 백발의 노인이 되었다는 이야기이다.

"기괴한, 수수께끼 같은 한자의 문구가 헤아릴 수 없이 내 옆을 달려 지난다. 모두가 동일한 방향으로 향해 간다(I see Chinese texts-multitudious, weird, mysterious-fleeding by me all in one direction). 인력거가 달리는 방향과는 반대 방향으로 한자의 텍스트들이 날아 지나간다. 그건 그렇다 하더라도 이 방향이란 어느 곳을 지향하고 있는 것인가. 글자들은 간판이나 직공들의 겉옷 등에 쓰여진 장소로부터 박리되어 그들의 순수한 형상의 근원으로 돌아가려 하고 있는 것인가. 혹은 다시 의미와 합치되려는 표의문자로서의 욕망이 현현된 것이기라도 한 것일까. 니시 나리히코는 이러한 라프카디오의 일본어·일본문자에 대한 특이한 감성을 "'영상과 음향의 분리"[5]라고 생각하고 그것을 근거로 '미미나시호이치(耳なし芳一, 귀 없는 호이치의 뜻)'* 에 대한 탁월한 분석으로 들어가지만, 이 분리란 당연히 '시각과 청각의 분리'라고도 바꿔 말할 수 있는 것이며, 감각 주체의 수준에서 생각할 수 있는 문제인 것이다. 감각의 결손, 혹은 외국어로서의 일본어에 대한 이해 곤란을 근거로 시각과 청각은 통합되지 않은 채 서로를 욕망하려는 듯 배치되고 있다. 혹은 촉각에 대한 욕망이 양자의 욕망을 중개한다……. 그와 같은 감각의 좌표가 이 일본문자를 둘러싼 라프카디오의 인상적 기술에 지극히 응축된 형태로 반영되어 있는 것이다.

　그런데 라프카디오가 여기에서 일본어 문자인 가나(仮名)를 거의 무시하고 오로지 한자로서 거론하고 있는 것에 다시금 유의하고자 한다. 고용 외국인 선배로서 서로 영향을 주고받았던, 흔히 라프카디오와 비교해 언급

---

* 고이즈미 야쿠모(小泉八雲)의 「괴담(怪談)」에 등장하는 인물. 이와 관련한 이야기는 뒤의 24쪽에서 다시 다루니 참조.

되는 바질 홀 체임벌린(Basil Hall Chamberlain)* 은 『일본사물지(日本事物誌)(Things Japanese)』(원저 1890)에서 'Writing' 이라는 항목을 설정하였는데, 거기에서도 일본문자의 특수성을 생각할 때 표의문자인 한자에 초점이 맞춰지고 있다. 체임벌린은 다양한 서체가 있고 대문자도 구독점도 없는(시작과 끝을 가리키는 표시가 없는), "악마들의 비밀회의가 신자를 고뇌에 빠뜨리도록 하기 위해서 발명한 것" 이라고도 평가된 바 있는 한자와 가나가 섞인 일본어 표기에 대해서 오히려 그 예술적이고 합리적인 측면을 들어 긍정적으로 평가한다. 하나는 서도(書道)라는 영역에 대한 그의 찬탄이 있다. 그리고 또 하나는 서구 유래의 개념을 번역한다거나 새로운 복합어를 무한하게(ad infinitum) 만들어낼 수 있는 한자의 조어(造語)시스템이며, 그것은 문자=쓰는 것(Writing)이 구어에 대해 지니는 우월한 성질을 부여하고 언어를 개혁하기조차 한다고 높이 평가한다.

> 이 나라에서 문자는 단지 구어를 옮겨 적기 위해서만 사용되는 것이 아니다. 문자는 실제 새로운 언어를 낳는다. 노예가 실제로 주인이 되어 있는 것이다.[6]

본래 문자=문어=(Writing)는 노예이며, 언어=구어(speech)가 주인이라는 서구적인 음성중심주의의 언어관을 전제로 하면서도 체임벌린은 표의문자의 표음문자(즉 알파벳)에 대한 승리를 언명한다. 그는 동일한 논법으로 1885년 설립의 로마자회(羅馬字會)의 운동을 비판하는데, 이것은 훗날에 「동양 최초의 날」에서 '로마자회의 적' 으로서 그 알파벳 채용론을 비난

---

* 체임벌린은 19세기 말부터 20세기 초에 걸쳐 가장 유명한 영국 출신 일본 연구자 중 한 명. 일본에 관한 사전 『Things Japanese』이나 『고사기(古事記)』의 번역자로 유명하다.

하는 라프카디오의 자세와 거의 동일한 것이다. 로마자회의 운동은 동시기의 '가나의 회〔會〕(かなのくわい)'의 운동과 마찬가지로, 우선은 한자문화에 대한 배격을 목적으로 하고 있다. 체임벌린이나 라프카디오의 지적도 당연히 그러한 운동의 담론을 의식한 것이라고 생각해도 좋을 것이다(단, 체임벌린에 대해서는 그가 설립 당시부터 로마자회에 속하여 그곳에서 언문일치를 제창했던 경위가 있는 것을 부언해야 하지만).

한편, 라프카디오와 체임벌린은 동시대 일본의 국수주의에 대한 대처 방식에서 현저한 대조를 드러냈다. 오타 유조(太田雄三)는 메이지 일본을 그 초기에서 관찰해온 체임벌린 등이 '덴노(天皇)'나 신도(神道)를 매개로 삼아 국수의 관념이 인공적으로 양성되어간 과정을 냉정하게 파악할 수 있던 것에 반해서, 라프카디오는 유전적 결정론(라프카디오는 선조 숭배의 열렬한 신봉자였다)과 같은 단락에 빠지고 말았다고 지적하고 있다.[7] 쓰키시마 겐조(築島謙三)의 정리에 따른다면, "체임벌린은 지적 측면에서의 문화학습을 중시하고, 라프카디오는 감정적인 측면에서의 유전을 중시했다"[8] 라는 것이 될까. 하지만 오타에 따르면, 이런 양자의 격리는 그 기질이나 사상의 차이에 기인할 뿐만 아니라, 두 사람이 일본이라는 국가나 일본인과 관계한 시기의 차이에도 밀접하게 연관되어 있다고 한다. 예를 들면 "일본인 교사조차 도쿄제국대학에서는 영어로 수업하는 것이 보통이었던 1880년대 전반까지와 다르게, 라프카디오의 일본 체재 시기는 일본인들의 사이에서 모국어로서 일본어의 중요성에 대한 자각이 깊어진 시기이기도 했다"[9] 라고 오타가 지적하듯이, 라프카디오는 일본인의 '국어의 자각'에 관한 내셔널한 분위기의 대두에 싫더라도 접하지 않으면 안 되는 시대가 도래했던 것이다. 그런 의미에서도 그는 오타가 말하는 "'뒤늦게 온'고용외국인"이었다.

그런데 이런 '국어의 자각'은 라프카디오의 입장에서 보면, 대(對)영어
[대(對)서구어], 혹은 알파벳의 자각과 연결되어 있는 것이지만, 그런 연결
은 직선적으로는 이어지지 않는다. 그가 일본에서 활동한 1890년대까지
1900년대 초두의 일본은 1894년에 개전한 청일전쟁부터 1904년에 개전한
러일전쟁까지의 전쟁시대와 정확히 중첩되고(라프카디오는 러일전쟁의 강화
직후에 사망했다), 당연한 얘기지만 대외 전쟁을 지탱하는 내셔널리즘의 기
운에 그 어떠한 형태로든 반응할 것을 요구받기도 했다. 라프카디오는 그
런 시국에 대해서 평균적인 일본인 이상으로 정열적인 반응을 보였다고
단정할 수도 있겠으나, 청일전쟁 이후 내셔널리즘의 일각을 이루려는 당
시의 '국어' 이데올로기에 관해서는 청나라에 대한 적대의식에 의해서 저
절로 중국문화, 특히 그 문화의 대명사라고도 할 수 있는 한자에 대한 배
척의 논조가 곳곳에서 나타나게 되었다는 점을 지적하지 않으면 안 된다.
이런 점을 고려하면 체임벌린과 달리 라프카디오가 한자(표의문자)가 지닌
시각적인 마술로부터 일본문화의 미(美)로 편입되어간 것에는 일종의 뒤
틀림(ねじれ)이 엿보인다고 할 수 있다.

> 이런 거리들의 마치 훌륭한 그림과도 같은 아름다움은, 그 대개가 다름
> 아닌 이들 문자—문주(門柱)나 장지·미닫이 등에 이르기까지 모든 것을
> 백, 흑, 청, 금색으로 채색하고 있는 한자와 일본문자의 범람에서 유래
> 한다고 생각된다. 그리고 한순간 그 마술과 같은 문자를 영자(英字)로
> 바꿔놓아 보면 어떨까 하는 상상이 용솟음칠지도 모른다. 하지만 이것
> 은 생각해보는 것만으로도 다소라도 심미적 감정을 지닌 사람이라면
> 저도 모르게 충격에 몸서리치지 않을 수 없는 망상일 것이다.[10]

라프카디오 헌의 눈에 비친 한자란 의미를 알리는 표의문자이기 전에, 일종의 '그림', 즉 문자기호가 되기 직전의 반(半)의미적[반(反)의미적]인 형상인 것이자, 음성과 등가교환되는 표음문자로서의 알파벳으로 대체할 수 없다. 오타 유조가 고루한 인종주의자로서의 라프카디오상(像)을 제시하고, 이제까지 일본에서 구축되어온 라프카디오 신화(열렬한 친일인물이자 일본의 은인인 라프카디오……)를 비판했듯이, 오늘날에는 라프카디오의 작품을 그것이 1930년대 이후 일본의 국체사상의 조류 속에서 이용되었고 신화화되어왔던 역사적 경위를 따지지 않고서는 평가하기 어렵게 되었다. 이것은 일본에 오기 전 아메리카합중국이나 카리브해의 프랑스령인 마르티니크(Martinique)에서의 라프카디오의 크레올 체험을 과대평가하는 것이 아니라, 그 근저에 인종주의나 식민주의자의 관념이 내재한 측면을 비판적으로 검증하는 것과 연관이 있다. 라프카디오는 그 언어적 숙달도의 문제도 있고 해서 일본어의 한자 표기 중에서 음성은 물론 의미를 반쯤 박탈시켰다. 니시 나리히코가 파악했듯이, 이것이 일본미를 재발견하는 특권적인 시점을 그에게 부여했던 것이지만, 반면 그것은 오타의 지적대로 일본문화나 일본인을 결정적으로 이질적인 것으로서, 결코 서구인이/에 동화할 수 없는 것이라고 여기는 라프카디오의 인종주의나 오리엔탈리즘의 표현이기도 했다. 이러한 라프카디오의 일본어 이미지는 어쩌면 현대 서구어권의 젊은이가 의미도 알지 못한 채 '신풍(神風)', '나무아미타불(南無阿彌陀佛)' 등의 문자를 프린트한 T셔츠를 패션으로서 입는 일과 크게 다르지 않은 것인지도 모른다. '음성'이나 '의미'에 도달하지 못하는 '의장(意匠)으로서의 일본'. 하지만 그와 같은 일본을 욕망하고 있던 것은 실은 다름 아닌 일본인들 자신이 아니었을까.

3. 살갗에 쓰다 —피터 그리너웨이와 다니자키(谷崎)

새천년을 맞이하며 '밀레니엄' 이라는 단어가 난무했던 2000년의 초두, 문학계에서는 일본어 문제를 둘러싼 논의로 상당히 떠들썩했다. 서예가인 이시카와 규요(石川九楊)가 「문학은 서자(書字)의 운동이다-문장작성기(워드프로세스) 작문은 무엇을 초래했나」(『문학계(文學界)』2000.2)라는 글을 써서 워드프로세스 등장 이후에 나타난 일본어 '쓰기 문화' 의 혼란을 비판하고, 문학 표현이나 가정, 그리고 교육의 장에서 '문장작성기=워드프로세스' 와 '개인용 컴퓨터(PC)' 의 배척을 주장한 것이다(예를 들면 문학에 대해서는 문학상 응모를 '본인 자필로 할' 것을 제안). 게재지 『문학계』는 그 다다음 호에 이 이시카와의 제안에 대한 140명의 작가·평론가의 반응을 설문조사해서 발 빠르게 특집을 꾸리고(「대(大)설문 작가들의 집필현장 워드프로세스·PC vs 원고용지」, 『신조(新潮)』(2000.5)도 이시카와를 집필자로 포함시켜 특집 「세계 속의 일본어」를 꾸리며 그것을 이어갔다. 시대착오라고도 받아들여지기 쉬운 이시카와의 이런 과격한 주장은 이미 그의 저서 『이중언어국가·일본(二重言語國家·日本)』(일본방송출판협회, 1999)에서 전개되었던 것인데, 이시카와의 논의에서 일관된 주장을 요약하면 아래와 같다.

서구문화의 무제한적인 유입과, 그것을 대응할 만한 번역=한어(漢語)화의 정체(태만)에 의한 일본어 어휘의 빈곤화. 이런 현상을 향한 우국(憂國)의 정신이 기점이 된다. 한자 사용의 제한과 억압은 일본어의 사상과 표현을 빈곤화하는 것임에 다름 아니기에, 한어·한자의 사용을 전면 개방하고, 서구어=가타카나(片仮名)어의 한자·한어화를 꾀하여 문화의 저하를 회피하고, 일본어의 서자에 원래 갖춰져 있는 '필식(筆蝕)' 에 근거한 양식인 세로쓰기(縱書)의 복권을 촉구함으로써, 육필(특히 붓으로 쓴 것)에 의한 서자

문화 전체의 회복을 주장한다.

이시카와 규요의 서자론은 위와 같이 일종의 일본문화론·국가론이며, '수평'적인 어휘·문체에 경도해온 '여자의 필적(女手)[히라가나(平仮名)]' 중심의 범연함·가냘픔의 일본문화를 보정하고, '수직'적인 사상·정치론을 가능하게 하는 '남자의 필적(男手)(한자한문체)' 중심의 문화로 중심을 이동시키려는 야심을 표명했던 것이다. 다시 말해 이 서자론은 정치적인 메시지를 내포한 것이라 할 수 있다. 그의 이런 메시지의 성격은 간단히 말하자면, 서구문화의 '포말(bubble)'적인 수입 초과에 대항하는 '보호주의'이며, 본질주의적으로 젠더화된 한자/가나의 규범 위에 서서 "결의와 결단과 의지의 단언(斷言)적 언어인 한자=한어=한문의 강화"를 추구하는 점에서는 마초적인 '패권주의'의 색채를 지닌 것이기도 하다. 그리고 보호주의적·패권주의적인 서자에 얽힌 이런 논의는 라프카디오 헌이 일본의 서자에 대해 지녔던 감각과 거의 직결되는 것이다.

물론 앞서도 말했다시피, 한자를 의미나 음성에 도달하지 않은 하나의 '형상', '상(像)'의 차원에서 심미적으로 동결한 라프카디오와, 음성 중심 언어인 서구어의 알파벳에 대해서 대항적으로 동아시아의 '문자=서자 중심 언어'의 합리성을 재구축하려는 이시카와를 동일한 지평에서 논할 수는 없다(그 점에서 이시카와의 주장은 아직 체임벌린의 그것에 가깝다). 하지만 의장으로서의 한자에 과대한 환상을 품은 것으로부터 일본의 미에 대한 탐구에 나선 라프카디오의 '문자 오리엔탈리즘'은 "문자는 국가이며 문자론은 국가론이다"라는 전제 아래, 문자로부터 민족과 국가의 통일을 기대하는 이시카와의 발상을 외부로부터(즉 영어로 씌어진 텍스트에 의해서) 보강하는 사상으로서 가장 적절한 것일 수 있다. 이시카와가 주장하는 서자중심주의가 국가국민의 나약함을 우려하는 '대장부'인 척하는 색조를 띠게 되는 것은 크레올을 통과해온 서구의 인종주의가 일본에서 국수와 배외의 열광, 전통에 대한 노스탤지어로 수렴되어버린 라프카디오 헌의 궤적에 대한 먼 반향이 되어 있는 것이다.

1996년에 피터 그리너웨이*가 〈필로우 북(The Pillow Book), 일본명: 마쿠라노소시(枕草子)〉** 의 영상에서 클로즈업해서 보여준 것도 라프카디오를 사로잡았던 것과 동일한 일본어의 서(書)='그림과 같은 문자'였다. 게다가 그리너웨이는 그것을 신체에 각인되는 문자로서 매우 파격적이고도 에로틱하게 시각화해 보여주었던 것이다. 이 영화의 이야기는 곱씹어보면 마쿠라노소시를 쓰는 세이쇼나곤(清少納言)과 이중의 이미지로 등장하는 주인공 기요하라 나기코(清原諾子)가 '쎄어지는 신체'라는 객체로부터 '쓰는 신체'의 주체로 변모해가는 서사이다. 얼굴이나 살갗에 먹물로 써넣은 이름이나 언어, 그 굉장한 서(書). 신체, 엄밀하게는 살갗, 피부가 그 서(書)의 무대가 된다. 여기에서 말하는 '서(書)'에는 문자를 육필로 기록하는 서(書, calligraphy), Writing[언어문(文)=작품을 쓰는 것], 그리고 독서물[가나로 쓴 책자(草子), 책]이라는 다의적인 의미가 부여되어 있다. 특히 기요하라 나기코가 연인을 빼앗긴 복수를 위해서 제작하고, 연적(戀敵)에게 계속해서 보내는 13종류 '서(書)'의 작품에는 언령(言靈)의 아우라가 의심스러울 정도로 강조되고 있다. 이것들이 작품, 즉 나신(裸身)에 꽉 차도록 써넣어지고, 살아있는 텍스트로서 메시지의 역할을 다하는 남자들의 신체를

---

* Peter Greenaway. 영국의 영화감독.
** 『마쿠라노소시(枕草子)』는 헤이안(平安)시대 중기에 세이쇼나곤(清少納言)이 쓴 일기 문학. 그리너웨이가 영화화한 원작 작품의 제목.

샅샅이 비춰내고, 영상은 문자언어의 '육체화(Incarnation)'라는 신학적인
수위에까지 승화하고 있다고도 말할 수 있을 것이다.

그런 십수 종류에 이르는 '서(書)' 중에서도 특히 흥미를 끄는 것은 '비
밀의 서'라고 제목을 붙인 '제9의 서'이다. 승녀의 귀 뒤쪽에 '소란스럽
다'라고 먹물로 씌어 있다. 이는 라프카디오의 『괴담(怪談)』에 수록된 그
유명한 "미미나시호이치"의 서사를 떠올리지 않을 수 없게 만든다(다만지
그리너웨이 본인은 『괴담』과의 관련을 부정하고 있다).[11] 시각을 잃은 비파법사
(琵琶法師) 호이치(芳一)가 그 시각(視覺)의 결점으로 말미암아 헤이케(平家)
의 망령으로부터 부름을 받아 그들에게 헤이쿄쿠(平曲)* 를 받치고 있다.
그런 호이치를 망령으로부터 보호하려는 사찰의 화상(和尙)이 그의 전신
에 반야심경을 써넣지만, 귀에 써넣는 것을 잊어버림으로써 망령에게 귀
가 잘린다는 것이 '미미나시호이치'의 이야기였다. 앞을 못 보는 비파법
사가 그 목소리와 비파의 음을 사이에 두고 헤이케의 망령과 통신하며 이
생과 전생의 경계를 넘는다. 호이치의 신체에 씌어진 반야심경은 문자의
영력(靈力)에 의해 법사의 모습을 시각적으로 소멸시키고 만다(망령도 호이
치와 마찬가지로 상대방을 볼 수 없게 된다). 망령은 상징적으로 호이치의 청각
을 빼앗음으로써[12] 그들의 음성을 매개로 하던 교류도 종언을 고한다. 라
프카디오에 의해서 다시 씌어진 서사에는 이런 시각과 청각을 둘러싼 교
류와 절단의 드라마가 교묘하게 뒤섞이고 있다. 신체 위에 씌어진 반야심
경도 그리너웨이의 『마쿠라노소시』의 '서(書)'에서는 거꾸로 망령들을 향
해 '보이지 않는' 목소리의 주술적 힘을 발하고 있다. 그것이 '볼 수 없는

---

* 이야기 음악의 한 장르 혹은 연주 양식. 장님인 비파법사가 비파를 켜면서 이야기한
『헤이케모노가타리(平家物語)』 멜로디 및 그 연주 양식.

문자'라는 것도 참으로 함축적인 아이러니가 아닐까. 이에 비하면 그리너웨이의 영상에서는 신체와 문자와의 관련은 철두철미하고 가시적이며, 비주얼적인 것이다. 그리고 그 가시성이 점점 더 강조됨으로써 오히려 문자는 피부 위에 문신의 문양과 같이 달라붙고 스며들며 [뒤에서 언급할 다니자키 준이치로(谷崎潤一郎)의 『문신(刺靑)』과 같이], 해독되어야 할 기호로서는 이미 비가시적인 것이 된다. 예를 들면 앞서 밝혔던 '제9의 서'에는 귀 뒤편뿐 아니라 눈꺼풀, 손가락과 손가락 사이, 고환 뒷면에 이르기까지 단어가 씌어져 있다고 하지만, 극장에서 상영될 때 그것들의 세부를 읽어내는 (보는) 것은 거의 불가능한 것이다. 여기에서 그리너웨이는 '미미나시호이치'보다도 앞서 본 「동양 최초의 날」의 오리엔탈리스트, 라프카디오 헌과 지극히 가까운 위치에 있다고 할 수밖에 없다. 문자는 의미를 버리고 공허해진 신체로서 촉각적인 지평 위에서 유희할 따름이다. 일본의 풍경이나 신체가 라프카디오나 그리너웨이 등 서구인의 시선에 의해 이처럼 문자가 유희하는 풍경이나 신체로서 표상된 것은 결코 우연일 수 없다. 더구나 그 문자는 신체성의 회복과 더불어 의미성이 탈취되고 있는 것이다. 이것이야말로 본질적인 의미에서의 오리엔탈리즘이라고 부를 만하지 않은가.

기요하라 나기코에게 서(書, 언어)와 육체의 결합, 즉 에로스를 새긴 서예가인 부친은 한 출판업자에게 강간을 당한다. 나기코는 연인인 제롬의 나신에 문자를 새겨 자신의 '작품'을 완성하고 그것을 출판업자에게 보내 출판을 의뢰한다. 그런데 출판업자는 그 제롬의 피부에 매료되어 그를 애인으로 만들고, 나기코는 두 사람의 정분을 목격하고 만다. 상심한 나기코에게 거부당한 제롬은 절망 끝에 죽는다. 출판업자는 그의 사체를 파내어 나기코의 서(書)가 씌어진 피부를 한 권의 서책으로 만든다. 이와 같은 전개 이후, 나기코가 빼앗긴 그녀의 '작품'을 출판업자로부터 탈환하기 위한 시도를 하는데, 그것은 합계 13에 이르는 '서', 즉 제롬을 포함하는 13인분의 남자 나체의 피부에 씌어진 그녀의 글을 상대에게 보내 그 메시지의 힘에 의해서 그를 최종적으로는 살해하는 것이었다. 거기에서 '서'는 메시지를 [언령(言靈)적인 힘을 동반하여] 고지하는 편지의 역할도 한다.

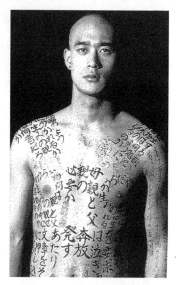

영화 〈필로우 북〉에서. 제8의 서 [王愛美, 『「ザ·ピロー·ブック」撮影日誌』, 清水書院, 1992에서]

화면에 빈번하게 나타나는 사각의 둘레에 왕조시대의 세이쇼나곤의 이미지나 나기코의 유년시대 등을 플래시백으로 보여주는데, 그것은 자기의 기원과 정체성을 일기로서 써가려고 하는 '쓰는 여자'로서의 주인공의 위치를 부각하고 있다. 그리고 〈필로우 북〉의 일본 제목 '마쿠라노소시'라는 타이틀이 '베개머리의 책(枕頭書)=좌우의 비망서'를 가리키는 것에 그치지 않고, '마쿠라에(枕絵)', 즉 '춘화'로서의 성(性)을 표상하는 별칭이듯이 그녀에게 '쓰는' 것이란 성의 쾌락과 같은 가치를 갖는다.

그녀의 직업이 패션·모델이라는 설정에도 관련이 있지만, 원래 그 신체는 타자에게 노출되며, 동시에 읽히는 텍스트로서 존재하고 있었다. 유년기에 아버지의 붓으로 얼굴에 이름을 써넣는 장면으로 시작해서 남자들의 붓으로 피부에 문자를 써넣어주기를 바라는 나기코의 조형(造形)은 페미니즘 비평이 과거 텍스트의 창작에서 지적해온 문학의 정전(canon), 즉 "쓰

는 펜이란 페니스이며, 씌어지는 백지의 페이지란 처녀"라는 메타포적인 모델을 상기시키기에 충분하다. 『다락 안의 미친 여자(屋根裏の狂女)』 중에서 산드라 길버트(Gilbert SandraM)와 수잔 구바(Gubar Susan)는 이 모델에 근거하면서 여성의 문학이 남성(masculine)적이며 가부장적인 문학의 제도로부터 주변화되고, '쓰는 것에 대한 불안(anxiety of authorship—저자가 되는 것에 대한 불안)'에 직면해온 것을 검증해가지만,[13] 나기코의 피부는 그 의미에서 실로 부권적인 펜=페니스 질서의 통괄 아래에 있었다고 할 수 있다. 그녀가 억지로 결혼한 남편으로부터 쓰는 것을 철저하게 억압받고, 금서의 쓰라린 경험을 한다는 전반의 서사 전개도 이러한 페미니즘 비평의 도식에 정확히 맞아떨어지는 것이다.

그렇지만 제롬의 신체, 살갗, 즉 그녀를 위한 '페이지'를 획득한 후 그리고 그의 사후도 제롬의 살갗이라는 자신의 '텍스트'를 탈환하기 위해 쓰는 행위를 이어가는 나기코인데, 과연 그녀는 펜=페니스를 탈취하고 있는 것일까. 그녀가 편애한 것은 종이에 잉크를 스며들게 하는 펜이 아니라 사람의 살갗에 애무하듯이 먹물을 옮기는 붓이다. 가시마 시게루(鹿島茂)는 동물적인 '이원론적 충돌'을 동반하는 서구의 서적과 식물적인 '일원론적 공존'에 근거한 일본의 서적을 대조시키면서 일본인 여성으로 하여금 서구 남성의 피부 위에 붓으로 일본의 문자를 쓰도록 한다는 것, 그를 통해 그리너웨이의 영화 〈필로우 북〉이 의도한 바를 다음과 같이 해석하고 있다.

식물적인 아시아의 여성을 동물적인 유럽 남성이 범하는 것이 아니라 동물적인 유럽 남성을 식물적인 아시아 여성이 피부에 상처 없이 단지 그 위에 먹물을 칠하는 것으로 정복하여 '의미'를 창출한다는, 즉 서적을 만든다는 것을 시사하는 것이다. 거기에 덧붙이자면, 붓으로 부드럽게 기록된 그녀의 '서'가 '출판'을 업으로 삼는 남자를 사로잡고, 그리고 파멸로 내몬다는 전개도 참으로 상징적이지 않은가.[14]

어쨌든 이 영화의 서사가 '쓰는 여성'으로서의 자기를 회복하기까지의 한 여성작가(Autorin)의 이야기인 것은 확실하다. 하지만 이런 줄거리 이면에 영상적인 측면은 우리(일본 및 한자문화권에 거주하는 사람들)에게는 많은 위화감을 남긴다. 예를 들어 다니카와 아쓰시(谷川渥)는 피부에 씌어진 문자에서는 한자만이 눈에 띄는 것을 언급하며, 그리너웨이의 일본 가나문자문화에 대한 무지를 지적하고 그가 그리려 했던 것은 살갗이 아니라 (서양적인) 피부이며, 소시(草子)가 아니라 서적이다. 즉 그는 "여기에서 한 사람의 서양인일 뿐이라는 것을 뻔뻔하게 드러내고 있다"[15]고 비판했다.

단지 이 다니카와의 비판은 다소 적절하지 않은 것인지 모르겠다. 영화작가로서의 그리너웨이의 시점은 "한 사람의 서양인일 수밖에 없음"을 숨기려 한 것이 아니라 확신적으로 대범하게 오리엔탈리즘을 드러내고 있기 때문이다[거기에서는 일본도 중국도 교토(京都)도 홍콩도 그다지 커다란 차이를 낳고 있지 않다]. 세이쇼나곤이 가나로 쓴 『마쿠라노소시』 그 자체를 리메이크한 것이 아니기 때문에, 한자가 눈에 띈다고 하는 비판은 적절하지 않다. 그리너웨이 자신도 대담 중에 이 점에 대해 거론하며 "나는 현대의 세이쇼나곤을 그리고 싶었던 것으로 그런 의미에서도 그녀 자신이 모든 서, 즉 영어도 포함한 문자를 몸에 써넣는다고 하는 것은 당연한 게 아닌가요. 그녀는 어떤 언어도 받아들인다"[16]고 진술하고 있다. 그럼에도 다니카와가 가졌던 위화감이 어떤 의미에서 납득되는 것은 그리너웨이가 문자를 의미 있는 '기호'로서가 아니라, 오로지 '영상'으로서 그리려 하고 있기 때문이다. 위의 대담에서도 스필버그(Steven Spielberg), 구로자와(黒沢), 장뤽 고다르(Jean-Luc Godard)를 문자문화의 그림자로부터 벗어나 있지 않다고 비판하고, '영상이 문자보다 선행하는 것'이라는 생각을 거기에 대치시키고 있다. 나기코가 쓴 13개의 '서'는 '무구(無垢)한 서'나 '애인의 서', '침묵의 서' 등이라 제목이 달려 있듯이 각각 전달되고 서사(書寫)됨으로써 그리고 해석되어야 할 다른 메시지를 지니고 있었다(마지막 '제3의 서'는 '죽은 자의 서'라는 제목을 달고 있으며, 이런 메시지를 옮기는 스모선수에 의해 출판업자는 죽음에 이른다). 하지만 거기에 그려진 말들을 가령 의미를 지닌 것으로서 해석하더라도 이 영화 그 자체의 메시지를 해독하는 것은 아닐 것이다. 오히려 그들 언어는 (일본어를 읽을 수 있는 관객에 대해서조차) 읽힐 것을 거부한 '상(像)'에 지나지 않기 때문이다. 그리고 이와 같은 초(超)의미적[반(反)의미적]인 영상화된 문자의 이미지는 실로 앞서 라프카디오 헌의 시선에도 공유되어 있는 것이었다.

다니카와 아쓰시가 그리너웨이의 편향과 오리엔탈리즘을 비판할 때, 하나의 기준으로 삼은 것이 다니자키 준이치로의 『음예 예찬(陰翳礼讃)』이었는데, 그 다니카와가 『문학의 피부·호모 에스테틱스(文學の皮膚 ホモ·エステティクス)』(白水社, 1997)라는 탁월한 '비교피부론'의 모두에서 논하고 있었던 것도 다름 아닌 다니자키였다. 그리너웨이의 〈필로우 북〉이 다니자키의 데뷔작 「문신」을 바로 연상시키는 것은 두말할 필요도 없다. 문신사인 세이키치(清吉)가 '빛나는 미녀의 피부를 얻고 거기에 자신의 혼을 담아 문신을 새긴다'는 "미래의 숙제"를 실현시킨다는 것이 이 소설의 스토

리지만, 세이키치가 원래 우타가와 도요쿠니(歌川豊国)·구니사다(国貞)* 를 흠모하여 우키요에사(浮世絵師)를 꿈꾸다가 '문신사로 추락' 했던 '화공(畵工)' 으로 설정되어 있듯이, 「문신」은 '화가(작가)/모델(대상)' 이라는 예술가 소설의 프레임을 이용하고 있다고 봐도 될 것이다. 단지 이 소설이 두드러지게 특이한 점은 그 모델 자체가 캔버스=텍스트가 되어 작품이 된다는 점이다. 그리고 의뢰자(작품)들에게 문식을 새겨넣는 고통의 과정을 부여함으로써 사디즘의 쾌락과 정복욕을 은밀하게 만끽해온, 여기에서의 작가(세이키치)는 그 '숙제' 였던 작품에 대해서는 마조히스트적으로 귀의하며, 결국 혼을 빼앗겨 빈껍데기가 되는 결말을 맞이한다. 예술가 예술에 몸을 바치는 것, 혹은 작품이라는 아이는 그 아버지(어머니), 작가의 손을 벗어나 자립하는 것(=작가의 죽음)과 같은 예술가 소설의 숙명적인 주제, 혹은 남자의 욕망을 집어삼켜 비대해진 팜므파탈과 같은 다양한 주제가 이 서사에는 마련되어 있다. 그리고 그 어느 경우에도 여자라는 존재와 그 피부가 그것이 그려질 대상이며 동시에 그 표상 그 자체라는 것이 커다란 의미를 지니게 된다.

"남자는 역시 작가이며, 여자는 작품인 것이다. 그것이 다니자키 문학에서의 남자와 여자의 존재방식이다"[17] 라고 다니카와가 말했듯이, 작가와 작품의 관계가 고정적으로 젠더화되어 있는 것이 다니자키(그리고 대부분의 근대 작가) 소설 전반에 일관하는 정형(canon)인데, 그런 정형을 전제로 삼아 「문신」에는 펜=페니스라는 구도가 어떤 의미에서는 진부하기까지 할 정도로 전형화되어 있다. 거기에는 피부의 표층을 뚫고 바늘이 대상의

---

* 에도(江戸)시대의 유명한 우키요에사(浮世絵師).

내부로 침입하고 작가의 욕망과 정기를 충전하며 대상을 정복한다. 「문신」이 결말로 준비한 여자의 육체에 대한 마조히스틱한 복종과 작가의 공허=대상의 충일(充溢)화는 표현에 얽힌 권력 행사에 대한 보상의 역할을 하고 있다고 봐야 할 것이다.

> 젊은 문신사의 마음은 먹물 속으로 녹아 피부로 스민다. 소주에 섞어 새기는 류큐슈(琉球朱)라는 안료의 한 방울 한 방울은 그의 생명 방울들이었다. 그는 거기서 자신의 혼의 빛을 보았다.

「문신」의 이러한 대목이 어떤 의미에서 음란스로운 성(性)적 함의를 지닌 것은 분명하다. 그리고 그리너웨이의 〈필로우 북〉에서 이 주인공이 남자들의 피부를 얻어 행하는 '쓰는' 행위에도 이와 마찬가지로 에로스가 대행되고 있다고 생각할 수 있을 것이다. 나기코라는 캐릭터에는 「문신」의 문맥에서 말하자면, 세이키치에 의해서 피부에 무당거미(女郎蜘蛛)를 새긴 여자가 세이키치의 권위(작가인 것)도 주체적으로 빼앗아가는, 그와 같은 비평적인 위치를 부여받고 있다고 봐도 좋을 것이다. 바늘로 살갗을 찌르는(대상을 부분적 파괴하는) 것이 아니라 백지로 환원(수복) 가능한 먹물로 피부에 쓰는 그녀의 방법도 통각(痛覺)의 쾌락에 도취되는 다니자키적인(=남성 작가적인) 창작 미학에 대한 네거티브가 될 수 있다.

하지만 그리너웨이의 〈필로우 북〉이 「문신」과 같은 다니자키의 소설을 반조(反照)하고 있는 것은 단지 이와 같은 젠더 비평적인 전략에서뿐만이 아니다. 무엇보다도 영상이 문자를 문신의 그림과 같은 생생한 상(像)으로 변용시키는 힘, 피부와 밀착한 문자가 의미성을 벗어던짐으로써 문자 그대로 신체성을 회복하는 과정, 정확히 유의미적인 언어가 되기 전의 속삭임과 절규의 목소리가 대응하는 듯한 문자의 운동…… 그와 같은 문자와 신체에 대한 천착이 「문신」의 미학을(그것을 참조 틀로 하면서) 초월하는 계기로 이끌고 있다고 평가할 수 있을 것이다.

그렇다면 그리너웨이의 이런 미학에 대한 앞서의 위화감은 어떻게 해석하면 좋을까. 하나는 그가 확신적이고도 대범하게 구성한 일본어 문자의 표상이 내포하는 오리엔탈리즘이 억압적이라고 하는 것이다. 상(像)으로서의 문자(언어), 상(像)으로서의 여자 혹은 남자의 육체. 그들은 모두 친숙한 '중심이 공허한 일본'이라는 스테레오타입적인 일본문화론에 회수되고 만다. 거기에서는 특정한 미학적 기호론이 예술의 목표 기준으로 삼은 '시니피에 없는 시니피앙'의 유토피아니즘에 일본의 문자나 언어가 정렬되어버리기 쉽다. 이것은 라프카디오의 문자 오리엔탈리즘이나 이시카와 규요의 서자(書字)중심주의와도 연결되는 문제인 것이다.

한자를 바라보며 음미하는 라프카디오의 시선이 일본의 거리에서 들리는 다양한 음(音)의 풍경과 결합되어 있듯이, 그리너웨이가 그리는 나체 위의 문자들도 음표와 같이 (의미에 환원되지 않는) 소리와 음악을 준비하려 한다. 그리고 이들을 단지 서구 백인중심주의적인 편견으로서만 정리할 수 없는 것은 일본의 근대 자체가 이와 같은 내적인 오리엔탈리즘을 문자(국자(國字)나 언어(국어)가 본디 음이나 시각, 혹은 냄새 등 다양한 감각의 영역에서 편성해왔기 때문인 것이다. 감각을 소유하는 것, 느끼는 것이 어떤 의미의 해방이나 자유로서 제도나 억압에 길항하는 것은 역사에서 흔히 있는 일이다. 하지만 그 반면, 감각은 소유되고 혹은 의식적·무의식적으로 타자에 의해서 관리되고 규정된다. 이러한 감각을 소유하는 것의 양의성은 특히 정치적인 문제인데, 초월적인 시점에서 역사나 문화를 추상화해도 그것을 검증하는 것은 불가능하다. 그렇다면 라프카디오나 그리너웨이 등이 했듯이 다양한 담론이나 표상 속에 발을 들여놓고 구체적으로 분석해보는 것, 그리고 그것들을 메타 표상적으로 규제하고 있는 동시대 담론을 명확하게 해가는 것이 중요한 과제가 될 것이다.

4. 이 책의 목적

동시대 인식에 일조해온 '감성의 근대' 나 '감각의 시대' 와 같은 표어는 이미 너무 자주 사용되어 낡고 낡은 것인지도 모른다. 우리가 코기토(cogito), 즉 '생각하는 주체' 이기 전에 '느끼는 주체' 임을 대항적으로 세우고 확인해본 측면에서 이 세계에는 무수한 '느끼는 주체' 들이 우글거리며 사방팔방으로부터 우리를 휘감고 있는 것이 현실이다. 그렇다면 21세기 초두인 오늘날 감각하는 것을 사유하는 것에 대한 반정립으로 삼았다 해서 그것이 설교나 계몽이 되는 것은 아니다. 로고스(logos)의 이름 아래 무언가를 정당화해 논리로 만드는 것이 근대에 있어서 이만큼 힘을 지니지 못했던 시대는 이제껏 없었다. 그와 같은 맥락에서 사고에 대해서 감각을 강조하는 것 자체가 오히려 억압적으로 되기 쉬운 상황인 것이다.

그래서 오히려 우리는 감각을 통해서 사고나 언어의 의미를 다시 묻고 혹은 사고나 언어가 어떻게 감각이나 감성을 구축해왔는지(그리고 어떻게 그것들을 파괴해왔는지)를 다시 물어야 한다. 예를 들어 라프카디오 헌이 일본의 문자나 음성에 대해 행한 관찰은 일본어를 모어로서 사용하는 주체에게 자신들이 사용하는 언어나 문자가 로고스의 체계로부터 일단 해제되어 감각 중에 개방된 듯한 착각을 잠시 불러일으키게 했는지도 모른다. 그런 착각을 수용할 수 있는 자라면 피터 그리너웨이의 영상이 초점화하는 일본어 문자와 신체의 접촉에도 마찬가지의 효능(부작용)을 기대해도 좋을 것이다. 하지만 사고나 의미를 해제하고 감각의 지평에 언어를 내던지는 것이 순진한 방법에 의해서 행해지고 있다고는 당연히 말할 수 없다. 신체 감각이나 감성 또한 사고나 언어의 경험과 조직화를 통해서 표상되고 조직화되어 있기 때문이다.

확실하게 포스트모던의 시대가 막을 연 1980년대 이후 이항대립적인 구조주의의 틀이 탈구축의 대상이 되어 퇴조한 것에 동반하여, 그때까지 시대의 주축을 담당했던 지성이나 정신, 윤리의 실재론에 대항하여 표상이라는 것이 전경화되고 신체를 주목해왔다. 그러한 변화 중에 신체에 대한 관심과 밀착하면서 선명하게 부상해온 것이 감각이라는 문제 영역인 것이다. 인터넷이나 휴대전화의 보급 등, 오늘날 네트워크 사회의 가속도적인 진전은 독서문화문자문화의 쇠퇴를 촉발하고, 오히려 감각 편중이라고 할 만한 상황이 다가오고 있다고 해야 할 것이다. 그러나 한편으로는 개개의 감각의 평준화나 균질화를 초래하고, 미디어에 따른 감각의 통제가 과거 그 어느 때보다 용이해지고 있다고 볼 수 있다.

물론 감각이라는 영역에 관한 논의는 근대 이후 오랜 곡절의 역사를 지니고 있다. 의학이나 생리학의 발달은 신체나 감각에 대한 시선을 정치하게 만들고, 감각론의 담론을 대단하게도 생산하였으며, 그것은 문학이나 예술의 창조와 수용에도 다양하게 반영되어 있다. 일본에서도 근대화의 과정 중에 공리주의나 수양(修養)주의와 같은 주도적인 이데올로기에 의해서 감각의 영역은 효율론이나 정신주의 아래 억압되고 주변화되어온 경향이 있다. 그럼에도 다름 아닌 그 억압이나 주변화의 역학 때문에 감각이라는 문제계(界)는 항상 대항적인 가치를 동시대의 정전에 대해서 담당해 왔다고 볼 수 있다. 문학에서 자연주의나 상징주의가 감각을 주제화한 것 등이 그 예이다.

이 책은 이런 감각의 현재적인 문제성을 주시하고 근대 이후의 문학·예술 등 다양한 장르에서의 감각 표상과 감각에 관련된 담론의 분석을 통해 그 문제성을 역사적으로 다시금 파악함으로써 새로운 논의의 틀을 준비하고 자 했다. 서구와 마찬가지로 일본 근대화의 과정은 의학적인 담론의 매개에 의해서 시청촉후미(視聽觸嗅味)의 감각을 각각 분절했던 형태로 의식화하고, 그 가운데 시각을 특권적으로 중심화하는 감각의 계층화 과정으로 나타났다. 이 시각중심주의의 체제가 어떤 문화적·정치적 문맥에서 생겨나는지를 고찰하는 것은 근대화 과정 그 자체에 대한 중요한 문제제기로 이어진다. 한편, 감각의 계층화에 의해서 주변화되어온, 시각 이외의 촉각이나 후각과 같은 감각이 시각중심주의 체체와의 사이에서 갈등을 일으키는 현상에도 주목할 필요가 있다.

2부로 구성된 원서에서 제1부만 번역한 이 책은 이러한 문제제기를 시도한 것이다. 또한, 감각이라는 시점을 채용함으로써 문학·예술의 종합적이고 횡단적인 운동의 전체상을 보기 쉽게 한 점도 중요하다. 문학이라는 장르는 근대에 들어 묵독문화의 형성을 수반했기 때문에 시각중심주의의 체제를 보완하는 역할을 다했다고 할 수 있는데, 또 한편으로는 그 체제로부터 여지없이 일탈당한 신체나 목소리라는 영역과 적극적으로 관련을 맺는다는 다른 측면을 보이고 있다. 따로 번역 소개할 이 책의 제2부에서는 창가·동요·민요 등을 대상으로 하여, 문학과 음악·무용이라는 영역이 개별적인 감각의 틀을 넘어서 어떻게 예술적인 월경(越境)을 시도했던 것인지, 혹은 통합되고 조직화되어갔던 것인지를 고찰했다.

이 책의 이러한 고찰을 통해서는 문학연구가 문학텍스트에 의존함으로써 그것을 특권화해버리거나, 예술장르의 연구가 제각기 양식 내부에서 자기 완결화되어버리는 것과 같이, 이종혼효(異種混淆)적이라고 해야 할 문화영역을 세분화하고 개별 장르의 전문적인 식견으로 장난치는 식의 페티시즘적인 쾌락에 대해서는 가능한 한 거리를 두게 될 것이다. 문학이나 가요, 무용 등 예술 생산의 조리장 한가운데로 들어가기 위해서는 각 장르를 전문점으로 만드는 방식으로는 가능하지 않다. 또한 생산 구조의 배후를 흐르고 있는 커다란 조류라는 것을 간파하는 것도 그렇다면 가능하지 않을 것이다. 감각 표상을 통해서 근대문화사를 재검토한다는 이 책의 입장도 그와 같은 이종혼효성에 대한 관심과, 그것을 일원화하고 마는 시스템에 대한 비판에 의해 지지되고 있다. 우리 한 사람 한 사람의 신체나, 신체를 통해서 느끼게 되는 감각은 현실에서뿐만 아니라 개별적으로 제각기 고립해 나타나는 동시에, 공공성의 지배에 편입되어 정렬되고 있다. 그러한 이중성에 우리의 신체나 감각이 분열되면서 균형을 지키려고 하는 것이지만, 그 균형을 유지하기에는 개인의 존재는 너무나 위약하다. 그런 개인과 공동체, 사(私)와 공(公) 사이에 감각의 문제계는 깊게 관련되어 있다. 즉 감각이란 참으로 특별히 정치적인 문제 영역인 것이다.

[박광현 옮김]

▍원주

1. 三谷一馬, 『明治物賣圖聚』, 立風書房, 1991, 146쪽.

2. 三谷一馬, 「序文」, 위의 책, 초판(三樹書房. 1977). 인용은 三谷一馬, 「はじめに」. 앞의 책, 1991.

3. 西成彦, 『ラフカディオ·ハーンの耳』, 岩波書店, 1993. 3~12쪽.

4. 小泉八雲/平川祐弘編, 『神々の国の首都』, 仙北谷晃一 옮김, 講談社学術文庫, 1990, 39~40쪽.

5. 西成彦, 앞의 책, 11~12쪽.

6. バジル·ホール·チェンバレン, 『日本事物誌』2, 高梨健吉譯, 平凡社·東洋文庫, 1969, 317쪽.

7. 太田雄三, 『ラフカディオ·ハーン─虛像と實像』, 岩波書店, 1994. 82~84쪽.

8. 築島謙三, 『ラフカディオ·ハーンの日本観 その正しい理解への試み(增補版)』, 勁草書房, 1984, 324쪽.

9. 太田雄三, 앞의 책, 80쪽.

10. 小泉八雲/平川祐弘編, 앞의 책, 10~11쪽.

11. ピーター·グリーナウェイ/淀川長治(對談), 「からだのことば映画のことば」(『廣告批評』206號, 「特輯─もうひとつの「枕草子」, 1996.6. 20쪽.

12. 니시 나리히코가 지적하고 있듯이 호이치는 귀를 잃었어도 청각마저 잃은 것은 아니다. 이 서사의 원전인 『와유기담(臥遊奇談)』은 물론 라프카디오에 의해 재구성된 이야기에서도 귀를 잘린 후에도 호이치는 화상의 목소리를 들을 수 있었다.

13. Sandra M. Gilbert & Susan Guber, The Madwoman in Attic: The Woman Writer and the Nineteenth Century Literary Imagination, Yale University Press, 1979 [『屋根裏の狂女─ブロンテと共に』, 山田晴子·薗田美和子譯(抄譯), 朝日新聞社, 1986.]

14. 鹿島茂, 「肌の上の書物論」, 『廣告批評』206號, 43쪽.

15. 谷川渥, 「肌の上の書物論」, 『廣告批評』206號, 24쪽.

16. ピーター·グリーナウェイ/淀川長治, 앞의 글, 24쪽.

17. 谷川渥, 『文學の皮膚 ホモ·エステティクス』, 白水社, 1997. 8쪽.

차 례

제1장

고양이의 관상학
KNOW THYSELF?

1. 글 쓰는 고양이 혹은 관찰하는 고양이

나쓰메 소세키(夏目漱石)의 『나는 고양이로소이다(吾輩は猫である)』(1907)는 당초 『호토토기스(ホトトギス)』에 한 편만 게재하기로 한 사생문(寫生文) 형식의 글로, 1905년에 집필되었다. 그것이 지금과 같은 장편소설로 다시 태어나게 된 것은 잘 알려진 사실이다.

24시간 동안 일어난 일을 빠짐없이 쓰고, 이것을 빠짐없이 읽으려면 적어도 24시간은 걸릴 것이다. 사생문 꽤나 고취(鼓吹)하는 편인 나도 다가가기 힘든 경지라는 것을 자백하지 않을 수 없다. 따라서 아무리 이

집 주인이 일주야(一晝夜)를 자세히 묘사할 만한 기이한 언행을 보여준다 해도 이를 독자에게 일일이 전달할 능력과 끈기가 부족한 것은 심히 유감이다. 유감이긴 하지만 어쩔 수 없다. 휴식은 고양이에게도 필요하다.

이 인용문은 5장의 첫 부분이다. 화자인 고양이는 자신이 독자에게 전달하는 텍스트가 '사생문'임을 명시하고 있다. 연재할 당시의 동시대 비평에도 "나는 고양이로소이다는 마사오카 시키(正岡子規) 씨가 처음 시도한 사생문을 바탕으로 하면서도 약간 옆으로 비껴간 것이다"(가미쓰카사 쇼켄(上司小劍), 『読売新聞』 1905.10.13)라는 지적이 몇몇 보이는데, 고양이가 말하는 사생문이란 본디 화자가 관찰한 사상(事象)과 그 사상의 추이에 따라 실시간으로 독자에게 "일거수일투족을…… 고하는" 양식의 글이라는 것을 알 수 있다. 물론 그러한 양식은 실현 불가능한 관념적 소산에 불과한 것으로, 고양이도 독자를 향해 말하는 것을 여러차례 중단하다가 결국은 쓰기를 그만둔다고 선언하기에 이른다. 이 휴식으로 인해 화자의 중립성을 벗어난 신랄한 풍자와 비평을 유도하는 빈틈이 생긴 것은 분명해 보인다. 단속(斷續)화=단편화된 이야기 양식은 이야기의 단편을 봉합하는 화자의 비평적 주체의 상(像)을 초래하는 것이기도 하다. 단, 여기서 제시하는 "(24시간) 연속 중계"라는 사생문 모델의 입장에서 생각해야 할 것은, 관찰한 사상을 독자를 향해 계속해서 리포트해가는 이야기의 속도에 관한 문제다. 『나는 고양이로소이다』의 화자인 고양이나 주인인 구샤미(苦沙弥)를 비롯한 등장인물도 이야기를 나눈다기 보다 수다로 보일만큼 빠른 속도로 떠들어댄다. 상식적으로 생각하면 그것은 (화자가) 쓰는 속도, 그리고 (독자가) 묵독하는 속도를 이미 일탈하고 있다. 이 작품이 라쿠고(落語)*등의 화술에서 영향을 받았을 것이라는 지적도 있지만, 그럼에도 불구하고 여기서 고양이는 (말로 하지 말고) "24시간 동안 일어난 일을 **빠짐없이 쓰라**"고 주문하고 있다. 사생**문**이라 함은 무엇보다 말이 아닌 글로 쓰는 것이기 때문이다.

그렇다면 『나는 고양이로소이다』가 상정하는 이 '쓰기/읽기(묵독하기)'의 행위와 그 속도의 차이를 어떻게 평가하면 좋을까? 이시자키 히토시(石崎等)는 이 고양이의 기능에 '말하기/쓰기'라는 언어능력이 차이 없이 충만하게 전달되고 있는 점에 착목한다.[1] 이시자키는 '말하기/쓰기'라는 언어능력을 이항대립적으로 파악하는 것을 경계한다. 당연하겠지만 동족(고양이)인 검둥이와 미케코(三毛子)를 제외한 다른 작중인물에게 화자인 고양이의 발화는 전달되지 않으며 그런 의미에서 보면 고양이는 말하는 것이 아니라 **묵묵히** 쓰고 있다고 할 수 있다. 굳이 표현하자면 그는 '말하듯 쓰는' 고양이인 것이다. 물론 이 '쓰는 고양이'에 관해서도 이시자키가 지적하는 것처럼 그 결말 부분은 모순적이다(죽어가는 자신을 어떻게 기술한단 말인가). 거기다 애당초 고양이가 글을 쓴다는 것이 가당키나 한 걸까…….

그런데 그런 어리석은 말은 마라. 무엇보다 "고양이 치고는 진화가 극도에 달했고", "뇌력(腦力)의 발달"을 자부하는 화자다. '쓰는 고양이'라는 텍스트의 설정은, 이제부터 기술할 '보는 고양이' 그리고 '듣는 고양이' 즉 '관찰하는 고양이'라는 조형을 작품 속에 녹여내기 위한 꼭 필요한 설정이다.

---

* 일본의 전통예능 중 하나로 한자 그대로 이야기에 의도적인 틈이나 허점을 만들어 웃음을 유발한다.

『나는 고양이로소이다』에는 고양이의 귀를 통해 채록된 작중인물들의 대화 소리가 범람하지만 정작 거기에는 고양이 자신의 말은 거의 들리지 않는다. 6장의 메이테이(迷亭)의 '실연(失戀)' 이야기, 그리고 11장의 간게쓰(寒月)가 바이올린을 구입하는 이야기처럼 작중인물 누군가를 화자로 내세워 다른 인물들을 청자로 돌리는 장면은 그 좋은 예이다. 이때 고양이는 성능 좋은 수신재생기 마냥 화자의 말은 물론이고, 이야기의 전개를 재촉하거나 간섭하는 청자들의 모습을 액면 그대로 노출시킨다.

11장의 이야기는 앞서 언급한 것처럼 '연속 중계'라도 하듯 간게쓰가 바이올린을 구입해 켜기(결국은 켜지 않지만)까지의 과정을 장황하게 늘어놓는다. 그런데 좀처럼 이야기는 진전되지 않고 바둑을 두고 있던 메이테이 일행이 청자가 되어 감상을 말하거나 질문하며 이야기의 전개를 재촉한다. 즉 청자들에 의해 이들의 (행위=발화의) 재촉과 질문에 응하는 언어수행적인 이야기를 통해 간게쓰는 의사(擬似) 현장리포트를 수행하는 것이다. 그의 이야기 자체가 일종의 강박적 '사생(문)'을 실행하는 것으로 볼 수 있다. 전자의 '실연' 이야기에서는 메이테이-아내-구샤미-간게쓰-도후(東風) 순으로 작중인물이 이야기에 가담한다. 후자에서는 메이테이-도쿠센-구샤미-간게쓰-도후의 화자 그룹에 아내와 산페이(三平)가 가세하고, 마지막에는 거꾸로 손님들이 구샤미 곁을 떠난다. 그리고 "텅빈 객석처럼 쓸쓸한 분위기"가 된다. 이어서 "한가해 보이는 사람들도, 마음 속을 두드려보면 왠지 슬픈 소리가 난다"고 하는 예의 잘 알려진 고양이의 감상이 개입한다. 그 후 맥주에 취한 고양이가 술독에 빠져 극락왕생한다는 작품의 결말은 잘 알려진 대로다.

인물들이 '말하기-듣기-말하기'의 고리를 연결해가는 가운데 스토리가 생성되는, 이러한 목소리의 향연을 재현하는 것이 바로『나는 고양이로소이다』라는 텍스트의 원리다. 마에다 아이(前田愛) 등도 그것을 시(詩)적문학적인 언어를 상대화하는 일종의 언어 게임의 실천으로 이해했다.[2] 그런데 거듭 주의를 요하는 것은 발화능력을 갖지 못한 화자인 고양이는 그 목소리의 향연에 참가 자체가 불가능하다는 것이다. "슬프도다. 목청의 구조가 전형적인 고양이 것이어서 인간의 언어를 말하지 못한다." 따라서 가네다(金田) 댁에 정찰하러 가도 그 정보를 간게쓰 등에게 전달하는(이야기하는) 것은 불가능하다. 그는 타자의 언동을 보고 듣고 그것을 제3자(독자)를 향해 재현하는(쓰는) 것은 가능하지만 타자에 대해 반응하는(이야기하는) 것은 불가능하다.

이러한 방관자로서의 고양이의 시점은 작자인 나쓰메 소세키가「사생문」(『読売新聞』 1907.1.20)에 기술한 "성인(大人)이 아이를 보는 태도", 즉 "몰인정한 입장"과 관통하는 지점이 있다. 또한 마사오카 시키(正岡子規)는「지도적 관념과 회화적 관념(地図的観念と絵画的観念)」(『日本』(1894.8.6, 8),「서사문(徐事文)」(『日本付錄週報』 1900.3.12) 등의 평론에서 '지도(地圖)'적 시점 [사상(事象)을 초월적이고 추상적으로 서술하는 '허서(虛叙)']에 대응하는 '회화'적 시점[사상을 자세하고 구체적으로 서술하는 실서(實叙)]을 주창했는데, 거기에 적용시켜보면 고양이의 시점은 '지도'적 시점의 계통에 대응할 것이다. 마사오카 시키는 시점 인물이 지닌 시각의 한정성이야말로 리얼리티가 있다고 인정하며, 그것이 독자의 감정이입과 시점의 동화를 용이하게 한다고 생각한 것에 반해,『나는 고양이로소이다』에 보이는 '사생'의 감각은 독자의 감정이입(同情)을 얼버무리는 기지에 가깝다. 마에다 아이는 마르틴 부버(Martin Buber)를 모방해 이 작품의 고양이는 타자와의 사이에서 '나/너'의 관계를 만들지 못하고, '나/그것'의 관계에 머물러 있다고 지적하며 종장에서 구샤미의 이야기와 그 관계에 얽매인 '근대인의 병리(病理)'를 이야기하는 것이라고 기술한다. 그러나 순서로 보자면 이 고양이가 획득한 정밀도 높은 관찰력은, 말하는 힘(발화능력), 그리고 외계(外界)·타자와의 2인칭형 대타관계('나/너')를 상정할 때 비로소 성립하는 것이다. 여기서는 이점을 중시하고 싶다. 고양이는 침묵함으로써 보다 잘 보고, 듣고, '관찰하는 고양이' 그리고 '쓰는 고양이'가 갖추어야 할 기능을 몸에 익히고 있는 것이다.

고양이가 보고자가 되려면 우선 관찰자가 되어야 한다. 그 '관찰'이라는 것은 작중인물들을 오로지 그 외모(얼굴·몸짓·표정·복장)를 보고 정확하게 묘사하는 것(외면 묘사), 그들의 대화를 듣고 빠짐없이 기억하여 재생하는 것(대화 채록), 때로는 그들의 발화만이 아니라 쓴 것(일기·편지 등)을 읽는(텍스트의 인용) 등, 시각과 청각에 이르기까지의 다양한 행위를 의미하고 있다. 보기·듣기·읽기라는 감각을 동원한 관찰 기능이 고양이에게 집중된다. 그 때문에 그는 이야기 세계 내에서 대부분 침묵을 지키며 수동적 위치를 유지하게 된다. 이 침묵과 수동성에 의해서만 그는 눈과 귀의 감각을 보다 예민하게 갈고닦아 '쓰기'의 위치에 서는 것이 가능했던 것이다.

물론 이시하라 지아키(石原千秋)의 지적처럼 『나는 고양이로소이다』가 "보다 많은 '소리의 문화(声の文化)' 영역 내에 있다"고 보는 것이 근거도 있고 타당하다.[3] 이시하라는 이 작품이 원래 야마카이(山会)'라는 낭독을

---

* 마사오카 시키가 하이쿠를 공부하기 위해 조직한 문장회로, 나쓰메 소세키의 출세작 『나는 고양이로소이다』는 다카하마 교시(高浜虚子)의 권유로 이 모임에서 처음 피력했다고 한다.

수행하는 (사생문의) 문장회에서 발표=낭독을 전제로 쓰여진 것이라는 점도 주의를 요한다. 낭독이라면 작중 도후의 낭독회가 화제가 되고 있고, 6장에는 그가 가네다 도미코에게 바친 문어체 연애시와 구샤미의 '언문일치' 풍 단문을 낭독하고 서로 비평하는 야마카이를 패러디한 장면도 등장한다. 고양이의 말투에도 청자와의 의사(疑似)적 컨텍, 컨텍스트를 전제로 한 구송(口誦)적 요소가 곳곳에 보인다. 예컨대 다음의 「가네다 댁 잠입의 변(弁)」(4장)이 그러하다. 강조한 부분은 독자들 간의 대화의 장이 상정되어 있는 것으로 보인다.

> **잠입한다**라는 말은 어폐가 있다. 왠지 도둑이나 샛서방 같아서 듣기 거북하다. ……뭐시라 탐정이냐고? 말도 안 되는 소리다. 무릇 이 세상에 천한 가업(家業) 치고 탐정과 고리대금업자만큼 천한 직업은 없다고 생각한다. ……그런데 왜 '잠입한다' 라고 하는 수상한 말을 사용했는고 하면, 글쎄, 그것이 대단히 의미 있는 거라고들 하네.

그런데 이 고양이는 보이지 않는 독자를 향해 말을 걸고, 그들과 대화하는데, 다름 아닌 문자를 통해서만 가능하다는 것을 인식하고 있다. 모습이 보이지 않는 독자와의 대화는 갑자기 자기언급적 말투가 될 수밖에 없다. 위의 인용문으로 말하면 "잠입한다"라는 표현이 우선 기록된(쓰여진) 문자로 재음미의 대상이 되는 것이다. "'고양이' 는 문자를 갖지 않는다"(이시하라 지아키)라고 규정하기보다, 문자를 매개로 하지 않으면 존재하지 않는다고 보는 것이 '나' 라고 하는 고양이의 운명에 가깝지 않을까? 문자를 매개로 하여 살아가고, 소리를 버린다. 그리고 자기언급적 화자가 준비된다. 그렇긴 하지만 고양이는 자아를 향한 물음에는 도달하지 못한다. 그는 그 물음을 스스로 보류하고 타자를 집요하게 관찰해가는 수밖에 없기 때문이다. 『나는 고양이로소이다』라는 텍스트에서는 아마도 이러한 방법을 채택하고 있는 듯 하다. 그리고 여기에는 마에다 아이가 문제시한 근대적 '병리'의 뿌리가 자리하고 있다고 볼 수 있다.

2장 첫 부분에 고양이가 연하장에 그려진 자신의 그림을 보고, 즉 '관찰되고 묘사된 자기' 상(像)과 조우하고는 고양이 자신의 정체성을 말하는 장면이 등장한다.

인간과 마찬가지로 고양이도 눈 모양, 코 모양, 털 종류, 다리 형태, 수염의 길이라든가 귀 모양새, 꼬리의 처진 형태 등이 하나라고 할 수 없다. "수를 헤아릴 수 없을 만큼 천차만별"이라 해도 좋다. 그런데 고양이는 이처럼 "명확하게 구별"됨에도 불구하고 "인간의 눈에는…… 우리의 성질은 물론 용모를 식별하는 일조차 도저히 불가능하니 불쌍하도다"라고 한탄한다.

이것은 자신이 키우는 고양이의 "용모"를 "식별"하지 못하는 주인 구샤미를 빗댄 말인데, 그렇게 고양이는 스스로의 정체성에 대한 물음을 타자(주인, 그 외 작중인물들)의 시선을 받지 못한 탓에 방기되어 버린다. "미케코는 죽고, 검둥이는 상대가 되지 않"기 때문에 동족 고양이들과의 관계도 소원해진다. 이에 따라 그는 자신이 고양이라는 사실을 망각하고 인간계에 접근해가지만, 그 접근을 통해서도 타자의 시선을 받지는 못한다. 이러한 고독이 보고/듣고/읽는 그의 관찰행위의 비대칭성을 결정해 가게 된다. 그러나 본래 '관찰'이라는 행위 자체가 주체와 대상 사이의 대칭성을 전제로 하지 않음을 생각할 때, 고양이의 정체성 상실은 작품을 구성하는 필요조건이었다고도 할 수 있을 것이다. 관찰자의 자기상실과 맞바꿔 타자로 향하는, 관찰하고 식별하는 시선과 그 정열. 『나는 고양이로소이다』를 관통하는 이 테마는 근대의 개인과 공동체의 관계 밑바닥에 자리한 문제들과 직결되어 있다.

개인의 존재에 주의 깊은 시선을 보내는 국가공동체 입장에서 볼 때, 개인식별(identification) 문제는 범죄 대책과 범죄자의 관리 영역은 매우 중요한 사항이다. 이에 따라 호적과 그 외 (문서적인) 신원증명을 실체적(시각적)으로 보완하는 지문, 신체측정, 사진 등 다양한 개인식별법이 중요하게 부상한다.[4] 이러한 경찰(탐정)적 감시체제 하에서 개인식별에 대한 관심이 고조되는 것은, 정보의 비밀화와 그 탐색을 둘러싼 개인 간 심리적 억압관계와도 관련이 있을 것이다. 오비나타 스미오(大日方純夫)는, 히비야 방화 폭동사건(日比谷燒打事件, 1905) 사례처럼 경찰에 대한 민중들의 감정이 다이쇼(大正)시대를 통해 변모하였음을 지적하고, 특히 쌀소동(米騷動, 1918)을 계기로 '자위자경(自衛自警)' 구상이 조직화되고 '경찰의 민중화와 민중의 경찰화'가 진행되어간 정황을 면밀하게 쫓는다.[5] 거기서 '민중의 경찰화'라는 것은 『나는 고양이로소이다』에서 말하는 근대인의 '탐정경향'을 드러내 보여주는 일종의 변주이기도 할 것이다.

앞의 인용문에서도 고양이는 탐정이라는 직업에 대한 혐오를 입에 올린다. 이것은 고양이가 자기관찰의 계기를 빼앗긴 관찰자=탐정으로서의 자성적 사고를 나타내는 얼마 안 되는 예로, 종장에서 구샤미가 탐정에 대한 혐오를 말하는 것과 대응하고 있다. 거기서 예로 든 "인간의 속내를 낚는", "인간의 마음을 읽는" 탐정의 (일방통행적인) 행위는, 관찰자로서는 필연적인 것이다. 단, 거기서 화제에 올랐던 20세기 형의 인간의 "탐정적 경향"에 대해 구샤미는 "개인의 자각심이 너무 강하다"는 것을 원인으로 들고 있는데, 그의 해설에 따르면, 이 자각심 문제라는 것은 근대인이 "자기와 타인 사이에 존재하는 분명한 이해의 충돌"에 과민하게 반응하는 것을 가리킨다. 자타의 '식별'이라는 망에 포획된 근대 개인의 자의식이 문제시되는 동시에 그것은 '식별'을 골자로 하는 화자=관찰자인 고양이로 풍자되기도 한다. 그리고 이 "개인의 자부심"=정체성이라는 것은 고양이가 '말하기' 능력과 함께 잃어버린 것이기도 하다. 고양이와 구샤미 사이에 자의식의 결락과 과잉을 둘러싼 인식의 균열이 감지되는 것은 매우 흥미롭다.

2. 관찰 담론(Discours)

그렇다면 『나는 고양이로소이다』에서 '관찰'이라는 것은 구체적으로 어떤 행위로 그려지고 있을까? 고양이로 하여금 '기이한 광경'이라고 표현하게 한 7장의 목욕탕에서 알몸을 엿보는 장면 등도 흥미롭지만, 여기서는 코가 두드러진 외모에 빗대어 그 이름도 '하나코(鼻子)'라는 닉네임이 붙은 가네다 부인의 코를 관찰/묘사한 부분을 예로 들어보자. 3장에서 고양이가 묘사하는 가네다 부인의 첫 번째 인상으로 코를 언급한 부분이다.

나이는 마흔이 조금 넘은 듯하다. 훌렁 벗겨진 이마 언저리에서 앞머리가 제방공사라도 하듯 높이 솟아, 적어도 얼굴 길이의 2분의 1만큼 하늘을 향해 밀려나와 있다. 눈은 깎아지른 고개만한 비탈을 이루고 있고, 직선으로 곤두선 것이 좌우로 대립하고 있다. 직선이란 고래보다는 가

날프다는 형용이다. 코만큼은 무지막지하게 크다. 남의 코를 훔쳐다가 얼굴 한복판에 붙여놓은 것처럼 보인다. 세 평가량의 작은 마당에다 쇼콘샤(招魂社)ˈ의 석등롱(石燈籠)을 옮겼을 때처럼 혼자 설치고 있지만, 어쩐지 침착하지 못하다. 그 코는 이른바 매부리코로, 일단 한껏 높이 서보았지만, 이래선 너무했다고 중도에서 겸손해져 끝 쪽으로 가면서 처음의 기세와 다르게 처지기 시작해, 아래에 있는 입술을 엿보고 있다.

나이를 추정한 다음 앞머리, 눈 그리고 코로 관찰/묘사 시선이 내려간다. 그 궤적은 부인의 얼굴과 그 세부를 철저히 파헤친다. "제방 공사", "깎아지른 듯", "고래", "석등롱" 등의 비유를 총동원하여 얼굴 모양을 문장으로 표현해 낸다. 이들 비유에는 풍자도 저절로 따라온다. 그러나 기본적으로는 머리모양과 얼굴의 균형, 눈의 경사와 폭, 코 사이즈와 형태가 외연적으로 계측되어 있어 묘사가 필요 이상으로 가치판단을 완수하는 것은 아니다.

단행본 『나는 고양이로소이다』에 삽입된 가네다 하나코의 삽화로 나카무라 후세쓰(中村不折) 작.

어찌되었든 우선은 이 '쓰는 고양이'의 시선을 통해 가네다 하나코(金田鼻子)의 얼굴은 코에 집중된다. 이에 비하면 그 다음에 이어지는 구샤미, 메이테이, 간게쓰 등이 하나코의 코를 평가하는 장면에서는 대화의 열기가 뜨거워지면서 헐뜯기에 가까운 의미를 부여한다. 그리고 코의 풍자=의미 부여가 하이타이 시(俳体詩)의 소재를 제공하기도 한다.[6] "코의 발달은 우

---

* 1869(메이지 2)년에 건립된 나라를 위해 죽은 자의 영혼을 모신 신사(神社)로, 야스쿠니 (靖国)신사의 전신이다.

리 인간이 코를 푸는 미세한 행위의 결과가 자연스럽게 축적되어 이렇듯 저명한 현상을 발현하게 된 것이올시다." 운운하며 이야기를 끌어가는 메이테이의 원대한 '코'에 대한 연설이 등장한다.

이들 장면에는 그녀의 코를 "위대한 코"로 표현하는 것을 포함해 작중 메이테이가 언급하고, 작자 나쓰메 소세키도 언급한 바 있는 로렌스 스턴(Laurence Sterne)의 『트리스트럼 샌디(The Life and Opinions of Tristram Shandy, Gentleman)』의 영향을 지적하기도 하는데, 여기서 주목하고 싶은 것은 근대 일본의 감각을 통제하는 '관찰'이라는 기법 문제다. 특히 메이테이가 "미학상의 견지"라고 웅변하는 '코'에 대한 연설은 '보는 것'에 대한 욕망의 배후에 근대를 지배하는 관찰 담론과 감각의 제도라는 문제계가 확산되고 있음을 시사하는 것으로 보인다. 메이테이의 코에 관한 연설은 앞서 기술한 것처럼 인간 코의 융기의 기원을 설명하는 '진화론의 대원칙'에서 비롯된 것이지만, 아돌프 차이징(Adolf Zeising)의 **황금률**(강조는 원문) 공식까지 꺼내며 "코와 얼굴의 저울"의 관점에서 하나코의 코와 얼굴모양의 부조화를 논하기 시작한다. 메이테이에 의하면 이러한 "선천적 형체"는 유전된 것이며, 거기다 그것에 부수하는 후천적 "심의(心意)적 상황"도 어느 정도까지 영향을 받기(유전되기) 때문에 하나코의 딸인 도미코의 코(여기서는 육체적 부위에 그치지 않고 인격적 측면까지 이르는 것일 가능성이 있다)에도 이상이 발견될 수 있으므로 간게쓰와 도미코의 결혼은 성사되지 않는 편이 좋을 거라고 조언하기에 이른다.

이처럼 메이테이는 진화론(정확히는 그 아종인 '퇴화론'이라고 해야 할 것이다)과 유전학에서 파생된 일종의 우생사상을 신봉한다. 불가피하게 유전되는 형질에 더하여 그 외면(형질·형상)이 내면(정신·성격)을 규정하고, 그

것이 자손에게 유전된다는 19세기적 결정론적 사고를 엿볼 수 있다. 외면을 내면이 표상하는 것으로 파악하는 것은 형상이 성질과 관념을 구상화한 것으로 파악하는 발상과 대비를 이룬다. 여기서는 외면의 관찰이 중시되며, 외면의 정보를 분석하는 것이 선결과제가 된다. 외면이 내면의 표상이라고 하면 그것을 철저히 읽어내는 것으로 내면을 읽는 것이 가능하게 된다. 매개를 거치지 않고 직접, 즉 추상적이고 관념적으로 정신과 인격 등의 내면을 말하기보다 과학적으로 외면을 관찰하고 기술한다. 이러한 방법이 과학적 방법으로 인정되어온 것은 그것이 정신의학을 포함한 의학 패러다임에 속해온 경위와 큰 관련이 있다.

뼈와 내장, 그리고 정신·성격 등의 '내면'이 피부와 표정, 운동과 언어 등의 '외면'에 나타난 여러 가지 병의 표상과 인과관계를 가지며 연결되어 있다는 발상이 전제가 되고 있다. 그리고 이 관찰/기술(묘사)의 방법론은 일반적으로 '관상학(physiognomy)'으로 총칭되어 왔다. 필적학(筆跡學)의 창시자로 알려진 18세기 요하나 라바터(Johann Kaspar Lavater)가 말하는 "인간의 외부와 내부, 눈에 보이는 표면과 눈에 보이지 않는 내용물과의 대응에 관한 학(學) 또는 지(知)"라는 관상학의 정의를 먼저 확인해두자.[7] 그리고 독해되고 해석되어야 할 외면의 중심에 얼굴이 자리해온 것도 주의를 요한다.(게다가 중심이라면 코야말로 얼굴의 중심이다). 우선 관찰의 대상은 타인의 얼굴이 되겠지만, 그것은 자기를 향한 관찰/독해의 시선을 당연히 내포하고 있을 것이다. 아주 제한적인 인간세계를 관찰해 묘사하고 있는 것에 불과하지만 『나는 고양이로소이다』가 보편적인 사실성을 획득하는 것은, 타인의 얼굴을 보고/읽는다고 하는 시각적 수련이 반드시 필요했던 시대상을 성공적으로 반영하고 있기 때문이다. 이 수련은 '자기 찾기'

라는 근대의 커리큘럼에 그야말로 꼭 필요한 과제였던 것이다.

3. 코라는 중심

관상학에 대해 검토하기 전에 코 자체를 탐구한 흥미로운 글을 간략하게 언급해두자. 『나는 고양이로소이다』보다 훨씬 이후에 등장하는 『코의 미학(鼻の美学)』(九十九書房, 1922)이라는 책이다. 이 책은 닥터 하야시 구마오(林熊男)라는 필명으로 1922년에 간행되었다. 진화론적 발상을 전제로 하여 코의 미적(미용적) 중요성을 주장하는 것에서 알 수 있는 것처럼 관상학과 같은 배경을 공유하고 있다. 이 책 후반부는 저자가 실천하고 있는 파라핀 주사에 의한 융비술(지금은 실리콘을 이용한다)을 설명하는 데 주력한다. 이 융비술은 타인과의 공동생활을 하는 데 있어 예의와 의무이며, 의사의 입장에서 보면 인체미를 만들어내는 예술이라고까지 기술하고 있다. 이러한 극단적 결론 때문에 전반에 할애되었던 코의 '형태 미학'의 논술도 얼마간 자기선전의 도구로 이용되었다는 인상을 지울 수 없다. 그러나 인간의 외모에서 돌출되어 중심이 된 코 부위에 철저히 함몰된 시각은 그 희소성에 더하여 외모의 유형화와 백인에 대한 인종적 콤플렉스를 분명하게 드러내는 등, 이 책에 각인된 시대의 그림자는 생각 이상으로 깊다. 관학상과 골상학 등이 시작되는 메이지 이후의 관찰 담론의 다양성과 통속성은 다이쇼기에 들어서 어느 정도 정리·통합되어 그것에 반영되었을 것이다.

하야시는 최초로 인간의 머리뼈와 동물의 머리뼈를 비교하였는데, 그때 톰슨에 의한 좌표도형(미술사적으로는 물론 뒤러 등까지 거슬러 올라간다)을 소개하고 있다. 이것은 이른바 인간의 얼굴을 해부학적으로 시각화하는 것,

더 나아가 지도화[지지(地誌)화]하는 것을 암시하고 있다. 뇌라는 기관을 지도화하여 내면을 계층화=가시화한 관상학 담론을 모방하듯, 근대의 화장문화의 하나로 등장한 미용성형은 얼굴을 하나의 '지도'로 보고, 읽고, 그리고 분석하는 시각을 준비한 것이다. 하야시는 얼굴의 좌표도를 바탕으로 '통일의 원리', '평형의 원리', '비례의 원리' 등의 원리와, 코의 형태를 수치화하여 분류하는 '비형지수(鼻形指數)'(코폭에 대한 코 길이의 비율. 이것에 의해 '높은 코'에서 '낮은 코'까지, 코의 형태가 분류된다), '비형의 미적지수' 방정식을 제안한다. 이들 방정식은 『나는 고양이로소이다』에서 메이테이가 언급한 코와 얼굴의 평형미 공식을 상기시키며, 앞서 언급한 '아돌프 차이징(Adolf Zeising)의 황금률'도 하야시의 저술에서 볼 수 있다.

황금률의 발상을 바탕으로 한 '코 모양의 미적 지수'는 콧날을 이루는 곡선이 안면 중심점(황금점)과 코끝을 연결하는 직선(황금선)으로부터 얼마만큼 떨어져 있는가, 즉 황금선에서 콧날의 올록볼록한 정도를 수치화하려는 지수로, 이것은 콧날이 황금선과 일치하는 '직비(直鼻)', 황금선을 넘어 활모양으로 굽은 '볼록 코', 황금선 사이가 움푹 패여 틈이 생긴 '오목 코'로 형태를 나누는 분류와 상관이 있다. 앞서 '코 모양 지수'에 의한 분류가 긴 코 〉 낮은 코라는 미적 계층을 만들어내고, 거기에 유럽인종 〉 황색인종 〉 흑인종 (〉 원숭이·고릴라)이라는 인종적 계층을 대응시킨 것처럼 이상적인 코 형태로 '희랍형' 등 서구인 일반의 '직비'를 표준으로 하여 다른 비형은 거기에서 **일탈**한 것으로 자리매김한다. 여기에서도 이상 지수에서 많이 뒤떨어진 '오목 코'가 많은 일본인의 코는 서구인종에 비해 열등한 인종이 되며, 추한 것으로 간주되어 융비술로 교정해야 할 대상이 되었다. 그야말로 "비형은 문명도의 표징"인 것이다.

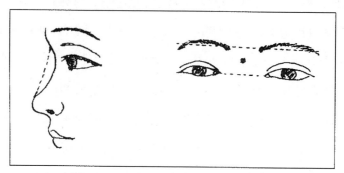

하야시 구마오 『코의 미학』에 게재된 황금선(Golden line of nose).

　인간의 다양한 종류의 코의 형태미를 상술한 하야시의 저술은 내면의 미에는 거의 지면을 할애하지 않는다. 표면적으로는 '지도'적 논의를 지향하고 있지만, "코와 의력(意力)의 관계"를 자명시하는 입장에서는, 지도적 사고는 오히려 상대주의를 중심주의의 사고로 전위(轉位)시키듯 활용되고 있다. 그것은 시선의 계층성, 시각적 권력의 맵핑을 자연화하고 갱신하는 데에 공헌하게 될 것이다. 서구인의 '직비', '장비'가 미적인 이유는 형태의 배치와 평형, 거기에 대비와 비례의 질서미라는 자연화된 미학에 의해 강제로 보증된다. 그 자연화의 과정에는 진화론-관상학이 구축한 '내면의 표현으로서의 외면'이라는 강력한 인식이 잠재되어 있다. 그리고 여기에 도달하면 지도적 좌표에 의해 가시화된 인간의 얼굴-두개골은 세계대전을 통해 편성된 세계의 인종 지도나 식민지 지도의 우의(寓意)적인 모델이 되기도 한다.

　그런데 이상의 분류 가운데 '볼록 코'라는 코 모양은 이른바 매부리코와 덴구코(天狗鼻, 높은 코)에 해당하며, 다음과 같은 설명이 덧붙여져 있다.

콧날 중앙이 심하게 돌출되거나 또는 단층이 생겨 비두**구형**(鼻頭鉤形)
을 이루며 아래로 굽어 황금선을 위쪽으로 돌파하는 비형으로, 일반적
으로 유태형(Judaic type)이라 칭하는 것이다. 일본인에게는 아주 적지만
구미인에게는 종종 보이는 형태로, 이름처럼 유태인에게 가장 많다. 일
종의 유태인 성격을 나타내며, 서구인 사이에서는 혐오스러운 것으로
기피되고 있다. 유태형 코는 그 형상이 특이할 뿐 아니라, 코가 **안면 전**
체에 비해 눈에 띄게 과대하다. 이것은 건축미의 관점에서 볼 때, 심하
게 안면 비례를 해하기 때문에 추(醜)의 원인 중 하나로 지목된다.

　속칭 덴구코로 불리는 비형 역시 볼록 코의 일종이다. 이것은 일본인,
특히 남자에게 왕왕 보이는 볼록 코로, 비두(鼻頭), 비익(鼻翼), 비공(鼻
孔) 등의 형상이 아름답기만 하다면 기피할 형태는 아니다. 단 이것은
남성적 감정을 일으키기 때문에 여성에게는 해당되지 않는다. 여성의
귀염성 있는 얼굴에, 남성적인데다 특히 형태가 과대할 경우 유태형과
마찬가지로 추함을 더하게 된다. 특히 중년이 넘으면 눈에 띄게 모양이
나빠진다.[8] (강조는 인용자)

위에서 강조한 부분을 앞서 인용한『나
는 고양이로소이다』의 고양이가 가네다
하나코의 코의 관찰/묘사한 장면과 함
께 대조하며 읽어주기 바란다. 이 외에
도 '볼록 코' 에 관한 기술은 메이테이가
하나코의 "다소 지나치게 준험한" 콧날
을 평가하면서 사용한 여러 가지 표현인

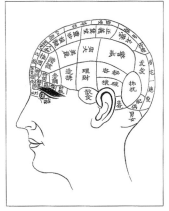

코와 인종(『코의 미학』).

"구라마야마(鞍馬山)* 에서 전람회가 열린다면 필경 일등상", "당당하고 시원스럽게 융기" 되어 있다는 식의 표현을 상기시킨다.

물론 하야시의 『코의 미학』은 앞서 언급한 바와 같이 『나는 고양이로소이다』보다 훨씬 나중에 간행되었기 때문에 영향관계를 따질 차원은 아니다. 작가가 직접 영향을 받은 것으로 보이는 것은, 소세키가 『문학론』의 '모방'에 관한 기술에도 인용하고 있는 파올로 만테가자(Paolo Mantegazza)의 영어판 『관상학과 표정(Physiognomy and Expression)』(1890)을 들 수 있다. 소세키가 소장한 이 책 안에는 "볼록 코에 대해, 이 코를 가진 사람은 악인이라는 것은 아날로지(analogy)에서 온 것이 아닐까" 라는 메모가 적혀 있다. 하야시가 책에서 언급한 '유태형'의 분류와 상관이 있을 것으로 보인다.

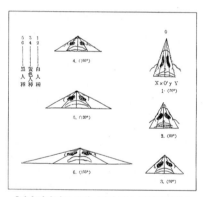

「기관 명칭 및 그 부위」 (이시 류코, 『성상학정의』)

메모 부분은 이 책 13장 「증오, 잔혹, 흥분한 표정」 에 기술된 내용으로, 볼

---

* 교토에 위치한 산. 표고 584미터의 영산(靈山)으로 알려져 있다.

록 코를 가진 자는 성격이 급하고 잔혹하다고 보는 제가의 설이 인용되어 있다(단, 만테가자 자신은 반드시 거기에 동의하는 것은 아니다).

또 일본 근대에 이입되어 보급된 관상학(골상학) 담론에서 『나는 고양이로소이다』와 가장 가까운 시기에 간행된 『간이 성상학—머리와 얼굴 연구(簡易性相學—頭と顔の硏究)』(1912)를 보면, "비골 및 견골 높이는 개개인의 파괴성 및 저항력을 표상한다"고 되어 있다. 이것은 후(嗅)신경이 발휘되는 '관자놀이' 부분이 '파괴'나 '저항'의 성질을 지배한다는 것에 따른 것이며, '파괴'나 '저항'에 관한 대응관계는 당시 관상학 전반에 걸쳐 유통되던 것으로 드문 기술은 아니다(골상학 관계 서적 구성은 메이지 초기, 문부성에서 간행된 『백과전서 골상학(百科全書 骨相學)』(長谷川泰 訳, 1876) 이래 같은 형태를 반복하는 것과 거의 유사하다). 이 책에 덧붙여진 야마가타 아리토모(山縣有朋)* 등 유명인의 얼굴 관찰 사례를 보더라도 코의 높이가 자존심이나 적극성의 지표가 되고 있음을 알 수 있다.

어찌되었든 하야시가 '볼록 코'를 일컬어 '유태인적', '남성적'이라고 했던 유형이 일반적으로 유포되었던 통속 이미지라면, 고양이나 메이테이의 시선도 그것과 관련이 없지는 않을 것이다. 이것이 하야시가 말하는 코의 형태미학의 기본자세일 터인데, 그것은 『나는 고양이로소이다』와도 공유되고 있다.

인종과 성의 표준형을 일탈하는 것은 위반이며, 위반은 미와 대립하는 추가된다(그리고 비난받는다). 미추와 관련된 '편견' 규칙에 따른 이러한 포위망은 관상학적 담론이 기여해온 인종 간의 우열관계를 고착화하는 계보

---

* 야마가타 아리토모(山縣有朋, 1838~1922): 일본 제국 육군의 창설자이자 최초의 총리로, 근대 일본의 군사와 정치 토대를 마련한 인물이다. '일본 군국주의의 아버지'로 일컬어짐.

안에 자리한다. 물론 닥터 하야시의 경우에는 융비술을 사용하면 인공적=예술적으로 코를 개조하는 것도 가능하겠지만, 그 기술=예술은 불가능성으로서의 '인종 개량'의 환상을 단순히 묘사하는 것에 그칠 뿐이다. 설령 일본인이 서구인처럼 길고 직선적인 '희랍형' 코로 성형했다고 하더라도, 그것은 서구인의 코가 될 수 없다. 아니, 되어서는 안 된다. 코를 높게 하는 것은 **서구인이 되기** 위한 것이 아니라, **서구인처럼 되기** 위한 것이기 때문이다. 미용성형이란 타자로의 변신(transfiguration)이 아니라 동화하지 못하는 타자의 환상, 어디까지나 이식(transference)이어야 한다.

하나코의 "가장 발달하고 가장 위대한" 코는 여성의 경계를 넘어 남성화한 것으로 암묵적으로 비난의 대상이 되고 있다("그런 인간은 여자가 아니야, 멍청이라구"). 나아가 그녀의 과잉된(=진화된) 코를 여성에서 **진화**한 '남성화'일 뿐만 아니라 '교활불손(狡猾不遜)'하다는 '유태인'의 유형을 접목시키고 있는 점은 매우 흥미롭다. 구샤미의 아내를 제외하면, 하나코나 그녀의 딸인 도미코 등 『나는 고양이로소이다』의 여자들은 관찰되고 이야기되는 자로 대상화하고 있지만(게다가 고양이는 도미코의 전화 목소리를 엿듣기까지 한다), 그녀들이 나서서 남자들을 관찰하고 묘사하지는 않는다. 하나코가 구샤미의 집에 들러 이것저것 간게쓰에 관해 묻는 장면에서 구샤미와 메이테이의 냉소적 태도로 인해 그 돌출된 코는 꺾여 버리고 만다. 그야말로 『나는 고양이로소이다』는 화자인 고양이를 포함하여 보는(관찰하는) 것과 이야기하는(묘사하는) 것을 중계하는 '남자들의 모임'에 지나지 않는 것이다. 마사오카 시키 주변에 남자들이 모여들었던 야마카이(山会)처럼 말이다.

4. 관찰되는 주체

코를 모티브로 한 문학작품이라 하면 아쿠타가와 류노스케(芥川龍之介)의 『코(鼻)』(1916)를 가장 먼저 떠올리는 사람이 많을 것이다. 나쓰메 소세키가 이 작품을 격찬한 일화도 자주 인용된다. 주인공 젠치 나이구(禅智内供)는 낮은 코가 아니라 너무 긴 코로 고민한다. 고민의 원인은 "상처받은 자존심"에 있다. 나이구는 다른 사람의 코를 관찰하거나 또 교전(教典)과 서적을 읽으며 자신과 같은 형태의 코를 찾아내려 하지만 헛수고에 그친다. 화장이나 패션이라 하면 언제나 시대의 표준형에 대한 모방과 일탈로 표출되어 왔다. 그러나 자신의 긴 코를 일탈이라기보다 중대한 위반으로 여겼던 나이구로서는 미적 구제 방법은 코를 짧게 하여 표준에 가깝게 하는 길밖에 없었다. 그런데 시도한 치료, 즉 성형으로 코를 짧게 하는 데 성공한 나이구를 기다리고 있던 것은 의외로 사람들의 모멸적인 냉소였다. 이 냉소의 이유를 이해하지 못하던 나이구를 대신해 화자는 이렇게 추측한다. 인간이 타인의 불행에 표하는 동정심이 포함된 위선이 그것이다. 화자에 따르면 나이구는 "방관자의 이기주의"를 "막연하게" 느끼고 있다. 즉 나이구에게 중요한 것은 자신을 냉소하는 사람들의 내면이나 성격이 아닌, 그 표면에 드러난 시선인 것이다. 이 때문에 병을 얻었으나, 다시 긴코를 되찾고 안도하는 나이구는 이렇게 혼잣말을 한다. "—이렇게 하면 이제 아무도 비웃지 않겠지."

물론 『코』의 화자는 인간의 위선을 앞세워 너무 안이하게 나이구의 행복한 결말을 웃음거리로 만들어버리지만, 나이구 자신은 자기를 바라보는 시선에서 "방관자의 이기주의"를 느끼면서도 화자처럼 내면화하지 못한채 그 이기주의를 코의 형태로 판단하는, 즉 외모 차원에 고착화시켜버리는 희비극을 계속해서 연기한다. 소설『코』의 매력은 필경 화자와 나이구 사이에 생긴 인식의 빈틈에 존재하지만,『나는 고양이로소이다』에는 그러한 빈틈은 보이지 않는다. 왜냐하면 거기에는 대화가 결락되어 있지만 고양이와 구샤미, 메이테이 등이 동일한 인식을 공유하고 있기 때문이다. 그것은 한마디로 말하면 남성적 공동성의 인식이라고 할 수 있다. 그 공동성은 타자를 관찰하고 비평하는 것으로 구축된다. 그리고 그 시선은 결코 자기 자신에게로 향하는 법은 없다. "무릇 인간의 연구라 함은 자기를 연구하는 것이다"라는 것은 고양이의 말이지만, 여기서 인간은 주인 구샤미를 가리키는 것이며, 고양이 자신의 '자기 자신에 대한 연구'는 그 어느 곳에서도 실현되지 않는다.

마에다 아이(前田愛)가『나는 고양이로소이다』에서 지적한 바와 같이 2인칭 관계의 결락은 화자인 고양이만의 문제는 아니다. 그들은 그야말로 "방관자의 이기주의"의 주체이면서 그에 대한 자각은 희박하다. 희박한 상태로 결말의 근대적 '탐정' 경향과 그 '자각심'에 대한 논의로 들어간다. 『코』의 주인공이 끊임없이 집착하는 '어떻게 보일까?'라는 물음은『나는 고양이로소이다』속 그들에게는 거의 결락되어 있으며, 거기에는 오로지 타자를 '어떻게 볼까?'라는 기술과 비평만이 경쟁한다.『코』의 젠치 나이구의 번민의 실체는 바로 그러한 기술과 비평에 다름 아니다. 융비술을 유일무이한 처방전이라고 생각하는 하야시 구마오의 책 또한 나이구처럼 번민으로 빠져드는 일은 없을 것이다. 이상적인 코의 형태에서 벗어난 것 때문에 고민하는 '화자'가 자신이 낮은 코의 소유자라는 것(혹은 '코가 낮은 일본인'이라는 것)을 어떻게 받아들여야 하는지를 묻는 일은 아마도 일어나지 않을 것이다. 인종과 성(性)의 분류를 얼굴 모습, 코의 선천적 형태에 대응시켰던 하야시의 우생사상과 동일한 논리가 『나는 고양이로소이다』의 메이테이의 연설에도 엿보인다. 그것은 '어떻게 볼까?'라는 관찰자의 불가역적 시선과 밀접하게 연관되어 있다.

이러한 시선의 일방통행성은 『나는 고양이로소이다』 곳곳에서 발견할 수 있다. 이 텍스트의 화자나 주요인물 역시 사람을 평가하는 데에 약속이라도 한 듯 그 외모를 관찰하는 것에서부터 시작하기 때문이다. 가네다 댁에 잠입하거나 목욕탕을 엿보거나 과감하게 탐정 행동을 하는 고양이는 물론 구샤미 등에 이르면 실내에서 별 움직임 없이 차례로 방문해오는 손님을 맞이 하는 내부의 시점을 무너뜨리지 않는다. 비유하자면 그들은 문을 열고 들어오는 수험자를 뚫어지게 응시하며 맞이하는 면접관과도 같다. 고양이는 말하자면 이들 면접관에 편승해 "인간연구"에 유리한 위치를 확보하려고 하는 것이다.

앞서의 가네다 하나코도 그런 예에 해당한다. 후반 10장에 등장하는 구샤미의 학생 후루이 부에몬(古井武右衛門) 등도 이 고양이와 구샤미에 의해 대상화되는 가련한 수험자일 것이다. 그가 내방하는 경우에도 우선 고양이가 마치 척후(斥候)라도 된 듯 그의 외모를 관찰/묘사한다. 나이는 17, 18세 정도의 서생으로 "피부가 비쳐 보일 만큼 짧게 깎아놓은 큰 머리에, 납작코가 얼굴 한복판에 모여" 있으며, "별로 이렇다 할 특징도 없으나 머리만큼은 무지막지하게 크다". 가네다 도미코 앞으로 농염한 글을 보낸 것 때문에 퇴학처분을 받게 되는데 이를 거둬달라고 탄원하러 온 제자에게 구샤미는 시종 냉담하게 대응한다. 고양이에 따르면 이 냉담함이야말로 인간세계의 몰인정한 삶의 철칙이라고 한다. 자신의 입장으로 바꿔보려 하지 않는 냉담·몰인정이란 인간을 관찰하는 태도의 기본이기도 했다. 불쌍한 부에몬 군은 단지 자신의 두부(頭部)를 관찰당할 뿐이다. 고양이의 말을 통해 구샤미의 마음속 기억과 평가가 그의 커다란 밤송이처럼 깎은 머리에 일방적으로 주입된다. 이른바 "큰 머리"라든가 "머리 크기에 비해 뇌력은 발달하지 않았다" 등등. 도중에 집에 들른 간게쓰와 구샤미의 대화 주제도 그러하다.

"머리가 상당히 크군요. 공부는 잘합니까?"
"머리 크기에 비하면 잘하진 못하지만, 가끔 묘한 질문을 해요……."
"머리가 너무 커서 그런 쓸데없는 질문을 하는가 보네요……."

"위대한 두뇌"라는 형상이 후루이 부에몬의 인격을 나타내는 은어라는 것은 말할 것도 없지만, '위대' 함이라는 것은 후나코에게 있어 "위대한 코"와 마찬가지로, 간게쓰가 위에서 지적한 것처럼 과잉된 탓에 결핍, 즉 '열성(劣性)'의 징후에 다름 아니다. '두뇌'라는 것은 여기서는 소프트가 아닌 하드를 의미한다. 하나코 코의 과도한 발달이 인격적 결함의 표징으로서 (진화론이 아닌) 퇴화론의 증명이 된 것처럼 부에몬의 커다란 머리는 그 내용(뇌력) 사이에 빈틈과 어긋남을 함의하고 있다.

막스 노르다우(Max Simon Nordau)의 이른바 『퇴화론(Degeneration)』의 결론을 「말세론」으로 번역하여 수록한 기류 마사쓰구(桐生政次)의 『현대문명의 비판』이 간행된 것은 1907년이다. 『나는 고양이로소이다』 하편 간행보다 몇 개월 앞선 것이다. 앞서의 만테가자와 더불어 작가 나쓰메 소세키는 노르다우의 『퇴화론』을 비롯해, 노르다우가 이 저서를 헌정한 범죄심리학자체사레 롬브로소* 의 『천재론』[일본에서는 쓰지 준(辻潤) 등의 번역에 의해 보급되었다]도 영어판으로 읽고 있다. 물론 노르다우는 말세(세기말)에 있는 현대문명의 변형, 퇴화의 징후를 예술표현이나 예술양식에서의 감정, 감각의 선정주의(sensationalism)에서 구하고 있으므로, 후루이 부에몬에게 부여된 우둔하고 사람 좋은 성격 자체는 퇴화론의 예로는 적절치 않을지 모른다. 그러나 고양이가 부에몬을 관찰하는 첫 번째 인상을 "두개골만큼은 아주 큰"이라고 기술한 부분을 보면, 이 관찰자가 골상학에 근거한 시선을 전제로 하고 있음은 분명하다. 그리고 이 골상학적인 시선은 머리의 크기와 능력을 비교하여 계량하는 구샤미와 간게쓰와도 공유하고 있다고 생각해도 좋을 것이다. 더불어 『나는 고양이로소이다』 후반부에 보이는 자의식과 광기, 자살에 관한 논의도 롬브로소의 광기와 천재, 노르다우의 퇴폐(데카당스)와 히스테리의 논법에 공명하는 부분이 크다고 생각된다.

두개골-뇌의 계측을 바탕으로 내면(감정·지력)을 판별하는 골상학의 유행은 발상지인 유럽에서는 19세기 전반을 끝으로 종식되었다. 한편 일본에서는 그 시조인 프란츠 요제프 갈(Franz Joseph Gall)의 사상이 막말에 소개된 이래 메이지, 다이쇼 시기에 걸쳐 통속적 요소가 다수 섞여 들었지만 정통 학문으로 인정했다. 롬브로소―노르다우의 계보가 이러한 골상학에서 유래한 것도 있지만, 라파타를 시조로 하는 관상학(觀相學)의 수맥이 프란츠 요제프 이후의 이 골상학과 롬브로소의 범죄심리학이나 독심술은 물론, 기억술과 최면술, 동양에서 유래한 인상술(印象術) 분야까지 휩쓸며 메이지, 다이쇼기 근대 일본에 은연(隱然)했던 지(知)의 기법을 형성하고 있

---

* 체사레 롬브로소(Cesare Lombroso, 1835~1909): 19세기 이탈리아의 범죄학자, 법의학자, 범죄인류학자이다. 세계 최초로 범죄인의 성격을 연구했다.

었던 것은 『나는 고양이로소이다』라는 텍스트의 성립과도 무관하지 않다.

독심술에 대해서는 9장 끝부분에서 그 기술(技術)은 모두 습득되었다는 사실이 화자인 고양이의 입을 통해 독자에게 전달된다. 광기에 관한 구샤미의 속내를 재현한 후 "고양이 주제에 주인의 심중을 어찌 정밀하게 기술(記述)할 수 있겠는가"라며 의문을 제기하는데 '기술'이라는 말을 선택한 것에도 주의를 요한다. 그는 역시 '쓰는 고양이'였데, 실은 고양이는 텍스트 첫 장면부터 이러한 독심술을 아무렇지도 않게 구사했다. 앞서 하나코가 방문하는 장면에서도 그녀가 구샤미 집을 칭찬하자 고양이는 '거짓말'이라고 말하는 주인의 속마음을 읽어낸다. 부에몬의 두부를 관찰하는 부분만 하더라도 구샤미의 육성이 들려오기 전 고양이가 그것을 가로채 소개하는 형식을 취하고 있다. "사람의 마음속을 꿰뚫는", "사람의 마음을 읽는" 이같은 관찰자-탐정에게 있어 독심술은 궁극의 방법이 아닐 수 없다. 그리고 이 방법이 자칫 근대의 개인이라면 지녀야 하는 필수 아이템이라고 주장하듯, 독심술 관련 서적과 정보가 일본 근대에도 넘쳐흘렀다. 처세를 위해, 출세를 위해 그 목적은 다양했는데 거기에는 자신이 누구인가를 알기 전에, 오히려 타자를 알고 타자의 마음을 읽어내는 것으로 성공을 이루려는 공리의식이 작동하고 있었다. 이런 점에서 독심술은 자기확립의 정신주의와 공리적 유물주의를 하나로 묶는 기술이었던 것이다. 그리고 이러한 관찰 방법론이 자기목적화한 근대인들의 공간에 『나는 고양이로소이다』의 구샤미 살롱은 대응해간 것이라고 말할 수 있을 것이다.

독심술은 근육운동으로 타자의 심적 상태를 읽어내려 하는 '과학'의 논리를 바탕으로 한다. 다른 한편으로는, 뇌를 "정신을 발신하는 장기(臟器)"(『百科全書 骨相学』, 앞의 책)로 보는 것을 전제로 하여 뇌와 두개골을 계측하는 골상학이라는 '과학'의 계보가 독심술에 재생, 이용되었다. 골상학(Phrenology)은 1876년판 문부성 『백과전서 골상학』에는 '골상학'이라고 번역되었는데, '마음의 학(學)'이라는 어원에 기반한 이 번역어를 '성상학'이라고 부른 세키 류시(石龍子)의 『성상학정의(性相學精義)』(1902)는 성상학(골상학)이 아동교육에 응용되어야 한다는 것을 '범죄인 및 그 처리법' 항목과 나란히 기술하고 있다. 교육과 감독, 감시하는 영역에서 시점의 초월과 고소성(高所性)을 중시해 왔음은 학교와 감옥(그리고 병원, 군대)이 근대 권력 장치의 실험장이라는 사실을 상기하면 쉽게 이해할 수 있을 것이다.

프란츠 요제프 갈과 나란히 일본에 소개되었던 조지 콤[George Combe, *A system of phrenology*의 번역으로 900페이지가 넘는 대작 『성상학 원론(性相學原論)』이 나가미네 히데키(永峰秀樹)의 번역으로 1917년에 간행됨]의 골상학은 앞서의 『백과전서 골상학』과 『성상학 정의』 등에도 이론적 전제를 제공하고 있다. 고마쓰 가요코(小松佳代子)에 따르면[9] 원래 콤의 사상은 '골상학적 교육론'이라고 할 만한 것으로, 그는 "모든 학교 교사로 하여금 골상학의 원리를 배우도록 해야 한다고 주장"한 것으로 알려져 있다. 또한 골상학으로 대표되는 관상학적 인식은 "모르는 사람들이 일상적으로 접촉해야 하는 도시 현실에 맞춘 해석"이며, 조지 콤의 출신국인 영국에서 골상학은 산업혁명기의 사회 재편에 대응한 '자기·타자인식의 기반'을 마련한 과학이며, 'KNOW THYSELF'라는 말이 당시 좌우명으로 자주 사용되었다고 한다(이 말은 세키 류시의 『성상학 정의』의 표지에도 새겨 넣었다). 그 표어가 상징하듯, 골상학은 적성 판단 등 자기인식과 자조(自助, self-help), 자기수양의 근거가 되었음을 강조하고 있다.

일본에서도 독심술과 관찰술, 감정교육 등 넓은 의미에서의 관상학적 방법론이 교육과 수양 영역에서 활발하게 사용되었다. 메이지 말기부터 등장한 가토 도쓰도(加藤咄堂)와 로카와 다다오(盧川忠雄) 등이 통속적인 수양서와 실용서를 남작하며 그것을 대중화시켰던 측면도 분명히 있다(예컨대 로카와의 경우 『관찰력 수양』, 『독심술 수양』 등을 간행했다). 그런데 그 통속화나 대중화 안에는 "너 자신을 알라"라는 수양적 명제를 방패 삼아 처세와 타산의 기술을 긍정하는 요소 또한 내포되어 있었을 것이다. 『나는 고양이로소이다』도 그러했듯 타자를 관찰하고 타자의 마음을 읽는(근대 도시생활자를 주체로 하는) 기술과 시선이 자기회귀의 방향을 잃고 일방통행성에 편향되어 가는 것, 그것을 근대 개인의 자기상실이라는 수준과 권력 장치에 의한 시선의 관리라는 두 측면에서 검토할 필요가 있을 것이다.

[손지연 옮김]

▍원주

1. 石崎等, 『夏目漱石 テクストの深層』, 小沢書店, 2000, 67쪽.

2. 前田愛, 『近代日本の文学空間』, 新曜社, 1983.

3. 石原千秋, 『漱石の記号学』, 講談社, 1999, 32쪽.

4. 大場茂馬, 『個人識別法』, 忠文舎, 1908 참조.

5. 大日方純夫, 『警察の社会史』, 岩波新書, 1993 참조.

6. 구샤미, 메이테이, 간게쓰가 '공작(共作)'한 것을 연결하면 다음과 같은 '시'가 완성된
   다. "이 얼굴에 잘 어울리는 코 마쓰리(축제)/이 코에 신주(神酒)를 올리고/구멍 두 개
   어렴풋하여/속이 깊어 털도 보이지 않네."

7. 인용은 酒井明夫·黑澤美枝, 「狂気の外観—19世紀ヨーロッパの観相学
   (physiognomy)と精神医学」(『臨床精神病理』, 1997.8).

8. 林熊男, 『鼻の美学』, 九十九書房, 1922, 107~111쪽.

9. 小松佳代子, 「骨相学と教育—G. Combeの教育論を中心に」, 『大人と子供の関係史』,
   第三論集, 1998.

::제2장::
관찰자의 공허
『피안 지날 때까지(彼岸過迄)』[*]

1. 이야기와 구성의 문제

나쓰메 소세키(夏目漱石)의 『피안 지날 때까지』(초출 1912년, 같은 해 단행본 간행)는 등장인물 다가와 게이타로(田川敬太郎)의 시점과 이야기가 텍스트 전체의 프레임을 이루고 있다는 사실은 적어도 형식상에서는 거의 틀림없다. 「목욕 후(風呂の後)」, 「정류소(停留所)」, 「보고(報告)」, 「비 오는 날(雨の

---

* 나쓰메 소세키(夏目漱石, 1867~1916)의 장편소설. 1912년 1월 1일부터 4월 29일까지 『아사히신문(朝日新聞)』에 연재되었고, 같은 해 단행본으로 간행되었다. 피안(彼岸)은 춘분 또는 추분 절기의 전후 7일간을 말하는데, 나쓰메는 1912년 1월 이 작품을 아사히신문에 연재하기 시작할 때의 머리말에서 『피안 지날 때까지』라는 제명은 설날에 시작해서 피안이 지날 때까지 쓸 예정이었기 때문에 그렇게 이름 지었을 뿐인, 사실상 공허한 표제라고 밝히고 있다.

降る日)」,「스나가의 이야기(須永の話)」,「마쓰모토의 이야기(松本の話)」라는 여섯 편의 단편을 한 편의 장편으로 구성하기 위해, 다가와 게이타로라는 이야기의 '청자'가 고정되고, 그 단편들의 끝에 극히 짧은 「결말」이 부자연스럽게 더해졌다. 게다가 작가 나쓰메 소세키는 『아사히신문(朝日新聞)』에 소설을 연재하기에 앞서, 이러한 수법의 문제를 사전에 예고까지 하고 있다. 그것은 소설이 건축가의 도면과는 다르기 때문에 결말까지 예기하는 일 없이 이야기의 "활동과 발전"에 맡기겠다고 하는 자칫 무책임한 듯 받아들여지는 선언이었다. 이것은 우선 "교육을 받았고 아울러 평범한 인사"인 "우리 아사히신문의 구독자"와 작가 사이의 신뢰관계를 전제로 한 '신문소설'에 대한 의욕을 말하는 문맥 속에 놓아볼 만한 언술이기는 하다. 다만 그렇다곤 해도 텍스트를 구성하는 수법의 억지스러움을 보상하지는 못하는 게 아닐까.

고미야 도요타카(小宮豊隆)는 다가와 게이타로의 존재를 여섯 편의 단편을 꿰는 "염주의 끈"으로 비유했지만[1], 그는 과연 그런 "끈"의 역할을 정말로 다해내고 있는 것일까. 「목욕 후」,「정류소」,「보고」—전반부의 이 세 편은 물론 게이타로를 시점 인물로 삼고 있다(화자는 별도). 「비 오는 날」은 지요코(千代子)로부터 게이타로가 스나가(須永)와 함께 들은 이야기로, 그러한 체제상으로는 지요코가 화자이고 게이타로는 청자인데, 텍스트는 간접화법을 채용하면서 따로 화자를 두고서 다시 이야기된다. 이에 비해 「스나가의 이야기」에서는 스나가 자신이 화자가 되고, 게이타로를 청자로 삼아 직접 말한다. 마지막 「마쓰모토의 이야기」도 마쓰모토(松本)가 게이타로를 청자로 삼아 이야기하는 동일한 체재를 취하고 있다. 「비 오는 날」,「스나가의 이야기」 두 편에 관해서는 화자(혹은 이야기 속의 화자)

를 맡는 지요코나 스나가와 게이타로와의 대화를 도입부로 삼고 있는 점
에서 『피안 지날 때까지』 전체의 연환으로 수렴되도록 일단 배려는 이루
어지고 있다고 할 수 있겠다. 하지만 내러티브의 면에서 보더라도 사정은
그리 단순하지 않다.

「스나가의 이야기」에는 게이타로라는 청자를 의식한 어조가 몇 가지 있
다. "말 나온 김에 여기서 말하겠다"라는 표현이 어머니와의 혈연에 관해
언급한 부분에서 나온다. 스나가는 거기서 어머니와의 혈연적인 동류/차
이에 관해서 "상세한 연구를 남몰래 거듭했"음을 게이타로에게 고백하고,
그것은 "아직 누구에게도 말하지 않은 비밀"이라고 누설하고 있다. 이 토
픽은 『피안 지날 때까지』 후반 이야기의 이른바 핵심부분에 관련되는 것
인데, 오랫동안 공표할 수 없었던 '비밀'이 게이타로라는 특정의 청자에
게 이야기된다—〈지금/여기〉에 응축된 이야기의 수행성을 거기에서 시사
하고 있는데, "말 나온 김에 여기서"라는 구절이다. 이 부분의 바로 앞에
는 "이런 장황하고 번거로운 회화를 내가 어째서 기억하고 있는가 하면"
이라는 표현도 있지만, 이것도 또한 마찬가지 취지이다. 스나가가 의탁된
화자로서 게이타로의 앞에 있음을 암시함으로써, 텍스트는 이야기를 초월
적인 높은 위치의 바로 앞에 머물게 한다.

「스나가의 이야기」에서는 지요코를 둘러싸고 스나가가 다카기(高木)를
질투한다는 이야기가 중심적으로 나오는데, 이에 대해서도 "내가 다카기
에 대해 질투를 일으키는 것은 이미 명백히 자백해두었다"는 구절이 준비
되어 있다. 나쓰메 소세키의 소설 속에서 '자백'이라는 말은 오늘날 말하
는 '고백'과 거의 동의어로 '털어놓다'라는 의미로 사용된다[덧붙여서 말

하면 '고백'의 용례는 『그 후(それから)』˙에 세 개의 용례가 있을 뿐이다. 시마자키 도손(島崎藤村)의 『파계(破戒)』˙˙에서는 반대로 '고백=털어놓다'가 키워드로서 지배적인데, '자백'이란 말도 병용된다. 흥미로운 것은 나쓰메 소세키의 텍스트 중에서 '자백'이 『마음(こゝろ)』˙˙˙의, 그것도 「선생의 유서」에 집중적으로 사용되고 있는 점이다. 하숙 주인집 아가씨를 사모하는 마음을 '자백'하는 K. 그리고 '자백'을 남긴 채 소멸하는 K. 그것을 이어받아서 선생의 내면 이야기가 이번에는 그 자신의 '자백'을 향해서 구성되어간 것이 「선생의 유서」가 되는 셈일까. 이처럼 '자백'이란 화자로부터 청자에게로 이야기가 계승된다는 문맥 위에서 성립한다. 청자는 그가 화자가 되기 위해서는 새로운 청자를 찾지 않으면 안 된다. 위의 용례도 게이타로라는 청자를 빼고서는 성립되지 못한다.

『피안 지날 때까지』에는 '자백'의 용례가 10개 있는데, 그중 6개가 「스나가의 이야기」에 나오는 것도 이와 관계가 있을 것이다. 다른 용례를 보면, 스나가가 지요코와 자신의 차이를 "두려워하지 않는 여자와 두려워하는 남자"로 규정하는 부분이나, "통절한 사랑"의 경험이 없기 때문에 자신은 스스로 질투의 성질을 판단할 수 없지만, 이성의 "아름다운 얼굴과 아름다운 옷"을 보면 일종의 욕망을 품는다고 말하는 부분에 '자백'이란 말은 사용되고 있다. 앞의 다카기에 대한 질투심도 포함해서 이것들은 모두 스나가의 환상에 대한 기술이다. 『마음』의 '자백'으로 이어진다고 보

---

* 나쓰메 소세키의 장편소설. 1909년 6월 27일부터 10월 4일까지 도쿄아사히신문·오사카 아사히신문에 연재되었다. 다음해 단행본으로 간행되었으며, 『산시로(三四郎)』(1908), 『문(門)』(1910)과 함께 소세키의 전기 삼부작으로 불린다.
** 시마자키 도손(1872~1943)은 일본 근대 시인이자 소설가. 자연주의문학을 대표하는 작가로서 『파계』(1906)는 그의 대표작 중 하나이다
*** 1914년에 발표된 소세키의 장편소설.

는 평가가 나와도 부자연스럽지 않다. '자백'은 대자(對自)적인 '자성'의 영위와 제휴하면서, 그 윤곽을 타자=청자에 대한 이야기를 통해서 묘사해 내려고 하는 대타적인 충동에 자극받아 나타난다. 고미야 도요타카가 『피안 지날 때까지』 후반에 특권적으로 찾아낸 작가의 내면탐구의 모멘트 (moment)란 이 '자성'의 뜻에 다름 아니다.

다만 「스나가의 이야기」의 경우, 게이타로를 청자로 위치시킨다고 해도 그 청자가 게이타로여야만 하는 필연성은 거의 찾아볼 수 없다. 이 점에 대해서는 「비 오는 날」에서 지요코의 역할도 마찬가지지만, "나는 비 오는 날에 소개장을 갖고 찾아오는 남자가 싫어졌다"라는 마쓰모토의 발화로 끝나는 「비 오는 날」도 그렇고, 지요코가 "비겁하기 때문입니다"라고 내 뱉으며 끝나는 「스나가의 이야기」도 그렇고 청자인 게이타로의 존재는 거의 내버려진 채 발화자들의 목소리만이 채록되면서 끝난다는 당돌한 결말로 되어 있다.

그 대신 지요코로부터 왜 마쓰모토가 비 오는 날에 면회를 사절했는지 그 원인을 듣기로 했다. (「비 오는 날」)

스나가의 이야기는 게이타로가 예기한 것보다도 훨씬 길었다. (「스나가의 이야기」)

「비 오는 날」의 지요코, 「스나가의 이야기」의 스나가가 각각 말하는 이야기의 도입부분인데, 이것을 좀 전 이야기의 결말부분과 대조시켜보면, 두 편 이야기 속의 〈화자/청자〉의 프레임이 자의적이고 부자연스럽다는 점이 눈에 띄게 보인다. 비 오는 날에 소개장을 가지고 오는 남자에 대한 혐오감을 표명하는 마쓰모토의 말은 그 자체가 마쓰모토로부터 비 오는 날의 면회를 거절당한 게이타로의 의문에 대한 회답이 되고 있는데, 화자가 설명 없이 발화를 내던지는 여기에서의 이야기 방법에는 자못 의미 있는 듯하면서 분명치 않은 인상이 남는다. 지요코의 "비겁하기 때문입니다"도 대화의 연속성을 차단하는 연극적인 효과와, 직접적인 청자인 스나가의 있을 법한 '자성'을 독자에게 상상하게 만드는 효과는 있다 하더라도, 그에 따라 게이타로의 청자로서의 존재는 점점 애매한 것이 되어버리고 있다. 그런데 「마쓰모토의 이야기」에서는 게이타로가 청자라는 것조차 명시되지 않은 채, 갑자기 마쓰모토의 이야기로 시작된다. 이것은 물론 다른 편과 비교해서 「마쓰모토의 이야기」가 독립성이 강한 단편 텍스트임을 의미하고 있는 것은 아니다. 선행하는 두 편이 채용한 〈화자/청자〉의 프레임을 명시하는 도입부를 빼놓음으로써[2], 독자는 이야기의 시공 어디에 대응하고 있는지 한순간 알 수 없게 되고, 허공에 매달린 듯한 감각을 품게되는 것이다.

그 후 이치쿠라와 지요코 사이가 어떻게 됐는지 나는 모른다. 뭐 아무 일 없을 것이다. 적어도 옆에서 보고 있자면, 두 사람의 관계는 옛날부터 오늘에 이르기까지 전혀 변하지 않는 모양이다. 두 사람에게 물으면 여러 가지 일을 말하겠지만, 그건 그때만의 기분에 휩싸여서 천연덕스럽게 앞뒤가 통하지 않는 거짓말을, 영원한 가치가 있는 것처럼 이야기하는 거라고 생각하면 틀림없다. 나는 그렇게 믿고 있다.

"그"나 "옛날", "오늘"이 구체적으로 무엇을, 언제를 가리키는지는 이 시점에서는 물론 불분명하다. 이어서 마쓰모토는 "그 사건이라면 그 당시 나도 들었다"고, 스나가와 지요코의 충돌을 이야기함으로써 독자는 거기에서 앞 장(「스나가의 이야기」) 마지막 부분의 두 사람의 충돌 이야기에서의 접속을 의식하면서 대략 짐작을 하게 된다. 즉, 「마쓰모토의 이야기」를 가령 "그", "그", "그" 등의 지시어 사용에 드러난 이야기의 융통성 있는 즉흥성을 살린 텍스트라고 간주한다고 해도, 그것은 오히려 이 편이 선행하는 다른 편에 의존하고, 그것과 상호 보완함으로써 비로소 성립하는 것임을 입증하기도 하는 것이다. "두 사람에게 물으면 여러 가지 일을 말하겠지만" 이하의 부분에도 스나가와 지요코 각자를 화자로 삼는, 있을 법한 두 가지 「스나가의 이야기」의 후일담을 상정해 그것들로부터 상상적으로 보급받으면서 마쓰모토의 말을 통해서 이야기를 집약하려는 의도가 나타나 있다.

원래 초출 형태가 신문소설인 사실도 포함해서, 지금까지 『피안 지날 때까지』론에는 시간적인 구성문제가 늘 따라다녔다. 통시적으로 보자면 독자는 「스나가의 이야기」, 「마쓰모토의 이야기」를 읽은 후에, 전반부의 게이타로 이야기의 처음으로 돌아가서 그것을 다시 반복할 것을 요구받고 있는 셈이다. 그러한 소설텍스트 전체의 시간적 문제(혹은 모순)와도 관련해서 마쓰모토가 「스나가의 이야기」를 거의 계속해서 통시적으로 이야기하고 있는 것도 『피안 지날 때까지』라는 텍스트의 억지스럽고 어색한 허구성의 한 예가 될 것이다. 마지막 「결말」 정도는 아니더라도, 「마쓰모토의 이야기」는 분량적으로도 이야기 전체를 집약하기에는 부족하다. 스나가의 편지를 인용하는 데서 끝나고 있는 점도 게이타로에게 말을 걸고 있던 이 '이야기'의 결말로서는 부자연스러움을 면하기 힘들다. 「비 오는 날」, 「스나가의 이야기」보다 더 청자가 무시되고 내버려지고 있다고 하지 않을 수 없다.

하지만 주의해야 할 것은 이러한 텍스트의 여러 가지 구성상의 모순이나 문제를 해석의 힘으로 보완해버리는 점이다. 그런 점에서 다음의 사카이 히데유키(酒井英行)의 해석은 『피안 지날 때까지』의 구성의 의미를 파악한 것으로서 납득할 수 있다.

> 「비 오는 날」, 「스나가의 이야기」, 「마쓰모토의 이야기」가 서로 어울려서 「정류소」→「보고」에 의해서 제시된 진상을 형성하고 있는 셈인데, 이것만으로는 세 단편이 상호간의 연결 없이 뿔뿔이 흩어져 버린다. 이것을 극복하기 위해서 탐방자 게이타로를 사용해 '수수께끼 풀기'의 연쇄성이 있는 소설로 꾸몄을 것이다. 「정류소」(스나가, 지요코, 마쓰모토 관계의 수수께끼를 제시)→「보고」(관계의 수수께끼에 대한 해명) (비 오늘 날에 면회를 사절하는 마쓰모토의 수수께끼의 제시)→「비 오는 날」(마쓰모토의 수수께끼에 대한 해명) (스나가와 지요코의 반목에 대한 수수께끼 제시)→「스나가의 이야기」(스나가와 지요코의 수수께끼에 대한 해명) (스나가의 출생의 비밀을 제시)→「마쓰모토의 이야기」(스나가 출생의 비밀을 명시)라는 연쇄성이 있는 소설로 꾸미고 있는 것이다. 이 연쇄의 실이 게이타로니까, 『피안 지날 때까지』는 필연적으로 게이타로의 탐정이야기로 구성되어 있는 것이다.[3]

〈수수께끼의 제시와 해명〉을 반복하는 텍스트가 「마쓰모토의 이야기」에 의해서 이야기(수수께끼)의 기원인 스나가 출생의 비밀이야기에 이른다는, 『피안 지날 때까지』의 이야기군의 "연쇄성"에 대한 설명은 정곡을 찌르고 있고, 구성의 기본적인 문제에 대해서는 여기에서의 고찰이 제일 적합하다고 여겨진다. 전반부 이야기의 연장선상에서 후반의 세 편을 파악하는 것, 즉 게이타로의 시각을 통해서 (단 모리모토의 이야기에 대해서는 청각을 통해서) 거쳐간 전반부의 이야기에, 게이타로의 청각을 통해서 재구성된 후반의 이야기를 중첩시켜서 텍스트 전체를 파악할 수 있을 것이다. 환언하면 게이타로의 역할은 이야기의 '관찰자'에서 '청자'로 이행하고 있지만, 그 이행에 연속성을 보고 『피안 지날 때까지』의 전반부뿐만 아니라 후반도 포함해서 사카이가 말하는 "게이타로의 탐정이야기"로서 파악해본다는 것이다.

하지만, 게이타로가 여섯 개의 이야기에서 "염주의 끈", "연쇄의 실"로서 기능하고 있는 것은 형식적인 수준에 머무르는 것이어서, 그것이 단편들 사이의 연결을 부자연스럽게 만들고 있음도 부정할 수 없다. 『피안 지날 때까지』를 실패작으로 볼 것인가 아닌가는 제쳐두고서라도, 이 점에서 정합성이 떨어지는 텍스트로서의 평가는 피할 수 없다. 그 정합성의 부재란 단적으로 말하면, 게이타로의 역할이 앞서 기술한 바와 같이 '관찰자'에서 '청자'로 변환되고 있는 바에 크게 기인하고 있다고 여겨진다. 아마 '관찰자'로서 게이타로의 시점에 의거한 이야기를 발전시키는 것이 곤란해진 상황에서, 그 이후의 전개는 방기되지 않을 수 없게 된 것은 아닐까. 그리고 그 대신에 같은 게이타로라는 인물을 청자로 삼아서, 그가 추적한 지요코와 마쓰모토나 스나가에게 면접시켜서, 그가 탐색한 이야기의 기원을 향해서 텍스트는 역행하기 시작하는 것이다.

『피안 지날 때까지』의 텍스트는 정확히 「보고」와 「비 오는 날」 사이에서 접혀진 듯한 체제로 되어 있다. 「보고」의 말미는 탐정행위를 끝낸 후의 게이타로와 마쓰모토의 만남 장면인데, 「비 오는 날」에서는 그 마쓰모토의 '비밀'이 해명된다. 이어지는 「스나가의 이야기」에서 언급되는 스나가와 지요코의 관계나 다카기에 대한 질투를 매개로 한 그녀와의 충돌은 「비 오는 날」에서 이야기되는 내용보다 시간적으로 선행하고 있다. 「마쓰모토의 이야기」에서는 더 나아가 그 이전의 이야기인 스나가의 출생 비밀로 화제가 등장한다. 그 후에 "여기에 2, 3통 와 있다"고 제출되는 마쓰모토 앞으로 보내온 편지를 통해서 언급되는 스나가의 여행[후의 『암야행로(暗夜行路)』*에서의 겐사쿠(謙作)의 오야마(大山)행에 정확히 대응하는 의미를 지닌다]은 이 소설의 다양한 화제 속에서 게이타로의 탐정행위에 가장 근접하는 시기에 행해지고 있고, 그 의미에서 텍스트는 결말에 이르러서 시간적으로 서두의 「목욕 후」의 지점으로 돌아오게 된다. 이러한 점에서도 시간적 구성에 한해서는 몇 가지 모순을 지니면서도 서로 조응하는 배려를 보여주고 있다고 생각해도 좋을 것이다.

이러한 시간적 구성의 배려와는 반대로, 위에서 기술한 부정합이나 부자연스러움이 발생하고 있는 이유는 비유적으로 말하자면 게이타로라는 인물에 매개된 그가 보는 이야기와 그가 듣는 이야기를 화합시켰을 때에 그 겹침의 필연성을 텍스트가 보여주고 있지 못하기 때문일 것이다. 첨언하면 게이타로에게 듣는 것은 결국 보는(본) 것의 공허함을 보완할 수 없었다는 의미가 될 것이다.[4] 「결말」의 "그의 역할은 끊임없이 수화기를 귀에 대고 '세간'을 듣는 일종의 탐방에 지나지 않았다"는 게이타로에 관한 화자

---

* 시가 나오야(志賀直哉, 1883~1971)의 장편소설로, 심경소설의 정점으로 평가받는 작품이다.

의 총괄은 『피안 지날 때까지』의 전체상을 "게이타로의 탐정이야기"로 규정하는 것에 기여하는 것이 아니라, 오히려 그 반대가 아닐까. 게이타로의 수동적인 청자로서의 자세는 "단순히 다른 사람의 이야기를 여기저기 듣고 돌아다녔을 뿐"이라는 등, 다른 곳에서도 화자에 의해서 왜소화되고 있지만, "실제의 세상에 접촉해보고 싶다는 뜻을 둔" 게이타로가 사회로 떠나는 자기형성의 이야기라는 (실질적으로는 공허한) 프레임에 대해서, 화자 스스로가 파탄을 선고하지 않을 수 없게 된다. 이것은 역시 기묘한 '결말'이라고 해야 하지 않을까. 그리고 여기에서의 파탄이란 "탐정이야기"(탐정소설)를 일종의 교양소설로서 구상하는 시도의 파탄에 다름 아닌 것이다.

2. 게이타로의 위치

게이타로의 모험은 이야기로 시작해서 이야기로 끝났다.

『피안 지날 때까지』에서 「결말」의 첫 부분이다. 여기에서 말하는 "이야기"란 직접적으로는 게이타로의 "고막의 작용"을 통해서 청취/채취된 "모리모토에서 시작해서 마쓰모토로 끝나는 몇 자리에서의 긴 이야기"를 가리키고 있을 것이다. 특히 후반에서 초점 인물로서 다루어지는 지요코와 스나가의 어머니(계모)를 제외하면, 『피안 지날 때까지』의 이야기를 구성하는 주요한 인물은 모리모토, 스나가, 다구치(田口), 마쓰모토 이 네 명의 남성이다. 지금 "모리모토에서 시작해서 마쓰모토로 끝나는" 이야기들 중에서 게이타로의 위치를 찾기 위해, 이들 인물의 유형을 정리해보면 다음과 같은 배치도를 생각할 수 있다. 여성의 주요 작중인물에 대해서도 앞서 두 사람의 잔심부름을 하는 계집아이 사쿠(作)와 생모인 미유미(御弓)를 더해서 상관도를 나타내보고자 한다.

그림A			그림B	
유민 ↔ 생활자			혈통 ↔ 잔심부름꾼	

스나가 (퇴영주의자)	모리모토 (모험가)	독신자 ↕ 가정인	어머니 (계모)	미유미 (생모)
마쓰모토 (고등유민)	다구치 (실제가)		지요코	사쿠

그림A에 대해서 최소한의 내용을 설명해두고자 한다. '생활자' 란 직업을 가지고서 사회적인 지위를 쌓는 것을 자명시하고, 그것을 전제로 행동하는 사람을 말하고, 사회에 나가 금전을 버는 것을 꺼리고 취업하지 않고 자기 자신을 위한 시간을 우선시하는 '유민(遊民)' 과 대립한다. 물론 모리모토와 다구치는 같은 생활자라고는 하지만 계급은 전혀 다르다. 다구치가 "관리에서 실업계로 들어와 지금은 네다섯 개의 회사에 관계를 지니고 있는 상당한 지위의 사람" 인데 대해, 과거에 다양한 '직업 경력' 을 지니고, 홋카이도에서 시코쿠(四國)·규슈(九州)까지 전국을 방랑해왔고, 신바시(新橋)의 정거장에서 일한 후, 다롄(大連)으로 건너가는 모리모토는 당시 고등유민에 대해서 '하층유민' 이라 평가되는 인물이다.[5] 〈고등/하층〉이라는 계급차를 두는 요소는 상당한 자산의 소유에 더해서 고등교육의 경력이 중요한 요소인데, 모리모토는 그 어느 쪽에도 해당하지 않는다. 반대로

다구치도 마쓰모토도 스나가도 상당한 자산을 소유하고, 고학력이라는 점이 공통된다. '가정인'이란 아내를 두고 가정을 꾸린 자를 편의적으로 이름 붙인 것이다. 다구치와 마쓰모토가 이에 해당된다. 모리모토도 일찍이 가정을 꾸렸지만, 이야기 속의 현재는 독신자로 직장을 그만두고 자유롭게 중국 대륙으로 건너가는 자유로움을 지니고 있다. 스나가는 물론 독신으로 어머니(계모)와 동거하고 있다. 그는 아버지를 여의고 실은 혈연관계가 없는 어머니와 지내는 독신자라는 설정이 『피안 지날 때까지』 후반의 스토리 라인을 형성하고 있음은 새삼스럽게 말할 필요도 없다. 스나가가 질투하는 다카기라는 인물에 대해서도 부언하자면, 그는 영국에서 교육을 받고 돌아온 스포츠맨 타입의 남자로[6], 그림A에서는 스나가의 위치에 가깝지만, 나중에 상하이로 건너간다는 넓은 행동반경은 식민지로의 진출이라는 의미도 포함해서 오히려 모리모토의 엘리트판이라는 인상을 주고 있다.[7]

그럼 게이타로는 이 그림A의 어디에 들어갈 것인가. 그는 스나가와 마찬가지로 제국대학 법학과 졸업의 법학사이다. 학력이 높고 낮음은 「목욕 후」에서도 모리모토와의 사이에서 논의거리가 된다. 자산은 스나가 정도는 아니지만, 고향에 약간의 전답이 있어서 당장의 생활에는 어려움이 없지만, 졸업 후의 "상당한 지위"("상당한 지위의 사람", 즉 다구치를 모델로 삼은 듯한)를 찾아서 취직운동을 해온 경력을 지니고 있다. 스나가와 같은 독신자인데, 그는 혼자 하숙하고 있다. 같은 하숙집에 있는 모리모토의 여러 가지 모험담을 들어주면서, 일찍이 싱가포르의 고무 숲 재배 경영을 꿈꾼 적이 있거나, 만철*이나 조선에 일자리가 없는가 생각하는 인물이고, 스나가나 다구치와 모리모토를 연결하는 위치에 있다고도 볼 수 있을 것이다.

---

* 남만주철도주식회사의 약칭. 1906년부터 1945년까지 존재했던 제국 일본의 국책회사로, '만주국'의 식민지 경영을 담당했다.

"유전적으로 평범함을 꺼리는 낭만취미의 청년"(방점-인용자)으로서의 게이타로에게 있어서 자신 삶의 범용함을 회피하는 일은 무조건적으로 의심할 수 없는 과제이고, 그것이야말로 그의 낭만주의 지향을 규정하는 모든 것이었다. 그 낭만주의란 『도쿄아사이신문』에 실린 남양(南洋)＊의 문어잡이 모험담에 설레거나, 고무 숲 재배의 경영("남양에서의 식민지적 플랜테이션의 경영자가 되는 것"[8])계획한 것에 전형적으로 드러나듯이, 식민지주의적인 모험의 상상력과 뿌리 깊게 결탁하고 있다. 말레이 반도의 고무사업은 1906년, 미쓰비시(三菱) 자본 하에 있던 산고(三五)공사가 고무농장 개발에 착수한 이후 시작되어, 일본의 재벌계 자본에 의한 개발이 확대하는 한편으로, 개인 투자에 의한 고무농장 소유의 붐이 일어나고, 그것이 "다이쇼(大正)＊ 초기의 '남진' 붐"의 계기를 이루었다고 한다.[9] 고무 자원을 목표로 "남양을 지배하는 자는 세계를 지배한다"[10]고까지 회자되던 시대. 『피안 지날 때까지』가 발표된 메이지(明治)＊＊＊ 말기의 시대는 고무재배를 매개로 한 성공이야기를 몽상하는 '남진'의 상상력이 미디어나 사람들의 소문 속으로 침투하던 와중이었던 것이다[11](덧붙여 말하면, 그 상상력의 범주에는 이른바 '낭자군(가라유키상＊＊＊＊)'의 이야기도 포함되어 있을 터이다).

이 같은 낭만주의적=식민지주의적 상상력을 무조건적으로 ("유전적으로") 부여받은 게이타로에게 있어 모리모토와 같은 인간은 본래 가장 가까운 존재일 터이고, 게이타로의 매개에 의해서 텍스트 안에서 스나가 등의 교유 범위에 모리모토와 같은 인물의 그림자가 더해지게도 되어 있는 것

＊ 태평양에서 적도를 경계로 해서 남북으로 걸쳐 있는 지역.
＊＊ 다이쇼 천황 시대의 연호. 1912년부터 1926년까지의 기간을 가리킨다.
＊＊＊ 메이지 천황 시대의 연호. 1868년부터 1912년까지의 기간을 가리킨다.
＊＊＊＊ 가라유키상(からゆきさん)은 19세기 후반에 동아시아, 동남아시아로 건너가 창부로서 일한 일본인 여성을 말한다.

이다. 하지만 게이타로는 그와 같은 경계적인 위치에 있으면서, 모리모토의 권유에 응해서 대륙에서의 투기(投機)=모험에 투신한다는 전개로는 이어지지 않는다. 그는 모리모토의 장래를 냉혹하게 "객사"로 단정하고, 견실한 실업가인 다구치에게 스스로 자청해서 다구치의 "개인적인 일"에 관한 탐정으로 채용됨으로써, 결과적으로는 다구치의 비호 아래에서 "어떤 지위"를 얻게 된다. 그 "지위"의 상세한 부분은 불분명하지만, 여하튼 그 "지위"의 획득을 계기로 해서 스나가—다구치(스나가 어머니의 매부)—마쓰모토(스나가 어머니의 남동생)라는 [의사(擬似)적인] 여계혈연을 매개로 한 부르주아적인 친족교유 범위에 깊게 관여하게 되고, 거기에서 지요코라는 여성의 존재를 지근거리에서 파악할 수 있게 되기도 하는 것이다. 이러한 이른바 그의 타고난 "낭만취미"적 지향을 변질시키는 형태로서의, 게이타로 '모험'의 방향 전환에 의해서 모리모토라는 인물의 존재는 변경(=식민지)으로 쫓겨나고, 텍스트 안에서 문자 그대로 "객사"를 당하는 것이다.[12] 그리고 모리모토 본인의 망실(忘失)을 마치 보상하듯이, 텍스트의 심층에는 게이타로에게 계승된 모리모토의 대체물인 "지팡이"가 마법의 지팡이처럼 일종의 의미 있는 듯한 상징성을 지니면서 오래도록 체류하게 된다.[13]

"게이타로의 모험은 이야기로 시작해서 이야기로 끝난다."—화자가 게이타로의 '모험'을 '이야기'로서 총괄한 것은 '아이들 장난'이라는 다른 비평에도 명백하듯이, 거의 비방이라 해도 좋을 부정적인 평가이다. 그리고 그의 모험이 이야기로 시종일관한 것은 위와 같은 게이타로의 위치와 행동의 선택, 즉 모리모토적인 모험세계에 대한 호소를 텍스트의 서두에서 쌀쌀맞게 각하하는 바에 기인하고 있다(고 화자는 간주하고 있다). 그 이후의 게이타로의 모험은 모험의 모방, 정확하게 말하면 이야기 속 모험의 모방으로서밖에 나타나지 않았다. 모리모토는 자신의 모험체험을 이야기화할 수 있었지만, 게이타로에게 있어서 모험은 이야기 속에밖에 없고, 그 것을 의사(擬似) 체험하는 것만이 남겨진다. 가령 일찍이 게이타로가 가슴 설렌『도쿄아사히신문』기사의 고다마 오토마쓰(児玉音松)의 남양 문어잡이 모험담에는, 텍스트 후반「스나가의 이야기」에서 가마쿠라(鎌倉)에서의 뱃놀이 중에 다구치 일가와 다카기와 뱃사공이 문어를 잡는 것을 모두 보는 장면이 호응하고 있는데, 그것은 다구치로 하여금 "문어는 이제 질렸다"고 말하게 하는 "단조"로운 이벤트에 지나지 않고, 게이타로의 "낭만취미"의 몽상을 왜소화하고 희극화하는 패러디의 의미조차 띠고 있다. 게다가 그 이야기를 게이타로는 역시 타인(스나가)의 이야기 속에서 들을 뿐이다.

3. 도시의 표정을 읽다

가메이 히데오(亀井秀雄)는 텍스트의 서두, 아침 목욕 후 돌아가는 모리모토가 게이타로에게 아침안개가 자욱이 끼어서 노면 전차의 승객이 "그림자"나 "회색의 괴물"로 보였다고 말하는 풍경에 대해서 이야기하는 대목에 주목하고 있다. 신바시의 정거장에 근무하는 모리모토가 일을 쉰 날 아침의 이 "기이한 광경"을 바라보는 시선에, 가메이는 "활동적인 도쿄를 역광=역경의 위치에서 바라보"[14]는 시선이라고 파악하면서, 그러한 시점이 게이타로에게도 분유되어간다고 지적한다.[15] 가메이는 마에다 아이(前田愛)의 도시공간론을 비판적으로 보정하는 형태로 도시공간 속에서의 신체론을 전개하려고 하는데, 그러한 방법의식은『피안 지날 때까지』를 이시카와 덴가이(石川天崖)의『도쿄학(東京學)』(育成舎, 1909)이라는 당시의 전형적인 도쿄 안내의 언설과 간(間)텍스트적으로 상관시키려고 하는 부분에서도 나타나 있다. 가메이 작업의 결론은 『도쿄학』과 같은 (실용 가이드적인) 텍스트가 가져오는, 정보량이 풍부하고 정확한 일차적 정보에 대해서, 『피안 지날 때까지』와 같은 텍스트는 그러한 정보를 데포르메(déformer)하고, "정보의 향수나 해석의 방법을 새로이 정보화하"[16]게 된다는 것이다. 과연 『피안 지날 때까지』의 탐정극에서 〈도시공간 속의 신체〉의 모델을 그 정도로 풍부한 형태로 끄집어낼 수 있을까에 대해서는 유보하고 싶지만, 게이타로라는 장치와 도쿄의 도시공간이 상호적인 관계를 맺고 있다는 사실의 중요성은 부정할 수 없다.

모리모토가 노면 전차의 승객을 역광에 떠오르는 실루엣으로 간주하는 것은, 도쿄의 현관격인 신바시 정거장에 사무직으로 일하는 그 자신이 군집으로서의 무수한 승객들로부터 매일 무시되는 실루엣이었던 것[17]과 정확히 대응하는 관계에 있다. 실루엣(그림자) 혹은 "회색의 괴물". 그것은 군집을 구성하는 도시 통근 생활자들의 〈얼굴(표정)을 잃은 페르소나〉라는 비유이고, 그런 가면들과 얼굴을 마주하기 위해서는 자신도 얼굴을 버려두지 않으면 안 된다는 사실을 모리모토는 신바시라는 장소에서 무의식중에 배우고 있었던 것이 아닐까. 군집의 무관심 속에 몸을 두는 것은 도시공간에서의 동일성, 위치의 안정을 약속한다. 하지만 그렇기 때문에 모험가인 모리모토는 탈출을 도모하지 않으면 안 된다. "나로서는 긴 편"이라는 근속 3년의 철도 근무를 그만두고, 그가 건넌 것은 다롄이었지만, 재빨리 만철과의 커넥션을 지니기에 이른 것처럼, 모리모토의 대륙 진출은 게이타로가 꿈 꾼 식민지주의적=낭만주의적인 상상력을 실천에 옮겨가는 것임을 의미하고 있었다.

게이타로도 또한 얼굴을 버리고 도시에 서식하는 이 같은 군집의 세계를 출발점으로 삼아 탐정의 하루를 시작하게 된다. 다만 그의 탐정행위가 결정적으로 다른 것은 모리모토가 몸을 담은 실루엣의 세계 속에 깊숙이 들어가면서, 실루엣을 반전시키려고 한 것이다. 실루엣 속에 희박해진 곳에서 얼굴을 내밀고서 그것을 입체화하려고 하는 욕망. 그리고 그것은 그가 지방 출신이자 독신자라는 조건을 짊어지고 있는 것과 결코 관계가 없지 않다. 이 두 가지 조건 그대로 게이타로에게 있어 도시와 여성의 표정을 들여다보는 일이 테마가 되는 것이다.

그런데 앞서 기술한 『도쿄학』에는 가메이 히데오가 지적한 바와 같이, 「방문의 마음가짐」, 「어관(漁官)운동 및 구직법」, 「인물관찰법」 등 『피안 지날 때까지』와 관계가 깊은 장이 몇 개나 포함되어 있는데, 이 저작물에 한정되지 않고 동시기의 도쿄 안내 책자가 (당연한 일이지만) 지방 출신의 도쿄 거주자 및 지방에 거주하면서 출경을 앞둔 예정자를 대상 독자로 상정하고 있는 점에 유의해야 한다.

『도쿄학』은 「서언」에서 지방에서 온 이주자로 인해 팽창한 도쿄 속에서 오히려 실패하는 자가 대부분임을 설명하고, 「범례」에서도 "나는 도회생활에 어두웠기 때문에 실패한 한 사람이다"라고 처음에 선언하고 있듯이, 독자를 향해서 도쿄가 "동양 제일의 생존경쟁이 극렬한 곳"이라는 점을 부추기고, "인간의 부패 타락의 중심"으로서 그 암부를 일부러 강조하고, 성공하기 곤란함을 설파하면서 "분투의 각오"를 촉구하는 점에 특징이 있다. 이 책이 마지막에 「도쿄의 빈민굴」이라는 장을 두고, 「궁성(宮城)」을 권두에 실은 사진이 「중등」에서 「극빈민굴」에 이르는 빈민굴의 사진에 비중을 두고 있는 점(11장 중 6장)도 본문의 그러한 의향을 반영한 것으로 볼 수 있다. 특히 지방에 거주하는 독자는 이러한 일련의 사진을 보고서 긴자(銀座)거리나 아사쿠사(浅草)공원에서 빈민굴로 전락하는 자기상을 시각적으로 가상(假想)했음에 틀림없다. 이 책과 같은 해 간행된 가스미가이 산시(霞崖散史)의 『입지성공 도쿄생활(立志成功 東京生活)』(盛文社, 1909)도 도쿄가 "성공의 거리"임과 동시에 "실패의 거리", "죄악의 거리"임에 주의를 촉구한다. 역시 같은 해

「아사쿠사(浅草)공원」(石川天崖『東京学』)

인 1909년, 이것은 도쿄안내는 아니고, 유니크한 도쿄론이라 불러야 할 책인데, 나가사와 노부노스케(永澤信之助)가 펴낸 『도쿄의 이면(東京の裏面)』(金港堂書籍, 1909)이라는 책이 나와, 표제대로 도쿄의 온갖 직업과 계층의 뒷사정을 집요할 정로로 폭로하고 있다.

지방에서 나온 게이타로에게도 이러한 도쿄 담론의 세례를 받는 것은 남의 일이 아니었을 터이고, 실제로「정류소」4에서 그는 스나가의 집에서 그 일대의 여러 가지 가십 정보를 듣게

「중등빈민굴」(위)과 「극빈민굴」(『東京学』)(아래)

된다(배우를 "정부"로 삼고 은거하는 "첩", 빚의 저당으로 다른 사람의 아내를 손에 넣은 고리대금업자 등등). 화자는 그러한 정보가 게이타로에게 있어서 "실지(實地)소설"이었다고 기술하고 있지만, 어느 쪽도 남녀의 성애와 얽힌 "소설"[18]이고, 그것은 게이타로의 내부에서 마침 스나가의 집에 들어갈 때에 목격한 지요코의 뒷모습과 현관에 벗어놓은 왜나막신에 마음을 뺏기고 있던 일과 연쇄반응을 일으킨다. 거기에서는 도쿄라는 거리의 깊이나 음영과, 여성(과 스나가의 관계)의 기척이 일체가 되어 나타나고 있다고도 할 수 있겠다. 이 같은 위상적(topological)인 호기심이나 에로스를 "에도(江戸)' 토박이"인 스나가는 오히려 품을 수 없음에 번민하고 있다고 해도 좋고, 그는 출생의 비밀을 안 후에 간사이(關西) 방면으로 여행을 떠나 비로소 "생각지 않고 보는" 일에 각성하는 것이다. "죄악의 거리"에서의 전락(상상 속에서 "객사"시키는 모리모토의 말로도 거기에 연동한다)의 가능성이 유혹의 계기가 되어서, 도쿄의 이면과 여자 뒷모습의 실루엣을 벗기는 욕망에 게이타로는 몸을 맡기게 된다.

게이타로는 다구치와 접촉할 때에 전화나 현관 앞에서의 대응을 순조롭게 할 수가 없고, 그 때문에 굴욕감을 맛보게 된다. 거기에는 "시골뜨기"다운 그의 열등감이 미묘하게 잠복해 있는 것으로 보인다. 게이타로가 가슴 설렌 스나가의 사촌 누이동생(지요코)과 (그에게 굴욕을 주는) 다구치와의 부모 자식 관계를 무의식적으로 부정하려고 한 것이나, 다구치 집안에 출입하게 된 후로도 "일종의 누긋한 그의 상태" 때문에 게이타로는 "용이하게 마음을 터놓기 어려운 처지"로 내버려진 채, 그 둔중함이 지요코·모요

* 도쿄의 옛 지명. 에도시대(1603~1868) 막부(幕府)의 소재지.

코(百代子) 자매의 노여움을 사게 되는 것도, 그 열등의식과 관련이 있을 터이다. 앞서 기술한 「정류소」4에서 스나가의 집에서 돌아오는 길에 게이타로는 스나가로부터 "혼고다이초(本鄕台町) 3층에서 망원경으로 세상을 들여다보면서, 낭만적 탐험이라니 그런 멋있는 걸 할 수 있겠나"라고 놀림을 당한다고 느끼는데, 이 같은 감수성의 근저에 있는 것도 아마 "시골뜨기"라는 자각일 것이다. 망원경은 전화와 마찬가지로 "시골뜨기"인 게이타로와 도쿄 거리의 본질 사이의 거리감을 의미하는 메타포일 것이다. 그 거리감이란 이 기술 바로 뒤에 이야기되는, 스나가가 몸에 밴 습관의 앙금이 찌든 "서민생활"에 대한 게이타로의 양가적인 거리감과 거의 같은 것이다. 시타마치(下町)*의 친족관계에 기반한 스나가 등의 친밀권에서 게이타로가 따돌림을 당하고 있기 때문에, 시타마치 생활의 습관은 구시대적인 질곡 속에 "매력적인 갈등"을 가져오는 것처럼 그의 눈에는 비친 것이다.

이러한 친밀성에 관한 사색에서 그가 모리모토의 "범용한 얼굴"을 상기하고, 더 나아가 모리모토의 기념물인 지팡이로 연상의 실이 이어져가는 것은 지극히 상징적이지 않을까. 모리모토와 같은 전통도시(시타마치)에 대한 외래자의 특권적인 시점을 게이타로는 확인하고, 하숙의 독실에서 사회로의 '외출'을 각인하는 지팡이의 경계적인 힘에 생각이 미치고 있는 것인데, 스나가는 이 같은 상대적 시점을 가질 수가 없다(그 의미에서도 스나가는 탐정이라는 역할에서 가장 먼 곳에 위치했다). 탐정행위를 통해서 게이타로가 도시의 세밀한 주름에 접촉해가는 것과는 대조적으로, 스나가는 도쿄를 나와 스마아카시(須磨明石) 방면으로 외출한다. 양자의 이 교차는 『피안 지날

---

* 도시의 낮은 지대. 도쿄에서는 봉급생활자가 많은 야마노테와는 달리 상가가 많은 아사쿠사, 니혼바시, 교바시, 후카가와 등지를 가리킨다. 에도시대의 독특한 생활 풍습이 남아 있다.

때까지』라는 소설의 골격을 이루고 있는 듯하지만 그렇지 않다. 스나가가 시타마치의 비화를 게이타로에게 이야기하는 것은 스마아카시 여행을 끝내고 귀경하고 나서의 일이고, 게다가 스나가의 '외출'은 게이타로의 그것과 유기적인 교차점을 지니는 데에는 이르지 않기 때문이다.

여하튼 다구치의 의뢰는 그런 게이타로를 3층의 만원경이 있는 높은 곳에서 내려와 외출시키고, 보다 가까운 거리에서 "세상"을 들여다보도록 단행시킬 것이다. 오가와마치(小川町)정류소에서 내리는 "검은 중절모에 서리 내린 무늬의 외투를 입고, 얼굴이 갸름하고 키가 큰, 앙상하게 마른 신사로, 눈썹과 눈썹 사이에 커다란 검은 점이 있는", "40대로 보이는 남자"의 행동을 탐정하라—. "낭만적 탐험"으로서 게이타로의 탐정극이 시작되는데, 그 모험을 통해서 그럼 그는 무엇을 본 것일까.

4. 관찰자의 공허

오가와마치정류소. "어디의 누군지도 모르는 남녀가 모이곤 흩어지는" 거기에도 모리모토가 신바시정거장에서 늘 보아왔을 무수한 군집의 실루엣이 보였다.[19] 다구치로부터 부여된 탐정의 대상(마쓰모토)에 관한 정보 중에서 최종적인 식별의 방법이 되는 것[20], 그것은 "정말로 그 사람에게서 떠나지 않는 것", 즉 "눈썹과 눈썹 사이의 검은 점"이었다. 그렇다고는 해도 처음에 게이타로도 "검은 중절모의 남자"를 찾는다. 검은 중절모자에 의해서 기호화된 그 얼굴=인격은 실루엣화되고 있다. 목표다운 남자는 좀처럼 나오지 않는다. 그 대신 남자와 얼굴을 마주치기 전에, 게이타로는 그 남자를 기다리던 여자를 관찰하기 시작해, 결과적으로 남자를 두 사람이서 함께 기다리는 모양새가 된다. 남자를 처음으로 확인했을 때에도, 우선은 여자의 웃는 얼굴을 상세히 관찰하고(입술이 얇은 커다란 입, 아름다운 이, 촉촉한 눈, 그리고 속눈썹), 그런 후에 남자에게로 시선을 옮기고 있다. 그때도 중절모자→서리 내린 무늬의 외투→큰 키→앙상하게 마른 체격→40대로 보이는 연령이라는 외적인 정보의 수신에 머무르고, 검은 점은 고사하고 얼굴을 보지도 못한다. 게이타로가 보고 있는 것은 여전히 밤의 어둠에 뒤섞이는 검은 실루엣이다. 눈썹과 눈썹 사이의 검은 점, 그 너무나도 두드러진 성흔(聖痕)[21]을 확인할 수가 있었던 것은, 이윽고 양식당에서 그들이 식사를 시작했을 때가 되고나서이다. 그런데 게이타로가 확인한 그 커다란 성흔을 중앙에 지닌 남자의 얼굴 자체는 "범용"에 가깝고, 너무나도 "평범했다"―"이 사람은 탐정으로서 마땅한 그 어떤 것도 그의 인상 위에 지니고 있지 않았던 것이다.

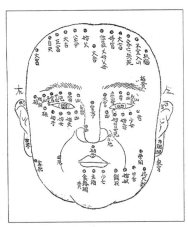

「검은 점의 그림」(櫻井大路·高木乖
『人相の秘鍵』萬里閣書房, 1928)

여기에서 관찰되고 판정된 마쓰모토 얼굴의 범용함은 그대로 게이타로 탐정행위의 범용함을 의미하고도 있었다. 남자의 얼굴이 읽을 만한 가치가 있는 텍스트가 아니었다는 사실은 "그 속에 비밀을 숨기려고 하는" 텍스트로서 얼굴을 읽는 일이 헛수고로 끝났던 관찰자 자신의 무기력함과 통하고 있었기 때문이다. 이 탐정행위의 결과를 보고한 다구치의 소개로 게이타로는 미행한 마쓰모토 자신을 만나게 되는데, 거기에서 알게 된 마쓰모토와 그가 동행한 여자(지요코)가 인척관계라는 사실을 두고 게이타로는 "세간의 일 중에서 가장 평범한 것 중 하나"라고 평가한다. 범용한 관찰자. 혹은 관찰자의 공허. 망원경을 버리고 자신 눈의 힘만을 의지해서 행해진 관찰자로서의 게이타로의 모험, 이것이 자기평가이다. 텍스트는 서둘러 게이타로에 대해서 '관찰자'에서 '청자'로 모드 변환하게 되는 셈인데, 그 변환에 의해서도 공허함을 채울 수 없었던 것은 앞서 말한 대로이다. 결국 게이타로의 이 공허 이외에『피안 지날 때까지』라는 텍스트의 주제는 없었던 것이 아닐까.

물론 게이타로의 관찰에는 투명한 공허감만이 감돌고 있는 것은 아니다. 마쓰모토를 찾아내는 일에 관해서라면, 의뢰받은 기한인 5시를 넘어서도 나타나지 않는 "검은 중절모의 남자"에게 애를 태우고, 지참한 지팡이를 꺾어서 "만세교(万世橋)에서 오차노미즈(御茶ノ水)로 던져 넣어주겠다"고 결심하려던 게이타로이다. 정각을 넘어서도 게이타로가 탐정활동을 속행한 것은 탐정 행위를 해야 할 목표물 외에 생각지 못한 대상을 발견해버렸기 때문이다. 가스등이나 전등이 켜지기 시작한 초저녁에 서 있는 여자. 그와 비슷하게 누군가를 기다리는 여자. 중요한 남자는 좀처럼 나타나지 않고, 나타나도 검은 중절모로 얼굴은 차단되어 그 윤곽은 조금도 군집의

실루엣으로부터 빠져나오지 못한다. 그런데 이 여자에 대해서 게이타로의 관찰의 빛은 집요하게 세부를 비춰낸다. 게다가 여자는 "질질 끌 듯이 길게 입"은 수수한 코트, 두 겹의 깃으로 된 목도리, 거기에 주름도 느슨함도 없이 흰 손목에 낀 가죽장갑 등으로 피부를, 즉 그녀의 정체를 깊이 감추고 있다. 이것은 마쓰모토의 검은 점에 좀처럼 게이타로의 시선이 미치지 못하는 것과는 완전히 다른 의미를 지닌다. 마쓰모토가 차단된 얼굴을 게이타로의 앞에 드러낸 순간, 그의 인격이 범용한 가치로 폭락되어 버리는 것에 대해, 게이타로는 일찍부터 여자의 얼굴을 바로 정면에서 관찰하고 있다. 그 얼굴 자체는 "처음부터 대단한 것은 아니었다". 그럼에도 불구하고 의상에 의해서 정성들여 숨겨진 여자의 피부는 마지막까지 신원을 밝히지 않는다. 외모는 보이지 않는데 그 속에는 아무것도 감추지 않은 남자와, 외모는 보이고 있는데 내부는 보이지 않는 (무언가가 숨겨져 있는) 여자의 존재. 게이타로가 어느 쪽에 홀렸는가는 말할 것도 없다. 눈썹과 눈썹 사이의 검은 점이라는 기호가 너무나도 명시적일수록 남자 얼굴의 범용함이 두드러지는데 반해서[22], 여자는 신체를 감춤으로써 반대로 농밀한 신체상을 반사한다. 해설을 요구하는 (해설할 만한) 텍스트로서.

　게이타로가 군집 속에서 여자를 발견해 관찰을 계속하는 이 과정은 정확히 에드거 앨런 포(Edgar Allan Poe)의 『군집의 사람』(1840)과 같은 구성을 이루고 있다. 초저녁에 가스등이 켜지는 런던 거리. 화자는 군집 속의 한 사람의 노인을 주시해서 그를 집요하게 계속 미행한다. 마지막에는 정면에서 그 얼굴을 정시하는데, 어떠한 미행이나 관찰로부터도 그 남자에 관해서는 (그를 '군집의 사람'이라고 이름붙이는 것 외에는) 아무것도 이끌어낼 수 없음을 탄식하면서 끝난다. 그것을 화자는 "Es lässt sich nicht lesen"(읽히는 것을 허락하지 않는다)는 해독 불가능한 텍스트로서, 이른바 보류하지 않을 수 없게 되는 것인데, 오가와마치정류소의 군집 속에서 조우하는 여자에 대한 게이타로의 대응에도 닮은 구석이 있다. 다만, 여자가 포의 '군집의 사람'과 다른 것은, 그녀는 해독 불가능하기 이전에 끝없는 해독을 게이타로에게 요구하는 텍스트였던 것, 실은 게이타로가 정류소에서 갑작스럽게 여자와 조우한 것이 아니라, 미리 그 안에서 조우에 대한 기대가 잠재해 있었던 것(다구치로부터 일을 의뢰한다는 속달을 게이타로는 스나가 집에서 목격한 "뒷모습의 여자"를 상정하면서 기다리고 있었다), 그리고 무엇보다도 조우한 상대의 성이 성적인 관심을 환기시키는 여성이었다는 것이다.

우선 게이타로가 조우한 여자가 독해를 계속 요구하는 텍스트로서 나타난 것은, 그녀의 신체에 대한 그의 집요한 관찰에 여실히 나타나 있다. 여자는 자신의 "육체"를 "세간으로부터 애써 감추듯이 서있었다". 게다가 그 감추는 행위가 "일부러", 상상력을 도발하는 듯 이루어지고 있는 듯이 게이타로의 눈에는 비친다. 대상과 관찰자 사이에 〈감추다/폭로하다〉라는 범례적인 욕망의 메커니즘이 노골적으로 구상되고 있음을 알 수 있다. 그러한 게이타로의 내부에 몸을 서리는 욕망의 기제가 가장 전형적으로 나타나 있는 것이 다음의 묘사이다.

> 키가 크기 때문에 손발도 보통 사람 이상으로 멋있게 뻗은 부분을 그는 유쾌하게 처음부터 바라보았는데, 이번에는 특히 그 오른 손이 그의 마음을 끌었다. 여자는 자연 그대로 그것을 훤칠하게 늘어트린 채, 전혀 다른 사람의 주의를 의식하지 않고 있는 것이다. 그는 자연스럽게 늘어트린 다섯 손가락과, 부드러운 가죽으로 단단히 묶인 손목과, 손목과

소매 사이에서 희미하게 나타나는 살색을 밤의 빛으로 인지했다.

　정말 세심한 주의를 기울인 묘사이다. 게이타로는 이 같은 세부의 관찰을 불과 "한 칸 정도"의 거리에서 행하고 있는데, 여자가 감춤으로써 "화려"한 피부(살) 색이나 "신체의 발육", "안정되지 않은 근육의 작용"이라는 에로스의 요소를, 수수한 복장이나 어른스러운 외모와의 어긋남에서 풍기게 하고 있음에 게이타로의 감각은 반응하고 있다. 거기에서 그녀의 신원, 〈처녀/아내/양첩(고등매음)〉을 둘러싼 해석=해독도 야기된다. 덧붙여 이 외모와 내부의 곤란은 점쟁이의 말에 의해 부여된 지팡이의 경계적인 성질과도 대응하는 것인데, 그보다도 더 다음의 롤랑 바르트의 말을 상기시키는 바이다.

　　신체 중에서 가장 에로틱한 것은 의복이 입을 벌리고 있는 곳이 아닐까. 도착(그것이 텍스트의 쾌락 상태이다)에 있어서는 "성감대"(상당히 귀에 거슬리는 표현이다)는 없다. 정신분석이 적확하게 말하고 있듯이, 에로틱한 것은 간헐(間歇)이다. 두 개의 의복(판탈롱과 스웨터), 두 개의 테두리(반쯤 열린 속옷, 장갑과 소매) 사이에 언뜻언뜻 보이는 피부의 간헐. 유혹적인 것은 이 언뜻언뜻 보이는 것 그 자체이다. 거듭 환언하면 출현－소멸의 연출이다.[23](방점 원문)

　마지막의 "출현－소멸의 연출"에는 프로이트가 분석한 '숨바꼭질' 놀이가 전제되어 있다고 여겨지는데, 게이타로의 눈을 포착한 가죽장갑을 낀 여자의 "손목과 소매 사이에서 희미하게 나타나는 살색"에도 숨바꼭질 놀이에 통하는 존재와 부재의 명멸과 그 에로스가 명확히 부여되고 있는 것이다. 탐정의 욕망에서 대상은 숨겨져 있어야만 한다. 범인으로서의 적성이 마쓰모토와 지요코의 누구에게 있었는지는 말할 것도 없다.

게이타로가 사전에 여자("뒷모습의 여자")와의 조우를 무의식적으로 기대하고 있던 점에 대해서는 모순이 없지는 않다. 그가 정류소의 여자에게 정세한 관찰을 가하면서, 그녀가 "뒷모습의 여자"라고 알아차리지 못하고, 아울러 양자를 연결하는 상상력도 작용시키고 있지 않은 점이다. 마쓰모토와 일행이었던 여자와, 스나가를 통해서 보여진 지요코와는 이야기의 후반에 이르러서도 게이타로의 안에서는 격리된 채이기 때문이다. 그녀의 변환된 복수(複數)의 상은 게이타로에게 있어서 이성 존재의 불가사의함을 표상하는 모델이기도 하다고 여겨진다. 그 대신 「스나가의 이야기」에서도 지요코의 신체[가령 가마쿠라의 선상에서 보는 "그녀의 검은 머리카락과 흰 목덜미", 시마다(島田)로 묶은* 아름다운 색의 풍부한 긴 머리카락 등]는 스나가의 시선을 매개로 해서 청자인 게이타로의 욕망에 의해 계속 대상화되어가는 것이다.

게이타로에게 있어서 지요코의 상은 마쓰모토나 스나가의 시선, 그리고 스나가 시선의 맞은편에 있는 다카기나 사쿠의 시선, 이들 지라르적인 시선의 삼각관계 조합에 의해서 다성(多聲)화되고 있다고 할 수 있다. 특히 인상 깊은 것은 「스나가의 이야기」30에서, 2층 스나가 방에서 나온 잔심부름꾼 사쿠가 계단 옆에서 지요코의 뒷모습을 돌아보는(그리고 그 사쿠를 스나가가 본다) 장면이다. 지요코의 곁에는 스나가의 어머니가 있다. 여기에서 사쿠의 시선은 계급의 벽에 의해서 지요코와 대립하면서, 동시에 나중

* 일본 여성의 전통적인 머리 모양의 하나로, 주로 미혼 여성이 한다.

에 명백해지는 스나가 출생의 비밀과 관련해서 잔심부름꾼이었던 스나가 생모(미유미)와 오버랩되어 스나가의 (실은 계모이다) 어머니와도 대치하고 있다—이 장면을 말하는 시점에서 자신의 그 비밀을 알고 있는 스나가는 이와 같이 사쿠의 시선을 내면화하고 있다고 할 수 있겠다[24](그림B 참조). 그리고 지요코의 뒷모습에 관련된 스나가의 이야기를 듣는 게이타로는 자신이 일찍이 사로잡혀왔던 "뒷모습의 여자" 상을 거기에 중첩시키게 되는 셈으로, 지요코의 상은 이처럼 남자들의 시선에 의해서 거래되고 이야기 속에서 연속성을 갖추고 나타나고 있는 것이다.

게이타로 자신이 지요코의 결혼상대 후보가 될 수 있다고 하는 해석이 이미 나와 있지만[25], 다구치 가문이 그를 후보로서 보기 이전에 게이타로의 "뒷모습의 여자"에 대한 욕망이 『피안 지날 때까지』의 텍스트에 일관되게 어른거리고 있는 것(도중부터는 스나가의 시선을 매개로 삼고 있다고 하더라도)에는 새삼 유의해두어도 좋을 것이다. 스나가의 지요코에 대한 시선에 기생하면서도, 〈(여자를) 두려워하는 남자〉라는 스나가의 이성애주의의 "비뚤어짐"=여성혐오(misogyny)("지요코의 어떤 부분이 나의 인격을 타락시키는 것일까")를 게이타로는 분유할 수가 없다. 그 자신이 언명하고 있듯이, 중절모의 남자가 나타나지 않더라도 여자에 대한 관찰을 게이타로는 계속하고 있었을 것이다. "원래 '탐정'하는 것 자체가 자기목적화한"[26] 행위였던 이상 그 전개는 필연이었지만, 탐정행위는 거기에서 스토킹과 거의 아슬아슬한 위태로운 의미를 짊어지기 시작하고 있다.[27] 게이타로가 다야마 가타이(田山花袋)*의 『소녀병(少女病)』**(1907)에서 훔쳐보기 증상의 주인공과 비

---

* 다야마 가타이(1871~1930)는 일본에서 자연주의 문학운동을 전개한 작가로서, 작품 『이불(蒲団)』(1907)이 대표작으로 잘 알려져 있다.
** 「소녀병」은 다야마 가타이의 단편소설로, 같은 해 발표된 「이불」과 함께 자연주의문학의 초창기 작품으로 간주된다.

숫한 전략을 맞이하지 않는다는 보증은 어디에도 없었다. 〈두려워하는 남자〉의 감수성을 분유하기 위해서 게이타로에게는 이성애에 관한 한층 더한 굴절이 요구되고 있었다. 여하튼 이상의 의미에서 마쓰모토가 스나가보다 한층 더 게이타로를 구제했다고 하지 못할 것도 없다. 그렇다면 게이타로의 모험이 "이야기로 끝난" 것에 대한 책임의 반은 그에게 있을지도 모르겠지만.

[신승모 옮김]

원주

1. 小宮豊隆, 「『彼岸過迄』」, 초출『漱石全集』第六巻, 岩波書店, 1936. 단 인용은『漱石全集』第五巻, 岩波書店, 1966, 766쪽에 따른다.

2. 엄밀히 말하면 「결말」을 읽기까지의 시점에서는 애당초 「마쓰모토의 이야기」에서의 청자인 "당신"을 게이타로라고 확실하게 특정할 수 있는 기술은 없다. "당신이 이치쿠라(市藏)를 위해서 모처럼 걱정해준 친절", "그와 교우가 깊은 당신"이라는 기술에 의해서 독자에게 넌지시 비춰지는 정도이다. 이 '청자'의 능동성은 유일하게 마쓰모토가 스나가의 편지(교토 방언에 이끌리고 있음을 알리는)를 최초로 인용하는 장면에서 "뭐 젊은 여자의? 그건 몰라"라고 청자와의 응답에 입각해서 발언하는 부분에서 엿보일 뿐이다.

3. 酒井英行, 『漱石その陰翳』, 有精堂, 1990, 214~215쪽.

4. 「결말」에는 "귀로부터 지식이나 감정 등을 전달받지 못한 경우"에 게이타로가 마쓰모토 등을 미행한 것이라는 기술이 있다. 이에 따르면 텍스트의 화자는 게이타로의 청각을 주로 해서 시각이 그것을 보완한다는 방법을 취하고 있는 것이다. 덧붙여 구도 교코(工藤京子) 「変容する聴き手──『彼岸過迄』の敬太郎」(『日本近代文学』第46集, 1992.5)는 게이타로의 역할에 착목하면서, 이 소설을 그의 (청자 아닌) 청자로서의 성숙의 과정(화자로의 성장을 암시한다)을 묘사한 긍정적인 가치를 지니는 것으로서 평가한다. 흥미로운 견해이지만, 본장에서의 필자의 입장은 물론 이와는 다르다.

5. "'고등유민' 도상·중류계급에 기생한 유민으로, 소설에서는 하층사회의 유민, 유랑자인 모리모토와 대조적이다"(米田利昭 「高等遊民とは何か──『彼岸過迄』を読む」 『日本文学』 1989.2, 41쪽).

6. '머리'와 '가슴'의 상극에 괴로워하는 스나가의 눈에 비친 다카기의 시차(示差)적인 표상은 "운동가답게 발달한 그의 어깨 근육"(방점─인용자)이었다.

7. 다카기의 상하이행에 대해서는 오시노 다케시(押野武志)의 "영사관이나 은행, 만철, 방적, 기선(汽船)회사의 어딘가의 엘리트로서 건너간 것이고, 영국 조계(租界)에 살고 있었을 터이다"라는 적확한 지적이 있다(「〈浪漫趣味〉の地平──『彼岸過迄』の共同性」 『漱石研究』 11, 1998.11). 즉, 모리모토에 대해서는 '이민'이라는 말을 사용할 수 있어도, 다카기에게는 들어맞지 않는 것이다.

8. 小森陽一『〈思考のフロンティア〉ポストコロニアル』(岩波書店, 2001), 77쪽.

9. 矢野暢『「南進」の系譜』(中公新書, 1975), 106쪽. 台湾南方協会編『南方読本』(三省堂, 1941)도 참조.

10. 台湾南方協会編, 앞의 책, 165쪽.

11. 『피안 지날 때까지』의 십수 년 후, 싱가포르나 말레이반도를 실제로 여행한 가네코 미쓰하루(金子光晴)는 그 체험을 『말레이 네덜란드령 동인도 기행(マレー蘭印紀行)』(1940)에 적고 있는데, 거기에는 산고공사의 고무원에 관한 기술이 다수 포함되어 있다. 그중에 산고공사가 말레이반도의 고무 경영에 진출한 시절의 일본인은 "아침부터 술을 마시고 토론을 합니다. 포대를 여기에 쌓는다든가, 영국함대를 여기에서 요격한다든가, 굉장한 이야기뿐으로 자신들이 남양을 일본의 영토로 삼는 초석이 될 생각으로 몰려들어 온 무리들입니다"(『金子光晴全集』第六巻, 中央公論社, 1976, 26쪽)라는 구절이 있다. 아시아 태평양전쟁 개시 후, 일본군이 영국령이었던 말레이반도와 싱가포르를 재빨리 점령한 배경에 고무 자원의 획득이 주요 목표로서 있었던 것도 상기되어야 할 일이다.

12. 고모리 요이치는 모리모토가 다롄에서 게이타로보다도 일찍 새로운 직업을 찾아내 만철에 인맥을 지니기에 이른 것에 착목해서, 제국대학 졸업인 게이타로에게 취직의 주선을 하는 전개에 "식민지 거주자와 종주국 거주자 사이에서의 계급적 전도轉倒"를 읽어내고 있다(小森, 앞의 책, 79쪽). 이러한 문맥을 파악하는 방식에 의의를 인정하면서도, 여기에서는 게이타로가 모리모토의 처지를 부정적으로 가치평가하고 있는 점에 유의해야 한다고 생각한다.

13. 무언가를 삼키려고 하는 뱀의 머리를 손잡이에 새겨 넣은 지팡이는 모리모토의 대체물로서 게이타로를 감시하고, 그에 대해서 망상과 같이 작용한다. 「정류소」에서의 행선지를 점치는 장면이 바로 상기되는 바인데, 그 망상 때문에 이 지팡이는 범용한 게이타로의 언동을 일종의 신비화하는 소도구로서 활용된다. 새겨 넣어진 뱀의 아이콘은 첫 대면 때에 눈치 빠르게 발견한 마쓰모토에 의해서 스나가의 인격개조(내향적인 성향을 '밖으로 몸을 서리게 하는')의 메타포로서 재이용된다. 덧붙여 아카가미 료조(赤神良讓)는 그것을 지닌 손이 비생산적인 점에서 스틱의 본질적인 의미로서 "생산적 노동에서 해방되어 있다는 과시"를 지적하고 있다(『キツスとダンスと自殺の学説』春陽

堂, 1930, 133쪽). 아카가미에 따르면 그 과시의 이면에는 팔짱을 끼고 걷는 이성(스틱 보이/스틱 걸)을 소유한다는 과시가 있다고 한다. 그렇다면 모리모토로부터 양도된 지팡이에는 아직 발견되지 않은 여성에 대한 게이타로의 욕망이 함의되어 있을 것이다.

14. 龜井秀雄, 『身体·この不思議なるものの文学』(れんが書房新社, 1984), 149쪽.

15. "게이타로가 주요한 인물과 처음 대면하는 것은 반드시 역광 또는 인공적인 광선(의 반사) 아래였다"(龜井, 위의 책, 150쪽).

16. 龜井, 위의 책, 177쪽.

17. 게이타로에게 있어서도 정거장에 있는 모리모토는 투명한 "X"적 존재였다. "간혹 사람을 배웅하러 정거장에 가는 경우도 있지만, 그런 때에는 그만 혼잡함에 뒤섞여서, 정거장과 모리모토를 함께 생각할 정도의 여유도 없다." 운운이라고 나온다. 덧붙여 신바시는 소세키의 초기 단편 『취미의 유전(趣味の遺伝)』(1906)의 서두에 중요한 무대를 제공하고 있다. 러일전쟁 개선병사를 맞이하는 열광적인 군집. 에리아스 카네티의 분류에 따르자면 전형적인 '축제군집'인데, 소설이 발표되기 전년의 히비야(日比谷) 화공사건에서의 군집이 거기에는 중첩되어 반영되어 있을 것이다.

18. 『피안 지날 때까지』의 특히 「스나가의 이야기」에서 '소설'이란 개념이 함의하는 바는 깊다. 스나가는 지요코와 자신의 관계를 〈두려워하지 않는 여자/두려워하는 남자〉라는 패러다임으로 파악하고, 그것은 더 나아가 〈시/철학〉에 의해서 설명되는데, 나중에 가마쿠라에서 혼자 귀경할 때에는 삼각관계의 경쟁 속으로 발을 들이는, 즉 '세상'으로 건너들어가는 것(삶의 극화)에 '소설'을 발견하고, 그 같은 관계적 세계로부터 내면으로 달아난 부분에서 발견되는 미를 '시'로 파악해서 스나가는 후자를 선택한다고 한다. 양자사이에서 '시'의 개념이 비틀려 있는 것에 대한 해석으로서 생각되는 것은 다음과 같은 것이다.—〈두려워하는 남자〉란 정확하게는 〈여자를 두려워하는 (증오하는) 남자〉의 뜻이고, 남자의 이성(철학)에 있어서 한 쌍 관계에서의 여자의 방자한 충동(시)이야말로 공포의 대상이 된다. 하지만 그 관계적 세계를 도망치기에는 형이상적인 내면화와 그 장치로서의 포에지(시)가 필요하게 된다. 여하튼 게이타로가 스나가에게 상정한 '소설'은 스나가 본인의 이야기에 있는 그것과는 커다란 차이를 발생시키고 있었다.

19. 오가와마치 주변은 말할 것도 없이 후타바테이 시메이(二葉亭四迷)의 『뜬 구름(浮雲)』의 무대이기도 하고, 면직이 된 우쓰미 분조(内海文三)가 관공서에서 실의를 안고

군집으로 뒤섞이면서 그곳으로 돌아오는 데에서 이야기는 시작된다. 『피안 지날 때까지』의 게이타로는 반대로 직업을 얻고자 거기로 향하는데, 그도 또한 유민의 지위를 벗어나 생활자(취업자)가 되려고 하기 위해 군집을 바라보는 유민(탐정)의 시점이 요구된다는 아이러니를 안고 있었다.

20. 『피안 지날 때까지』가 발표된 동시대, 범죄자(및 정신병자·장애자)의 국가적인 관리와 대책(재범 방지)을 위해서 신체 측정이나 지문법을 포함하는 개인 식별법에 대한 관심이 높아지고, 제도화가 진행되었다(1908년의 오바 시게마(大場茂馬)의 『개인식별법(個人識別法)』은 그 분야에서의 대표적인 저작물이다). 이 개인 식별이라는 발상은 이미 『나는 고양이로소이다(吾輩は猫である)』에도 그림자를 드리우고 있었다. 이 점에 대해서는 이 책의 제1부 제1장을 참조하길 바란다.

21. 게이타로는 탐정행위에 이르기 전에 문전(文錢)점을 보고 있는데, 그것에 따라 말하자면 눈썹과 눈썹 사이는 인상을 점치는 데에 있어서도 가장 중요한 얼굴의 장소(명궁命宮·인당印堂)이고, 검은 점의 장소 자체가 인상을 보는 것에서는 중요한 포인트가 된다. 櫻井大路·高木乖『人相の秘鍵』(萬里閣書房, 1928)에 따르면, 여기에 검은 점이 있으면 감옥에 투옥되는 경우가 있다고 한다. 한편, 前島熊吉『東西骨相学と人相学の研究』(荻原星文館, 1931)는 동양인상학의 입장에서 이 장소의 검은 점을 반대로 길조라고 보고 있다. 결국 상상력을 도발하도록 눈썹과 눈썹 사이에 검은 점이 있다는 설정 그 자체에, '얼굴을 읽는' 것을 유발하는 장치가 넣어져 있다고 봐도 좋을 것이다.

22. 여자(지요코)는 양식당에서 남자(마쓰모토)에 대해서 그 검은 점의 위치가 볼품없다고 말하고, "빨리 대학에 가서 제거하는 게 좋아요"라고 권하기조차 한다.

23. ロラン·バルト『テクストの快楽』(沢崎浩平訳, みすず書房, 1977), 18쪽.

24. 덧붙이자면 지요코가 시마다 머리로 머리카락을 트는 것은 스나가와의 결혼 가능성을 암시할 뿐만 아니라, 스나가의 어머니 머리 모양의 재현이라는 의미도 지니는 것이고, 거기에서는 〈어머니—지요코/생모—사쿠〉라는 패러다임에 혼란이 생기고 있고, 지요코의 상을 불안정화시키는 효과를 가져오고 있다.

25. 須田喜代次「「彼岸過迄」論—聴き手としての敬太郎」(『国文学 言語と文芸』1992.4).

26. 石原千秋『反転する漱石』, 青土社, 1997, 103쪽.

27. 永井良和의『尾行者たちの街角』(世織書房, 2000)는『피안 지날 때까지』의 게이타로의 탐정행위를 서두에 내세우고, 데바가메(出齒龜)사건부터 설명하기 시작해서 근대일본의 범죄수사의 역사 속에 탐정·미행·엿보기와 같은 행위가 어떻게 자리매김되는지에 대해서 상세하게 논의하고 있다. 大場, 앞의 책,『個人識別法』에 대해서도 논의하고 있다.

::제3장::
주니카이(十二階)[*]의 풍경

1. 나가이 가후(永井荷風)의 아사쿠사(浅草)

　나가이 가후에게는 『묵동기담(墨東綺譚)』의 무대가 되었던 다마노이(玉の井)에 사는 '창문의 여자'와 수다를 떨고 돌아오는 내용의 「데라지마의 기록(寺じまの記)」(원제「다마노이(玉の井)」, 『중앙공론(中央公論)』1936년 6월호 발표, 『모습(おもかげ)』에 수록)이라는 소품(小品)이 있다. 가후는 호객을 하는 여자들의 목소리에 30, 40년 전 요시와라(吉原)나 스사키(洲崎), 아

---

*주니카이란 '십이 층(十二階)'을 나타내는 일본어인데 1890년에 아사쿠사에 지어진 십이 층짜리 건물인 료운카쿠(凌雲閣)를 상징하는 말로도 쓰인다. 일본어로는 똑같은 '十二階'로 표기되지만 여기서는 료운카쿠를 의미하는 경우에 주니카이라고 칭하고 층수를 나타낼 때는 십이 층이라 칭하기로 한다.

사쿠사공원 등에서 익히 듣던 것과 같은 억양이 담겨 있는 것을 알아차린다. "거품이 인 채로 침체되어 있는" 하수구의 물도 변하지 않았다. 그러나 그처럼 그에게 "생각지도 못하게 추억의 정"을 느끼게 한 건 여자들의 목소리나 하수구의 물만은 아닐 것이다. 그곳은 "꾸불꾸불" 이어져 지금 어디에 있는지 또 어디로 향하는지도 모르게 하는 골목의 세계. '길이 이어져 있습니다'라고 적힌 등불은 결국 그 거대한 미로의 체크포인트이다. 도쿄(東京) 최대의 사창굴인 다마노이의 어둠을 바깥 세계로부터 보호하는 이 골목세계야말로 현재의 시공(時空)을 뛰어넘어 과거 마굴(魔窟)의 추억으로 이끄는 것일 터이다. 이 골목은 신설된 '개정도로(改正道路)'와 선명한 대조를 이루고 있으며 가후도 "최근에 도쿄 변두리 어느 곳에나 펼쳐져 있는 넓은 일직선의 도로"를 발견하기 전에는 골목 내부에서 빠져나가지 못한다.[1]

이 『데라지마의 기록』에는 다마노이의 성립에 대해 언급한 구절이 있는데 다마노이라는 이름이 들리게 된 것은 "1917(다이쇼(大正)6)년 즈음에 아사쿠사공원 북쪽에 자리잡고 있던 깊은 하수구가 메워지고 도로 확장 공사와 함께 그 근처의 수상한 집이 철거된" 때부터라고 한다. 또한 지진으로 아사쿠사의 료운카쿠(凌雲閣) 일대가 불에 타버린 이후 갑자기 다마노이의 인기가 높아졌다고 적혀 있다. 하수구 매립과 도로 확장이 아사쿠사의 마굴을 박멸하기 위한 필수조건이었다는 사실은 앞에서 말한 다마노이 골목세계의 상황과 겹쳐 생각해보면 좋을 것이다. 알려진 바와 같이 다마노이와 가메이도(亀戸)는 이대(二大) 사창굴로 지진이 일어나기 전의 아사쿠사 사창굴을 어머니로 둔 자매 관계에 있었다. 그리고 기원을 확인한 다음 다마노이로 들어간 나가이 가후는 무의식 중에 옛 아사쿠사 골목의 '추

억'을 자기 스스로 찾고 있었던 것이다. 한편 가후가 다마노이로 발걸음을 옮기기 시작할 무렵 아사쿠사에서는 지진에서 부흥한 뒤 레뷰(Revue)를 중심으로 하여 일어난 제2의 절정기가 이미 끝나가고 있었다. 긴자(銀座)에 빼앗겼던 젊은 층을 부흥 후 한때나마 아사쿠사로 되찾아오는 활약을 보여줬던 레뷰의 중심, 카지노 폴리(カジノ·フォーリー, Casino Folies)도 1933년에는 해산되었으며 이미 카지노를 탈퇴한 아사쿠사의 스타 에노켄(エノケン) 역시 5년 후에는 이 거리를 떠나게 된다.[2]

에노켄이 롯쿠(六区)를 떠난 1938년에 나가이 가후는 아사쿠사 오페라관(浅草オペラ館)을 위해서 「가쓰시카 정담(葛飾情話)」(『모습』에 수록)이라는 가극 극본을 썼다. 교외의 전원과 도시 도쿄라는 기저(基底)적인 대립을 농민과 여배우라는 극단적인 대비에 의해 증폭시키는 판에 박힌 구성을 취하고 있으며 고풍스럽고 단조로운 문체 또한 그대로 조락해가는 아사쿠사 오페라의 처지를 이야기하고 있어 무상함조차 느껴진다. 그러나 여기서는 운이 다해가는 아사쿠사 오페라와 굳이 관계를 맺었다는 사실에서 가후가 가지고 있던 하나의 태도를 봐두는 것으로 충분하다. 바로 '추억'하는 가후를.

나가이 가후뿐만 아니라 1930년대의 문예에서 아사쿠사를 언급하고 있는 것은 적지 않지만 그 대부분의 경우에는 지진이 일어나기 전의 아사쿠사에 대한 노스탤지어가 공통적으로 나타나 있다. 그런 가운데 다케다 린타로(武田麟太郎)의 에세이 「아사쿠사, 너무나도 아사쿠사적인(浅草·余りに浅草的な)」(1930.3)은 지진이 일어난 후의 아사쿠사가 가지는 "엄청나게 많은" 측면을 생생하게 그려냈는데 다음 인용문에서처럼 첫 머리부터 신세대의 아사쿠사관(観)에 대해 거리낌없이 말하고 있다. 하지만 그것은 동시

에 아사쿠사에는 도쿄 태생인 사람[예를 들면 아사쿠사에서 태어난 구보타 만타로(久保田万太郎)]이나 지진 전의 아사쿠사를 아는 사람들의 '추억'이 강력하게 작용하고 있음을 전하고 있기도 하다.

> 나의 아사쿠사에 주니카이는 없다. 사람들이 아사쿠사에 대해 이야기할 때에는 반드시 주니카이를 말한다. 그린다. 추억한다. 우리에게 그 환영을 강요한다. 하지만 아사쿠사에 와보라. 그런 건 흔적도 (이렇게 말하는 건 지나칠지도 모른다. 그 건물이 있었던 주변에 세워진 쇼와좌(昭和座)의 뒤쪽 근처쯤에 주니카이 흥행 주식회사의 사무소가 있으니 주니카이의 이름은 아직 남아 있을 것이다)—아무튼 그런 것은 보이지 않는다. 나는 주니카이가 없는 아사쿠사를 이야기하고 싶다. 아사쿠사는 쓸쓸하군 하고 사람들은 흔히 이야기한다. 나는 쓸쓸하다고는 생각지 않는다. 슬픈 아사쿠사여,라고 노래하는 사람도 있다. 무엇이 슬픈가. 아사쿠사는 밝고 신나고 사람을 만족시킨다. 사람을 빠져들게 한다.[3]

'환영' 그리고 '추억' ……좋은 의미로도 나쁜 의미로도 지진 전의 아사쿠사가 부흥 후의 아사쿠사에 오버랩되며 풍경이 이중으로 그려져 있다. 그리고 지진 전의 아사쿠사란 다케다 린타로의 말에 따르면 '주니카이가 있는 아사쿠사'인 것이다.

2. 주니카이로부터의 전망

1889년 프랑스 만국박람회 때 건설된 에펠탑에 촉발되어 그 다음 해인 1890년에 영국인 버튼(William Kinninmond Burton)의 지도 아래 세워진 주니카이(정식 명칭 '료운카쿠')라는 탑은 일본 최초의 엘리베이터(다만 두 달 만에 폐쇄)를 갖춘 것으로 알려져 있다. 이 탑은 220척(약67m)이라고 전해지는 도쿄시의 최고층 건축으로서 무엇보다도 그 '높이' 에 지나칠 만큼 의미성이 부여되어 시민, 특히 아사쿠사 주변 사람들의 시선을 더욱더 모으게 되었다. 이 명징적(明徵的)인 '높이' 에 있어, 또한 특히 근대일본의 나르시스적인 상승 지향의 형상화에 있어 주니카이는 중심화도시화를 가속시키고 있던 제국의 수도 도쿄에 진정으로 어울리는 기념물이었다. 하지만 이 '탑' 의 가치는 그러한 보여지는 명징 속에만 있는 것은 아니었다. 근세까지의 오층탑을 비롯하여 탑에는 시각적인(**보여지는** 숭배의 대상으로서의) 심볼성밖에 부여되지 않았으며 일반 사람은 그것에 오를 수 없었다. 돈만 지불하면 누구라도 위로 올라갈 수 있으며 거기서 30배 망원경으로 "핫슈(八州)의 교외를 부감"[4]할 수 있었다던 주니카이는 그러한 의미에서는 오히려 그 후의 근대적인 고층 빌딩으로 넘어가는 성격을 가지고 있다. 종래의 '탑' 에 도시의 수직적인 에너지와 개인이 스스로의 위치를 재는 좌표축=상대화의 시점("부감" 의 시점)을 더했다는 의미에서 주니카이는 틀림없이 기념비적인 존재였다.

뿌우뿌우 둥둥 악대 소리가 나는 공굴리기 곡예장에 들어가면 미녀 몇 명이 셔츠와 내복 바지를 입고도 거의 완전한 곡선미를 나타내며 공 위에서 춤춘다. 진세카이(珍世界)에는 그 이름 그대로 진기한 것들이 모여 있다. 전쟁에 임하는 마음가짐으로 파노라마관(館)에 있다가 그곳을 떠나 구름 위로 치솟은 십이 층의 료운카쿠에 들어가서 많은 미인들의 사진을 보며 최상층에 올라가면 발 밑의 사람들은 콩보다도 작게 보이며 천리가 작은 눈에 들어온다.[5]

앞서 오마치 게이게쓰(大町桂月)의 『도쿄유행기(東京遊行記)』(1906)가 전하고 있듯이 이미 메이지(明治) 말기에 아사쿠사 롯쿠는 에로스를 디스플레이하는 극장으로서의 양상을 완성시키고 있었다. 곡예나 활동사진, 파노라마 등 여러 시각적인 쾌락을 상품화한 '볼거리' 극장. 그리고 그 시선이 집약되는 곳에 주니카이는 위치하고 있었던 것이다. 상승과 비예(睥睨)를 겸비한(밑에서는 올려다보고 위에서는 조망하는) 주니카이의 새로운 시점. 롯쿠의 전시장 속에서 '보는' 쾌락에 취한 사람이 그러한 자기자신의 추태를 십이 층 위에서 바라보게 된 것이다. 주니카이의 출현에 의해 획득된 이러한 시점으로 이후 에도가와 란포(江戶川乱歩)의 『삽화와 여행하는 남자(押絵と旅する男)』 같은 작품이 태어나게 된다.

국정 〈료운카쿠 요지경 그림 스고로쿠〉
(增補新訂『浅草細見』, 浅草観光連盟,
1976에서)

그 옛날 십이 층의 사탑은 아사쿠사의 명물 중 하나였을 뿐만 아니라 '아사쿠사'의 상징이기도 했다. 탑이 점차 기울어져 위험하다고 알려지고 나서, 또한 풍속경찰(風俗警察)이 엄해져서 탑 밑의 여자들이 종종 거기에서 쫓겨난 후 아사쿠사의 번영은 활동사진 거리로 옮겨갔지만 아사쿠사에는 분명히 '주니카이 밑의 시대'가 있었다. 아사쿠사에서 노는 사람 중 이 탑에 한 번이라도 오르지 않았던 사람은 없었으며

좁은 길의 인파에 부대끼면서 화장한 여자들을 희롱하지 않은 사람 역시 거의 없었다.[6]

위 인용문에서처럼 주니카이라는 탑은 그 밑에 펼쳐지는 센조쿠초(千束町)의 사창굴과 한 세트를 이루고 있었다. 소위 말하는 '주니카이의 밑' 의 마굴. 같은 시대에 나온 도쿄 가이드북에는 "매춘부가 출몰하는 곳, 군자가 다가갈 만한 곳이 아니다"[7]라는 부분이 있다. 그곳에서는 롯쿠의 번화가와는 대조적인 어둠의 세계가 복잡하게 얽혀 있는 골목에 의해 보호받고 있었다. 나가이 가후가 다마노이에서 추억했던 것도 이 주니카이 밑의 미궁이었다. 수도에서 제일가는 최고층 건축과 골목에 퍼져 있는 마굴. 실은 이 배합에 주니카이, 그리고 아사쿠사라는 극장의 본질이 숨어 있다. 관음당을 비롯해 옛날부터 전해 내려온 아사쿠사가 롯쿠 향락가의 '근대' 를 포섭하고 있듯이 마굴에 꿈틀거리는 불특정다수의 집단적인 정념이 이 탑을 적시고 있는 것이며 주니카이는 실로 위험하고 저속한 '반근대' 의 상징인 것이다.

이 탑은 십 층까지 벽돌로 지어졌으며 그 위의 두 층은 목조로 접붙이기 된 실로 어중간한 건물이었던 듯한데 앞의 인용문에서도 기울어지기 시작한 '사탑' 의 모습을 전하고 있다. 중학생 시절에 이 주변과 가까이 지냈던 가네코 미쓰하루(金子光晴)도 "바람 부는 날의 탑 위는 끼익끼익 흔들려 안정감이 없다. 언젠가는 무너질 거라는 예감이 있었는데 역시 지진이 있었을 때 중간부터 무너졌다"[8]고 회상하고 있다. 상승하는 '근대' 가 가지는 위험함의 상징이기도 한 빈약한 구조의 '높이' 는 무너지는 것에 대한 불안, 그것에 쇠약과 죽음에의 매혹을 배합하고 있었다. 투신자살의 유행은

이 주니카이에서 시작된 것이라는 설도 있다.[9]

〈주니카이로부터의 전망〉(1922년)(浅草文庫 제공) 오이케(大池)와
롯쿠 흥행가(위), 센조쿠초를 지나 요시와라 방면(소위 주니카이 밑)
(아래)

 오마치 게이게쓰의 글에서 보듯이 이 탑은 개장 당시부터 도쿄의 창기(娼
妓) 중 투표로 선발된 '백미인'의 사진을 탑 안에 거는 등 세련과는 거리
가 먼 세속적인 서비스를 행하고 있었던 것으로 알려져 있다. 탑을 올라가
는 계단이 나선형 계단으로 되어 있는 것을 비롯해 주니카이의 내부 그 자
체가 탑 아래의 난잡한 미궁세계를 집약해서 빨아올린 수상한 공간이었던
것이다. 가네코 미쓰하루는 「아사쿠사 주니카이(浅草十二階)」(『길가의 애인
(路傍の愛人)』)라는 시를 써 "주니카이는 도쿄 명물인 기묘한 말뚝버섯. 포

경상태의 음경"이라고 읊었다. 이 시에는 또한 (에도가와 란포 같은 트릭은 없지만) 탑 위에서 효탄이케(瓢箪池) 연못의 벤치에 누워 있는 "또 하나의 나"를 발견한 놀라움이 읊어지고 있다. 마굴에 방사되는 남자들의 욕망이 치솟게 한 빈약한 남근. 지진에 의해 '거세' 될 때까지 그것은 계속 주니카이의 밑의 "또 하나의 나"의 욕망을 되비추는 거울이었던 것이다. 곧 도코(今東光)가 자신의 청춘기를 그린 자전소설『주니카이 붕괴(十二階崩壊)』(중앙공론사, 1978)의 말미에는 다음과 같은 인상적인 한 구절이 있다.

> 그대로 알몸이 되어 낙담한 듯이 잠든 오케이(お啓)를 넘어 살짝 창을 열자 주니카이의 몇 층인지 창문에서 언뜻 불빛이 움직였다. 아마 야간 순찰 중인 등불인 듯 했는데 그렇게 창문을 통해 이 음습한 매음굴을 위에서 내려다보면 대체로 음란한 춘화 같은 광경을 볼 수 있지 않을까. 실제로 나 자신과 오케이의 잠에 흐트러진 모습이 찬찬히 엿보여지는 것 같은 기분이 들었다.

3. 아사쿠사와 하기와라 사쿠타로(萩原朔太郎)무로 사이세이(室生犀星)

지진이 있기 전까지 가장 큰 환락가임을 뽐내던 아사쿠사는 지방에서 상경한 사람들이 가장 먼저 방문해야 하는 도쿄의 명소였다.[10] 지진이 일어난 후인 1925년에 도쿄로 이사오기 전까지 지방도시인 마에바시(前橋)와 도쿄를 왕복하는 생활을 계속했던 하기와라 사쿠타로가 쓴 최초의 구어자유시 「살인사건(殺人事件)」이 1914년에 아사쿠사 덴키칸(電気館)에서 본 탐정영화에서 힌트를 얻은 것이라는 사실은 널리 알려져 있다.

「살인사건」에 나오는 '탐정/수상한 사람'의 콤비는 둘 다 일상의 사각(死

角)에서 극을 연기하고 있다는 점에서 본질적으로 형제(분신)다. 그들은 보여서는 안 되며 도시를 무대로 하면서도 관객이 없는 고독한 극장에서 연기하지 않으면 안 된다. 사람의 기척을 없애는 것. 즉 무성영화처럼 소리를 죽이는 것(시각으로의 집중). 그리고 시간의 흐름을 절단하는 시점의 당돌한 전환. 이러한 방법의 효과적인 활용으로 인해 도시 그 자체에 숨겨진 표정이 떠오른다. 데 키리코(Giorgio de Chirico)의 그림 「거리의 신비와 우울」(「살인사건」과 같은 1914년에 제작)과도 통하는 추상화된 도시의 환상을 16행의 시로 완전히 표출해낸 이 텍스트는 이미 시대를 초월하고 있다.

그런데 하기와라에게는 마찬가지로 도쿄에 머물렀을 때의 경험을 바탕으로 한 것이라고 여겨지는 「아사쿠사공원의 밤(浅草公園の夜)」[11]이라는 산문시의 스케치도 있다.

> 그것 봐라, 네가 좋아하는 나체가 있다, 알몸으로 구두를 신고 있는 공굴리기 공주님이다, 봐라, 순은의 취객의 슬픈, 보라색 먼 길이다, 아사쿠사 공원, 활동사진, 질환 일루미네이션의 멀고 먼 길이다, 형제여, 팔을 빌려다오, 둘이서 같이 걷자꾸나.
> 봐라, 첨탑 위에서 살인사건이 일어난다, 정령(精靈) 전기의 감전이다, 위험하니까 도망쳐, 도망쳐라.
> 봐라, 이 멋진 아사쿠사공원 롯쿠의 밤 풍경을, 엘리베이터는 몽유병자로 만원입니다.

「살인사건」에 비해 습작이라고는 하나 이 「아사쿠사공원의 밤」에 나타난 표현의 빈약함은 어찌된 일인가. 이 시에는 공원 롯쿠의 시각적인 오락거리에 촉각적으로 성욕을 맞추어가는 것의 불가능성이 드러나 있다. 인용에 보이는 "첨탑"이란 주니카이를 가리키며[12] '몽유병자'를 태운 엘리베이터도 당시에 새로이 운전을 시작했다고 하는[13] 탑 안에 있던 엘리베이터일 것이다. 살인사건이 일어나 '정령 전기'가 관류하고 몽유병자가 넘쳐나는 주니카이라는 탑은 하기와라에게도 하나의 남근이었을지도 모른다. 그러나 이 시인은 아사쿠사의 날것 그대로의 본체를 붙잡는 데에는 명백히 실패한 것이다(「살인사건」에서의 성공과 이 실패는 표리관계이다). 필시 여기에는 도시의 '신체'에 거부당한 이 시인의 문제가 나타나 있을 것이다.

한편 위의 「아사쿠사공원의 밤」에 나타난 "형제"의 모델은 무로 사이세이일 것이다.[14] 하기와라와 무로는 아사쿠사의 탐정영화 체험을 공유하였으며 하기와라는 「살인사건」을, 무로는 「흉적 TICRIS씨(兇賊TICRIS氏)」(『서정소곡집(抒情小曲集)』)라는 시를 각각 썼다. 그 무로 사이세이에게는 아사쿠사공원 주변을 무대로 한 「환영의 도시(幻影の都市)」(『향로를 훔치다(香爐を盜む)』(1921) 수록)라는 소설이 있다. 주인공인 '그'는 광고 그림이나 부인잡지, 활동사진의 그림엽서 등에 그려진 여자들의 "얼굴(肉顔)"을 소중히 간직하고 있으며, 그가 사는 뒷거리 가까이에 있는 매춘가의 여자들을 "한 집씩 보며 지나감"으로써 상상 속의 쾌락에 빠져 있다. 초라한 기모노(着物)를 입고 "하수구 위에 덮어놓은 널빤지 같은" 나막신을 신고 생활하는 가난한 처지가 '그'에게 금욕할 것을 강요하며, 그 금욕이 부추기는 관음과 상상의 쾌락에 빠지는 전형적인 오나니스트(onanist). 그 또한 아사쿠사공원에 있는 시선의 쾌락 장치와 주니카이 밑의 미궁이 배출하는 도시의 침전물에 깃든 사람들 중 한 사람인 것이다. "날이 저물 즈음이 되면 목적도 없이 훌쩍 거리로 나가 언제까지나 계속 걸으며", "늘 떠들썩한 악대

나 소란이나 음식이나 음란한 뒷골목에서 뒤를 기어다니는 개처럼 초라하게 어슬렁거리는” 남자. 이처럼 목적 없이 골목을 어슬렁어슬렁 걷는 것(산책), 그리고 주니카이 매춘부들의 육체에 닿을 수 없는 욕망의 거리감이 그에게 특권적인 시점을 부여한다. 그렇게 함으로써 그는 도시의 신체에 닿아 그 구석구석까지를 느낄 수 있기 때문이다.

> 그에게는 이 모든 도시 속에 그 자신을 둘 만한 빵의 거처는 없을 뿐만 아니라 모든 것이 그와는 등을 맞대고 있었던 것이다. 그 때문에 그는 점차 자신 안에서 자기를 잡아먹는 것 같은 생활을 해야 하는 것이었다.

일개 산책자(flaneur)로서의 그에게 “숙식의 거처”는 없다. 걸어다니는 도시의 영역 그 자체가 그의 “거처”이기 때문이다. 그리고 그 때문에 그는 도시의 “모든 것”에 “등을 맞대고” 있다고 느낄 수 있었다. 이러한 의미에서도 그는 하기와라 사쿠타로가 『우울한 고양이(青猫)』에서 그려낸 것 같은 ‘군중’을 바라는 인물이 아니다. 하기와라에게도 영향을 준 에드거 앨런 포(Edgar Allan Poe)가 런던 거리에서 발견한 ‘군중인 사람’은 “Es lässt sich nicht lessen”[해독(解讀)을 용서치 않는다], 즉 말에 의한 접근을 거부한 ‘책’의 모습으로 나타나고 있다. 포의 이 (해독능력이 없는) ‘말’에서 출발한 하기와라는 도시 혹은 군중을 처음부터 읽어낼 수 없는 비−실체(非−実体)로서 만들어내는 방법을 취할 수밖에 없었다. ‘도시/시골’의 경직된 이원론에 계속 구속되어온 『우울한 고양이』 시절의 하기와라에게 도시는 시골이라는 대극(対極)이 없어서는 안 되는 과도한 환상성을 두르고 있었다.

좋은 의미로든 나쁜 의미로든 이 이상적인 대립도식에서 벗어나 있던 「환영의 도시」의 무로 사이세이는 도시를 처음부터 '환영' 속에 가두는 방책은 취하지 않는다. 도시, 해독을 허락하지 않는 이 '책'. 그 '책'을 읽는(걷는·보는·욕정을 느끼는) 과정에서 그것(환영=해독불능)은 발견되는 것이다. 포나 하기와라처럼 표현의 주체도 군중을 보는 (미행하는) 입장에 한정되지는 않는다. 「환영의 도시」의 '그'는 '군중 **속의** 사람'인 것이다.

그는 지방에서 올라와 아사쿠사 근처(다만 지명은 특정되어있지 않다)에서 시를 쓰고 있다. 그가 관계를 맺는 아사쿠사에 모여든 사람들도 그와 마찬가지로 먹고 마시는 것조차 뜻대로 안 되는 "도시의 낙오자"뿐이다. '사이타로(歲太郞)'라는 그와 동향인 친구를 필두로 한 "비속한 가두음악가의 무리"가 그 중심이다. 바이올린 반주에 따라 고우타(小唄)의 유행가를 부르며 공원 일대를 도는 이 그룹의 멤버에는 문학을 지망하여 시골에서 올라왔지만 "이런 곳에 빠진" 청년이나 세 번이나 음악학교의 시험에 낙제했다는 바이올린 연주자가 있다. 혹은 역시 시골에서 막 상경한 소년. 도쿄에서 일을 찾지 못해 '가두음악가' 무리에 몸을 던진 그는 낮에는 학교에 다니고 밤에는 그들과 함께 일하며 '고학(苦學)'을 하고 싶다고 말한다. 물론 그런 소년의 미래에 대해서도 사이타로는 다음과 같이 꿰뚫어 보고 있다.

……누구라도 처음은 모두 다 그렇습니다만 결국에는 아무리 해도 안 되게 되어 있어요. 저렇게 행동하고 있어도 나에게는 분명히 어떤 인간이 될지 알 것 같은 느낌이 드는 거예요. 지금은 저렇게 부끄러운 듯이 있지만요.

……뭐 2주나 지났으니 금방이에요. 그것도 한 번 거리에서 노래했다면 벌써 끝난 거지요. 끝없이 뻔뻔해지지 않으면 안 되니까요. 순경이 엄하게 쫓아내니까요. 생각해보면 참 싫은 장사예요.

사이타로 자신이 그랬던 것처럼 그들은 사회로부터 함께 탈락하여 도시의 밑바닥으로 떨어져가는 시골 출신의 꿈을 좇는 사람들이다. 그들을 기다리고 있는 것은 스스로를 비천한 구경거리로 깎아내려 아사쿠사공원에 모이는 대중들에 의해 보고 듣는 욕망의 대상이 되는 것, 즉 자신을 일개 상품으로서 대중의 소비 대상으로 가장(假裝)하는 것이다. "유민(遊民)은 군중 속에 버려져 있으며 따라서 상품과 같은 상황을 분담하고 있다"[15] [발터 벤야민(Walter Benjamin)]. '그'가 그와 같은 운명에서 벗어난다는 보증은 어디에 있을 것인가. 그는 앞서 좌절해간 지방 출신 사람들의 흔적을 다시 더듬어가게 된다. 예를 들면 소설 후반에 그가 처음으로 주니카이에 올라가는 중요한 장면에 다음과 같은 한 장면이 끼워져 있다.

그는 구 층까지 올라갔을 때 그곳 벽에 연필이나 손톱자국으로 남겨진 여러 낙서를 읽었다. 지방 사람인 듯한 구경꾼들이 출신 고장을 쓰거나 연호(年號)를 적은 것이 있었다. 그중에는 홋카이도(北海道)나 휴가노쿠니(日向国) 등이 있었다. 손톱자국에는 먼지가 쌓여 있고 연필자국은 거의 지워져 있는 것도 있었다. '나는 공부를 하기 위해 수도로 왔지만 지금 나는 실패하여 허무하게 돌아가네'라든가 또는 '이곳에서부터 멀리 고향의 공기를 맡는다. 이곳에서 내 바람은 허무하여라.' 등이 적혀 있었다. 그는 그 도시의 낙오자들을 자기 자신에게서도 느끼는 것이었다. 도시를 떠나는 자, 떠나려고 고민하는 자가 그의 눈에 뚜렷이 떠올랐다. 혹은 '1912(메이지 45)년 10월 5일 다케시마 덴요(武島天洋).' 등 의미 없이 써놓은 것도 있었다. 다만 그 연호라는 것이 얼마나 쓸쓸히 머릿속에 울리는 것인지. 잠시 멍하니 낙서를 쳐다보고 있을 때 그는 곧 사이타로의 추레한 얼굴을 떠올렸다.

탑 안의 벽에 트레이스(trace)된 말들. 시마자키 도손(島崎藤村)의 「흰 벽(白壁)」(『와카나슈(若菜集)』) 또는 하기와라 사쿠타로의 「하기테이(波宜亭)」, 「공원의 의자(公園の椅子)」(『순정소곡집(純情小曲集)』) 등에 의해 상기되는 익명 텍스트(낙서)의 정경이다. '그'는 그것들을 읽고 과거의 "지방인"들의 생각에 소급(트레이스)해가는 해독자의 입장에 있다. 이 벽이, 주니카이그 자체가 그의 앞에 하나의 '책'으로 존재하는 것이다. 그가 모르는, 그러나 그와 같은 처지의 무수히 많은 상경한 사람들의 꿈과 실의가 짜올린 '책'으로서의 탑, 주니카이. 지방에서 상경한 사람이 한 번은 오르려고 했던 이 탑은 상승하는 에너지가 근대의 히에라르키를 발견한 정점이었다. 그러나 '높이'는 속속 갱신되어가는 숙명을 지닌다. 그러한 경쟁원리 속에서 기울어져가는 주니카이는 꿈의 정점인 동시에 또 그 종점이기도 한 양의적 상징인 것이다. '근대'를 구현하여 우뚝 솟은 탑이 그 아래에 그물처럼 펼쳐진 마굴의 미궁세계에 침식되어가는 필연이 여기에 있다. 「환영의 도시」의 이야기도 또한 이 두 개의 공간을 왕래하는 이야기인 것이다.

4. 「환영의 도시」의 주니카이

「환영의 도시」의 스토리는 주니카이 밑의 보이지 않는 욕망에 '그'가 한 사람의 해독자로서 감응해가는 형식으로 진행된다. 언제나 뒷골목 공동변소 옆의 같은 장소에 멈춰 있는 한 대의 차. 매일 밤 같은 시간에 와서 좀처럼 움직이지 않는다. 언젠가 그는 운전수가 없고 "바다표범 같은 검은 광택이 있는" 그 차 내부에 "정체를 알 수 없는 창백한 것이 포개어져 있는" 것을 목격한다. 정사를 끝낸 남녀가 차에서 내리자 운전수가 다가와 "그림자처럼" 차는 사라져버린다. 간편한 카섹스의 정경이 뒷거리의 어둠 속에 놓이고 여자의 "강렬한 향수"의 잔향과 "하수구의 악취"가 서로를 물들여 골목 공간이 요염한 신체로 바뀌어간다. 그는 도시의 정체(나신)를 보고 말았던 것이다. 혹은 찢어진 풍선이나 활동사진의 프로그램, 활동사진에 나오는 여배우의 엽서 등 롯쿠 오락의 잔재가 떠올라 있는 쓰레기장 같은 공원의 연못(효탄이케). 그의 눈에는 연못을 헤엄치는 "먼지와 그을음투성이 잉어"까지 롯쿠의 "그림간판의 색채"의 현란함·생생함에 물든 것으로 비춰진다. 그는 그런 잉어를 볼 때도 그 "몸통"을 "마음에 찰 때까지 꽉 쥐어보고 싶다"는 "성적인 발작"에 사로잡혀 버린다. 연못의 수면은 여자들이 창문으로 슬쩍 내다보는 어지러운 건물의 그림자를 거꾸로 비추고 있을 뿐만이 아니다. 연못가의 벤치에서 온갖 것들에게 욕정을 느껴 마지않는 그런 그 자신의 "슬픈 창백한 모습" 또한 정확히 비춰내고 있는 것이다.[16]

아사쿠사공원 연못의 "수상한 일체의 그림자를 비추는 수면". 이 아래에는 또한 '그'가 볼 수 없는 것이 잠들어 있다. 삼 년에 한 번 연못 밑바닥을 파내면 여기에서 다이아몬드나 순금 반지 등의 귀금속류나 몇 묶음이나 되는 "이상한 그림"이 나오고 종국에는 "남녀 인형이 양쪽에서 단단히 묶여 추를 매달고 저주받은 채로 진흙바닥에 가라앉아 있는" 것까지 발굴되는 것을 그는 알고 있다. 여기에도 읽히는 것을 기다리는 '책'들이 있다.

"이 도시의 밑바닥 아래에 있는 온갖 꺼림칙한 치정의 움직임"이 선택받은 이 **독자**에 의해 깨어나게 되는 것이다. 지진 전 아사쿠사의 옛 사진이라고 하면 대부분 주니카이와 이 효탄이케를 짝지은 구도가 눈에 들어오게 되는데 이 짝이 합의하는 상승과 하강의 대칭성이 여기에 뚜렷하게 나타나 있다. 효탄이케는 더러워진 거울처럼 주니카이의 그림자를 거꾸로 비추고 있었을 것이다.

이야기는 '그'가 이 '책'들의 페이지를 펼쳐감에 따라 그 개인의 경험의 층에 개인의 차원을 넘어선 전승적인(도시 민속적인) 경험의 층이 파고드는 과정을 더듬어간다. 그 중심에 있는 것은 '덴키무스메(電氣娘)'라고 사람들에게 불리던 의문의 여자가 그와 관련되어가는 이야기이다. 효탄이케의 밑바닥을 퍼낸 이야기와 마찬가지로 그녀는 도시 대중의 소문(전승) 속에서만 존재한다. 그녀는 '그'와 마찬가지로 심부름을 해주며 여기저기 다니는 일을 하기 때문에 종종 이 일대를 걷고 있다. 이름도 분명치 않은 인물임에도 불구하고 누구나 보고 있으며 또 알고 있다는 상황이 그녀에 관한 뜬 소문과 전승을 낳는 바탕을 만들고 있다. 그녀는 강렬한 "전기성(電機性)"을 띠고 있기 때문에 그 육체에 닿으면 "이상할 정도로 일렉트로닉한 떨림"이나 "오한"을 느낀다고 해서 누구도 가까이 가려고 하지 않는다. 그녀는 금기로서의 경계를 '전기'로 소멸시

〈아사쿠사의 등불〉(1921년 무렵)(增補新訂
『浅草細見』에서)

키고 있었던 도시가 그 보상으로 만들어낸 새로운 금기의 존재인 것이다. '전기' 가 근대 이후 도시 이미지의 중추에 있었던 것은 말할 여지도 없다. 이 이야기에서는 그 '전기' 가 금기를 낳고 있는 것이다.

'덴키무스메'. 그녀의 이종성(異種性)은 이 도시로 향하는 동경과 두려움의 상징인 '일렉트로닉' 뿐만 아니라 '일본인으로서는 보기 드문 새하얀 피부", 그 "잡종(雜種児)"으로서 가지는 '국제성' 에도 유래하고 있다[후자의 성질은 수 년 후에 전혀 다른 표상으로써 『치인의 사랑(痴人の愛)』에 나오는 센조쿠초 태생인 나오미(ナオミ)에 의해 계승된다]. 근대화와 서구화의 메타포가 씌워진 그녀가 민간전승의 층에서만 인식된다는 점에서 아사쿠사라는 경계가 가지는 "너무나도 아사쿠사적인" 자력(磁力)을 발견할 수는 없을까. '그' 에게도 그녀는 특정한 이름을 가지지 않는 '덴키무스메' 라는 환상의 존재였으며 그의 망상 속에서 그녀는 주니카이의 탑과 떨어뜨려서 생각할 수 없는 존재가 되어 있었다. 연못을 헤엄치는 비단 잉어의 몸통을 통해서도 그녀의 육체가 환상으로 나타나고는 하는 것이다. 금기가 욕망을 야기하고 욕망은 그 영역에 발을 들인다. 그는 언젠가 그 여자가 자신을 불러 세우는 "기이한 목소리"를 듣는다. 그러나 자기를 불렀냐는 그의 물음에 그녀는 "아뇨. 제가 아니에요. 저는……" 이라고 대답한다. 그렇다면 '저는……' 대체 누구(무엇)라는 건지, 그리고 "그는 그때 대체 무엇을 들은 것일까, 그 여자의 목소리가 아니라고 한다면 그는 누가 불러서 멈춰선 것일까".

금기에 접촉하는 자가 주니카이의 나선계단, 수직으로 뻗은 미궁으로 올라간다. 투신을 막기 위해 철망이 쳐진 제일 위층의 창문. 거기에서 조망할 수 있는 아래 세계의 "개미처럼 무리 지은" 군중과의 거리 그리고 높이 —금기를 나타내는 철망이 여기를 넘으라고 유혹하는 듯해 그는 철망에 매달려서 군중의 한복판에 버려진 자신의 시체를 망상한다. 같은 장소에서 지상을 내려다보고 있던 소녀들이 그런 그의 창백해진 표정에 겁에 질려 부산하게 계단을 내려간다. 그녀들의 눈에 비친 그의 모습은 아마 벌써 '덴키무스메'와 같은 금기의 영역에 몸을 절반쯤 들여놓고 있을 것이다. 야마나 도코쓰(山名冬骨)의 「투신자살의 역사(飛降り自殺史)」[『범죄과학(犯罪科学)』, 1931.10]에는 근대 이후의 투신자살 제1호가 1917(다이쇼 6)년에 여기 주니카이에서 일어났다[17]고 적혀 있다. "그 높이로 고층건물—첨단건물이 유혹하며 하늘로 향해 비약하는 근대 도시에 투신자살자가 많은 것은……당연하다"고 야마나도 말하듯이 투신자살은 도시의 고층화에 따라 증가해간다. "투신 그 자체가 직접적인 자살의 목적"(야마나)이 되는 이 방법은 형이상학적인 그리고 다분히 연극적인 모습을 띤다. 예를 들면 1980년대에 투신자살한 아이돌 오카다 유키코(岡田有希子) 현상이 그러했듯이 그것은 필연적으로 전설화의 먹이가 되어가기도 하는 것이다.

"애달프게도 이카루스가 몇 사람이나 와서는 떨어진다"[쥘 라포르그(Jules Laforgue)/가지이 모토지로(梶井基次郎), 『K의 승천(Kの昇天)』]—미궁(라비린토스)에서 탈출하지만 너무 높이 비상한 나머지 날개가 타서 추락해버린 이카루스. 근대 도시는 이카루스를 '몇 명이나' 낳게 된 것이다. 주니카이에서 주니카이로 향하는 미궁의 루트를 더듬으며 비상의 유혹에 사로잡힌 '그'에게도 또한 이카루스의 날개가 나기 시작하고 있었다. 그러한 그를 간신히 탑의 파수꾼이 각성시키지만 그는 이 탑의 나선계단에서 길을 잃어 좀처럼 아래까지 내려갈 수 없다. 여기에서 주니카이라는 탑은 도시로부터 추락해가는 사람들의 감옥(라비린토스)으로서의 모습을 드러내고 있는 것이다.

그러고 나서 얼마 지나지 않은 어느 밤, 그는 그 '덴키무스메'가 주니카이에서 뛰어내린 것을 탑 아래에 모인 군중 속에서 알게 된다. 그녀는 그를 대신해 진정한 이카루스가 된 것이다. 그렇지만 이것으로 금기의 이야기가 정화되며 끝을 알리는 것은 아니다. 며칠 후 탑 아래 공터에서 연주하고 있던 사이타로와 '가두음악가'들과 맞닥뜨린 그는 그 자리가 다름 아닌 '덴키무스메'가 추락한 장소인 것을 알아차린다. 불길함에 그 장소를 피해왔는데도 연주를 하다보니 "어느샌가" 거기에 있었다고 사이타로는 이야기한다. 그리고 두 사람은 공굴리기 곡예장 앞에서 '덴키무스메'의 환영을 보게 된다. "너는 그 여자를 꽤 일찍부터 알고 있었던 거야? 네 싸구려 숙소에서 가까운 곳에 있는 그 여자의 집을 넌 알고 있었겠지." 그 물음을 듣고 있는 사이타로의 안색이 변해가는 것을 본 그는 숨겨져 있는 새로운 이야기를 읽기 시작한다. '덴키무스메'가 아이를 밴 몸으로 투신했다는 '소문'. 그 뱃속의 아이가 "개구리처럼 눌려 터졌다"라는 '소문'. 그것은 그와는 별개로 금기의 영역에 깊이 사로잡혀 있었던 사이타로의 이야기인 것이다.

5. 도시의 데몬(demon)이 사는 거처 — '주니카이' 이후에

주의해서 보면 산의 아름다움에 취하는 것과 추상적인 관념의 미에 취하는 것은 실로 많이 닮아 있다. 고향을 잃은 정신의 양면을 바라보는 듯한 감정이다. 그렇게 생각하면 요즘 등산이 유행하는 것은 쉽게 신용할 수가 없다. 해마다 병자의 수가 늘어가는 그런 느낌이 든다.[18]

고바야시 히데오(小林秀雄)가 「고향을 잃은 문학(故郷を失つた文学)」(『문예춘추(文藝春秋)』1933.5)에서 정확히 간파한 이 "양면"이란 단지 19세기 말 이래의 문학적 주제인 고향상실만의 문제는 아니다. "추상적인 관념"이란 근대도시의 시민이 빠진 상황 그 자체일 것이다. "자연의 아름다움"이 이미 그 '관념'의 세례를 받고 있는 시대가 고바야시 등이 활동한 1930년대에 찾아온 것이다. 등산의 유행도, "깊은 곳으로 또 위험한 곳으로 가고 싶어 하는" 정신도 그 "추상적인 바람"이 의식화되어 있는지 아닌지의 차이일 뿐 주니카이의 탑 위에 이카루스의 환영을 그린 「환영의 도시」의 정신과 통해 있는 것처럼 보인다. 「환영의 도시」도, 또는 다니자키 준이치로(谷崎潤一郎)의 「인어(鮫人)」(「환영의 도시」 수개월 전에 미완인 채로 연재를 중단)도 고바야시가 말하는 "어딘가에 태어난 것도 아닌 도시인이라는 추상인의 얼굴"이 유민의 모습으로 도시를 돌아다니고 있다는 점에서는 1930년대에 나온 가와바타 야스나리(川端康成)의 『아사쿠사 구레나이단(浅草紅団)』과 세계를 공유하는 부분이 없지는 않다. 그러나 지진을 경계로 하는 양자 사이의 심정적인 절단면을 문제로 삼는다면 이 '관념'의 의식화가 의미하는 것은 극히 무겁다. 주니카이를 '거세'하여 마굴을 파괴하고 엄청난 수의 여자들의 생명을 빼앗은 지진 이후에도 남근의 무리는 만들어져간다. 그렇지만 거기에서는 「환영의 도시」의 주니카이가 품고 있던 것 같은 데몬으로서의 도시의 나신이 이미 보이지 않게 된 것은 아니었을까.

1920년 『중앙공론』에 단속적으로 연재된 「인어」는 파노라마나 루나파크(ルナパーク), 진세카이 등을 통해, 아사쿠사를 "정신없이 지나간 것"의 기억 위에서, 항상 "유동"하고 있는 것으로서 이 거리의 변용된 에너지를 이미 완전히 파악하고 있었다. 그 신체가 있는 곳을 불가해(不可解)·불가시

(不可視)한 것으로 만드는 도시의 빠른 형세 전환이 이야기에서는 하야시 신주(林真珠)라는 한 소녀를 통해 나타난다. 그러나 핫토리(服部)나 미나미(南), 고토(梧桐) 등 복수의 인물이 뒤섞인 시점에서 파악되는 신주의 실태는 결국 이야기의 마지막까지 명확한 하나의 상을 이루지 못한다. 그녀는 말하자면 그녀가 작품 속에서 연기하는 〈한여름 밤의 꿈〉에 등장하는 요정의 모습 그대로 미완의 이야기에서 퇴장하게 된다.

> 분명히 저 공원은 하나의 위대한 생물이며 그것이 하루의 노역 때문에 지쳐 축 늘어져 잠들어 있는 것처럼 느껴진다. 그리하여 또한 그곳에는 영혼의 군집이라고 말할 법한 것이 사람의 왕래가 끊어진 상가의 거리 위나 관음당 처마의 그림자나 활동사진관의 근처 등에 떠돌면서 사라지지 않고 남은 전등의 빛 속을 둥실둥실 떠다니면서 공원의 잠을 위협하고 있기라도 하는 것처럼 느껴진다. 그런 시간에 '아사쿠사'의 모습을 본 사람은 어떤 꿈을 연상하거나 수상한 범죄를 생각하지 않을 수 없을 것이다. 낮의 공원이 불가사의한 매력을 갖고 있는 이상으로 밤의 그녀는 더욱더 대단한 요부임을 알 수 있을 것이다. (「인어」 말미)

밤의 아사쿠사, 즉 "영혼의 군집"이 만들어낸 한 사람의 "요부". '그녀'가 수상한 것은 누구도 그 정체를 본 적이 없기 때문이다. 나카우미(中海)에서의 복잡하고 괴이한 사건, 누구도 행선지를 모르는 밤 외출 등, 성(性)도 파트너도 너무나도 많은 것이 불투명한 하야시 신주의 조형(造形)은 분명히 그녀를 위의 "요부"와 겹치게 만드는 것처럼 기능한다. 포가 '군중인 사람'을 추적하는 과정에 도시의 지리서를 겹친 것처럼 신주도 또한 "해독을 용서치 않는" 책으로 나타난 도시의 화신(化身)인 것이다. 고토 겐지(梧桐寬治)가 그녀를 미행하도록 시킨 것 또한 애당초 헛된 일로, 그러한 추적극의 헛수고를 예감하게 하면서 이야기는 중간에서 끝이 나고 고토도 "당나귀가 된 바텀"(《한여름 밤의 꿈》)의 의상을 벗지 못한 채 끝이 난다. 주니카이 밑에서 출발하는 다니자키의 초기작 「비밀(秘密)」(1911)에 등장하는 변장극과 추적극은 '비밀'을 폭로하는 것으로 이야기가 끝이 나는데 「인어」는 그 이야기처럼 끝날 수는 없었다. 「인어」의 텍스트는 인물의 외모를 그려내는데 집요하게 매달리고 있는 점이 큰 특징이다. 되도록 주관화를 회피하는 서술 전략을 구사하고 있다는 것은 틀림없지만 이 작품에서도 도시의 중핵에 접근하는 것의 어려움이 드러난다. 시점을 다각화해가는 탈중심화의 경향도 마치 도시의 나신을 정면에서 보는 것을 피하고 있는 듯하다. 격하게 또 끊임없이 변하는 스피드를 감싸는 아사쿠사의 어떤 권태로운 기분까지 포함해 「인어」의 세계에는 지진 후의 『아사쿠사 구레나이단』(1930)의 기조로도 쉽게 바뀔 수 있는 새로움이 있다. 이 작품이 미완이 된 이유도 그 불행한 선구성에 있다고 생각하고 싶어질 정도이다.

양성적인 「인어」의 여주인공 하야시 신주의 불투명한 조형은 『아사쿠사 구레나이단』에서는 전반부의 히로인인 유미코(弓子)에게 계승된다. 그 내부에서 소년과 소녀의 양면이 불가사의한 전도(轉倒)를 일으키며 변장을 거듭해가는 유미코는 「비밀」에서 발견되는 '요시노(芳野)'라는 여자나 「인어」에 나오는 신주의 삶을 보다 씩씩하게 살아내면서, 나아가 이야기를 주체적으로 움직여가는 여자로서 여기에 부활했다. 그 주체성은 소설 전반부의 메인 스토리인 복수담 속에서 발휘된다. 미친 사람이 된 언니의 옛 애인 아카기(赤木)에 대한 굴절된 복수심. 그러나 이 마음의 시작은 그녀와 아카기가 공유하는 최초의 정경, 즉 지진으로 재해를 입은 후지심

상소학교(富士尋常小学校)의 옥상에서 보였던 아사쿠사 주니카이가 폭파되는 정경이다. 아사쿠사의 "쇼와(昭和)의 지도"인 "1930년형 아사쿠사"를 그려내는 화자 '나'의 안내자로서 유미코의 본질(그 양성적인 성격을 가지게 된 기원도 포함해서)이 거기에서 드러나기 시작한다. "하지만 주니카이가 있었던 시절의 나란 존재는 어느 세계로 어떻게 사라져버린거야?"—유미코 자신이 '주니카이가 있는 아사쿠사'의 상실을 묻는 이 물음에서 복수심은 출발하고 있다. "나는 지진의 딸입니다"라고 이야기하는 유미코. 그녀의 '변장' 아래에 나타나는 이 나신을 통해서 이야기는 '다이쇼'의 아사쿠사 혹은 인용된 돌베개 전설(石枕伝説) 등에 보이는 아사쿠사의 전승적인 옛 시대를 이야기 속의 현재인 1929, 30년으로 이끌어오는 것이다.[19]

〈주니카이의 붕괴〉(関東戒厳司令部『大正震災写真集』, 偕行社, 1924)

〈주니카이가 폭파되기 전 공병의 작업〉
(『大正震災写真集』)

〈주니카이의 폭파 순간(공병 제7대대)〉
(『大正震災写真集』)

"아사쿠사의 뒤편에 무수히 있는 창부적인 것을 짊어지고도 여전히 "성
녀"처럼 이 작품 속에 살아 있는"[20], 그러한 '성(聖)'과 '천(賤)'을 구현하
며 아사쿠사의 전승세계를 상징하는 유미코. 그러나 『아사쿠사 구레나이
단』의 이야기는 이 유미코를 그리는 것만으로 끝나지는 못했다. 후반부의
히로인 오하루(お春)의 등장이다. 유미코와 아카기가 함께 소학교 옥상에
서 주니카이를 올려다봤던 옛 풍경의 구도는 "아비산(亜砒酸)의 입맞춤"으
로 복수를 꾀한 배 구레나이마루(紅丸)를 띄운 오카와(大川)강을 유미코가
주니카이가 아닌 철근 콘크리트로 지어진 빌딩 '지하철식당(地下鉄食堂)'
의 첨탑에서 내려다보는 '현재'의 구도로 뒤집혀 있는 것이다. "하루코
(春子)가 유미코와 다른 점은—그렇지, 누군가 다른 여자와 하루코를 비교
해 보는 게 좋겠다. 그녀는 그 어떤 여자보다도 어딘가 더 많은 부분이 여
자다". 또는 "진짜 여자에게는 비극이 없다. 하루코를 봐도 누구나가 그렇
게 생각한다". 여성성을 받아들여서 현실을 당당하게 살아가는 하루코와
여성성을 거부하면서도 내면의 '여자'에게 붙들려 '비극'을 짊어진 유미

코. "내가 좋아하는 것은 아키 공(明公). 남자인 유미코씨"라고 하는 하루코는 여자를 버리고 남장한 유미코를 향해 "가여운 여자"를 연기해 가는 것이다. 이 두 사람의 차이는 그대로 각각 주니카이와 지하철식당의 첨탑으로 상징되는 지진 전의 "오래된 아사쿠사"와 지진 후의 "1930년형 아사쿠사"라는 풍경의 차이이기도 하다.[21]

"오래된 주니카이의 탑은 지진으로 뚝 부러졌다. 지하철식당의 층수는 그 절반인 6층인데 높이 40미터로 아사쿠사에서는 유일하게 엘리베이터가 있는 전망탑이다." '지하철식당'이란 지하철 아사쿠사역 입구 옆에 1929년 10월에 세워진 지하1층 지상 7층의 가미나리몬빌딩(雷門ビル)를 말하며 "꼬깔모자" 같은 모양을 한 첨탑을 가지고 있었다.[22] "빨간 벽돌의 주니카이 꼭대기에서 간핫슈(関八州)를 밟으며 밀회하고 있는 것을 그려보고서는 아사쿠사다운 사랑의 장면이 아닌가 라며 혼자서 흐뭇해하던 옛날이었다./ 지하철의 탑은 40미터. 육 층이니 주니카이의 딱 절반이다. 하지만 이걸로도 부족하지는 않다. 저 절의 종각 같은 탑 위를 연애감각이 도약하는 무대로 쓴다는 것은 재미없는 일은 아닐 것이다"라고 쓴 건 『아사쿠사 구레나이단』에서도 참조해서 인용하고 있는 『아사쿠사 저류기(浅草底流記)』(1930)의 소에다 아센보(添田唖蝉坊)이다. "연애감각이 도약하는 무대"는 『아사쿠사 구레나이단』에서 하루코가 장콕토(Jean Cocteau)의 「에펠탑의 신랑신부」[23](작품 속에서는 〈에펠탑의 신부〉)를 흉내 내

가와바타 야스나리 『아사쿠사 구레나이단』(先進社) 책 상자

며 몇 명의 남자와 차례차례 입맞춤을 나누는 장면에서 나타난다. 물론 그런 하루코의 촌극은 콕토의 기발한 도회적 재치와는 거의 아무런 관계도 없다. 콕토를 고른 것은 소화해낼 수 없는 패션을 입은 것밖에 되지 않기 때문이다. "식당 옆을 올라오는 사이에 수돗물에도 맛이 배는" 콘크리트제(製) "최첨단"의 지하철탑은 더이상 군중의 정념이 씌었던, 바람에 기울어지는 주니카이의 사탑이 아니다. 그러나 "부족하"나마 제 역할을 해주고 있는 이 탑은 또한 에펠탑이 될 수도 없다. "예를 들면 독자는 요즘 만자이(万才)를 들었는가. 만자이는 원래 광대놀음이다. 그러나 1929년에는 미국에서 도래한 '모던'이라는 무궤도 기관차에 만자이의 예능인들이 끌려다니고 있기에 그들은 이중으로 슬픈 광대다." 이러한 '모던'을 하루코는 자각적으로 살아가고 있는 것이다. "이중으로 슬픈 광대"라는 자각. 이것이야말로 바로 주니카이를 '거세' 당한 후에 나타난 "1930년형 아사쿠사"의 민낯이 아니었을까.

도시라고 하는 데몬의 거처는 아사쿠사를 벗어나 보다 넓은 공간 속으로 확산해간다. 도시의 모습은 공기처럼 희미해져 더더욱 막연해지고 그리고 보다 강력하게 사람들의 '관념'을 적셔갈 것이다. 거기서는 자연도 고향도 또 도시의 옛 시대도 관념 속에 있을 수밖에 없다. 『아사쿠사 구레나이단』의 텍스트가 앞선 『아사쿠사 저류기』나 『센소지 유래(浅草寺縁起)』까지(「인어」도 포함되는) 인용하여 엮여 있는 것도 그 때문이다. 지하철탑은 너무나도 초라한 주니카이의 복제이며 그 옛 시대에 얽매인 아사쿠사도 '모던'의 물결 속에 가라앉아갈 숙명에 있었다. 아사쿠사의 "고풍스러운 법도의 그물"을 지키면서도 "주쿠"[신주쿠(新宿)]에서 건너온 동료와 연대해가는 하루코는 아사쿠사가 도시의 무대 정면에서 후퇴하여 가는 것을 알고 있다. '주니카이가 있는 아사쿠사'를 속에 품고 있는 유미코의 존재는 이 하루코의 등장으로 음영이 더욱 짙어져간다. 작품 말미에서 이야기는 "오시마(大島)의 기름파는 소녀"로 변장한 유미코를 다시 등장시키지만 그때 그녀는 말하는 것이다. "이제 정말로 나라는 것을 모르겠죠." 나가이 가후가 아사쿠사에서 버스를 타고 다마노이의 골목에 발을 들인 것은 『아사쿠사 구레나이단』이 이렇게 막을 내린 수 년 후의 일이다.

✳ 주니카이(료운카쿠)에 관해서는 아사쿠사문고(浅草文庫)의 오기소 요시코(小木曽淑子) 씨에게 많은 교시를 받았다. 이 지면을 통해 감사드린다.

[장유리 옮김]

원주

1. 알려진 대로 나가이 가후가 골목을 걸을 때 느꼈던 즐거움은 이미 『히요리게다(日和下駄)』(1915)의 '골목(露地)' 항목에서 자세히 언급되어 있다. "골목은 아무리 정밀한 도쿄시의 지도라도 결코 명확하게 그려져 있지 않다. 어디로 들어가 어디로 빠져나오는지, 혹은 어디로도 빠져나올 수 없는 막다른 곳인지 아닌지, 그것은 아마도 그 골목에 살아봐야 알 수 있을 것이며 한두 번 지나간 정도로는 쉽게 판명되는 것이 아니다."

2. 內山惣十郎, 『浅草オペラの生活』, 雄山閣出版, 1967 외 참조.

3. 武田麟太郎, 「浅草·余りに浅草的な」, 『中央公論』, 1930.3. 125쪽.

4. 『官報』, 1890년 10월 27일.

5. 大町桂月, 『東京遊行記』, 大倉書店, 1906, 285쪽.

6. 稲田讓, 『浅草』, 文明協会, 1930, 1쪽.

7. 武藤忠義, 『帝都案内』, 中興館, 1914.

8. 金子光晴, 「十二階下の女たち」, 『笑の泉』, 1954.11.

9. 1920년에 「요미우리 신문(読売新聞)」에 무기명으로 「"주니카이" 이야기(『十二階』物語)」라는 글이 연재되었는데 이 글에는 「비극 "죽음의 탑"(悲劇『死の塔』)」이라는 부제가 붙어 있다. 주니카이에서는 건설 당시부터 비참한 투신자살이 있었기 때문에 '죽음의 탑'이라는 말이 퍼지게 되었다고 한다.

   "……1902년에 들어서면 그 유명한 후지와라 미사오(藤村操)가 게콘의 폭포(華厳の滝)에서 투신자살한 사건이 있었는데(실제로 후지와라가 투신자살한 것은 1903년─필자) 이때부터 자살하는 사람이 끊임없이 늘었다. 1907년 여름에 막노동꾼 남자가 꼭대기에서 투신했다. 지금까지 구 층 이상에서 떨어진 사람은 여섯 명 있었는데 이 남자 이후로 위에서 뛰어내리는 사람이 생겨나서 지금까지 딱 합계 열 명에 달한다고 한다. 그후 아자부(麻布) 근처의 여자가 뛰어내린 적이 있었는데 그 죽은 모양이 너무나도 처참했기 때문에 이때 세 명의 주인은 이제 주니카이의 경영을 그만두자고 이야기를 꺼냈다"(「요미우리 신문」, 1920년 3월 14일).

10. 사토 다헤이(佐藤太平)의 『대동경의 사적과 명소(大東京の史蹟と名所)』(하쿠분칸(博文館), 1930)는 아사쿠사공원에 대해 "여하튼 저급한 취미성을 만족시키는 곳으로

그 점에 있어서는 모든 준비가 갖춰져" 있어 "생각건대 먹고 마시는 것, 보고 듣는 것 등의 관능욕(官能欲)은 여기에서 원하는 대로 발휘될 수 있다"고 안내하며 "원래는 시골에서 올라왔어도 우선 제일 먼저 관음당에 참배하고 나면 하나야시키(花屋敷) 유원지와 료운카쿠, 다이세이칸(大盛館)의 공굴리기 곡예 등은 이곳의 명물로서 반드시 구경해야 할 곳이었다"고 지난날을 회상하고 있다.

11. 筑摩書房版, 『萩原朔太郎全集』 第三巻, 1977, 404쪽.

12. 위 주11)에서 인용한 『하기와라 사쿠타로 전집(萩原朔太郎全集)』에 실린 '원형'에서 이 습작의 "봐라, 첨탑의 위에서" 앞에 "탑은 전기다, 주니카이"라는 지워진 부분을 볼 수 있다.

13. 앞에서 인용한 가네코 미쓰하루의 「주니카이 밑의 여자들(十二階下の女たち)」 참조.

14. 사쿠타로의 습작 중에 「아사쿠사공원의 밤」과 관련이 있는 「반딧불이 잡기(蛍狩)」라는 작품이 있는데 그 표제에는 「——애인 무로 사이세이에게(――愛人室生犀星に)」라는 덧붙임이 있다.

15. ヴァルター·ベンヤミン, 「ボードレールにおける第二帝政期のパリ」(原著1938, 『ヴァルター·ベンヤミン著作集(新編増補版)』6, 野村修訳, 晶文社, 1975, 94쪽.

16. 고다마 가가이(児玉花外)는 메이지 말기의 도쿄 명소를 동시대적인 시점으로 생생하게 묘사한 『도쿄인상기(東京印象記)』[가네오분엔도(金尾文淵堂), 1911]의 첫머리에서 "도회의 색"에 대해 "사람들은 저속하다고 헐뜯을지도 모른다. 하지만 나는 도쿄시의 여러 색의 페인트로 칠해진 간판이나 광고판을 시를 장식하는 꽃이라고 생각한다"고 쓰면서 "현대에 일어나는 문명을 상징하는 색"으로 '빨강'을 들고 있다. 이 몇 년 전에 젊은 무로 사이세이를 절찬하며 '도쿄시'에 그를 데뷔시킨 것은 다름아닌 고다마 가가이였는데 그 노골적인 인공미·물질적 미에 대한 예찬이 무로에게는 받아들여지지 않았다. 「환영의 도시」의 경우 간판이나 비단잉어의 '빨강'은 '그'의 욕망을 비추어 내며, 그것이 도시 그 자체의 욕망 속으로 회수되어 버리는 주체성의 위기를 암시한다. 다분히 자연주의적인 자아 붕괴의 모티브라고 말할 수 있는데 개인의 꿈과 욕망이 집적되어 형성된 거대한 더미로서의 도시가 그들의 욕망을 길들이고 소모시켜 그 연대를 해체해 가는, 그러한 근대 도시의 '전제(専制)'를 이 주인공은 무의식 중에 경계하고 있다.

17. 주9)에서 인용한 「"주니카이" 이야기」의 기술에 따르면 야마나의 이 글에는 오류가 있다. 또한 주16)에서 인용한 메이지 말에 나온 고다마의 책에는 이미 주니카이에서 "근래에 이

르러" 세 명의 투신이 있었던 것이 보고되어 있다(児玉花外, 앞의 책. 138쪽).

18. 小林秀雄, 『小林秀雄全集』第二巻, 新潮社, 2001, 370쪽.

19. 물론 유미코는 주니카이가 폭파된 직후에 소학교 옥상에 있던 사람들이 만세를 외치고 벽돌의 산이 군중으로 "새까맣게" 점령된 것을 보고 "울 정도로 기뻤던" 한 사람이며 그러한 의미에서는 "……탑의 붕괴는 바로 그들(아사쿠사의 주민들—필자)의 옛 생활의 상실을 의미했던 것에 틀림없지만 그것이 낙담이라는 반응이 아니라 환희와 함께 맞아들여졌다는 것에 가와바타의 흥미는 집중된 것이다"라는 가나이 게이코(金井景子) (「『아사쿠사 구레나이단』의 세계(『浅草紅団』の世界)」, 『문예와 비평(文芸と批評)』, 1983.2)의 지적은 타당하다. 유미코에게 주니카이는 "반드시 항상 친애하는 마음을 담아 올려다봤다고는 말하기 어려"울 것이다. 그럼에도 불구하고 "지진의 딸"로서 '상실'에서 출발한 유미코는 주니카이의 '신화력(神話力)'(가나이)의 구속을 피할 수 없었던 것이 아니었을까. 남자에게 헌신하였으나 속임을 당해 미쳐 버린 그녀의 언니 지요(千代)가 살았던 '주니카이가 있는 아사쿠사'의 여자로서의 삶을 유미코는 반대로 다시 살아가고 있다.

20. 磯田光一, 中公文庫版, 『浅草紅団』解説, 1981, 276쪽.

21. 지하철탑에도 투신 자살 방지용 철망이 쳐져 있는데 하루코는 창문에서 보이는 기중기로 끌어 올려져 "목매달아 자살하고 싶다"고 말한다. '나'로서는 그것도 "독부(毒婦)라는 말이 유행했을 무렵의 현란한 색채"로 여겨지지만, 덧붙여 말하자면 「환영의 도시」의 '덴키무스메'는 『아사쿠사 구레나이단』의 일부와 함께 『모던·도쿄·론도(モダン·TOKIO·円舞曲)』(1930)에 발표된 호리 다쓰오(堀辰雄)의 「수족관(水族館)」의 여주인공으로 되살아난다. '남장'한 앤드로지너스(androgynous), 그리고 레즈비언이기도 한 그녀는 정신적으로 병들어 있어 마지막에 군중 앞에서 '수족관'의 옥상으로부터 추락한다.

22. 『東京地下鉄道史』(1934), 種村直樹, 『地下鉄物語』(1977), 426쪽 참조.

23. Les Mariés de la Tour Eiffel. 1921년에 스웨덴 발레단이 초연. 오리크(Georges Auric), 미요(Darius Milhaud) 등 '프랑스 6인조'의 멤버가 음악을 담당. 미요가 지휘하고 첫 공연 때 '축음기'(나레이터) 역을 연기한 피에르 베르댕(Pierre Bertin)도 참가한 전곡 수록 음반이 CD로 나와 있다(프랑스 ADES 14.146-2).

:: 제4장 ::

향수의 시각

하기와라 사쿠타로와 사진

1. '문명개화'에 대한 향수

빨간 벽돌의 서양식 건물 거실에 난 창. 이 창에서 고양이가 이쪽을 응시하고 있다. 가와카미 다쓰오(川上澄生)가 그린 『고양이 마을(猫町)』(版畵莊, 1935)의 표지화다. 저자 하기와라 사쿠타로(萩原朔太郎)는 이 그림이 마음에 들었던 모양으로, 원화로 보이는 액자를 배경으로 찍은 초상사진을 남겼다. 『고양이 마을』의 그림을 담당한 가와카미 다쓰오는 그로부터 몇 달 후 하기와라의 『향수의 시인 요사 부손(鄕愁の詩人與謝無村)』 장식을 담당하게 된다. 그런 의미에서 가와카미는 만년의 시인이 지향한 세계를 시각적으로 드러내 보인 화가라고 평가할 수 있을 것이다.

그런데 가와카미는 관여하지 않았지만,『정본 우울한 고양이(定本 蒼猫)』라는 하기와라 사쿠타로 시집『고양이 마을』이 간행된 지 얼마 안 되어 같은 판원의 판화장(版畫莊)에서『동판화입시집(銅版画入詩集)』이라는 제목의 시집을 출간한 바 있다(굳이 "6 illustration, 69 lyrics"라고 표지와 케이스에 새겨 넣었다). 이러한 형식은『고양이 마을』제작 당시의 분위기를 반영한 것으로 보인다. 실제로「정류장 그림(停留場之図)」이라든가「시계탑 그림(時計台之図)」과 같은 동판화와 그 밑에 캡션처럼 붙은 '산문시'는『고양이 마을』안에 삽입해도 전혀 위화감이 없다. 작자는 또「삽화에 대하여」라는 자서(自序)에서 이들 동판화와 "저 아이의 놀란 모습과 원경을 배경으로 한 기리코의 그림"과의 유사성도 언급하고 있다. 여기서 "기리코의 그림"이라 함은 아마도 기리코(Georgio di Chirico)의 1914년 작품인「거리의 신비와 우수(Mistero e malinconia di una strada)」를 가리키는 것으로 보인다. 같은 해인 1914년에 하기와라는「살인사건」이라는 시를 발표한다.

동짓달 초순 어느 아침,
탐정은 유리 의상을 입고,
거리의 십자로를 돌았다.
십자로에 가을 분수.
마냥 홀로 탐정은 애수를 느낀다.

「삽화에 대하여」에 등장하는 다음과 같은 단어들에서도, 사이렌트의 탐정영화에 촉발되어 쓴「살인사건」의 초현실적인 도시풍경을 회고하는 '구(舊) 모더니스트'의 시선이 감지된다. 그런데 여기서 주의해야 할 것은 그 시선이 20년 전 자신이 만들어낸 풍경을 배반이라도 하듯 너무도 낭만적인 분위기를 자아내고 있는 점이다.

하기와라 사쿠타로, 『고양이 마을』
표지 [가와카미 다쓰오 그림]

「시계대의 그림」, (하기와라 사쿠타로, 『정본 우울한 고양이』)

보라. 모든 판화를 통해 하늘은 파랗고 투명하게 개어 있고, 한가롭고 고요한 하얀 구름이 떠 있다. 그것은 파노라마관 지붕에서 바라보는 파란 하늘이며, 오르골 음색처럼 조용하고 적막하게, 무한의 애수를 유혹하고 있다. 그리고 포장도로가 있는 거리거리에는 조용하게 소리도 없이, 꿈꾸듯 건물이 잠들어 있고, 가을 항구의 낙엽처럼, 한가롭고 고요한 무리들이 배회하고 있다. 사람도, 마차도, 깃

기리코, 「거리의 신비와 우수」(1914)

발도, 기선도, 모든 이 풍경 속에는 '시간'이 존재하지 않는다. 그것은 지침이 멈춘 커다란 시계처럼 무한히 유유하게 정지해 있다. 그리고 모

든 풍경은 카메라 렌즈에 비춰진 풍경처럼, 시공(時空)의 제4차원으로 환등(幻燈)하면서, 오르골에 맞춰 쓸쓸한 노래를 읊조리고 있다. 그 쓸쓸한 노래야말로 모든 풍경이 정조(情操)하고 있는 하나의 향수, 즉 저 '도시의 하늘 위를 감도는 향수'인 것이다.

(「삽화에 대하여」)

소리와 시간의 조각이 멈춘 무국적 도시의 정밀한 정경. 이 정경은 "거리는 인파로 북적이며 복잡하고 시끄럽다. 그럼에도 불구하고 아무런 소리 없이, 한가롭고 고요한 정적이 찾아들고 깊은 잠에 빠져든 듯한 그림자가 드리워져 있다"라는 식의 표현은 『고양이 마을』의 미궁 속 풍경을 연상케 한다. 그런데 위의 문장을 지배하고 있는 것은 초현실주의 풍의 환시공간 따위가 아니라 '도시의 하늘 위를 감도는 향수'와 낭만적으로 분식(粉飾)된 달콤한 기분인 것이다.

'향수'라는 말은 만년의 하기와라가 가장 애호한 키워드다. 스가 구니오(菅邦男) 편 『하기와라 사쿠타로 전시집 시어 용례 색인(萩原朔太郎全詩集詩語用例索引)』(風間書房, 1986)을 보면, 의외로 「표박자의 노래(漂泊者の歌)」의 "영원한 향수를 쫓아가는"이라는 하나의 예만 눈에 띈다. 이런 의미에서도 『정본 파란 고양이』의 시선은 시인 자신이 쌓아온 시업(詩業)을 향수 어린 색채

가와카미 다쓰오 『메이지 소년 회고(明治少年懷古)』 커버(同畵, 明治美術硏究所, 1944).

로 물들여버렸음을 확인할 수 있다. 구체적으로는『정본』이『우울한 고양이』와『달에게 짖다(月の吠える)』와 선을 긋고,『우울한 고양이』—『빙도(氷島)』라는 "순일한 감상" 계열에 자리매김하려는 시도가 그것이다. "도시의 하늘 위를 감도는 향수", 이때 도시와 향수를 연결시키려는 것에서 하기와라/가와카미적 문명개화로의 '퇴각'을 확인할 수 있다. 그리고 그것이 그들의 '일본으로의 회귀' 안에 굴절된 음영을 드리우게 된 것이다. 파노라마관, 오르골, 기선, 카메라 등의 문명개화의 정경·문물·기술이 그리운 추억이 되는 시대. 하기와라 사쿠타로의 '일본으로의 회귀'라는 것은 '문명개화로의 회귀' 혹은 '근대로의 회귀'가 아니었을까.

> 내 고향은 문명개화한 일본이다. 메이지(明治) 중엽 이래 문명개화를 이
> 룬 요코하마(橫浜)이며 도쿄의 야마노테(山の手)이다. 이제 지구상 그 어
> 디에도 없는 문명개화를 이룬 일본 안쪽에 자리한다. 그리운 그 풍물 안
> 에서 그 풍격(風格) 안에서 나는 나의 유년시대, 소년시대를 추억한다.[1]

가와카미 다쓰오(川上登生)의『램프』(アオイ書房, 1940)의 일부분이다. 전등의 조명이 램프의 가느다란 빛을 감춰버린다. "문명개화의 꽃이었던 서양 램프의 빛은 더 이상 현실이 아닌 이야기가 되어버렸다"라며, 가와카미는 한탄한다. "현실이 아닌 이야기"는 하기와라/가와카미 식 상상력이 마지막으로 기댈 곳이었다. 보들레르가『악의 꽃』에서 차안(此岸)에서 피안(彼岸)으로 건너면서 노래한「여행으로의 유혹(旅への誘い)」은, 하기와라의『고양이 마을』에 이르러서는 모두(冒頭) 부분부터 "여행으로의 유혹이 차츰 나의 공상(낭만)에서 사라져 갔다"라며 찬물을 끼얹는다. 하기와

라가 『고양이 마을』에 묘사한 것은 그가 청소년기에 열중했던 입체 사진 취미 등이 몰고온 '착시'에 의한 현실 전도이지, 현실의 변혁이라거나 현실의 초월은 아니다. 착시를 바탕으로 한 '이야기'에서는 그 엷은 껍데기 바로 뒷면에 변함없는 현실이 비쳐 보인다. 마치 시인이 편애한 마술처럼. 이러한 이야기와 현실이 중첩된 이중의 풍경은 그 중첩의 빈틈에 공허한 기분을 자아낸다. 그리고 그 공허함은 초월적인 것으로 메워야 했다. '향수'라는 심성이 요청되었던 것도 바로 그러한 공허의 장소에 다름 아니다.

2. 렌즈 속 향수

그런데 흥미롭게도 이 '향수'라는 말은 「내 사진기(僕の写真機)」(『アサヒカメラ』1939.10)라는 하기와라의 만년 에세이에 다음과 같이 등장한다.

내 마음속에는 예전부터 일종의 향수가 둥지를 틀고 있다. 그것은 하이쿠(俳句)의 이른바 '와비시오리(侘びしをり)'와 같은 쓸쓸한 정조이며, 어린 시절 들었던 엄마의 자장가 같은 것이며, 무한(無限)에 대한 로맨틱한 사모이기도 하고, 나아가 안타까운 마음을 담은 애절한 노래이기도 하다. 그리고 그러한 나의 향수를 비추기 위해서는 스테레오의 입체 사진보다 적합한 것은 없다. 왜냐하면 스테레오 사진 그 자체가 본래 파노라마의 작은 모형으로 그 특수한 파노라마적 정수(情愁)—파노라마라는 것은 묘하게도 향수를 닮은 쓸쓸한 느낌이 든다—를 본질로 하기 때문이다.

여기서 하기와라가 언급하고 있는 것은 '입체 사진'이라는 비교적 특수한 사진 기술이다. "일반적인 사진기는 렌즈가 하나밖에 없지만, 내 렌즈는 두 개가 있다. 그것이 좌우 동시에 개폐되며 한 장의 가늘고 긴 건판(乾板)에, 같은 모양의 그림이 비추는 것이다. 이것을 양화(陽畵)로 만들어 특수한 요지경(瑤池鏡)에 넣어보면 좌우 두 개의 그림이 하나로 합쳐져 입체적으로 보이게 된다" ―하기와라가 젊은 시절부터 애호한 이 입체 사진 취미는 한때 유행했던 '3D사진'으로 부활하기도 했지만 이들 '3차원'의 입체감을 주는 것은 양쪽 눈의 시차를 통한 '착시'의 움직임이다. 이 착시로 인해 비로소 '향수'도 다시 **현상 가능하게** 된다.

그런데 하기와라 사쿠타로와 사진의 깊은 관련성에 대해서는 『하기와라 사쿠타로 촬영사진집』(上毛新聞社, 1981)과 『하기와라 사쿠타로 사진작품 노스탤지어』(新潮社, 1994)라는 제목의 두 권의 사진집(하기와라 촬영)이 간행되었으므로 실력은 보증된 셈이다. 그 안에는 입체 사진용 작품도 물론 포함되어 있다.[2] 하기와라가 사진을 시작한 것은 1902년 무렵이다. 사진의 역사로 보자면, 1900년 파리 만국박람회에서 나다르 회고전이 열렸을 무렵이다. 문인 사진가 선배로는 이집트 여행을 사진으로 찍은 막심 뒤 캉(Maxime du Camp)이나 소녀의 자태를 계속 찍어온 루이스 캐럴(Charles Lutwidge Dodgson)이 있다. 단 보들레르 등은 나다르나 에티엔 카르자(Etienne Carjat)에 의해 그 유명한 포토레이트가 촬영되었음에도 불구하고 "이 사진기술은 너무도 재능이 빈약하거나 또는 공부를 성취시키기에는 너무도 게으른 덜떨어진 화가들의 피난처였다."고 기술하는 등 사진에 대해 매우 신랄한 평가를 내리고 있다.

이 순간 [다겔에 의한 은판사진의 기술(다게레오타이프)의 발명-인용자]부
터, 더러운 사회는 너나 없이 나르키소스처럼˙ 처럼 금속 위에 찍어낸
자신의 비소(卑小)한 모습을 응시하게 되었다. 광기를 닮은 이상한 열
광이 이들 새로운 태양의 숭배자들을 포착했다.[3]

하기와라가 찍은 사진이나 그의 사진에 대한 설명은 보들레르를 비롯
한 유럽 선배들의 그것과 완전히 달랐다. 19세기 말부터 20세기 초에 걸
쳐 모더니즘 이전의 예술사진 시대(하기와라가 사진과 인연을 맺은 것도 이
무렵이다)에는, 초상화의 계보를 잇는 초상사진이 주류였다. 초상 이외
의 주요 모티브는 도시 및 근교 전원의 풍경과 풍속이며 전쟁이었다. 하
기와라는 역시나 전쟁은 찍지 않았지만 초상과 풍경을 찍기 위해 열심히
카메라를 향했다. 그러나 정확히 말하면 그는 타자를 찍는 초상 사진에
는 별로 관심을 기울이지 않았다. 그는 그의 부모와 누이들의 사진, 그리
고 선로 위를 걷는 여자들을 찍은 매우 사랑스러운 사진을 남겼다. 그러
나 그것들은 하기와라의 사진을 논하는 데 본질적인 것은 아니다. 그가
가장 찍고 싶었던 것은 결국 '자기 자신'이 아니었을까? 물론 셀프 포토
레이트(자화상)만 문제인 것은 아니다. 여기에서는 오히려 '그 자신'을
용해시켰던 풍경이 문제의 중심이 된다. 단적으로 말하면 인물 유무의
문제가 아니다. 그것은 이른바 '자기'를 등신대로 투영한 나르시스적
심상풍경인 것이다.

도네가와(利根川) 부근에서 촬영한 것으로 보이는 일련의 사진, 그리고

---

* 그리스 신화에 나오는 미소년. 에코의 사랑을 받아들이지 않은 벌로 물에 비친 자기 모습
을 사랑하다가 물에 빠져 죽어서 수선화가 되었다고 전해진다

「도네가와」(유리건판음화) (『노스탤지어』)　　　　「향수」(『노스탤지어』)

하기와라의 유일한 시집으로 자신이 직접 쓰고 묶은 『하늘색 꽃(空いろ
の花)』(1913)의 서시(「하늘색 꽃」) 페이지에 실린 셀프 포토레이트 등의 사
진은 모두 자기연민으로 충만하다. 위에서 언급한 사진집 『노스탤지어』
에는 도네가와를 바라보는 하기와라인 듯한 인물의 뒷모습을 찍은 사진
(게다가 이것은 유리 건판의 원판 음화)과 함께 그의 「도네가와 부근(利根川の
ほとり)」(1913)이라는 시가 실려 있다. 투신하려고 도네가와 부근을 방황
하는데, "물은 고요히 흐르고/나의 통곡을 멈추게 할 길 없으니"라며 삶
에서 터득한 너무도 감상적인 자기애를 노래한 시와 사진이 그야말로 절
묘하게 매치되고 있다.

　이외에도 시와 사진이 묘하게 잘 맞아떨어지는 예는 더 찾아 볼 수 있
다. 글자 그대로 '향수'라고 대지(臺紙)에 제목을 써넣은 작품도 있다.
언뜻 보면 치졸하고 아마추어적인 사진이지만 이것을 보고 있자면 촬영
자의 목적은 강가 풍경 속 인물(자기)상을 가능하면 어슴푸레하게 바림
할 것, 그리고 더 나아가 그의 존재 자체의 소실(인물은 구도적으로도 그야

말로 소실점과 중첩되면서 저편으로 아스라이 사라지려 한다)을 찍으려 한 것으로 보인다. 이런 종류의 사진은 더 있는데 이들 사진에 보이는 '상(像)'의 어슴푸레함(소실)은 하기와라가 사진에 기댄 '향수'의 모습이라는 것을 시사한다.

시대를 거슬러 내려가면『순정소곡집(純情小曲集)』(1925)에 「마에바시 시가 그림(前橋市街之図)」이라는 제목의 사진 한 장이 마지막 부분에 수록되어 있다. 그런데 이 시집의 표지를 보면 '동판화입'이라는 글자가 또렷하게 새겨져 있다. 즉 저자는 동판화와 사진을 혼동한 듯하다. 여기서는 이 혼동 자체가 오히려 흥미롭다. 앞서 본『동판화입 시집』으로서의『정본 우울한 고양이』의 아이디어에 그것이 계승되고 있기 때문이다. "도시의 하늘 위를 감도는 향수"를 환기시키는 데에 「마에바시 시가 그림」은 다소 조잡하지만 동판화에 기댄 '향수'의 심정을 사진에서도 추구하려 했음은 분명하다.

3. 유령화하는 자기 혹은 환상의 불능

하기와라 사쿠타로와 사진의 이러한 관련성을 생각해보면, 그의 시학에서의 비주얼리티 문제가 보다 선명하게 부상한다. 딸 하기와라 요코(葉子)는 쇼와(昭和) 초기에 암실로 사용하던 헛간에서 현상을 하던 아버지 사쿠타로의 모습을 이렇게 기억했다.[4] "몇 번이나 물로 씻어내면 찍은 것이 나타나고 그것을 이번에는 청사진으로 현상한다." 사진을 현상해본 경험이 있다면 누구나 알 만한 풍경이지만 '상(像)이 나타나는' 그 순간은 언제나 두근두근한다. '현상'이라는 것은 '발견(development)'이기도

하며, 동시에 또 '현상(phenomenon)'을 의미하기도 한다.

> 땅 아래에 얼굴이 드러나,　At the bottom of ground a face emerging,
> 고독한 병자의 얼굴이 드러나.　a lonely invalid's emerging.[5]

이 「땅 아래 병든 얼굴(地面の底の病気の顔)」(1915)에 등장하는 "드러남 (emerging)"이라는 것은, 발견(emergence)=생장(development)의 완결된 정적 상태가 아니라 "계속해서 드러나고 있는"이라는 동태를 나타내고 있다. 이 2행이 가리키는 상은 사진을 '현상'하는 바로 그 순간을 가리키는 말이 아닐까? 이 2행은 원래 『달에게 짖다』의 첫 페이지에 **등장했던** 점에 유의할 필요가 있다(하기와라 사쿠타로 시의 세계를 여는 2행이라는 의미도 있다). 이 역시 매우 암시적이다. 즉 텍스트의 애초 의도는 바로 셀프 포토레이트를 그려내는 데에 있었다.

> 어슴푸레한 광선 그림자에 기대어,
> 새하얀 건판을 들여다 보니,
> 무언가의 그림자처럼 희미하게 보였다.
> 나의 목덜미에서 상반신만,
> 풀유엽도(花魁草)처럼 흔들리고 있었다.

「초상(肖像)」(1915)이라는 제목의 시다. "땅 아래"에서 피어 올라온 "일그러진 얼굴"을 한 "그 녀석"을 "스냅숏"으로 촬영하자 그 유리건판에는 자신의 얼굴이 비춰졌다는 생소한 전개가 펼쳐진다. 이 부분은 앞서의 "땅 아래 병든 얼굴"과 조응하는 측면이 있음은 말할 것도 없다. 찍힌 객체 안에 비쳐 보이는 찍는 주체의 상이라는 것은 앞서 기술한 나르시스적인 하기와라 자신의 사진 작품에서도 발견할 수 있다. 거기다 이들 상은 초점이 안 맞거나 일그러져 있거나 아련하게 소실되어 버린다. 이러한 '애매한 자기상'은 한때『달에게 짖다』의 주된 모티브였는데,『우울한 고양이』이후 완전히 모습을 감춘다. 그 대신 2인칭 화자와 풍경으로서의 자기 이미지의 용해가 나타나게 된다. 비유하자면 풍경으로부터 '현상'된 '애매한 자기상'이 애매한 채로 풍경 속으로 회귀되어 가는 것이다. 이러한 시의 변화 자체가 너무도 **사진적**이지 않은가? 사진 시점을 개입시키는 것으로 '현상'이란 소실되어야 할 것(혹은 이미 소실된 것)으로서의 현실이라는 것이 명확해지며, 자기상과 그것을 포섭하고 회수하는 풍경의 상 자체가 원래 공허한, 실체를 갖지 않는다는 것이 두드러지게 되는 것이다.

이처럼 현전(現前)과 공허의 진폭의 과정에 있는 것을 발터 벤야민을 차용하여 '아우라'라고 명명해도 좋을 것이다. 사진기술이 진보함에 따라 어둠은 밝음으로 침식되고, 아우라가 쇠미해져간다고 생각[6]한 벤야민과 달리 스잔 손택은 미술관과 화랑에 전시된 사진을 예로 들며 사진에도 아우라가 남아 있다고 말한다.[7] 사진을 오로지 '복제(Reproduzierbarkeit)' 관점에서 평가하는 벤야민에 대해 손택은 사진을 시간적인 예술로 봄으로써 오히려 아우라의 표출을 획득하려 하고 있다. 벤야민도『파사주론』에 다음과 같이 쓰고 있다. 파노라마는 "하루 중 여러 시간을 표현하는 것"으로 회화를 넘어 사진을 지칭하는, 즉 사진은 회화와 달리 "일정한 지속적인 시간 경과" 속에 편입되어간다.

그러나 그가 여기서 말하는 "시간 경과"라는 것은 카메라의 노출 시간에 대응하는 것이며, 나아가 이러한 그 **엄밀한** 시간에 벤야민이 사진의 "정치적 의의"를 발견하게 되면서 논점은 점점 복잡해진다. 수전 손택 (Susan Sontag) 역시 사진을 대상의 '소유'라는 개념으로 파악하여 그것을 하나의 폭력으로 보고 있다. 이러한 인식은 미디어 시대 속에 사진을 자리매김하면 필연적으로 성립되겠지만, 그것이 벤야민이 말하는 "정치적 의의"와 교차하는 지점이 있는지의 여부는 판단하기 어렵다. 오히려 다음 문장에서 손택의 사진관(寫眞觀)의 본질을 발견할 수 있다.

> 지금은 그야말로 향수의 시대이며 사진은 더 나아가 향수를 불러일으킨다. 사진술은 만가(挽歌)의 예술, 황혼의 예술인 것이다. 사진에 찍힌 것은 대부분, 사진에 찍힌 것 자체로 애수를 띤다. 추악(醜惡)의 피사체도 그로테스크한 것도, 사진가의 주의(主意)로 위엄이 부여되어 감동을 부른다. 아름다운 피사체도 나이를 먹고, 오래되어 지금은 존재하지 않기 때문에 애수의 대상이 되는 것이다. 사진은 모든 죽음을 연상시키는 것이다. 사진을 찍는 것은 타인의 (혹은 사물의) 죽음이라는 운명, 덧없음과 무상으로 들어가는 것이다. 그야말로 순간을 얇게 저며 얼게 함으로써 모든 사진은 시간의 가차없는 용해를 증언한다.[8]

아마도 『달에게 짖다』와 『우울한 고양이』 시대의 하기와라는, 같은 무렵 촬영한 것으로 보이는 자신의 사진작품을 시각적 증인으로 삼아 손택이 여기에서 나타내고 있는 '향수'에서 '죽음'으로 돌파해가는 "시간의 가차없는 용해"의 세계를 열어간 것이리라. 이 '죽음'을 찍어 보여주는 사진이라는 인식은 다음의 롤랑 바르트에게도 보인다.

실제로 그 순간에는 나는 이미 주체도 아니며 객체도 아니다. 오히려 자신이 객체가 되어가는 것을 깨닫고 있는 주체이다. 그 순간 나는 작은 죽음(괄호 속)을 경험하고 진짜 유령이 되는 것이다.[9]

"'죽음'이······ 사진의 에이도스(본성)인 것이다." 바르트가 여기서 시사하는 초상사진에 있어 주체와 객체 사이의 혼란, 자기동일성의 분열, 즉 나 자신의 "작은 죽음"은 그야말로 앞서 언급한 하기와라의 「초상」에 그려진 것이기도 하다. 하기와라의 초기 텍스트 대부분은 '유령'화된, 즉 동일성의 위기로 붕괴되어버린 '애매한 자기상'을 그린 것이라고 말할 수 있을 것이다. 그렇다면 무엇이 이러한 위기를 초래한 걸까?

근대화 제2세대[10]로서 도쿄제국대학에서 서양의학을 전공하고 지방 도시에 개업한 의사 아버지를 두었으면서도 스스로를 문명개화의 표층인 '방탕아들'이라고 자조하는 것으로 아버지의 기대를 배신했던 하기와라 사쿠타로는 공리적 아카데미즘과 세기말적 데카당스 사이의 균열을 짊어진 숙명의 삶을 살았다. 거기에 동일성의 위기가 준비되어 있었음은 상상하기 어렵지 않을 것이다. 그렇기 때문에 그 '문명개화'는 향수의 대상으로 계속해서 미화시켜 가기 어려웠을 것이다.

주의해야 할 것은 이 '방탕아들'은 결코 아버지 세대의 모든 과학주의를 부정한 것은 아니라는 점이다. 예컨대 그의 시 「박테리아의 세계(ばくてりやの世界)」(1915)는 현미경이라는 새로운 시각 없이는 성립되지 않는 텍스트이며, 나아가 근대적 자아의 분열을 비유한 것임은 다카하시 세오리(高橋世織)의 지적대로다.[11] 이 텍스트에서 "병자의 피부를 어르듯" 개입해 들어오는 "선홍색 광선" 이미지나 「알콜중독자의 죽음(酒精中毒者の

死)」(1915)등에 보이는 내장의 역겨운 이미지는 하기와라 의원(萩原医院) 아들에게는 매우 친근했을 터였다(하기와라는 만년에 간행한 잡지 『생리(生理)』의 표지화에 해부도「인체 생리 지도」를 실었다). 현미경이나 카메라, 영화 등을 매개로 한 사물의 크고 작음, 거리, 템포(시간)를 인식하게 하는 광학상의(optical) 분석 시점이 선행되고 있으며, 이 시점 안에서 예술의 낭만화와 상징화를 어떻게 실천해갈 것인가를 묻는다. 비밀리에 은폐됨으로써 '내부'가 낭만주의로 신성화되는 시대는 과거의 것이며, 그 내부가 '폭로'의 욕망을 유발하는 자연주의 시대도 이미 지나가고 있었다. 다시금 근대산업사회의 광학에 의해 투시되어 해부되는 상이 준비된다. 상상력은 그런 광학적 시계(視界)를 통해 '환시'하는 시선을 확보해야 했던 것이다.

> 하루하루 예술은 자신에 대한 존경의 뜻을 잃고, 외계(外界)의 현실 앞에 무릎을 꿇는다. 화가는 세월과 함께 점점 그가 꿈꾸는 것이 아닌 현재에 보이는 것을 그리게 된다. 그러나 꿈꾸는 것은 하나의 행복이며, 꿈꾼 것을 실현하는 것은 하나의 영광인 것이다. 그러나 과연 화가는 이러한 행복을 알고 있을까?[12]

 사진을 '물질과학'의 범주에 넣어 부정적으로 취급한 보들레르의 이 같은 '예술 위기' 인식을 반전시키듯, 하기와라 사쿠타로는 사진을 자기 자신을 위해 비밀리에 촬영하고, 그와 동일한 도착된 시각으로 '위기의 예술'의 시를 써간 것이다. 그의 사진은 "현재 보이는 것을 그리는 것"이 아닌 그야말로 "꿈꾼 것을 표현하는 것"이었다. 초점이 맞지 않는 자화상.

풍경 속에 용해되는 인물. 나아가 입체 사진에서는 풍경 그 자체가 재현 전 시스템을 배반하듯 이화(異化)된다. 그가 촬영한 「오모리에키마에자카(大森駅前坂)」라는 제목의 사진은 3D사진으로 매우 뛰어난 작품이다.

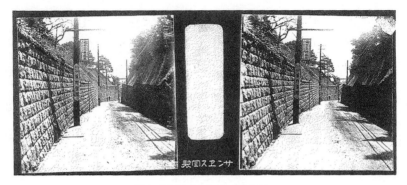

「오모리에키마에자카」(『노스텔지어』)

그의 딸 하기와라 요코는 이 사진을 일컬어 "끝도 한도 없이 무수한 생각들이 밀려와 시간이 존재하지 않는 이상한 세계로 이끌려간다"[13]라는 인상평을 남겼는데, 적절한 표현이 아닐 수 없다. 『고양이 마을』의 환시를 성립시킨 것도 이러한 인공적인 시각의 엇갈림에 의한 현실의 의사(疑似)적 변용이었다.

나는 반대쪽으로 내려갈 작정으로 거꾸로 다시 U마을로 되돌아왔다. 거기다 언제나 하차하는 정류장과는 완전히 다른 방향에서 마을 한가운데를 헤매었다. 그래서 나는 모든 인상을 반대로, 자석의 음극 양극 자리에서 조망하여, 상하, 사방 전후, 좌우를 역전시킨 4차원의 다른 우주(풍경의 뒤편)를 바라본 것이다.

이 『고양이 마을』에 등장하는 기술은, 박람회 파노라마관 뒷문에서 '‘시간’의 태내(「時」の胎内)' 안으로 들어간 사람들이 자취를 감춘 후를 그린 「고풍스러운 박람회(古風な博覧会)」(1923)라는 하리와라 자신의 시를 상기시킨다. 또한, 파노라마 버금가는 사진을 연상시키는 기술이기도 하다. 부정과 긍정의 반전, 동전 양면 같은 좌우의 교차 등등, 사진이 가져다준 새로운 시각으로 잘 설명한 기술이기 때문이다. 그러나 그와 동시에 현실을 이화하는 시선이 결국은 의사적이라는 것도 피하지 못하고 마주하게 된다. 트릭의 폭로로 인해 환상의 부재와 불능은 보다 리얼하게 인식되는 것이다. 그러나 3D사진을 포함한 버추어(virtual) 리얼리티, 그것을 일본어로는 ‘가상현실’이라고 번역해왔으나, ‘버추어’라는 것은 ‘거짓말’이면서 동시에 ‘실질적’, ‘본질적’이라는 뉘앙스의 말이다. 명목이나 보이기 위한 것이 아닌, 사실상이라는 뉘앙스다. 「오모리 에키마에자카」사진을 잘 들여다 보면, 퍼스펙티브(perspective)의 소실점 근방에 양산을 쓰고 일본식 옷차림을 한 여자와 그 바로 뒤에서 걸어오는 검은 옷을 입은 남자의 모습이 보인다. 3D사진으로 이것을 보면, "시간이 존재하지 않는 이상한 세계" 속으로 그들의 모습이 흡수되어버리는 것 같은 착각이 든다. 그러나 그것은 정말 착각일까, 아니면…….

말하자면 쇼와시기 이래 하기와라 사쿠타로의 만년은 이러한 ‘허실피막(虛失皮膜)’의 단층을 ‘향수’라는 단어 하나로 실질화해버리는 양상을 보인다. 그 때문에 인쇄기술이나 사진, 영화와 손을 잡고 민중예술론적인, 청각적인 공동의식을 부정해간 모더니즘 예술운동에 그는 동조도 할 수 없었고 그렇다고 진지하게 대결할 수도 없었던 것이다. 바로 여기에 후대 문학사가 하기와라의 가능성을 다이쇼 시기의 틀에 봉합해버린 이유가 자리할 것이다.

[손지연 옮김]

원주

1. 인용은 中公文庫版, 『川上澄生全集』第4卷, 『平戶幻想 他六篇』, 1982, 76쪽.

2. 다카하시 세오리는 하기와라와 입체사진 관련 논문을 다수 집필하였으며, 이에 관한 풍부한 논점을 제공해 준다. (「萩原朔太郎の立体写真(上)」, 『散』, 1984.8).

3. シャンルル_ボードレール, 「現代の公衆と写真」, 原著「一八五九年のサロン」, 1859, 人文書院版, 『ボードレール全集』IV, 高階秀爾 訳, 1964, 179쪽.

4. 萩原葉子, 「父と立体写真」, 『萩原朔太郎写真作品 のすたるぢや』, 新潮社, 1994.

5. 이 번역시는 사토 히로아키(佐藤紘彰) 옮김, Howing at the Moon, University of Tokyo Press, 1978에서 인용했다.

6. Walter Benjamin, Kleine Geschichte der Photographie, 1931.

7. スーザン・ソンタグ, 『写真論』, 近藤耕人訳, 晶文社, 1979, Susan Sontag, On Photography, 1977.

8. スーザン・ソンタグ, 앞의 책, 23쪽.

9. ロラン・バルト, 『明るい部屋 写真についての覚書』, 花輪光訳, みすず書房, 1997, 23쪽.

10. 하기와라 사쿠타로의 아버지인 미쓰조(密藏)는 페리 내항 한 해 전인 1852년에 태어났다. 같은 의사의 길을 걸었던 모리 오가이(森鴎外)보다 정확히 10살 많다. 청년기에 메이지유신을 겪고, 1882년 30세가 되던 해에 의사로 취직했다.

11. 高橋世織, 앞의 글.

12. ボードレール, 앞의 글, 181쪽.

13. 萩原葉子, 앞의 글.

제5장

산과 시네마

고향을 잃은 문학과 스크린 속 이계(異界)

1. 산인과 낭만주의

이계라 하면 옛날에는 산, 고로 산에 사는 산인(山人)이 이인(異人)이었으니—.

야나기타 구니오(柳田国男)는 '산인'* 이란 옛부터 일본에서 번영했던 원주민의 자손이라 생각했다. 오리구치 시노부(折口信夫)는 '해안민' 이 산지로 이주하여 산신을 모시게 된 '신인(神人)' 같은 존재로 생각했다. 야나기타와 오리구치의 민속학은 이형성(異形性)을 지닌 이인이라는 점 때문에 산인을 성스러움과 천함을 동시에 지닌 양의적 존재로 규정했다. 야나

---

* 산속에서 살고 있다고 여겨지는 남자, 여자, 노파 등 요괴에 대한 총칭. 이 장에서 언급되는 산사나이도 이에 포함된다.

기타가 『산의 인생(山の人生)』(1925)에서 산인 및 귀신과 덴구(天狗)* 전승의 관계를 언급하는 것은 산인의 이형성에 대한 사람들의 공포를 대변한다고 볼 수 있다.

야나기타는 산인 전승을 이미 『도노 모노가타리(遠野物語)』(1910)에서도 다루고 있는데, 1920년대 야나기타와 오리구치가 산인을 고찰하던 거의 같은 시기의 미야자와 겐지(宮沢賢治)가 『축제의 밤(祭りの晩)』, 『자감염색에 관하여(紫紺染について)』, 그리고 동화작품집 『주문이 많은 요리점(注文の多い料理店)』(1924)에 수록된 『산사나이의 4월(山男の四月)』 등 산사나이(山男)를 다룬 동화 수 편을 썼다는 점도 관심을 끈다. 민요 수집, 연구가 창작 민요 제작을 촉발했던 것과 마찬가지로 미야자와 겐지에게 동화 제작은 이러한 '산사나이물'을 중심으로 봤을 때 야나기타 등의 전승 수집과 평행 관계였다. 그리고 미야자와 겐지가 묘사한, 산 아래 마을로 내려와 사람들의 생활과 갈등을 일으키면서도 교류의 통로를 가지고 있다는 점도 야나기타 등이 묘사한 산인상(像)과 부합한다.

『산사나이의 4월』은 산에서 마을로 내려온 산사나이의 이형성을 확인하면서도, 한편으로는 유약하고 섬세한 내면의 산인을 묘사하고 있다. 『산사나이의 4월』 속 산사나이가 마을로 내려가기 위해서는 나무꾼으로 변신해야만 한다. 그렇지 않으면 두들겨 맞아 살해를 당하고 마는 자신의 처지를 이야기하고 있다. 이는 산사나이에게는 산 아래 마을사람들이야말로 두려운 대상으로서의 이인이었던 셈이다. 이처럼 산에서 산 아래 마을을

---

* 고대부터 전해내려오는 요괴로 붉은 얼굴에 코가 높고 등에 날개가 달려 있다고 전해진다. 깊은 산중에 살고 있다고 하여 산속에서 일어난 불가사의한 일을 덴구의 짓이라 여기기도 했다.

보는 시점이 미야자와 겐지의 참신함이다. 게다가 산인과 마을사람들 사이에 존재하는 계층적 단계를 세심하게 묘사하고 있는 점도 특징적인데, 여기서 산사나이는 나무꾼이라는 중간적 산인으로 변신하여 마을로 내려온다. 그러한 그가 만나는 사람이 바로 "중국인", 즉 외국인인 것이다. 그 "중국인"에 의해 또다시 변신하게 되어(축소되어) 산사나이는 이중의 변신이라는 사태를 맞이한다. 산사나이는 결국 마을로 내려왔으나 마을사람과는 만나지도 못한 채, 꿈이었다는 결말로 이야기는 끝나게 된다. 여기서 산사나이/나무꾼/중국인/(마을사람)이라는 계층을 가정해보면 『산사나이의 4월』의 등장인물은 모두 마을—도시 권역에서 주변화된 사람들이다. 시점을 바꾸면 산인과 마을사람은 단절된 듯 보이지만 계층적으로는 연속한다고 볼 수 있는 것이다.

이처럼 미야자와나 야나기타의 산인은 평지 사람들, 마을사람으로부터 꼭 단절된 존재였던 것은 아니다. 이형의 산인과 교통하는, 즉 타자를 앎으로서 마을 사람=일본인은 자신들의 동일성을 확인한다고 할 수 있는 것이다. 야나기타는 『산의 인생』 말미에서 일본의 극히 일부 지역에는 여전히 "산인 즉 일본의 원주민"이 존재할 것임을 암시하면서도 그들이 "이미 절멸했다"고 여기는 설에 거의 동의한다고 말한다.[1]

미야자와 겐지 『산사나이의 4월』 속표지
(기쿠치 다케오 그림, 『주문이 많은 요리점』
도료출판부)

필자가 믿는 바 산인은 이 섬나라에서 옛날에 번영했던 원주민의 자손이다. 그들의 문명은 크게 퇴보했다. 고금 삼천 년간 그들을 위해 기록된 역사책은 단 한 권도 없다. 그러한 그들의 역사를, 그들의 종족이 거의 절멸하지 않았나 여겨지는 오늘날, 그들의 불구대천의 적 중 한 명인 필자의 손으로 기획한 것이다. 이를 보더라도 그들은 참으로 가엾은 인민이다. 그러나 이런 말을 하고 있는 필자라고 해서 자신의 십여 대(代) 선조가 누구인지는 정확히 알 수 없다. 산인과 혈연관계가 결단코 없다고 단정 짓는 것은 불가능하다. 산속이라면 무조건 좋아하는 사람이 있는 반면, 같은 일본인이면서도 산을 보는 것만으로 벌벌 떨 정도로 싫어하는 사람도 있는 점을 생각해보면, 오직 신만이 알고 있겠으나 몸 속 어디엔가 산인의 피가 유전으로 전해져오고 있을지도 모를 일이다. 그러나 이에 대해서는 일단 염두에 두지 않겠다. 왜냐하면 타시타스가 영원히 명예로운 정복자의 후예에 걸맞은 위엄을 보전하며 게르만인을 묘사한 것과 같은 마음가짐으로 산인의 과거와 마주하려 하기 때문이다. 훗날 다행히도 한 권의 책을 남길 수 있게 된다면 그것으로 그리 나쁘지 않은 공양이 될 것이다.

야나기타가 구메 나가메(久米長目)라는 이름으로 발표한 「산인외전자료(山人外伝資料 山男山女山丈山姥山童山姫の話)」(『郷土研究』1913.3,4,8,9)의 원주민족 절멸설은 위처럼 "타시타스", 즉 타키투스의 『게르마니아』에 대해 언급하고 있다. 번영을 누리고 있었던 로마인이 야만·자연으로서의 게르만인을 보는 시선이 근대의 문맥에서 재생산되고 있는 것이다. 물론 이러한 근대란 철두철미하게 낭만주의적 근대이다. 여기서 알 수 있는 것은 "정복자의 후예"가 패망한 민족, 패자의 역사를 말하는 구도이며[2], 패자란 미개한 존재, 미개하기 때문에 때묻지 않은 존재이다. 문명·문화라는 문맥에서 야만적인 것을 소생시켜, 야만적인 것의 순수하고 때묻지 않은 자연성·진실성을 확인하는 구조는 그야말로 낭만주의 미학의 전형이다.

야나기타의 설명에서 원주민의 절멸이란 부분적으로는 원주민이 '일본인'으로 '동화'했다는 말이다. 그리고 산인의 쇠락과 소멸이란 커다란 이계가 '일본인'의 풍경 속으로 소멸함을 의미한다. 이처럼 소멸을 애석해하는 낭만주의적 정서는 야나기타와도 관계 있는 기다 사다키치(喜田貞吉) 등에 의한 '즈치구모(土蜘蛛) 논쟁'* 등, 러일전쟁 이후 확대되는 북방영토와 내셔널리즘의 고양을 배경으로 하는 내국식민지주의적 시선에 의해 구조화되어 왔다고 할 수 있다. 식민지주의의 경우 국외로 향하는 벡터와 국내의 내국(內國)식민지화로 향하는 벡터가 서로를 모방한다. 야나기타 민속학이 이루어낸 업적 또한 그와 같은 상호 모방의 역학 위에서 아슬아슬하게 성립되어 있다고 볼 수도 있다. 이는 이미 무라이 오사무(村井紀)의 『남도 이데올로기의 발생(南東イデオロギーの発生)』(福田書店, 1992)에서 제기된 문제이기도 하다. 환언하자면 '일본인'이라는 영역이 국민국가의 형성과정에서 동정(同定)된 순간 이계도 상실한다는 것이다. 근대에 이계가 보이지 않는 것은 이러한 문맥에서 파악해야 한다.

2. '고향을 잃은 문학'과 근대의 등산

제3장에서도 조금 언급했으나 고바야시 히데오에게는 「고향을 잃은 문학(故郷を失つた文学)」(『文藝春秋』1933.5)이라는 유명한 에세이가 존재한다. 1930년대 근대 일본의 '고향 상실'이나 '일본 회귀'를 테마로 할 때 자주

---

* 즈치구모란 상고 시대 천황을 따르지 않았던 지방 호족을 일컫는 말이며, 즈치구모 논쟁은 피차별부락의 기원을 둘러싸고 전개된 논쟁으로 이는 에미시(蝦夷) 등 북방 원주민의 기원에 대한 논의와 연결된다. 본론의 중반부와 관련하여 미주(9)의 『常陸国風土記』에 의하면 구즈(国樔)를 토속적인 말로 즈치구모로 읽기도 했다고 전해진다.

인용되는 작품이다. 그러나 텍스트 전체를 읽어보면 알 수 있듯이 이 에세이는 다니자키 준이치로의 「'예(芸)'에 대하여(「芸」について)」라는 문장을 서두에 인용하면서, 일본 문학의 독자층이 청년층의 협소한 틀에 한정되어 있다고 한탄하는 다니자키에 대한 반응으로 '고향 상실' 자체는 부수적인 토픽이라 할 수 있다.

 발표 당시 아직 31살이었던 고바야시는 다니자키의 외도와는 관계없이 도회지(도쿄) 출신의 청년기에 속하는 인간으로 스스로를 자각하여, 서양의 영향을 온몸으로 받아 동일성의 위기에 빠진 "고향이 없는 정신"이나 도회지에서 태어나 리얼리티를 상실하여 혼란에 빠진 "청년적 성격"에 대해 자기비판적 어조로 말하고 있다. 청년 독자층이 지지했던 문단은 성숙이나 원숙에서 후퇴하여 순문학/대중소설이라는 불명확한 패러다임을 구성하게 되었으나 그럼에도 대다수의 독자는 "대하시대극"으로 흘러간다. 영화의 경우도 현대물을 원함에도 불구하고 실상은 구태의연한 칼싸움 영화로 발길이 향한다. 고바야시는 다니자키의 담론을 역이용하여 고향 상실이라는 심성이 일본이나 동양으로의 회귀로 손쉽게 전환하는 것을 경계하고 있다고 해석할 수 있다. 다음과 같은 구절도 그와 같은 맥락에서 읽어야 할 것이다.

> 고향이 없는 정신이라는 것을 발견하고 나니 매사 그러한 정신이 눈에 띄기 시작한다. 극단적인 경우를 생각하면 특히나 묘하다. 가령 걷는 것이 좋다며 자주 산에 간다. 깊은 산속으로 위험한 곳으로 가고 싶어 한다. 이는 꽤나 이상한 일이라고 요즘 결론을 내렸다. 자연의 아름다움에 감동하기 위해 가는 것이라면 건전하지 않느냐고 당사자는 생각

하겠지만 실은 일상의 관념적인 초조함의 발로에 불과하지 않은가 하고 생각하니 더더욱 부정할 길이 없다.[3]

이는 피로나 초조에 내몰린 '청년' 고바야시의 자기관찰인 셈인데, 한편으로 "최근 등산의 유행"을 "해마다 병자 수가 늘고 있다"며 야유하는 것을 잊지 않고 있다. 자연=추상으로서의 산. 그러한 '자연'에서 치유와 구제를 바라는 것은 결국 "구체성이라는 것"의 결락을 확장시켜 병을 무겁게 만들 뿐이라며 "산의 아름다움", 즉 "사회와 단절된 자연의 아름다움"을 욕망하는 대중적 심성을 비판하면서도, 고바야시는 "청춘을 잃어버린 청년들"인 동세대에서 재기의 가능성을 포착하여 다니자키의 전통 회귀 담론에 대치하려 하고 있는 것이다. 물론 고바야시 히데오가 전통 회귀로부터의 자립을 끝까지 관철시키지 못했다는 점을 아시아태평양 전쟁기의 그의 고전론이 이야기해준다. 흥미로운 것은 도스토예프스키의 소설에서 '고향을 잃은 문학'의 시사(示唆)를 얻어, 인간으로 부르기에 어울리지 않는 존재, "일종의 동물"로서 청년을 보는 시점을 제시하고 있다는 점이다. 이는 "살아 있는 인간이란 인간으로 되어가고 있는 일종의 동물인가"라고 했던 가와바타 야스나리의 말에 촉발되어 "잘 생각해내는 일"이라는 역사 인식을 이야기했던 「무상이라는 것(無常といふ事)」을 상기시킨다.

근대의 등산이라는 운동이 산악의 아름다움과 높이에 대한 추상적 동경과 욕망에 기인하여 '숭고(sublime)'라는 낭만주의 이념을 그 정신의 근거로 하고 있다고 해도 틀리지는 않을 것이다. 그렇다면 그와 같은 '숭고'에 대한 시선은 소멸한 이계를 되찾기 위한 것이었을까. 그렇지 않다. 1905년에 창립된 일본산악회는 메이지 시대의 문화주의적 엘리트들에 의해 성격이 규정된 조직이었는데[4] 학생 등산의 유행을 포함해서 교양주의적 등산의 경향은 고바야시 세대에게도 공유되어 있으리라 여겨진다. 일본산악회 창립에 관여한 고지마 우스이(小島烏水)는 산에 관한 저작으로 근대 일본 등산 붐의 촉진에 영향을 끼친 문인인데 그가 아즈사가와(梓川)강변의 가미코치(神高地, 上高知)에서 호타카다케(穂高岳)의 경치를 조망하며 쓴 아름다운 문장의 등반기에는 "참으로 산이란, 태초 자연의 위대한 서적이다. 인간이 쓴 서적이 성서라면 땅이 쓴 서적이 바로 이것이 아니고 무엇이랴"라는 표현이 보이는데 산의 숭고미가 교양주의의 레토릭에 의해 재현되어 있다. 나아가 호타카의 일몰 풍경을 다음과 같은 자타일체(自他一体)의 황홀경으로 승화시켜 묘사하고 있다.

> 아! 해는 저물어 현계(現界)에서 타계(他界)로 넘어가는 이 저녁, 여기선 한 사람은 저 멀리 솟은 거인의 그림자에 압도되어 병풍 쓰러지듯 그림자에 포개져, 대지로 떨어질 때 혼연융화하여 내가 천지의 일부이듯 산은 나의 일부가 되는구나.[5]

고지마는 등산을 논하며 "등산의 극치는 산과 동화됨에 있다. 산과 동화됨이란 자아를 탈각(脱却)하여 천지만물이 손바닥 안으로 들어옴에 있다"고[6], 또 석양에 비친 후지산의 인상을 "하찮은 5척의 몸이 색에 스며들어 붉게 탄다. 거기에 아직 자아가 있다고 한다면 동화가 있을 뿐 동화의 극치는 대아(大我)일 뿐"이라고 서술하고 있는데[7], 산과 "자기"를 "혼연융화", "동화"라는 관계로 받아들이고 있음을 알 수 있다. 하찮은 개인이 거대한 산의 위용에 동화됨을 통해 "대아"를 획득하는 모습을 포함하는 이러한 지향성은, 자연과의 융화를 이념으로 하는 18~19세기 독일의 낭만주의적 지향을 모방하고 있다. 애초에 제시한 문제 의식으로 돌아가면 산악의 신비성이 동화해야 할 대상이 됨으로써 이계를 향한 관심이 개입할 여지가 극히 축소되었다고 할 수 있을 것이다. 산과 마주하는 구도는 거대한 자연에 포용된 하찮은 자아의 해소이며 또한 자아의 해소에 의한 자연과의 일체화를 초래하고 있다. 그러한 해소·일체화가 이루어지는 곳에는 공포나 이화(異和)를 지워버리는 '망아(忘我)=대아' 의 엑스터시가 기다리고 있다.

서양문화를 향한 과잉 신탁에 의해 혼란의 도가니로 밀쳐진 근대 청년이 그와 같은 혼란스러운 자의식을 안은 채 산으로 향하는 것에 대해, 고바야시 히데오에 의거해서 말하자면 "일종의 동물" 상태를 초월적으로 해소하기 위한 행위였다고 해도 될 것이다. 추상화된 자연에 이끌리는 도회지 청년들의 낭만주의=교양주의적 '동화' 라는 망상은 야나기타가 기록했던 산인의 동화/절멸과 정반대의 관계에 위치한다. 이는 근대화·서양화 과정에서 근세까지 일본인의 등산 경험에서 중심이었던 산악 신앙과 연을 끊은 '교양으로서의 등산' 이 정착해가는 것과 무관하지 않다. 거대한 산의 산허리에서 한 청년이 말 그대로 자연과 "혼연융화" 의 엑스터시를 받아들이는 장면을 여기서 상기해도 좋을 것이다.

> 피곤에 지쳐 있기는 하나 그는 피곤함을 불가사의한 도취감으로 느꼈다. 그는 정신도 육체도 지금 이 거대한 자연 속으로 녹아들어감을 느꼈다. 자연이란 양귀비씨만큼이나 하찮은 그를 무한한 거대함으로 감싸고 있는 기체와 같아서, 눈으로는 볼 수 없으나 그 속으로 그는 녹아들어간다. 그 속으로 환원되어가는 느낌이란 언어로 표현할 수 없을 만

큰 상쾌한 기분이었다.[8]

시가 나오야(志賀直哉)의 장편 『암야행로(暗夜行路)』(초출 『改造』 1921.1~1937.4) 중 가장 유명한 장면일 것이다. 극소한 개인이 거대한 자연에 감싸져 스스로 소멸=동화해간다. 개인(남자)의 사명에 대한 "맹목적인 의지"야말로 인류의 멸망에도 대항할 수 있다고 찬양했던 주인공 도키도 겐사쿠(時任謙作)의 전회(轉回)와 승화가 각인되어 있는데, 이러한 전회는 『암야행로』가 10년 정도의 연재 중단을 포함하여 1920년대에서 30년대에 걸쳐 쓰였다는 점과 관련이 있을 것이다. 나아가, "일종의 동물"로서 자의식을 난사(亂射)하는 청년층이 산의 아름다움에 이끌려 가는 것에 대해 경계를 표시했던 고바야시 히데오가 "일종의 동물"을 인간의 무상한 상(相)으로 깨달으며 일상적 생의 고전화를 이상화하는 전회와도 접점을 가지고 있다.

그러나 고지마 우스이의 기행문도 『암야행로』도, 자기 해소의 황홀을 보증하는 그러한 산의 표상에는 이형의 흔적이 말끔히 불식되어 있음을 알 수 있다. 이와 같은 불식은 단지 북알프스나 거대한 산봉우리에 한정된 이야기가 아니다. 거대한 자연은 도시민의 무의식이라는 수조에 잠겨 있는 낭만주의적 인격을 투사(project)하는 거대한 스크린인 것이다. 그러나 투사된 인격은 극소와 극대를 오가는 다이내믹한 운동 안에서, 거대한 존재(자연, 전통, 민족……)의 '인격'을 향해 성취되는 자기 해소를 도취감과 함께 받아들이게 될 것이다. 도취감과 함께 잠입하는 것은 동일함을 보장하는 것, 혹은 무(無)라는 것의 탐미주의다. 이는 자신 속의 타자를 보이지 않게 하여 이계라는 영역을 세계에서 지워버릴 뿐만 아니라 자아의 해소를 곧 자아의 확장, 공동체와의 일체화를 향해 동기화한다. 탐미주의적 전통주의가 국민주의나 파시즘과 연을 맺는 지점은 바로 이곳이다.

3. 이인이 없는 세계 ―『요시노구즈』

고바야시 히데오가 「고향을 잃은 문학」에서 대응하려 했던 다니자키 준이치로가 「고향을 잃은 문학」보다 2년 전 『요시노구즈(吉野葛)』(『中央公論』 1931. 1~2)라는 요시노의 산지를 무대로 설정한 기행문적인 소설을 발표했다는 사실에 주목해보고자 한다. 굳이 줄거리를 확인할 필요도 없을 정도로 유명한 소설로, 화자의 친구인 즈무라(津村)라는 청년이 모친과 닮은 여성을 결혼 상대로 맞이하기 위해 오쿠요시노(奧吉野)로 향하는 과정에 '지텐노(自天王)*'의 업적을 조사해서 역사 소설을 집필하려는 화자가 동반하면서 이야기를 전개하는 구조이다. 화자가 이루지 못한 역사 소설 구상이 남조(南朝) 전설이라는 신비화된 프레임을 준비하게 되고, 그 안에서 혼인담의 형식을 빌린 한 청년의 모연(母戀) 이야기가 전개된다고 할 수 있다. 그러나 여기서 세세한 구조를 문제 삼을 생각은 없다. 앞서 언급한 야나기타 구니오 및 오리구치 시노부가 산인을 논증하기 위해 이른바 '구즈비토 (国栖人)'를 문제 삼고 있는 점과 『요시노구즈』 이야기가 어떤 식으로 조응하고 있는가를 생각해보고자 한다.

조모가 모친에게 보낸 편지를 단서로 즈무라는 요시노(吉野)에 있는 구즈무라(国栖村) 구보가이토(窪恒内)의 모친 생가를 찾아낸다. 여기서 '구즈'

---

* 손슈오(尊秀王). 무로마치 시대의 황족으로 남조의 재건을 도모했으나 뜻을 이루지 못했다. 구보가이토에는 지텐노에 관한 전승이 전해지고 있다.

라는 지명은 소설의 제목에도 있는 '구즈(葛)', 그리고 소설이 상호텍스트적으로 의거하고 있는 '구즈노하(葛の葉)'* 전설과도 관련이 있는데, 원래는 야마토 왕권에 대항했던 고대 원주민 중 일부를 지칭하는 말이었다.[9] 그러한 요시노의 구즈(国栖)는 후대에 이르러 구즈소(国栖奏)라는 가무를 궁정의례로 받드는 사람들로 기록되었다[단속(斷續)적으로 계승되어 왔던 구즈소는 메이지 시대에 이르러 부활하여 오늘날에 이르고 있다].[10] 야나기타 「산인고(山人考)」(『산의 인생』)에서 구즈소를 언급한 부분을 살펴보자. 인용문의 '산인'은 구즈비토를 가리킨다.

> 그런데 무슨 연유로…… 엄중한 제식을 산인과 같은 존재가 받들게 되었을까. 이는 어려운 문제임과 동시에, 나는 산인 역사 연구의 중요한 열쇠가 되리라고 느끼고 있다. 산인의 참례는 단지 조정의 체제 장식이 아닌, 산에서 신령을 받들어 모시기 위해 반드시 필요한 방식이 아니었을까.[11]

『요시노구즈』라는 소설이 이러한 구즈(国栖)의 의미를 전제로 했는지에 대해서는 알 방도가 없다. 다만 남조 황실 가계의 설화를 배경으로 한 『요시노구즈』에서 즈무라가 찾아가는 모친의 출신지 요시노에 살고 있는 사람들(그 중심에 위치하는 사람이 그가 약혼하게 되는 '오사와'라는 먼 친척이다)에게서 구즈비토=산인의 후예의 모습과 겹쳐지는 시점이 성립한다면, 이 소설은 '이계라는 고향'을 상실한 근대 도시민[12]이 현세의 풍경 속에서 이계나 이인을 탐색하는 구조를 가지고 있다고 볼 수 있다.[13] 그러나 우리는

---

* 전설상의 여우. 여자로 변하여 결혼하여 아들까지 낳으나 정체가 탄로나고 숲속으로 돌아가버린다.

이러한 '탐색'을 근대(현세)에 의한 전근대(이계)의 모방·변주로 혼동해서는 안 된다. 후지모리 기요시(藤森清)는 『요시노구즈』로부터 '즈무라의 모연=구혼 이야기', '화자의 요시노행 이야기' 그리고 '소설을 쓰지 못함을 소설로 쓰는 작가 이야기'라는 세 가지 층을 이끌어낸 뒤, 이 소설의 본질을 단순히 헤이안 시대 왕조 이야기의 유형(모연/구혼)의 패러디로 간주하는 논점에 이의를 제기하고 있다.[14] 남조 황실과 즈무라의 모친/오사와를 연결하는 투의 족보학적(genealogy)인 틀은 후지모리의 지적에서 알 수 있듯 다양한 '모조품'의 이미지를 빌려 반(反)서사적으로 작용해버릴 것이다.

모조품이란 완벽하지 못한 복제를 뜻한다. 허나 다니자키는 모조품으로서의 자신의 텍스트가 키치(kitsch)라는 바로 그 점이 근대의 복제 문화에 대항할 수 있다고 생각한 것은 아닐까. 『요시노구즈』라는 소설은 남조 관련 전승 및 『요시츠네센본자쿠라(義経千本桜)』[*], 『곤카이(狐會)』[**] 등 고전의 중개를 통해 산속 깊은 요시노에서 이계 공간을 탐색하고 있는데, 즈무라가 행하는 혈통의 동질성·친화성에 근거한 접근은 탐색되고 있는 이계에서조차 이인을 말살해버린다. 거기서 연출되는 공간이란 이인 없는 이계인 것이다. 즈무라의 내면에는 모친의 기억이 깃들어 있는 장소인 구즈(国栖)에의 동화가 미리 준비되어 있기 때문이다. 이러한 시각을 통해 다음 인용문의 『요시노구즈』 서두를 읽어보면, 등산 붐이라는 현상을 우려하는 고바야시 히데오와 오쿠요시노 속으로 헤치고 들어가는 노정을 소설로 쓴

---

[*] 닌교조루리 및 가부키 공연 목록 중 하나. 극 중 요시노야마(吉野山)가 주요 배경 중 하나로 등장한다.
[**] 구즈노하 전설을 모티브로 한 샤미센 음악.

다니자키가 같은 문제를 공유하고 있는 것은 아닐까 여겨진다.

　　내가 야마토의 요시노 깊은 곳에서 놀던 시절은 이미 20년 전인 메이지 말에서 다이쇼 초기쯤인데, 요즘과 달리 교통이 불편했던 그 시대에 그와 같은 산속―요즘 말로 하자면 '야마토알프스' 지방과 같은 곳에 무슨 연유로 갈 생각이 들었는지. 이 이야기는 우선 그에 대한 인연부터 풀어갈 필요가 있다.

　여기서 "요즘 말로 하자면 '야마토알프스' 지방과 같은 곳에"라는 구절은 소설이 발표된 1931년 무렵과 그로부터 2년을 거슬러 올라간 시간("메이지 말에서 다이쇼 초기쯤") 사이에 존재하는 시차 인식에 근거하여 쓰여진 것으로 풍자의 뉘앙스를 자연스레 풍기고 있다. 독자 입장에서 『요시노구즈』의 서사는 편리해진 교통으로 인해[15] 관광화·풍속화의 흐름에 휩싸인 "요즘"의 요시노를 머릿속에 그리는 화자의 시선을 투시할 수 있는 구조라 할 수 있다. 고바야시 히데오가 풍자한 "최근 등산의 유행"도 등산길의 정비와 교통적 접근성의 간편화가 그 배경에 있다. 이러한 의미에서 『요시노구즈』의 화자는 「고향을 잃은 문학」의 비평적 어조를 공유하고 있다고 볼 수 있을 것이다.

　『요시노구즈』 스토리의 주축을 이루고 있는 즈무라의 '모연' 이야기는 『요시츠네센본자쿠라』로부터 남조 전승 특히 그러한 전승을 낳은 깊은 산속의 오쿠요시노라는 토포스(topos)의 이계성에 의해 성스러움을 부여받았다고 할 수 있으나, 그러한 토지의 아우라가 "야마토알프스"라는 칭호에 의해 안개처럼 사라져버리고 마는 것이다. 더 정확히 말하자면, 이러한 스토리의 외연과 연결되는 통속성에 의해서, 과거를 회고하고 기원으로 소급하고자 하는 모티브로서의 '모연'이 그 불완전한 카피(모조품)인 '구혼'에 의해 완성되어버리는 반서사성이 부각되는 것이다.

『요시노구즈』는 잡지에 게재된 이듬해『맹인이야기(盲目物語)』라는 작품집에 수록되게 되는데, 특이하게도 가로로 긴 일본 전통 장정(裝丁)본으로 출간된 초판본의「머리말」에는 "상자, 표지, 면지, 속표지, 중간 표지 등의 종이는 모두「요시노구즈」에 등장하는 야마토 구즈노무라산의 손으로 뜬 종이를 사용했다"고 쓰여 있다. 즈무라가 모친의 생가를 찾는 단서가 되는 조모가 모친에게 보낸 편지지가 조모와 모친의 언니(즈무라의 약혼자 오와사의 조모)가 뜬 것임을 그 편지 자체가 말해주고 있는 것에 대한 카피인 것이다. 편지가 언어에 의해 마음을 전하는 것에 그치지 않고 손으로 뜬 재질감과 촉감에 의해, 즉 말 그대로 손의 종이*로서 촉각적인 전달(편지의 종이를 뜬 "살갗이 튼" 손과 그 종이를 전해 받아 편지를 읽는 손이 접촉하는)을 실현하는 듯한 감각―나아가 그것이 작품집의 장정에 의해 모방되어 있는 것이다.

즈무라의 마음을 사로잡은 차가운 물로 종이를 뜨는 오사와의 "애처로운 그 손가락"은 그녀 자신의 조모와 증조모(즈무라의 조모)가 종이를 뜨는 손과 손가락을 복제 반복하고 있다. 이를 즈무라는 그의 족보학적인 이야기로 화자 '나'의 서사 속에 편입해가는 것이다. 오사와의 손가락은 조모나 백모의 손가락을 (혈통으로서) 계승=복제하고 있으며, 그녀들의 손가락은 손으로 뜬 종이를 통해 모친의 손가락에 닿고 있다……. 아마도 오사와의 손가락이 조모들의 손가락, 나아가 모친의 손가락을 표상(대행)하기 때문

---

* 일본어로 편지는 데가미(手紙)라고 표기하는데 한자의 뜻 그대로 '손 종이'가 된다.

에 그녀가 즈무라의 마음을 사로잡은 것은 아닐 것이다. 그 원인은 즈무라의 서사의 과정에서 전도되어 있는 것이다.

 즈무라에게 요시노의 구즈노무라를 '나'와 함께 재방문한다는 것은 이중의 '동화'를 의미한다. 하나는 오사와를 모친에게 동화시키는 것이며, 다른 하나는 그 오사와를 통해 (그녀와 약혼하게 됨으로써) 자기 자신이 모친과 동화하는 것이다. 그리고 그러한 '동화'를 '나'에게 이야기하는 것을 통해 그 자신의 서사를 완성시킨다. 아니면 소설 작자의 '나'가 쓰지 못했던 남조에 관한 역사 소설에 대한 보상으로 이야기하고 있는 것일까. 그러나 이에 대한 판단은 독자의 몫으로 남아 있다고 할 수밖에 없다.

 어쨌든 이 소설에서 동화의 역학은 '이(異)'에 속하는 대상을 배제한다. 모친에의 동화 그리고 오쿠요시노 풍토에의 일체화가 이 소설에 시적 정취(poesie)를 부여하고 있는 이면에는, 거기서 묘사되어 있는 산의 풍토가 "야마토알프스"에 의해 풍속화되기 이전에 이미 (엔노교자* 부터 시작해서 남조 전승, 『요시츠네센본자쿠라』까지 요시노의 토지가 전달해왔던) 이형의 힘을 상실했다는 사실이 숨어 있다. 앞서 언급한 작품집 『맹인이야기』에는 산중에서 옻을 뜨는 남자가 여우에게 홀려 이곳저곳을 돌아다니게 되는 『기이국 옻칠 채취장이가 여우에 홀리는 이야기(紀伊国狐憑漆掻語)』(1931)라는 작품도 함께 수록되어 있다. 이 작품이 산의 풍토를 무대로 한 이계 이야기로서의 체재를 갖출 수 있는 것도 빙의된 세계와 현실 세계 사이의 동화할 수 없는 경계가 준비되어 있기 때문일 것이다. 『기이국 옻칠 채취장이가 여우에 홀리는 이야기』 또한 『요시노구즈』의 반서사성을

---

* 役行者, 본명은 엔노오즈누(役小角). 7세기 후반의 슈겐도(修驗道)의 창시자로 요시노 긴부센(金峰山)에서도 수행했다고 알려져 있다.

반영하고 있는 것이다. 물론 다니자키의 의도는 포에지의 표출이 아니라 이형의 힘과 모순되는 동질성, 그러한 이야기의 반복이 지니는 허구성과 관련 있음이 틀림없다. 작품집『맹인이야기』의 장정 그 자체가 다니자키의 의도가 반영된 실험의 **물증**인 것이다.

4. 은막 위 의사(擬似) 현실

『요시노구즈』처럼 사모의 대상이 되는 여성이 동류반복(모친/처)된다는 형태는 이후의 다니자키 준이치로의 소설『갈대베기(蘆刈)』의 자매나『꿈의 부교(夢の浮橋)』의 생모/계모 등에 의해 계승되어가긴 하나 이러한 반복의 문제를 고찰하는 것이 본론의 목적은 아니다. 그보다 유의해야 할 점은 『암야행로』도『요시노구즈』도, 예를 들어 이즈미 교카(泉鏡花) 또는 미야자와 겐지 등의 작품에서 독자의 흥미를 유발하는 산이나 자연의 이계성을 탈의시키고 있다면, 1920년대부터 1930년대에 걸쳐 이루어진 이계 또는 이형적인 것과 문학의 해우는 어떠한 국면에서 이루어지는가 하는 부분이다.

실은 동질적인 것의 표상이나 복제/반복이라는 형태가 이계 또는 이형과 역설적 관계없이 연결될 수도 있지 않느냐는 생각을 완전히 떨쳐버리기는 불가능하다. 단지 그것이 다니자키의 경우에는『요시노구즈』이후에는 발견하기 어렵다는 사실에 불과할지도 모른다. 이와 같은 생각은 1920년대의 다니자키가 영화와 관계가 깊었다는 사실에 근거한다. 결론부터 말하자면 근대 도시 문화를 배경으로 하는 문학적 상상력이 자연에서 이계를 추구하기 전, 새로운 미디어였던 영화에서 오히려 이계를 산출할 수 있는 가능성을 추구했던 것은 아닐까 하는 생각이 드는 것이다.

"나는 활동사진을 보러 간 적이 거의 없다"고 시작하는『묵동기담(濹東綺譚)』(1937,『요시노구즈』와 마찬가지로 소설 창작에 진절머리가 난 작가를 화자로 하고 있다)의 화자는 영화나 라디오 등 신시대의 미디어에 대해 불쾌함을 느끼는 등 냉담한 반응으로 일관하고 있다. 영화에 관해서는 모파상의 영화화를 예로 들며 원작을 읽으면 "사진을 볼 필요도 없다"고 이야기하며 영상에 대한 무관심을 토로한다. 당시는 토키(talkie) 주류 시대에 진입 중이었으므로 라디오와 함께 음향=소음도 혐오의 한 원인이었던 것일까.[16] 작자 나가이 가후에 비춰 생각해보면 음악 및 오페라를 애호하는 그 자신과는 대조적이다. 영화와 문학자의 긴밀한 관계에 대한 사례로 빠트릴 수 없는 텍스트이긴 하지만, 실제로 영화라는 미디어가 가진 고유의 성격에 대한 이해를 보자면, 나가이뿐만 아니라 문학자 대다수가 의외로 냉담하여 영화를 천박한 것으로 판단하는 인식이 적지 않다.

예를 들어, 기쿠치 칸(菊池寬)의 문예춘추(文藝春秋)사가 1926년에 창간한 잡지『영화시대(映画時代)』의 초창기 호를 펼쳐보면 기쿠치 자신을 비롯한 소설가의 기고가 눈에 띈다. 기쿠치는 창간호에서 문학/영화간의 상호 자립 및 간섭의 필요성을 역설하면서도 "문예를 모르는 사람은 결국 영화를 알 수가 없을 것"이라고 주장하고 있으며[17] 우노 고지(宇野浩二)도 영화에서는 스토리가 가장 중요하고 스토리가 훌륭한 영화의 경우 기억에 남는 것은 감독이나 배우가 아니라 원작자의 이름이라고 고백하고 있다.[18] 도쿠다 슈세이(德田秋声)는 활동사진에 대해 "사진은 결국 사진"일 뿐 "그것이 움직인다고 한들 그다지 경이롭지도 않다"고[19] 냉담하게 반응할 뿐이다. 영화에서 인물의 동작이나 표정만이 묘사될 뿐 목소리는 들리지 않으니 "역시나 시시하다"라는 반응은, 소설 속 인물 묘사에 일가견이 있는 도쿠다 슈세이인 만큼 함축적인 의미가 담긴 비평이라 하겠다. 정리하자면, 기쿠치나 우노 등의 반응에서 알 수 있는 것은 영화를 소설의 연장선상에서 파악하여 스토리가 주체가 되는 표현 장르로 간주한다는 점이다.

이러한 와중, 다이쇼가츠에이(大正活映)영화사에서 영화 제작에 관여했던 다니자키 그리고 사토 하루오(佐藤春夫)와 같은 소설가들은 영화 고유의 방법론에 민감하게 반응했고 그것을 소설에 반영했다. 이러한 시도는 1920년대의 신감각파에 의한 영화와의 공투(共鬪)에 동시대적으로 접속하면서도, 영화라는 미디어가 스크린 위에 개시한 '이계' 이미지에 대한 경탄과 동경을 현대에 생생히 전달한다. 이는 타성에 젖은 현대인의 영화 체험을 백지로 환원시켜 다시금 극장이라는 공간의 암흑의 아우라를 소생시킬 수 있는 힘을 충분히 지니고 있다.

다니자키는 실질적 데뷔작인 『문신(刺青)』 이전에 희곡 두 편을 썼고 이후 다이쇼 시대에도 자주 희곡을 집필하곤 했다. 『야나기유 사건(柳湯の事件)』(1918)과 같은 작품에서는 범죄소설·탐정소설에도 손을 댔다. 『아마추어 클럽(アマチュア倶楽部)』(1920)과 같은 각본을 집필하여 영화 제작에 관여했다는 사실도 다니자키의 폭넓은 창작을 단적으로 드러내고 있다. 단지 이를 꼭 다니자키만의 특징으로 볼 수는 없다. 예컨대 시대적으로 다니자키 직후가 되는 신감각파와도 공통되는 부분이다. 다니자키를 특수화하는 것은 '문학사' 라는 규범이나 '소설가' 나 '문학자' 라는 카테고리를 대전제로 하는 후세의 편향된 시점을 드러내고 있다고 할 수 있다. 이에 대해서는 넘어가기로 하고, 영화라는 새로운 미디어가 가와바타나 요코미쓰 리이치(横光利一)와 같은 세대에게 소설의 구성이나 시점의 변환 등에 대한 방법론적 영향을 끼쳤다고 한다면, 다니자키나 사토 하루오 등은 오히려 스크린의 세계에 투영된 시선의 이형성이 내포한 형이상학에 민감하게 반응했다고 할 수 있다. 물론 이들 가운데 실제로 영화의 제작에 참가했던 다니자키쪽이 가와바타 등 신감각파 이상으로 영화 기술이나 방법론에 정통했으리라 생각한다. 그가 1917년이라는 이른 시기에 이미 「활동사진의 현재와 장래(活動写真の現在と将来)」(『新小説』, 1917.10)라는 간단하면서도 훌륭한 영화론을 집필했으며[20] 이후에도 「영화의 테크닉(映画のテクニック)」(『社会及国家』, 1921.10)이라는 영화 촬영 기술의 용어 해설을 집필했다는 사실로 미루어볼 때 앞서 말한 가설은 뒷받침되리라 생각한다. 그런데 여기서 문제삼고자 하는 바는, 영화라는 새로운 미디어 기술이나 방법론이 표층적이고 첨단적인 모더니티 안으로 반영되기 이전의, 근대가 상실한 미(美)나 초월을 향한 회로를 예술가들에게 준비해주었다는 점이다.

'활동사진'이라 불렸던 초기 영화의 경우 은막이 현실을 얼마나 생생하게 표상하고 있는가(어디까지 의사(擬似)현실을 구성하고 있는가)에 관심이 집중되었다. 앞서의 도쿠다 슈세이는 초창기 영화 상영과 관련하여 혼고(本郷)의 기예장에서 영사막을 들춰 안을 들여다보는 사람에 대한 기억을 이야기하고 있다. 흑백에 사운드가 없는 영상이 어떤 의미로 '리얼'할 수 있었는지에 관해 오늘날을 기준으로 측정하는 것이 무의미한 것과 마찬가지로(애당초 무성 영화시대에는 은막 앞 또는 옆에서 악단이나 변사가 있었기 때문에 스크린을 향한 관객의 집중도를 오늘날의 기준으로 측정하는 것은 불가능하다), 도쿠다의 일화에서 문제가 되는 것은 의사현실의 정밀함이 아니다. 영화가 구성하는 의사현실은 스크린 상의 세계, 그것을 보는 관객석과 세계 사이의 관계일 터인데, 그와 같은 관계를 스크린 상의 영상 자체에 삽입하는 것이 영화라는 미디어의 과제로 인식되어갔던 것이다. 다시 말해, 현실의 모방, 동질적인 것을 반복하는 것 자체가 초기 영화의 중요한 모티브 중 하나로 형성되어갔으며 이는 필연적으로 '도플갱어 이야기'와 같은 유형도 포함하게 되었다. 동질적인 것의 반복. 바로 그것이 미와 초월을 자아내 다니자키를 매료시켰던 것이다.

5. 분신 이야기

다니자키를 포함하는 초기 '활동사진' 팬을 매료시켰던『프라하의 학생』[스텔란 리(Stellan Rye) 감독, 1913]이나『칼리가리 박사의 밀실』[로베르트 비네(Robert Wiene) 감독, 1919]과 같은 독일 영화의 예를 살펴보자.

『프라하의 학생』의 스토리는『파우스트』를 모방한 매혼담(売魂譚)으로 거울에 비친 자신의 모습을 금화로 바꾸는 가난한 학생의 이야기이다. 그 학생은 현세의 행복을 손에 넣을 뻔하나 거울에서 빠져나온 분신(도플갱어)의 등장으로 결국 파멸한다. 거울에 연인은 비치지만 그 자신의 모습이 보이지 않는다. 이를 지금까지의 분석에 적용해보면, 관객은 자신들이 보고 있는 스크린을 영화 속 거울과 같은 것으로 비유(간주)한다고 볼 수 있다. 즉 관객은 스크린 건너편(이계)과 관객의 현실세계 사이에 일종의 거울 관계를 가설하고, 그 관계가 스크린 위에서 반복(복제)되고 있는 것을 보고 있다. 거울에서 튀어나온 주인공의 분신은 관객의 시선을 지금 스크린 위에 비추고 있는 의사현실의 상(像), 즉 스크린에 투사된 현실의 복제이자 현실을 초월한 영상 그 자체를 상징하고 있는 것이다.

일본의 초기 영화 비평에도 영향을 끼쳤던 휴고 뮌스터버그(Hugo Münsterberg)의『영화극(映画劇)』(1916)은 "크게 비추기(close-up)"와 "잘라 넣기(cut-back)"라는 두 가지 기법이 각각 관객의 "주의"와 "기억"에 호소한다며 화면에 비치고 있는 것은, 현실의 "연속적 결합"을 잃어버리고 "마치 바깥 세상 그 자체가 인간의 변화하는 주의에 따라, 또는 지나쳐가는 기억의 관념과 함께 형성되어가는 모습"이라고 서술하고 있다.[21] 뮌스터버그는 관객의 주관적=주체적인 시선이 영상에 끼치는 힘을 알았다는 말인데, 이러한 관객의 주체성의 발현은 앞서 언급했던 스크린 상 분신의 상징성과 연관되는 사항이기도 했다. 영화론의 고전적 명저인 발라쉬 벨라(Balázs Béla)의 『시각적 인간(視覺的人間)』(원저 초판 1924)은 "상사(相似)와 분신"이라는 지향성에 착목하여 영화의 "분신이야기(Doppelgänger poesie)"는 "**가시적인** 상사성"(강조 원문)에 의해 문학이 달성하지 못했던 긴장감 넘치는 리얼리티를 획득할 수 있다고 평가하고 있다.[22]

한편 『칼리가리 박사의 밀실(Das Kabinett des Doktor Caligari)』은 표현주의 미술을 배경으로 두면서도 더욱 정교한 의사현실의 무대를 스크린 상에 구현했다. 칼리가리 박사가 조종했던 잠자는 남자 체저레가 살인을 저지른다. 그로 인해 친구를 잃어버린 프란시스는 칼리가리 박사의 정체가 정신병원 원장이라는 사실을 추궁하고 죄질이 무거운 박사의 망상을 증명하여, 박사는 결국 병원에 수감된다.─그런데 프롤로그와 조응하는 에필로그에서 그러한 스토리 자체가 병원에서 박사가 치료 중인 프란시스의 망상이었음이 밝혀진다.

무엇보다 '칼리가리 박사의 밀실(Kabinett)'이라는 표제는 참으로 암시적이다. Kabinett라는 단어는 직접적으로는 칼리가리 박사가 체저레를 대상으로 최면술 실험을 행하는 방 또는 박람회의 기형쇼에서 체저레를 등장시키는 상자(캐비넷)를 의미한다. 동시에 프란시스의 망상 세계가 칼리가리 박사/체저레의 이야기를 내부화하여 경계 짓는 구조, 다시 말해 상자(밀실) 속 또 다른 상자(밀실)가 존재한다고 볼 수 있는 작품의 상자 속 상자 구조를 시사하고 있는 것이다.[23] 그 상자란 실체적으로는 정신병원이라는 공간이고 주제적으로는 광기와 현실의 경계를 암시하는 공간이 된다.[24]

  이러한 상자 속 상자 구조는 관객에게 상자(광기)의 외부도 또 다른 상자(광기)인 것은 아니냐는 현실/광기의 패러다임에 대한 무한한 상대화를 유도한다. 그리고 이러한 상대화의 과정은 동질적인 것의 반복, '분신 이야기' 유형이 부상하는 과정이라 할 수 있다. 영화에서 칼리가리 박사가 광인으로 간주되어 의사들에 의해 강압복을 입게 되는 장면을 프란시스가 에필로그에서 박사 대신에 반복(모방)하는 부분에서 '분신 이야기'의 유형이 잘 나타나고 있는데, 그 점에서 칼리가리 박사를 프란시스의 (망상 속) 분신으로 생각할 수 있다. 게다가 박사는 프란시스의 망상 속에서 체저레라는 그 자신의 분신을 창조해내고 있기도 하다. 더 나아가 같은 망상 안에서 박사는 18세기 서적 속 '칼리가리'라는 인물을 모방하는 것으로 되어 있다. 현실과 광기 사이의 중첩되는 '분신' 관계가 짜여 있는 것이다.

영화 『칼리가리 박사의 밀실』 중에서

영화의 마지막 부분에서 병원의 원장[칼리가리 박사와 일인이역으로 베르너 크라우스(Werner Krauss)가 연기한다]이, 프란시스는 스스로를 칼리가리와 동일시하고 있다며, "이것으로 그를 어떻게 치료해야 할지 알겠다"고 독백하는데, 이 대사는 현실 세계의 원장 또한 프란시스가 스스로를 칼리가리로 간주하고 있는 시선을 자기 자신에게도 투영하고 있음을 암시한다. 그리하여 현실/광기를 상대화하는 이러한 '분신' 관계는 스크린과 관객 사이에서도 반복되고 있다고 생각할 수도 있으리라. 정신병원이라는 공간 안에서 프란시스의 내면 속 칼리가리 박사/체저레의 이야기가 투사되고 있는 구조는 관객과 스크린에 영사된 영상이 만드는 구조와 상대적인 관계에 있기 때문이다.

박사가 체저레에게 최면술을 걸어 조종하고 있다는 프란시스의 망상 또한 자신이 정신병원장=칼리가리 박사에 의해 '잠자는 남자' 가 되어 조종당하고 있다고 생각하는 무의식과 거울 관계에 있다(거기서 병원장은 틈을 노려 '치료의 가능성' 으로 이끌어가려 한다). 뮌스터버그는 "마법에 걸린 극장 및 활동사진관의 관객은 분명 암시에 걸리기 쉬운 상태에 있으며, 그리고 암시를 받으려 하고 있다"고 지적하며 관객에게 작용하는 영화의 스크린을 "최면술사" 에 비유하고 있다.[25]

추악안 용모의 칼리가리 박사와 슬림한 몸에 피부가 하얀 청년 체저레라는 한 쌍은 『프랑켄슈타인』[제임스 웨일(James Whale) 감독, 1931]의 보리스 칼로프(Boris Karloff)가 연기하는 몬스터와 그 제작자(프랑켄슈타인)라는 조합과 정반대라 할 수 있다. 여기서 대조되는 미추(美醜)는 『프라하의 학생』의 분신=동질적인 것의 반복과는 위상을 달리한다. 그러나 뮌스터버그가 지적하듯 스크린과 대면하는 관객은, 스크린의 의사현실 세계에 자발적으로

속아 영상과 자신 사이의 분신 관계를 받아들이고 있는 것이다. 거기서는 대상 또는 스스로의 이형성이 동질성의 반복을 표상하는 사태가 발생하고 있다고도 할 수 있을 것이다.

 일본의 소설가들도 『칼리가리 박사의 밀실』에 반응했는데 그중 다니자키의 반응이 분석의 정확함에서 돋보인다.[26] 「「칼리가리 박사의 밀실」을 보다(「カリガリ博士」を見る)」(『時事新報』1921.5, 『活動雜誌』1921.8)라는 에세이가 바로 그것이다. 다니자키는 프란시스의 망상 세계의 주인(住人)이 현실에도 존재하며 또한 그 대부분이 "똑같이 광인"인 점에 착목하여 "광인 한 사람 한 사람의 머릿속에도 프란시스의 그것과 같은 기괴한 여러 세계가 있을 것이라는 점을 연상"시킨다, 즉 "관객이 본 것은 어떤 광인 한 사람의 환각이지만 동시에 무수히 많은 광인의 환각을 생각하게 한다"는 날카로운 분석을 내놓고 있다. 다니자키에 의하면 마지막의(프롤로그 장면과 연결되는) 정신병원 정원 장면은, 프란시스의 망각 세계=밀실(캐비넷)의 다수화·복제(모방·반복)를 상징하는 장면이 된다—그곳에는 체저레도 프란시스가 흠모하는 제인도 존재하는데 외모에는 **개인차**가 있으나 그 내면에 상정되는 것은 모두 광기라는 동일한 것으로 균질화되는 것이다.

 이러한 다니자키의 분석은 앞서 서술했던 현실/광기의 패러다임을 무한히 상대화하려고 하는 이 작품의 욕망을 적확하게 포착하고 있다. 그리고 다니자키가 영화라는 영역에 어떠한 지향성을 기대하고 있었는지 암시해주고 있다고도 볼 수 있다. 여기서도 그는 관객의 시점과 스크린의 관계에 분석의 중심을 두고 있는데, 이는 새로운 미디어였던 영화에 대한 동시대 비평이나 영화론[예컨대 곤다 야스노스케(權田保之助) 등]에도 공통되는 경향이다. 덧붙여서 소설 『비밀(秘密)』에서 영화관이라는 공간을 교묘하게 이용한 것과 같이 다니자키의 비평은 영화를 스크린 위의 텍스트로 파악하기보다 영화를 보는 공간 전체 속에서 파악하려 하는 특징이 있다.[27]

6. 클로즈업

한편, 또 한 가지 주목하고 싶은 점은 다니자키가 위의 비평에서 알란(체저레가 죽여버리는 프란시스의 친구)의 클로즈업 장면을 높이 평가하며 "그 얼굴을 바라보고 있으면 한 편의 긴 연극을 보는 것보다 훨씬 복잡하고 다양한 공간이 환기된다"고 하는 부분이다. 클로즈업은 위의 「영화의 테크닉」 모두에서 언급되는데, 「활동사진의 현재와 장래」에서도 다음과 같은 부분을 발견할 수 있다.

> 인간의 용모라는 것은 예를 들어 보기 흉한 얼굴이라도 계속 응시하고 있으면 왠지 신비롭고 숭엄한, 혹은 영원한 아름다움이 감춰져 있는 듯 느껴진다. 나는 활동사진의 '클로즈업'된 얼굴을 보고 있으면 특히나 그와 같이 느낀다. 평소에는 눈치채지 못한 채 지나치곤 했던 인간의 용모나 육체의 각 부분이, 뭐라 말로 표현하기 힘든 매력으로 참신하게 다가옴을 느낀다.

이러한 서술은 다니자키의 미완 소설 『인어(鮫人)』(『中央公論』 1920.1~10 단속적 연재) 작중인물 고도 간지의 용모에 관한 장대한 묘사를 연상시킨다. "이등변삼각형의 정점을 아래쪽으로 한 윤곽을 가지고 있으며 눈두덩과 관자놀이와 광대뼈 아래쪽과 턱뼈 좌우에 몇 군데 함몰된 부분이 있는데, 그 속에서 그만의 복잡한 그늘을 만들고 있는 인간의 한 얼굴"이라는 식의 "인상이나 골격의 상태"에 대한 묘사가 집요할 정도로 계속 이어진다. 제1부 제1장에서 고찰했던 관상학적인 시선이 전제에 있다는 점에도 유의할 필요가 있겠으나, 이와 같은 묘사가 다름 아닌 영화의 클로즈업 기법을 의식했다는 점 또한 그 못지않게 중요하다. 『인어』가 미완으로 끝난 것은 공교롭게도 당시의 다니자키가 영화 제작에 관여하느라 다망해졌기 때문인데, 이에 대해 그 자신도 게재지 『주오코론(中央公論)』의 독자에 대한 변명[28]에서 사과하고 있다. 그러나 이는 영화 제작이 소설 연재를 중단시켰다는 식의 단순한 관계가 아니라, 영화의 방법론이 소설의 서사나 묘사의 방법을 삼켜버렸다는 해석이 더 진실에 가깝지 않을까(다니자키는 변명에서 『인어』를 "장래에 영화극으로 만들지도 모르겠다"고 밝히고 있다).

환언하고 클로즈업은 동시대 영화 비평에 있어 가장 중요시되었던 촬영 기술이었다고 봐도 틀림없을 것이다. 곤다 야스노스케의 『활동사진의 원리 및 응용(活動写真の原理及応用)』(内田老鶴圃, 1914)은 "장면을 협소하게 하여 그것을 확대하는 것" 즉 클로즈업을 영화의 첫 번째 특성으로 꼽으며, "연극을 가장 앞 줄에서 보는 사람의 감정"과 비슷한 무언가가 클로즈업으로 인해 발생하여 "자신도 모르게 점점 우리는 인물의 안면 속 표정만 뚫어져라 쳐다보게 되는" 것이다. 따라서 "전체로서의 형식은 파괴"되어버리지만 그 대신 인물의 의지나 감정 즉 "내용"=내면에 관객이 의식을 집중하고 그것이 영화의 "내용미"를 초래한다고 서술하고 있다.

다니자키가 『칼리가리 박사의 밀실』의 클로즈업에 매료된 것도 확대된 얼굴의 순간 표정에서 영화의 스토리와 구성 등에 저항하는 새로운 시각미를 발견했기 때문일 것이리라. 발라쉬 벨라의 『시각적 인간』 또한 클로즈업에 상당한 지면을 할애하고 있다. 발라쉬에 따르면 인쇄 문화의 발달에 의해 '눈에 보이는(sichtbar)' 조형적·신체적 문화는 '읽히는' 개념적·언어적 문화로 전환되는데, 그와 함께 인간의 표정은 신체의 대부분에서 상실되는 대신 얼굴에 집중되게 되었다. 이에 반해 영화라는 미디어에서 인간의 표정이 다시금 활성화되어 시각적인(sichtbar) 문화가 재생되려 하고 있다고 말하는 것이다. 발라쉬는 이러한 "감정의 서사시"로서의 영화를 문학에서 자립된 영역으로 파악하는데 거기서 큰 역할을 맡으리라 기대했던 것이 클로즈업이었다.

발터 벤야민의 「복제기술시대의 예술 작품」(1936)도 발라쉬의 시점과 유사한 역사적 전망을 바탕으로 영화를 평가한다. 고속도촬영과 함께 클로즈업을 언급하며 "무언가를 확대하는 것은 '지금까지' 어렴풋이 보였던 것을 단순히 명확하게 보이게 한다는 것에 그치지 않는다. 오히려 물질의 전혀 새로운 구조를 명확히 드러낸다"고 하고 있다. 그리하여 "영화에 의해 처음으로 무의식적인 시각의 세계를 알 수 있게 되었다"[29]고 하며, 발라쉬가 언급한 '감정'을 넘어 '무의식'까지 초점을 심층화하고 있다.

7. 스크린 속의 얼굴

이상으로, 초기 독일 영화의 현실/광기 패러다임에 근거한 스크린 상의 텍스트 내부적 분신 관계, 혹은 그러한 관계를 반복·모방하는 스크린과 관객 사이의 분신 관계, 그리고 클로즈업이라는 수법에 대해 살펴보았다. 그렇다면 이들이 다니자키 등에 의한 소설 텍스트에 어떤 식으로 그림자를 드리우고 있을까. 다니자키라면 『인면창(人面瘡)』(1918), 『고깃덩어리(肉塊)』(1923), 『아오츠카씨의 이야기(靑塚氏の話)』(1926), 또는 사토 하루오라면 『인면창』과 같은 해에 발표된 『지문(指紋)』(1918) 등이 고찰 대상이 될 것이다. 여기서는 『인면창』을 중심으로 생각해보고자 한다. 『인면창』에 관해서는 이미 영화적 방법론과의 관계를 고찰한 니시야마 고이치의 훌륭한 논고가 존재한다.[30] 니시야마는 영화의 새로운 시각 기술에 의해 "'주술'화되어버리는" 왠지 모를 으스스한 불안감을 정확하게 짚어내고 있다. 본 장의 목적을 이러한 성과에 접목해서 말하자면, 영화라는 미디어에 의해 '주술'화된 시계(視界)란 다름 아닌 복제 기술 시대 이후의 '이계'의 한 풍경과 다름 아니라는 점이다.

원한을 품은 채 자살한 거지의 얼굴이 그가 사모했음에도 그를 속인 여자의 무릎 위 부종이 되어 나타난다. 한 여배우가 이와 같은 줄거리의 영화가 미국에서 촬영되어 각지에서 상영중임을 알게 된다. 실은 그녀가 분명 출연했으나 그녀 본인은 출연한 기억이 없는, 그러나 자신이 연기했음이 분명한 께름칙한 영화라는 불가사의한 상황이 『인면창』 줄거리의 핵심으로, 텍스트는 소설의 서사 속에 영화의 스토리와 영상을 재현하는 언어를 포함하고 있다. 더군다나 인면이 들러붙은 영화 속 여성의 신체와 전혀 기억이 없는데도 불구하고 영화 속 여성을 연기한 현실 속 여배우의 신체가 동일하다는 사실로 인해 이야기 속 이야기 (상자 속 상자) 구조 속의 두 세계를 가늠하는 경계가 애매모호해진다. 소설 속 현실 세계와 영상 속 가상 세계가 왕복 가능한 통로를 가지게 되는 것이다. 이러한 점에서 『인면창』은 『칼리가리 박사의 밀실』과 동일한 형태의 구조를 가진 텍스트라 할 수 있다.

그런데 허구와 현실의 왕복을 체현하는 여성의 신체를 생각해보면, 그녀는 스크린 속 여성의 신체를 기억을 통해 자신의 것으로 동일화하는 것이 불가능하다. 나아가 무릎에 인공적으로 "겹치게 나타내기"[31] 기법이 도입되었다고 일단 치부하는 "인간의 얼굴을 한 부종"의 거지 역의 배우에 관한 기억도 전혀 없다. 여배우는 기억에 근거한 자기 신체의 시간적 동일성이 영상 속 또 다른 자기 신체에 의해 위협받고 있다는 사실에 공포를 느낀다. 물론 그러한 자기 분열은 스크린 안과 밖의 분열과 조응하고 있다. 허(虛)와 실(實)의 교묘한 경계가 무너지는 사고에 편입되어 발생한 균열에 의해 현실에서 자립한 허구=분신이 현실을 위협한다. 작품 속에서도 인용된 『프라하의 학생』과 동일한 분신 이야기 패턴이 이 소설의 "괴이"함을 보증해 주고 있는 것이다.

그와 더불어 필름을 혼자서 시사했던 M기사 등을 공포에 떨게 만들었던 "괴이"한 것으로 서술되어 있는 "클로즈업"된 인면창이 "입술을 찡그리며 일종의 독특한, 금방이라도 울 듯한 웃음"을 짓는 영상이 등장한다. 게다가 M은 그 "웃음소리"를 영화에서 분명히 들었다고 말한다. 여기서의 "괴이"가 클로즈업이라는 기법 및 '무음성'이라는 무성 영화의 특성을 역설적으로 이용한 것임은 말할 것도 없다. 그러나 더 중요한 점은 M이 말하는 "괴이"가 이 영화만의 특수하고 고유한 현상이 아니라, 일반적인 영화 스크린에서 보편적으로 일어날 수 있는 이화(異化) 현상이었음을 암시하고 있다는 사실이다.

M은 음악이나 변사 없이 무성 영화를 밤 늦은 시각 혼자서 영사하는 일(당시 일본의 영화 상영 형태상 일반적인 수용 형태이다)에 대한 어쩐지 으스스한 느낌, 특히 클로즈업된 인물의 얼굴 영상의 기분 나쁜 으스스함에 대해서도 고백하고 있다(앞의 분신이야기와 같은 허실(虛實) 관계의 전도에 대해서도 언급하고 있다). 『인면창』보다 수년 뒤인 1925년, 영상 속 클로즈업된 얼굴이 불러일으키는 공포 체험과 관련하여 에도가와 란포는 다음과 같이 말하고

있다.

　　내 얼굴에 비해 천 배는 되는, 스크린을 가득 채운 큼지막한 얼굴이 내

　　쪽을 보고 싱긋 웃습니다. 만약 그것이 나 자신의 얼굴이었다면! 영화

　　배우라는 사람들은 잘도 발광(発狂)하지 않고 견딜 수 있군요.[32]

　위의 인용문 다음 구절에서 에도가와 란포는 오목거울을 들여다볼 때의
공포(이는 1926년에 발표된 그의 작품 『거울 지옥(鏡地獄)』을 예고한다)나 영화
기사가 혼자서 무성 영화를 시사할 때의 공포에 대해서도 이야기한다. 이
는 『인면창』 속 M기사의 영화 체험이 동시대적으로 어느 정도 공유되어
있었음을 뒷받침한다. 발라쉬는 영화가 "사물의 얼굴" 즉 사물의 숨겨진
용모를 묘사하는 표현주의적 방법의 "가장 고유한 영역"임을 주장하였는
데[33], 『인면창』에서는 오히려 클로즈업에 의해 화면에 큼지막하게 노출된
인간의 표정에 대한 시선이 두드러지게 강조되어 있는 것이다.[34]
　영화제작자의 입장에서 이루어진 서사라는 점이 상이하다고는 하나, 『인
면창』의 5년 후에 발표된 『고깃덩어리(肉塊)』도 허실의 전도와 클로즈업
의 미학에 주안점을 두고 있다는 점에서 기본 노선에 흔들림이 없다. 클로
즈업을 자주 활용하는 주인공 기치노스케를 시바야마라는 제작 동업자가
비판한다는 설정에 의해 일종의 자기 회화화가 이루어지고 있다고 볼 수
도 있다. 『아오즈카씨의 이야기』에서는 영화 감독과 여배우인 그의 아내
그리고 아내의 열렬한 팬의 삼각 관계를 설정하고, 팬이 여배우의 손발을
본뜬 30개나 되는 섹스 인형(sex doll)을 만든다는 괴상한 이야기를 전개한
다. 에도가와 란포의 문제작 『맹수(盲獸)』(1932)의 주제를 선취했다고 해도

좋을 작품인데, 여기서 소재로 활용된 영화는 지바 슌지(千葉俊二)가 지적하듯 "자위중독자의 꿈을 키우기에 알맞은 장치"가 되어 "포르노그래피로의 전락"[35]을 피할 수 없을 것이다. 다만, 극한으로 치달은 시각적 의사현실에 대한 욕망의 끝이 촉각적 실재에 의한 쾌락의 추구로 이어진다는 과정에 시각중심주의에 대한 패러독스가 노출되어 있음은 분명하다.[36]

『인면창』과 같은 해의 거의 같은 시기에 발표된 사토 하루오의 『지문─나의 불행한 친구의 일생에 대한 기괴한 이야기(指紋 私の不幸な友人の一生に就ての奇怪な物語)』(1918)도 영화를 보는 시점에서 경험하는 화면에 클로즈업된 표정을 모티브로 하고 있다. 단 이 소설은 인간의 얼굴과 더불어 지문이라는 극소의 '표정'이 극대화된다는 대조(contrast)를 강조한 설정이다. 서사의 배경은 "이 세상에 똑같은 형태를 가진 두 개 이상의 지문은 절대 존재하지 않는다는 사실"이라는 너무나도 자명한 법칙으로, 그와 같은 지문이 근대의 범죄수사나 개인 감정에 있어 중심적 역할을 수행해왔음은 누구나 알고 있다.[37] 얼굴 생김새처럼 변장이나 성형이 불가능한 불변의 '표정'. 근대 개인의 아이덴티티를 관리하는 이러한 기호가, 스크린 속 허와 스크린 바깥 실 사이의 경계를 돌파해가는 소설 『지문』은 근대의 아이러니를 정확히 표출한 이야기로 읽을 수 있는 것이다.

영화라는 미디어를 방법론적 또는 주제적으로 도입한 다니자키 등에 의한 소설 시도는 영상 속 저편과 영상을 보는 이편을 한없이 동화=분신화함으로써 공포, 그리고 그러한 공포 옆에 자리잡고 있는 이형성을 탐구했다. 영사된 이형적 허상에 동화하는/허상이 동화되는 것에 대한 공포 그리고 욕망, 이는 극소를 극대로 확대하는 클로즈업의 욕망과 뒤얽혀 이형성을 환기하고, 근대가 상실한 이계의 아우라를 겨우나마 스크린에서 소생시켜왔다고 할 수 있다. 스크린에서 이형성을 지워버리는 것은 반대로 스크린 그 자체를 이계화해버리는 일이 될 것이다.[38] 동화(同化)의 길을 여는 문이야말로 이계를 향한 통로로 연결되고 있다(물론 이형성을 응시하는 시선을 잃어버린 단순한 동화의 역학은 영화나 문학의 영역을 파시즘의 영토로 변신시켜 갈 것이다). 앞서 서술한 산의 풍경으로 대표되는 자연이라는 스크린을 향한 동화, 극소한 것이 극대한 것으로 동화(확대)하는 것이, 고바야시 히데오가 시사했듯 잃어버린 이계를 찾아나서는 여행의 중독을 초래한다. 다시 말해, 역설적이게도, 그러한 여행이 이계로부터의 도피처로서 존속해왔다면 '고향을 잃은 문학'의 풍경은 현대에 이르기까지 상실되지 않았다고 할 수 있는 것이다.

[이승준 옮김]

원주

1. 柳田国男,「山人考」,『定本柳田国男全集』第四卷, 筑摩書房, 1983, 182~184쪽 참조.

2. 「산인외전자료」라는 텍스트에서 가장 흥미로운 부분은 상당히 아이러니컬하다고 할 수 있는 야나기타의 어조이다. "가엾은 인민" 인 산인의 역사가 그들의 "정복자의 후예" 이자 "불구대천의 적 중 한명" 인 본인에 의해 지금 서술되려고 한다. 문자를 통해 스스로를 기록한 '역사' (역사서술)를 가지지 못한 자들이 '역사' 를 가진 그들의 적에 의해 지금 역사화되어 기록되려 하고 있다는 아이러니. 야나기타는 이러한 아이러니를 알고 있을 뿐만 아니라 당당히 그것을 말하고 있다.

3. 『小林秀雄全集』第二卷, 新潮社, 2001, 370쪽.

4. 田口二郎,『東西登山史考』, 岩波書店, 1995 참조.

5. 小島烏水,「槍ヶ岳探検記」,『山水無尽蔵』, 隆文館, 1906. 『小島烏水全集』第四卷, 大修館書店, 1980, 84쪽.

6. 『日本山水論』, 隆文館, 1905. 『小島烏水全集』第五卷, 大修館書店, 1980, 54쪽.

7. 「山を賛する文」,『山水美論』, 如山堂書店, 1908. 앞의 책,『小島烏水全集』第五卷, 369쪽.

8. 志賀直哉,『暗夜行路』後篇, 『志賀直哉全集』第五卷, 岩波書店, 1973, 578쪽.

9. 『新撰姓氏禄考證』에 의하면『常陸国風土記』에서 구즈(国栖)는 "조정의 명령을 따르지 않는 자" 로 위치지어져 있었는데, 그중 우연히 요시노의 구즈(国栖)가 "조정의 총애를 얻어" 후세에 이름을 남기게 되었다고 기록되어 있다(神道大系古典篇, 1981, 574쪽).

10. 林屋辰三郎,『中世芸能史の研究』, 岩波書店, 1960 참조.

11. 柳田国男,「山人考」, 앞의 책『定本柳田国男全集』第四卷), 176쪽.

12. 즈무라는 오사카 출신으로 화자와 고교 시절의 동창, 오사카에 살면서 가업인 전당포를 운영하고 있다는 설정이다.

13. 즈무라의 모친 쪽 생가가 '곤부(昆布, 다시마-옮긴이)' 라는 희귀한 성을 가진 집안이라는 점을 고려하건데 바닷가에 살던 사람들이 산으로 이주해 살게 되었다는 오리구치 시노부의 산인관을 떠올리지 않을 수 없다. 허나 구보가이토(窪垣内)에서 종이 뜨는 직업에 종사하고 있는 곤부 다카오 씨의 증언에 의하면 곤부성은 예전에 구즈(国栖) 지역에서 다시마의 중매에 종사했다는 사실에서 유래한다고 한다. 남북조 시대에는 다

시마 중매에 의한 수입을 남조에 바쳤다는 전승도 존재한다고 한다. 현재에도 구보가 이토에는 곤부성의 가계가 적지 않다(이상의 증언은 요시노역사자료관 관원 이케다 아츠시 씨의 협력을 통해 얻을 수 있었다. 특별히 감사의 마음을 전한다).

14. 藤森清,『語りの近代』, 有精堂, 1996, 185~188쪽.

15. 요시노로 통하는 교통에 관해서『요시노구즈』작품 속에서도 요시노경편철도(軽便鉄道)가 이미 요시노까지 개통되어 있음이 암시되어 있다. 1920년대에 이르면 철도·버스 모두 노선을 확장해서 1929년에는 오사카-요시노 간 직통이 개통되었다.

16. 참고로「고향을 잃은 문학」에서 고바야시 히데오는『모로코』에 대해 언급하고 있는데 이는 토키 초기의 영화로 최초로 일본어 자막을 삽입하여 상영된 것이다.

17. 菊池寛,「映画と文芸」,『映画時代』, 1926.7.

18. 宇野浩二,「映画素人見」,『映画時代』, 1926.10.

19. 徳田秋声,「映画について」,『映画時代』, 1926.10.

20. 이 영화론은 원래 즈보우치 시코(坪内士行)「서양의 연쇄극이 암시하는 문제들(西洋の連鎖劇の暗示する諸問題)」, 오사나이 가오루(小山内薫)「활동사진으로 본 명배우(活動写真で見た名優)」와 함께『新小説』(1917.9)의「활동사진의 신연구(活動写真の新研究)」라는 특집을 위해 쓴 것으로(결과적으로는 1호 늦게 게재되었다) 오사나이가 개개인의 배우에 대한 관심을 나타내고 있는 것과 달리 영화의 방법론 자체에 대한 통찰에 의해 구성되어 있다는 점, 뒤에서 서술하겠으나 인물 얼굴의 클로즈업 기법, 일본 전통의 여장남자배우·변사의 폐지 등에 관해 제언하고 있는 등 예언적인 내용이었다고 할 수 있다.

21. フーゴー·ミュンスターベルク,『映画劇 その心理学と美学』, 久世昂太郎(谷川徹三) 옮김, 大村書店, 1924, 97쪽.

22. バラージュ·ベーラ『視覚的人間―映画のドラマツルギー(新装版)』, 佐々木基一·高村宏 옮김, 創樹社, 1983, 78쪽.

23. 한스 야노비츠와 칼 마이어에 의한 각본에는 이러한 상자 속 상자 구조가 설정되어 있지 않았으며 영화가 그러한 구조를 추가한 것에 대해 원작자 두 사람이 항의했다고 한다. 지그프리드 크라카우어의『カリガリからヒトラーへ』(원저1947, 丸尾定 옮김, みすず書房, 1970)는 이 점을 중시하여 영화의 개작을 부정적으로 평가하고 있으나 이는

크라카우어가 영화 속 이야기를 제1차 세계대전 후의 정신 상황에 대한 알레고리로 파악하여 거기에서 정치적 메시지를 성급하게 읽어 내려 하고 있기 때문이다.

24. "정신과 의사는 요즘 같은 시대라면 무성 영화를 촬영하는 것으로 족하다"고 말한 이는 프리드리히 키틀러였다(『グラモフォン・フィルム・タイプライター』, 石光泰夫・石光輝子 옮김, 筑摩書房, 1999, 228쪽). 또한 일본 영화계에서 『칼리가리 박사의 밀실』의 최초의 계승자로 여겨지고 있는 기누가사 테이노스케(衣笠貞之助) 감독의 『미친 한 페이지(狂った一頁)』(1926, 가와바타 야스나리 각본)라는 선구적 영화가 존재하는데, 여기서의 광기의 의미는 허구와 현실의 상관 관계라는 패러다임만으로는 설명하기 힘든, 다른(조금 더 실체적인) 코드를 요구한다. 구체적으로 말하자면 다이쇼 천황의 병태로 상징되는 시대적 광기(기누가사가 취재한 마쓰자와 뇌병원에는 '아시하라 장군(葦原金次郎, 메이지부터 쇼와초기까지 실재했던 황족참칭자—옮긴이)'도 입원중이던 시절이었다)에 대해 고려해야 한다고 생각하나 이에 대해서는 다음 기회에 자세히 논하고자 한다.

25. ミュンスターベルク, 앞의 책, 111쪽.

26. 영화 『칼리가리 박사의 밀실』을 표현주의 문맥에서 분석하여, 일본 내 수용 문제를 다니자키를 포함하여 상세히 논한 연구로 栗坪良樹, 「映画『カリガリ博士』の刺激と衝撃ー日本表現主義序説」, 『青山女子学院短大紀要』, 1995.12)가 있다. 참조하길 바란다.

27. 「영화잡감(映画雑感)」(『新小説』1921.3)이라는 에세이에서 다니자키는 다이쇼가쓰에이영화사의 구리하라 토마스와 처음으로 만났을 때 깜깜한 방에서 가정용 영사기로 보여주었던 영상 체험을 이야기하고 있다. "그 영상을 바라보고 있자니 이 자그마한 세계 이외의 세상이라는 것이 존재하고 있다는 사실을 잊어버리고 말았다. 이 방 바깥에 요코하마 시가지가 있고 사쿠라기초(桜木町) 정류장이 있고 기차가 있고, 그 기차를 타고 멀리까지 가면 내가 사는 오다와라 집으로 돌아갈 수 있다는 사실, 애시당초 나에게 집이라는 게 있었다는 사실 자체가 거짓말처럼 느껴졌다"—이러한 영화 체험은 오늘날 우리가 흔히 경험할 수 있는 것으로 그리 진기할 것도 없다. 텍스트의 외부가 소실되고 스크린 속 세계로 일체화해 버린 이러한 체험은 본문에서 다루고 있는 사항과는 물론 위상이 다른 문제이다.

28. 谷崎潤一郎「「鮫人」の続稿に就いて」(『中央公論』1920.11).

29. ヴァルタ・ベンヤミン, 「複製技術時代の芸術作品」, 『ヴァルタ・ベンヤミン著作

集』2, (高木久雄, 高原宏平 옮김, 晶文社, 1970), 38쪽.

30. 西山康一, 「〈視覚〉の変容と文学—映画·衛生学と谷崎潤一郎「人面疽」」, 『文学』, 2001.3·4.

31. '이중노출' 또는 '이중인화' (모두 당시의 용어) 기법을 지칭하는 말로 여겨진다.

32. 江戸川乱歩「映画の恐怖」(『婦人公論』1925.10). 인용은 紀田順一郎編『江戸川乱歩随筆選』(ちくま文庫, 1994), 30쪽.

33. バラージュ, 앞의 책, 112쪽.

34. 우연이라고밖에 할 수 없겠으나 『인면창』이 게재된 『新小説』1918년 3월호에는 오가와 미메이(小川未明) 『얼굴의 공포(顔の恐怖)』라는 소설이 함께 실려 있다. 깊이 사랑했던 사촌 여동생의 결혼이 결정되지만 결혼식에 참석해서 그녀의 얼굴을 보기가 너무나도 두려운 주인공이 결국에는 스스로의 건강을 헤치게 되어 말그대로 빈사 상태의 병자가 된다는 줄거리의 소설로, 여기서 관심을 끄는 표제가 주인공의 불행한 대인공포증에 대한 기호 이상의 의미를 지닌다고 하기는 어렵다. 다만 문학이 관상학-자연주의적 시선 하에서 몰두한 표정 관찰의 욕망이, 기묘한 형태로 영화의 클로즈업이라는 방법을 받아들일 수 있는 여지를 마련해주었다는 점과 관련하여 검토할 가치는 있을 것이다.

35. 千葉俊二 『谷崎潤一郎 狐とマゾヒズム』(小沢書店, 1994), 190쪽.

36. 에도가와 란포 『맹수』의 경우, 시각을 빼앗긴 자가 그 대체로서의 촉각을 욕망하는 이야기로 관철되어 있어서 그러한 패러독스는 없다. 단지 이 소설을 특이하게 영상화(1969)한 마스무라 야스조(増村保造)의 아이러니컬한 전략의 경우, 사정은 다르다.

37. 일본 경찰의 지문법 채용은 사토 하루오의 『지문』 발표보다 정확히 10년 전이었다.

38. 예를 들어 1971년 테라야마 슈지(寺山修司)가 영화 『책을 버리고 거리로 나서자(本を捨てよ町へ出よう)』의 엔딩에서 무명 주연 배우 사사키 히데아키에게 스크린에서 현실로 귀환하기를 거부시켰던 것을 생각해보기 바란다.

::제6장::

손가락 끝의 시학

하기와라 사쿠타로(萩原朔太郎)* 와 신체표상

1. 손가락의 사람, 하기와라 사쿠타로

마쓰우라 히사키(松浦寿輝)는 현재, 하기와라 사쿠타로의 시를 재독하면서 전쟁의 문제, 테크놀로지의 반영, 그리고 신체의 문제라는 세 가지 축이 있다고 기술하고 있는데, 그 마지막 점에 관련해서 하기와라를 가리켜 "손

---

* 하기와라 사쿠타로(1886~1942)는 일본의 시인. 다이쇼(大正)시대에 근대시의 새로운 지평을 열었고, '일본근대시의 아버지'로 불린다. 그는 시에서의 운율을 중시했고, 예민한 감성으로 구어 자유시를 완성시키면서 근대화가 부여한 자아의 확립과 그 고뇌를 노래했다. 그의 첫 번째 시집『달에 짖다(月に吠える)』(1917)는 작가의 날카로운 감수성으로 포착한 환상적 이미지가 전개되고 있다. 이어지는『우울한 고양이(靑猫)』(1923)에서는 특이한 감각과 존재의 불안을 연결하는 영역을 펼치면서, 언어가 지닌 음악성을 살린 구어 자유시를 예술적으로 완성했다.

가락의 사람"이라고 불렀다.[1] 이 평언은 그다지 두드러지지 않으면서도 실로 적확하다. "섬세한 손가락 끝의 감각의 소유자"로서 촉각적인 세계, 피부감각의 세계를 일본어 시에 도입한 이 시인의 독자성에 대해서, "손가락의 사람"이라는 한마디는 그 많은 부분을 말해주고 있다. 그 한 가지 전형적인 표현은 마쓰우라도 예를 들고 있는「그 손은 과자이다(その手は菓子である)」와 같은 시에 보인다. 거기에서 촉각은 대상으로부터 생기하는 선정적인 관능을 구성하고 있다.

> 그 참으로 사랑스러운 포동포동한 상태는 어떤가
> 그 토실토실한 과자와
> 같이 부푼 상태는 어떤가
> 손가락은 참으로 홀쭉해서 물건이 좋고
> 마치 작고 푸른 어류와 같아서
> 상냥하게 살랑 살랑 움직이고 있는 모습은 더없이 좋다

이어서 텍스트는 이 손이나 손가락에 "입맞춤을 하고 싶다"든가 "먹어버리고 싶다" 혹은 "핥아대고 싶다"와 같은 "무치(無恥)의 식욕"을 강조해 가는데, 그것도 말하자면 입술을 매개로 한 피부감각, 촉각의 표상으로서 받아들일 수가 있다. 『우울한 고양이(青苗)』에 수록된 이「그 손은 과자이다」는 초출(『感情』1917.6) 때에는 "가장 아름다운 사람의 각 부분에 대해서, 그 첫째"라는 부기가 첨부되어 있는데, 그 연작의 짝을 예정하던 것이 『나비를 꿈꾸다(蝶を夢む)』에 수록된「그 목덜미는 물고기이다(その襟足は魚である)」라는 시이다. 이 시에도 초출 때(『詩篇』1917.12)에 "「가장 아름다운

사람의 각 부분에 대해서」그 두 번째"라는 부기가 있다. 양자는 손가락이
나 목덜미의 촉각적인 아리따움을 과자나 어류 등과 직유나 은유로 결부
시켜, "핥아대고 싶다", "달라붙고 싶다" 등과 같이 그것에 대해서 노골적
으로 욕망을 표백하는 점에서 명백한 자매작품인데, 『달에 짖다(月に吠え
る)』, 『우울한 고양이』를 보충하는 습유(拾遺)시집으로서 간행된 『나비를
꿈꾸다』에는 특히 시집 간행이 임박한 『우울한 고양이』에서 이루지 못한
위와 같은 연작성을, 작품의 선정과 구성에 있어서 실현하려고 하는 의도
가 보인다(이에 대해서는 같은 시집 권두의 「시집의 처음에(詩集の始に)」에서 저
자 자신이 밝히고도 있다).

  게다가 「가장 아름다운 사람의 각 부분에 대해서」라는 연작의 구상은 더
한층 규모를 넓힐 가능성이 있었음을 추측할 수 있다. 가령 『우울한 고양
이』의 「침대를 구하다(寝台を求む)」, 「강한 팔에 안기다(強い腕に抱かる)」,
『나비를 꿈꾸다』의 「팔이 있는 침대(腕のある寝台)」 등의 작품(모두 초출은
앞의 '연작'과 같은 1917년)에는 침대와의 아날로지(analogy)[2]도 매개하면서,
여성의 신체, 그중에서도 팔이나 가슴에 초점화된 촉각에 의한 관능과 위
자(慰藉)가 모티프로 활용되고 있었다. 『우울한 고양이』 시절의 가장 초기
에 해당하는 1917년의 하기와라에게는 손이나 손가락, 목덜미, 팔과 같이
여성 신체의 단편을 수집하고, 그 컬렉션을 시 언어로 묘사해 남기려는 야
심이 있었던 것이 아닐까하고 추측된다. 그리고 이와 같은 신체를 단편화
해서 파악하는 페티시즘을 하기와라의 시가 초기 단계부터 일관되게 계
속 지니고 있었음에도 유의해둘 필요가 있을 것이다. 나중에 『순정소곡집
(純情小曲集)』에 수록하게 되는 〈애련시편(愛憐詩篇)〉의 「여자여(女よ)」(초출
『朱欒』1913.5)라는 시가 대상인 여성의 전체상을 묘사하는 것을 거부하는

듯이, "각 부분"의 묘출로 그녀의 특성을 이끌어내려고 하던 것을 반추해 보자.

> 여자여
> 그 고무와 같은 유방을 갖고
> 너무 강하게 내 가슴을 누르지 말지어다
> 또 물고기와 같은 손가락 끝을 갖고
> 너무 교활하게 내 등을 간질이지 말지어다

여기에서도 여성의 손가락 끝이 물고기의 직유로 표현되고 있는 점에 시선이 멎는데, 텍스트 전체를 바라보면 입술, 목덜미의 시각표상에 더해, 위의 인용에 있듯이 유방, 손가락, 그리고 "향기로운 한숨"의 신체접촉에 의한 솔직한 유혹이 관능적으로 묘사되고 있음을 알 수 있다. 그러나 큐비즘의 회화와 같이 분해된 감각의 단면을 합쳐도 여성의 통일적인 인격을 복원할 수 없는 것과 같이, 그녀는 이름도 부여되지 않은 채, 단지 "여자여"라고 불릴 뿐이다. 신체 각 부분으로 국소화된 에로스는 실로 한 개의 (이름을 지닌) 퍼스낼리티로의 통합을 거부한 페티시한 쾌락을 위해서 충실히 기능하고 있는 것이다.

2. 단편화와 유동화, 그리고 아포토시스(apoptosis)

신체는 단편(斷片)화됨으로써 페티시한 욕망을 표상하기 위해 대상화되고, 신체의 전체상으로의 통합을 기피할 양으로, 페티시즘은 더욱 다른 신체 부분을 에로스의 공급원으로 찾아 헤맨다. 그 단편들은 제각각 그러모아지면서도, 결코 종합되는 경우는 없다. 『우울한 고양이』, 『나비를 꿈꾸다』에서는 이같이 단편화된 신체의 "각 부분"이 제각각 자기주장하고 있는데, 각각의 후기 작품이 되면 신체표상은 단편화에서 유동화로 방향을 전환해가게 된다.

모두 1922년에 발표된 작품인데,「요염한 묘지」「허물어지는 육체」「갯버들」(이상 『우울한 고양이』),「석죽과 청묘」(『나비를 꿈꾸다』, 초출 원제 「시랍(屍蠟)과 우울한 고양이」)와 같은, ('엘레나'로 불린 시인의 옛 연인을 모델로 삼은) 여성의 사령(死靈)과의 교환(交歡)을 표상한 일련의 〈네크로필리〉 시편에서는 취각과 부란(腐爛) 이미지가 적극적으로 개입해서 신체는 용해되고 유동화된 애매한 윤곽 하에 묘사되고, 그 경계선의 애매함은 일종의 위험한 의심스러움에 접근하는 것이다. 이 같은 유동화되는 신체상도 또한 갑자기 나타난 것은 아니었다. 〈애련시편〉의 「월광과 해파리」부터 『달에 짖다』의 「헤엄치는 사람」에 이르기까지 작품군에서 계보의 실을 연결해 볼 수는 있을 것이다. 하기와라 사쿠타로의 신체표상에 단편화와 유동화라는 두 가지 다른 지향성이 보인다고 생각해도 좋을 것인데, 이 두 가지 지향성은 텍스트마다 따로따로 독립해서 나타나고 있는 것은 물론 아니다.

> 헤엄치는 사람의 몸은 비스듬히 늘어난다,
> 두 개의 손은 길게 가지런히 늘어진다,
> 헤엄치는 사람의 심장(마 음)은 해파리와 같이 투명하다,
> 헤엄치는 사람의 눈은 범종의 울림을 들으면서,
> 헤엄치는 사람의 혼은 물 위의 달을 본다.

가령 이 「헤엄치는 사람」에 형상화된 헤엄치기의 운동은 첫 행의 "헤엄치는 사람의 몸은 비스듬히 늘어난다"에 집약된 히라가나(平仮名)표기의 효과적인 사용도 어우러져, 시각적·의미적으로 분절되는 것을 거부한 유동화의 지향성에 가세하고 있다고 간주할 수 있다. 하지만 "헤엄치는 사람의 ○○은~하다"라는 문을 반복한다는 지극히 심플한 구성의 이 시에서는, ○○의 부분에 "심장(마음)", "눈", "혼"이라는 신체부분이 대입되어서 헤엄치는 사람의 신체가 단편화되어 묘사되고 있음에도 유의해둘 필요가 있다.

덧붙여 이 시의 초출(『LE·PRISME』1916.5)에서는 "심장"은 "몸통", "눈"은 "마음"으로 되어 있었다. 시집 채록에 즈음해서 이루어진 이 개고에서는 헤엄치는 신체의 단편화가 보다 강조됨과 동시에, 투시되는 "심장"이 "마음"이라고 루비가 달린 것과, '눈이 (범종의 울림을) 듣다'라는 공감각의 표상에 의해서 그 단편화야말로 신체상의 유동화, 혼돈화를 상징적으로 도출해낸다. 단, 여기에서의 신체는 대상화된 것이 아니라, 거의 오토 에로틱적인, 이라고나 할 수 있을 종류의 도취감 속에 있다.

"박테리아의 발,/박테리아의 입,/박테리아의 귀,/박테리아의 코,//박테리아가 헤엄치고 있다"라고 신체 각 부분을 나열적으로 표상하는 「박테리아의 세계」(초출 『卓上噴水』1915.5)에서도 현미경의 렌즈를 통한 뉴트럴한 영상을 위장하면서(마치 박테리아에게 귀나 코가 있다는 듯이), 실은 「헤엄치는 사람」의 자기도취 상과 유사한 나르시스적인 병성(病性)을 자아내는 바에 그 모티프가 있다. 그리고 이 텍스트에서도 다음과 같이 "손가락의 사람"으로서 하기와라 사쿠타로의 섬세하고 예민한 손가락 끝 감각이 발휘되고 있는 것이다.

박테리아의 손은 좌우 열 문자로 자라,

손의 끝이 뿌리와 같이 갈라져,

거기에서 날카로운 손톱이 자라,

모세혈관 같은 것은 온통 덮다시피 펼쳐져 있다.

이 구절이 '대나무' 나 '지면 바닥의 병든 얼굴' 이라는 이른바 〈정죄시편(淨罪詩篇)〉의 어휘("자람", 분기하는 "뿌리", "날카로운" 등등)를 되울리고 있음은 확실한데, 이에 이어지는 결말의 "병자의 피부를 투시하듯이,/선홍색 광선이 엷게 들이비치" 다고 하는 (아마도 X선 촬영을 이미지한) 병성의 표출 등도 같이 생각하면, 좀 전의 『우울한 고양이』의 〈네크로필리〉 시편과 통하는 신체의 유동화나 붕괴감각을 거기에서 찾아내는 것도 어렵지는 않을 것이다. 그것은 반대로 대나무 뿌리에서 섬모가 자라서 떨리고 있다고 하는 '대나무' 가 묘사하는 풍경에 내재하는 병성을 소급적으로 밝은 곳에 내어놓는다는 의미도 있을 것이다. 그 대나무 뿌리, 섬모와 같이, "좌우 열 문자"로 증식하는 것과 같이 자란 손은 손끝이 분기하고, 그물 모양으로 퍼지는 모세혈관처럼 섬세하게, 아울러 (손톱을 길러) 예민하게 표상되고 있다. 대나무 뿌리의 묘사가 그러했던 것처럼, 극도의 예민함은 통증의 감각으로 전위되기도 할 것이다.

여기에서 상기해두고 싶은 것은 〈아포토시스〉[계획세포사(計劃細胞死), 세포생물의 유전자에는 세포를 자멸시키는 프로그램이 설정되어 있다고 간주한다]라는 생명과학이론에 의해서 설명되는 손의 형성과정이다. 미술사 연구자인 고이케 히사코(小池寿子)가 소개하는 문장을 인용해보자.

손은 수태(受胎)한 초기 단계에서는 살덩어리로서 몸의 겨드랑이에 부풀어 오른다. 이어서 살덩어리의 끝에는 네 줄의 선이 들어가, 보다 더 틈새가 생겨서 다섯 개의 손가락으로 갈라져간다. 그 과정에서 살덩어리의 일부로서 손가락과 손가락 사이에 있던 세포가 죽어간다고 한다. ……이른바 이것은 세포의 자살이고, 그것은 수태한 순간에 정해져, 아포토시스가 일어나지 않는 생식세포에 의해서 유전되어 간다.[3]

손가락 끝의 촉각이 그 예민함을 이와 같은 자멸, 자기상실 혹은 통증과 바꿈으로서 획득하고 있다는 것은 당연하다면 당연하겠지만, 이것은 참으로 상징적인 진리가 아닐까. 고이케는 이 아포토시스와 손의 형성을 언급한 기술에 앞서, 손의 발달이 인간에게 언어의 발달을 촉진했음을 언급하고 있는데, 하기와라의 시에 자주 나오는 손과 손가락의 형상도 언어의 에로스를 세밀하게 언급해가는 촉각기의 표상으로서 다시 파악할 수가 있다. 대나무에서 뿌리가 자라, 뿌리가 가늘어져 뿌리의 끝에서 섬모가 자라서 떨리고 있다는 '대나무'의 지하 풍경의 묘출은 「박테리아의 세계」에서의 분기하는 손, 모세혈관의 묘사와 겹치는 것이다. 이것들이 실로 위의 아포토시스적인 손가락의 이미지를 우의(寓意)하는 것임은 명백하다. '촉각적' 이상으로 '신경적'이라고 평할 수가 있는 하기와라 시의 손가락 이미지에는 물갈퀴 모양의 손에서 발생할 때에 자멸시키고 상실된 부분을 손가락이 통증으로서 기억하고, 그 통각을 통해서 세계나 타자와 접촉할 수 있다고 하는 발상이 그 근저에 있다. 침묵이나 외침에서 여과된 말이, 여과의 과정에서 털어 버린 침전물과 같은 목소리나 노이즈의 결원을 통증으로서 받아들이고 세계나 타자와 접촉해간다. 1910년대의 하기와라 시의 손가락 이미지에는 그와 같은 시 언어의 존재론이라고나 해야 할 것의 모델이 발견되는 것이다.

3. 아픈 손, 빛나는 손

'단편화'와 '유동화'라는 두 가지 신체표상의 지향성을 하기와라 사쿠타로의 시 텍스트에서 뽑아내서 논의해왔는데, 여기서 상기되는 것이 『달에 짖다』 시절의 하기와라 시를 '응고'와 '용해'라는 두 가지 이미지로 파악해보인 이시카와 이쿠코(石川郁子)의 논고이다.[4] 이 응고와 용해의 관계는 앞서 내가 기술한 단편화와 유동화 관계에 거의 닮은꼴로 대응하고 있다. 이시카와의 고찰이 뛰어난 점은 이 두 가지 지향성을 '빛'과 '질환'이라는, 보다 주제적인 모티프에 대응시켜서 파악하고 있는 점이다. 거기에는 자연과 자신의 성화(聖化)·초월화, 더 나아가 자신의 신체와 자연과의 합체라고 하는 양의적인 자기동일성의 표명을 읽어낼 수 있다. 나도 이전에 〈정죄시편〉에 앞선 방대한 수의 습유시편에 초점을 맞춰서, 이시카와가 제기한 '빛'과 '응고'의 지향성을 다른 각도에서 분석한 적이 있다.[5] 「프레〈정죄시편〉」이라는 명칭으로 임시로 묶어본 1914년 후반기에 발표된 습유시편 사십 수 편[이것은 지쿠마쇼보(筑摩書房) 판 『萩原朔太郎全集』 第3 卷에 수록된 하기와라가 남긴 모든 습유시편의 실로 40퍼센트를 차지한다]에 특이한 광물 이미지와 성적 이미지를 동반한 래디컬한 신체표상이 공통적으로 보임을 지적한 뒤에, 그 표상을 대표하는 모델로서 광물화된 손가락의 상징성에 대해서 고찰한 것이다. 이 광물화된 손의 형상은 '빛나는 손(발광하는 손)'과 '아픈 손'이라는 두 가지 상을 지니고 있다. 전자의 빛은 시를 쓰는 것, 그 창조의 의식에 관련되고, 후자의 아픔은 외부 세계와의 접촉에

상처받고 부서지기 쉬운 대타의식과 관련되어 있다는 것이 나의 논의였는데, '아프면서 빛난다' 고 하는 손의 형상에 내재하는 이율배반은 「연마된 금속의 손」(『詩歌』 1914.11), 「빛나는 손」(『異端』 1915.1, 『蝶を夢む』)이라는 작품에서 명료하게 간파된다.

> 빛나는 금속의 내 손목,
> 날카롭게 닦이어,
> 내 눈을 멀게 하고,
> 내 살을 찢고,
> 내 뼈를 상처 입힌다,
> 가공할 무서운,
> 손은 흰 질환의 라듐,
> 손가락 통증 심해지고,
> 나는 몰래 바늘을 삼킨다.

 광물화되어 빛나는 손은 연마된 예리함(감수성의 민감함) 때문에 스스로의 신체까지도 상처 입힌다. 손은 신체의 전체에서 분리해 그 형상은 단편화를 지향하고 있는데, 여기에는 「그 손은 과자이다」와 같은 페티시적인 관능의 표출은 물론 전혀 없다. 그 대신 격심한 손가락 통증이 "바늘을 삼키는" 행위를 촉구하듯이, 통증이 보다 강한 통증으로의 욕망을 유발한다는 통각의 쾌락이 지배하고 있다. 하기와라의 광물화된 손의 형상에 일찍부터 주목한 기요오카 다카유키(淸岡卓行)는 "너무 민감한 생명은 재빨리 자신 속에 몇 개의 무기물을, 즉 부분적인 죽음을 신중하게도 소유하고 싶어 하고 있다"[6]라고 실로 시사하는 바가 풍부한 평언을 남겼다. 이 "부분적인 죽음"이라는 인식은 앞서 본 아포토시스적인 손가락의 관점과 신기할 정도로 완벽하게 합치한다. "손가락의 사람" 하기와라 사쿠타로가 행할 수 있었던 가장 첨단적인 신체표상에 있는 통증과 섬세함, 그것들이 어떠한 곳에서 유래하는가를, 기요오카의 비평은 해명하고 있다고 여겨진다. 「쉰 국화」 등 『달에 짖다』의 걸작에 보이는 손의 표상도 이 같은 점에서 재독해 볼 가치는 있을 것이다.

단, 마지막으로 부언해두어야 할 것은 이 같은 신체표상을 하기와라의 특이한 개성에만 환원할 수 없다는 점이다. 가령 오가사와라(小笠原)에서 귀환한 기타하라 하쿠슈(北原白秋)의 자력이 빨아 당긴 무로 사이세이(室生犀星)나 야마무라 보초(山村暮鳥) 등과 하기와라가 1910년대 중반에 공유한 신체표상의 감성을 어떻게 파악할 것인가라는 문제가 있다.

그 사람의 눈은 초췌해지고
그 사람의 손은 강철과 같고
그 사람의 마음은 폭풍우를 감추고
그 사람의 위에 빛은 사라지고
아, 그 사람은 거칠어지고
끝날 수 있는 것의 모습은 나타나지 않는다.

무로 사이세이 「사랑을 잃은 사람(恋を失ひたる人)」

줄기는 은
지는 잎의 금
슬픔의 손을 뻗어
나무를 흔든다
한 줄기 하늘의 손
육신의 가을 손

야마무라 보초「손(手)」

기타하라가 주재하는 잡지『지상순례(地上巡禮)』1권3호(1914.11)는 "빛나
는 손바닥에"라는 시 구절을 반복하는 기타하라의「손바닥(掌)」을 권두에
싣고, 이하, 위의 무로 사이세이의「사랑을 잃은 사람」, 야마무라 보초의
「손」과, "손가락 끝의 욱신거림"이라는 한 행을 포함하는 야마무라의「시
월(十月)」이 게재되어 있다. 하기와라 · 무로 · 야마무라가 시작한「인어시
사(人魚詩社)」의 활동의 의미와 함께, 이들이 공유한 신체표상이 어디에서
유래하는가를 검토할 필요가 있을 것이다. 개별 시인론적인 좁은 시야를
넘은 고찰이 기다려지는 바이다.

[신승모 옮김]

원주

1. 吉増剛造/松浦寿輝(対談),「詩の地面の発明者」,『国文学 解釈と教材の研究』45巻1号, 2000.1

2. 에도가와 란포(江戸川乱歩)의 소설 『인간의자(人間椅子)』(1925)는 남녀의 성을 교체하는 형태로 이 아날로지를 환골탈태한 것으로 간주할 수가 있겠다.

3. 小池寿子,『描かれた身体』, 青土社, 2002, 184쪽.

4. 石川郁子,「『月に吠える』に於けるイメジャリイ─〈凝固〉と〈溶解〉」,『東京女子大学日本文学』54号, 1980.9, 坪井秀人編,『萩原朔太郎 感情の詩学』, 有精堂, 1988 수록.

5. 坪井秀人,『萩原朔太郎論《詩》をひらく』, 和泉書院, 1989, 34～53쪽 참조.

6. 清岡卓行,「萩原朔太郎の手と指」,『文学』33巻4号, 1965.4, 72쪽.

::제7장::
세바스찬의 피부

나체·미시마(三島)·다니자키(谷崎)

1. 〈보드라운 피부〉혹은 〈달아오르는 피부〉

달아오르는 피부를 껴안지도 않고 인생을 이야기하다니 쓸쓸하지 않나
요?

이것은 다와라 마치(俵万智)˚ 의 『초콜릿 어역 흐트러진 머리(チョコレー
ト語訳 みだれ髪)』(1998) 중에서도 가장 널리 알려지게 된 한 수이다. 그리

---

* 다와라 마치(1962~)는 일본의 여류가인(歌人)이며, 「마음의 꽃(心の花)」 동인으로 작
품 활동을 시작했다. 1987년에 발표한 첫 번째 가집 『샐러드 기념일(サラダ記念日)』은
가집으로서는 이례적으로 베스트셀러가 되어 사회현상을 일으켰다.

고 이 노래의 원전은 말할 것도 없이 요사노 아키코[與謝野(鳳)晶子]*의 다음 노래이다.

> 뜨겁게 달아오른 보드라운 피부에 닿지도 않고서 사람의 도리를 설명하는 당신 쓸쓸하지 않나요?

원전인 『흐트러진 머리(みだれ髮)』 (1901)와는 100년 가까운 시대차가 있음에도 불구하고, 다와라 마치의 『초콜릿 어역』의 위 노래에 어딘지 모르게 예스러운 풍정을 느껴버리는 것은 나뿐일까. 요사노 아키코의 원 노래와 병치함으로써 그 고풍스러움은 오히려 두드러지게 느껴진다. 물론 이것은, "사람의 도리를 설명하는 당신"이란 '도학자 선생'이라든가 당시 유부

다와라 마치 『초콜릿 어역 흐트러진 머리』 표지

남이었던 요사노 뎃칸(与謝野鉄幹)**이라는, 작자 자신의 언설이나 실생활의 수준에서 정체되어 온 『흐트러진 머리』의 해석을 해방하는 『초콜릿 어역』의 공적을 인정한 상태에서의 인상이다.

---

* 요사노 아키코(1878~1942)는 일본의 근대가인으로 그녀의 대표작 『흐트러진 머리(みだれ髮)』(1901)는 자아의 주장과 감정의 해방을 대담하게 노래한 작품집으로 당시 사회적인 반향을 불러일으켰다.
** 요사노 뎃칸(1873~1935)는 일본의 근대가인으로 1899년에 도쿄신시사(東京新詩社)라는 시가(詩歌)결사를 만들고, 이듬해 기관지로서 『묘조(明星)』를 간행하여 젊고 재능 있는 신진 작가와 시인을 모아 낭만주의 시가의 전성시대를 이끌었다. 요사노 아키코의 남편.

이 노래들은 마주보는 한 쌍의 남녀의 마음과 신체의 온도차, 그 엇갈림을 묘사하고 있는데, 욕망(달아오르는 피부/뜨거운 혈기)과 윤리(인생/도리)가 엇갈리는 남과 여 사이에서, 다와라의 노래에서는 여자의 욕망을 헤아려서, 혹은 선취해서 남자가 그녀의 살결을 안아줄 것을 기대하고, 그것을 기다리고 있다는 수동적인 기색이 짙다. 그에 반해서 요사노의 노래에서는 상대에 대한 호소가 마지막에 도치(倒置)되고 있음으로써, 그 호소는 우물거리고, 우물거림으로써 거의 독백으로 변한다. 독백으로 변함으로써 욕망은 대상을 두고 독립하기 시작한다. 적어도 내 감각으로는 요사노의 노래에서 여자가 남자를 기다리는 자세를 읽어낼 수는 없다.

노래가 읊어진 시대의 차이가 그러한 인상의 차이를 느끼게 하고 있음도 또한 사실. 직절한 말을 굳이 고르자면 '발정하는 여성의 신체', 그것을 표상함에 있어서 동시대 속에서 받아들이는 가능성의 차이라는 것이 되지만, 그렇다 하더라도 요사노의 노래와 그것을 번안한 다와라의 노래 사이의 이 단절을 어떻게 이해해야 할 것인가. 요사노의 노래에 나오는 "혈기(열정)", 이것은 대조를 이루는 "보드라운 피부"라는 말에 의해서 더욱 강조되고 있지만, 이 표현을 다와라는 채택하지 않고, 여성의 에로스를 "달아오르는 피부"에 집약하고 있다(혹은 요사노의 "피를 불태우는 하룻밤의 꿈과 같은 정사를 경멸하거나 해서는 안 됩니다. 사랑이란 신의 뜻이기 때문에"를 의식하고 있었던가). 거기에 '닿는다'라는 동사를 다와라는 보다 능동/수동관계가 강한 '껴안다'로 바꿔 놓았다. 이 변환도 큰 의미를 지닌다. 물론 '껴안다'의 주체는 자신이 아니다. 그것은 '서로 끌어안다'도 아니고 '안아주다'를 함의한다.

요사노의 노래에서 눈에 보이는 "보드라운 피부"가 은인자중을 존중하는 봉건여성을 연출하는 신체유형이라면, "뜨거운 혈기"는 그 유형을 벗어나는 주체의 욕망이고, 그것은 닿지 않으면 볼 수가, 즉 인지할 수가 없다. "닿지도 않(見)고서"라고 일부러 "見"을 한자로 나타내고 있는 것은 그러한 문맥에서 파악할 수도 있지 않을까.

『흐트러진 머리』에 수록된 단카(短歌)*에 '머리(髮)'라는 말을 읊은 노래가 많이 보이는 것은 당연한 일로서, 관능의 표출도가 더 높은 '피부'라는 말이 사용된 노래는 그다지 많지 않다(이 노래를 포함해서 세 수). 한편 '피'는 네 수의 노래에 나온다. "예를 들어 말하면 연지색인 내 마음, 그것을 도대체 누구에게 말할까요. 피가 끓어오를 정도로 흔들리는 청춘의 지금 정감과 활활 타오르는 내 생명을 껴안으면서", 그것과 앞서 예를 든 "피를 불태우는" 노래 등인데, "연지색은" 노래에 나타났듯이, "피"의 맥동을 이야기하지 않으면 누군가에게 발견될 일도 없이 드러날 수 없다. 여기에서의 "뜨거운 혈기"로서 표상되는 욕망, 혹은 발정하는 신체는 외부를 향해서 표현되지 않으면 간파되지 못하고 사라지는 기호이고, 그렇기 때문에 지금 여기에 노랫말로 표현해서 눈으로 확인할 수 있다는 생각이 이 노래로부터 알 수 있다. 같은 '살결'이라도 요사노와 다와라의 노래에서는 그 체온을 느끼게 하는 방식이 다르다고 할 수 있겠다. 안(혈기)에서 온도를 발산하는 요사노 노래의 '피부'에 대해서, 밖(남자)으로부터의 액션을 기다리고, 혹은 유혹하는 다와라 노래의 '피부'는 자못 고풍스럽다. 『초콜릿 어역』의 표지는 노무라 사키코(野村佐紀子)가 촬영한, 흰 시트 위에서 알몸이 되어 이쪽을 유혹하는 눈빛의 여성 사진. 책 표지에 두르는 광고용

---

* 와카(和歌)의 한 형식. 5·7·5·7·7의 5구 31음을 기준으로 함.

띠지에는 "달아오르는 살결을 껴안지도 않고"라는 노래가 인쇄되어 있다. 기다리고 있는 여자의 피부란 결국, 남자들의 시선이 쫓고, 묘사하고, 그들의 쾌락에 향해져 온 여성들의 수동적이고 에로틱한 신체, 특히 누드에서 제시된 피부와 같은 종류가 아닐까.

2. 이시우치 미야코(石內都)* 가 찍는 '피부'

가사하라 미치코(笠原美智子)는 누드라는 영역이 불완전한 육체로서의 네이키드(나체)와 예술이란 이름하에 차별화되고 성화(聖化)되어 왔음을 문제로 삼아, 이 영역에서는 성차의 비대칭성의 문제가 규명되지 못했다면서 케네스 클라크(Kenneth Clark)와 존 버거(John Berger)를 비판하고 다음과 같이 명쾌하게 지적했다.

> 사진에서의 근대 누드의 역사는 남자에 의한 여자 신체에의 '시간(視姦)'의 역사이다. 그것은 제작자로서의 남자가 여자의 나체를 시간함으로써 만들어 내고, 감상자로서의 남자가 시간하기 위해서 만들어 낸 '여자'의 누드사(史)이다.[1]

시가를 포함한 문학에서의 '피부'에 대한 많은 표상도 결국 "남자에 의한 여자 신체에의 '시간'의 역사"라고 하지 못할 것도 없다. 다와라의 노래도, 그 프리젠테이션도, 그 "'시간'의 역사" 속에 정확히 회수되고 마는 것으로 여겨진다. 가사하라가 학예원으로서 기획에 관여한 도쿄도 사진미

---

* 이시우치 미야코(1947~)는 일본의 사진가. 피부나 의류와 시간의 관계를 테마로 삼은 사진을 찍어 왔고, 대표작에 히로시마(広島) 원폭으로 피폭된 의류를 피사체로 한 「히로시마」 등이 있다. 뉴욕근대미술관 등에 작품이 소장되어 있다.

술관에서의 전람회『나라는 미지를 향해서 현대여성 셀프 포트레이트(私
という未知へ向かって　現代女性セルフ・ポートレイト)』(1991)의 도록을 바라
보고 있으면, 수집된 1970년대 이후의 여성사진가들의 셀프 포트레이트
(self portrait, 자화상) 속에 있는 여러 가지 누드는 그러한 "'시간'의 역사"가
우리들의 시선을 얼마나 강하게 구속해왔는가라는 점을 깨닫게 해준다.
신디 셔먼(Cindy Sherman), 주디 데이터(Judy Dater)에서 일본의 이시우치 미
야코까지, 그녀들에 의해 촬영된 '피부'는 가장(假裝)하고, 연기하고, 도발
하는데, 카메라의 시선을 향해서 유혹하거나 교태를 부리거나 하는 시선
을 거기에서 발견할 수는 없다. 낸 골딘(Nan Goldin)의 작품과 같이 섹슈얼
한 장면을 묘사한 사진도 없지는 않지만, 거기에서 '발정하는 신체'는 당
연히 '기다리는 신체'는 아니다(골딘의 경우에는 폭력을 당해서 상처 입은 셀프
포트레이트에 그러한 신체를 거절하는 주장을 담고 있다).

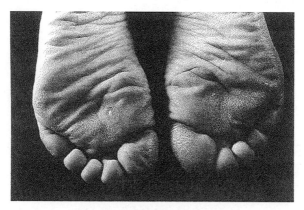

「Beauty Salon Assistant」 (石内都 『1947』)

이 도록에 수록된 이시우치 미야코의 작품은 그녀와 같은 해 출생, 즉 1947

년에 태어나 촬영 당시 40세의 여성들의 신체를 찍은 『1·9·4·7』(IPC, 1990) 시리즈에서 선택된 것이다. 젊디젊은, 싱싱한 "보드라운 피부"가 아니라, 약간 늙기 시작한 여성들의 신체, 주름이나 힘줄이 새겨지고, 살이 터서 갈라진 손이나 발은 실로 사진의 시각에 의해서 현실에 있는 그대로의 표정을 되찾고 있다(사진집에서는 표제 대신에 작품마다 피사체의 직업을 영어로 적고 있다). 이 시리즈에서는 손과 발이라는 "신체의 말단"만을 골라서 찍고 있다. 그것은 손이나 발이 "40년간의 시간과 공기가 단단히 부착해있는 신체"를 응축하고 있기 때문인데, 『나라는 미지를 향해서』의 경우, 그것이 여성들의 셀프 누드와 나란히 서있음으로 해서 반대로 여러 가지를 깨닫게 해준다. 가령 손이나 발은 언제나 '알몸'으로 있다는 것. 언제나 알몸이니까 그것은 알몸이 아닌 것일까. 그리고 목덜미와 젖가슴, 허리와 엉덩이 그리고 다리의 곡선과 같은 정형적인 누드의 폼이 얼마나 이시우치가 말하는 '시간과 공기의 부착'을 방어해 만들어져 왔는가에도 생각이 미친다.

"사적인 것과 사회적인 것이 서로 겹치는 장소로서, 대체가능한 익명의 신체가 제시되고 있는"[3] 신디 셔먼의 셀프 포트레이트 등과는 달리, 이시우치가 찍는 여성의 신체는 익명이면서, 투명한 익명성을 벗겨내 대체 불가능한 '시간과 공기의 부착'을 표상한다. 셔먼의 수행적인 사진은 그 연기과잉에 의해서 틀에 박힌 형태의 누드 폼(한편은 '예술'로, 한편은 포르노그래피로도 될 수 있는)을 모방하고, 모방함으로써 누드에 부가된 익명적인 에로스를 패러디화하지만, 이시우치가 찍는 40세 여성들의 손발은 다른 어떤 손발도 모방하지 않는, 그리고 다른 어떤 손발과도 대체 불능의 신체로서 제각각 살아온 역사를 새겨서 내던져져 있다.

진부한 비유지만, 주름과 힘줄, 그리고 터진 살과 상처나 점은 수목의 나이테와 같이 시간의 경과를 표상하고, 과거에서 미래로 변용의 진행=에이징(aging, 그것은 '노화' 로도 '숙성' 이라고도 부를 수 있다)을 노출시킨다. 이러한 변용과정 중에 있는 것으로서 신체를 파악하는 시선은 다른 성으로부터 향해지는 에로스의 시선에 호응하지 않는다. 타자와 뒤섞이려고 하는 에로스적인 '피부' , '발정하는 신체' 가 시간의 지배를 넘으려고 하는 찰나의 욕망에 사로잡힌 것이라 한다면, 이시우치가 촬영한 '피부' 는 그러한 수많은 찰나를 포용하는 것이다. 여성이 여성을 바라보는 이러한 시각을 지닐 수 있었던 오늘날의 눈에 다와라 마치의 "달아오르는 살결을 껴안지도 않고" 노래가 자못 고풍스럽게 비쳤더라도 어쩔 수 없다.

이시우치 미야코는 이 『1·9·4·7』 발표 후에는 『Hiromi 1955』(筑摩書房, 1995)에서 마찬가지로 40세의 시인 이토 히로미(伊藤比呂美)의 나체를 촬영했고 (이것은 이토의 산문시 『손발·살몸(手·足·肉·体)』과의 콜라보레이션으로서 간행되었다), 『Mother' s』(蒼穹舍, 2002)에서는 죽은 어머니의 신체 유품(속옷이나 립스틱, 머리카락이 남은 헤어브러시, 틀니 그리고 맨몸 피부의 상흔)을 찍어서, '시간과 공기의 부착' 에 대한 애착을 계속 유지했다. 하지만, 그보다 더 주목할 수 있는 것은 남성의 나체를 찍은 『만지다(さわる Chromosome XY)』(新潮社, 1995)라는 사진집이다.

카메라를 들고 촬영 자세를 취하고 있는 여성 사진가는 동일하나, 여성에서 남성으로 대상이 바뀌었을 뿐이라는 것은 물론 아니다. 이시우치의 사진에서도 음모를 별도로 한다면 여성 나체의 사진에서 체모가 드러나는 경우는 그다지 없다. 우리들의 시야에 들어오는 것은 피부 표면의 입자와 같은 살결, 지문 등의 무늬, 피부 위를 복잡하게 달리는 주름이나 힘

줄, 그리고 젖꼭지 등의 돌기물, 그러한 표현들에 의해서 의미지어진 질감
(texture) 혹은 재질감(Matiere)으로서의 피부다. 그런데 남자들의 나체는 그
렇지 않다. 그 전부는 아니지만, 독자의 눈을 끄는(끌 만한) 것은 뭐라 해도
신체 여기저기의 표면에서 자란 체모일 것이다. 모공이나 검버섯까지 극
명하게 찍힌 피부 위에 엉켜 붙는 체모가 지닌 사나움과 저속함은 성적인
욕망에 응답하는 종류의 남성 누드에 요구되고 있는 마초이즘이나 도취감
과는 가장 먼 곳에 있다. 게다가 피사체의 피부 사이사이에는 모델이 된 남
자들의 나체가 된 (듯이 보이는) 어깨까지의 상반신, 즉 민낯의 얼굴사진을
끼워 넣고, 거기에는 알파벳으로 그들의 이름까지를 적고 있다. 가장 연장
자로 1913년생인 Kineo Kuwabara(桑原甲子雄)를 필두로, 1965년생까지 다
양한 세대의 민낯의 얼굴이 이름이 붙여진 채 늘어서 있는 것이다.

이시우치 미야코 『만지다』 에서

금방 눈에 띄는 범위에서 여성 나체의 돌기물이 젖꼭지라면 남성의 그것은 페니스가 된다. 『만지다』에도 남성 성기가 찍힌 사진이 포함되어 있는데, 이 성기에 관해서 이시우치는 다음과 같은 흥미로운 얘기를 하고 있다.

> 성기를 단속하고 있는 인간은 틀림없이 모두 남자라고 생각한다. 남자의 나체가 항간에 범람하는 것은 자신을 드러내는 일일지도 모른다. 하물며 일본인 남자의 나체는 자신도 그 한 사람이니까, 견딜 수 없다고 생각하고 있음에 틀림없다. 남성 성기가 햇살의 눈을 본다면 그 형태나 크기, 윤기가 일목요연해져 버린다. 그것만큼은 허락할 수 없는 일이다. 거근 원망(願望)의 권력자에게 있어서 다른 남자의 성기를 보는 일 따위는 절대로 있어서는 안 될 터이다.[4]

이처럼 객체화에 대해서 자기방어해온 나르시스적·패권적인 〈주체〉인 남성 성기를 체모로 뒤덮인 다른 신체부위의 피부 속에 섞어 넣는, 즉 성기를 특권화하지 않고 (다른 피부의 부위와 동등한 것으로써) 폭로한다는 구성을, 이 『만지다』에서 이시우치는 지극히 의식적으로 행하고 있다고 여겨진다. 하지만 그럼에도 불구하고 모델이 된 (이름=인격을 짊어진) 남자들의 대다수가 카메라를 향해서 마치 객체화되지 않겠다는 의지와 주체로서의 긍지를 지킨 표정을 내밀고 있는 것은 나 같은 동성의 시점에서 보자면 조금 애절하게 비친다. 카메라는 그러한 의지나 긍지의 태세까지도 거리감을 갖고 찍어내고 만다. 나는 나체가 된 것이지 나체가 되어진 것은 아니다, 〈인격으로서의 누드〉로서 여기에 찍히고 있는 것이다, 나는 보여지는 것이 아니라 보는 존재이기 때문에……. 생각 탓인지 그들 중에 많은 수는 그런 풍으로 카메라를 응시하고, 어딘가 카메라의 시선에 저항하려고 하고 있는 듯이도 느껴진다.

3. 주체화하는 피사체 —『장미형(薔薇刑)』의 미시마 유키오(三島由紀夫)*

이와 같은 이시우치 미야코의 사진은 여성뿐만 아니라 남성 나체의 의미도 되묻는 기회를 제공했다고 할 수 있다. 이시우치가 보는 "전라로 서있는 것만으로 남자는 외설물, 여자는 예술품"[5]이라는 기성의 나체의식의 구속은, 가사하라 미치코가 말하는 "남자에 의한 여자 신체에의 '시간'의 역사"를 거쳐 온 누드라는 '예술'을 규정해온 것이었지만, 이른바 이시우치는 예술인가 외설인가라는 패러다임의 저편에 있는 나체의 피부에 빛을 비춘 것이다.

보이는 객체로서의 여성(예술의 생산물, 텍스처)과 보는 주체로서의 남성(예술의 제작자, 후원자)이라는, 예술을 구성하는 젠더 규제에서는 이 주체/객체 관계를 전도하면 예술이었던 것이 바로 외설, 더 나아가 추악한 것으로 하락해버린다. 예술인가 외설인가라는 이항대립은 보는(제작하는) 주체인가 보이는(묘사되는) 객체인가라는 이항대립과 표리관계에 있는 것이다.

확실히 이시우치의 시점에 입각해서 말하면, "남자에 의한 여자 신체에의 '시간'"인 누드에 있어서, '여자'를 '남자'로 교체하면 예술이나 미는 외설 혹은 추악한 것으로 하락하는데(그것은 전적으로 강제적 이성애주의의 코드에 지배되고 있기 때문이지만), 그렇다면 보는 행위의 주객의 젠더를 전도시

---

* 미시마 유키오(1925~1970)는 일본의 소설가이자 극작가, 수필가, 평론가, 정치활동가 등 다방면의 활동을 펼쳤다. 21세에 「담배(煙草)」로 문단에 데뷔한 미시마는 작품 속에서 전후의 허무적인 절망감을 분석하는 한편, 균형 잡힌 미적 형식을 지니고자 하는 고전적인 취향이 있었고, 이것은 장편 『풍요의 바다(豊饒の海)』(1965~1970)에 집대성된다. 「방패의 모임(楯の会)」을 결성해 자위대 주둔지에서 연설, 할복 자결한다.

키면 과연 〈보다/보여지다〉 대립관계의 대칭성은 유지될 것인가. 즉, 여자가 (알몸의, 혹은 에로틱한 모습의) 남자를 대상화해서 보는(묘사하는) 주체가 되었을 때에, 남자는 남자가 보던 여자와 같은 의미에서의 보여지는 객체가 될 수 있을 것인가. 남자화한 여자와 여자화한 남자의 관계모델을 생각하더라도 거의 의미가 없듯이, 성의 비대칭성의 원리에서 봐서 그 대답은 명백히 아니오일 것이다. 이시우치 미야코의 나체사진이 이러한 이항대립적인 패러다임으로부터 자유로울 수 있는 것은 나체를 파악하는 데에 단순히 시각적으로뿐만 아니라, 촉각적으로, 접촉하는 감각을 통해서도 행해지고 있기 때문이다. 그녀가 손이나 발이라는, 언제나 외부와 서로 접촉하고 있는 신체부위에 초점을 맞춰 주름이나 체모, 상흔이 생생한 피부의 살결을 철저하게 미크로한 시점으로 묘사해내고 있는 것은 보는 것을 통해서 접촉한다, 혹은 접촉하는 감각 그 자체를 보고 옮겨 찍으려고 하고 있기 때문이다. 그녀의 사진집 타이틀에 〈접촉하다〉라는 말이 선택된 것은 그 의미에서 실로 적확했다고 해야 할 것이다.

이제부터는 앞서 거론한 이시우치의 시도를 안내로 삼아서, 그녀의 사진과는 전혀 의미가 다른 남성 나체사진의 예를 보고자 한다. 그것은 다름 아닌 작가 미시마 유키오의 나체를 촬영해서 화제가 된 호소에 에이코(細江英公)의 사진집 『장미형(薔薇刑)』(集英社)이다. 1963년의 초판 이후, 도합 3종의 판이 간행되어 있고, 필자는 스기우라 고헤이(杉浦康平)가 장정·디자인을 담당한 초판만을 볼 수 없었는데, 미시마의 자결 후 얼마 안 있어 요코오 다다노리(橫尾忠則)가 장정·디자인한 1971년의 신편집판과 1984년의 아와즈 기요시(粟津潔)가 장정한 신판을 비교해 보면, 디자인은 물론 사진의 선택·구성에 있어서 커다란 차이가 있다. 대형판의 호화한 제본이기도 하지만, 나는 요코오의 장정에 의한 신편집판 쪽이 사진의 질감에서 신판보다도 현격하게 뛰어나다고 생각한다. 이런 책의 디자인 요소를 도외시하고 이 사진집에 대해서 말하는 것은 위험하지만 일단 초판의 사진구성으로 되돌렸다고 일컬어지는 신판에 의거해서 미시마 유키오를 찍은 사진 그 자체를 근거로 생각하기로 하겠다.

『장미형』이라는 사진집에서 무엇보다도 특징적인 것은 피사체가 이례적으로 요설이라는 점일 것이다. 권두에 「호소에 에이코 서설(序說)」이라는 미시마의 장문의 서문이 실려 있고, 그는 우선 사진이라는 것을 "기록성"과 "증언성" 두 가지로 대별하고, 보도사진으로 대표되는 듯한 대상의 "절대적 신빙성"(변경불가능성)에 기반하는 전자에 대해, 카메라의 "여과 작업"을 통해서 대상의 의미 변형을 동반하는 후자에 호소에 에이코 사진의 본질을 파악한다. 이러한 사진관은 자못 진부하고 대수롭지 않은 것이지만, 주목해야할 것은 그 다음 기술에서 미시마가 사진집의 구성을 그 자신이 상상하는 이야기의 프레임에 억지로 밀어 넣어서 이야기해 버리고 있는 점에 있다. 대상의 의미가 변경 불가능한 "기록성"에 대치되어야 할 "증언성"의 변형(deformation, "아직 듣지 못한 변모"를 "증언"하는 것)을 칭찬해두면서, 그는 사진의 해석을 하나의 이야기 속에 일원화해서, 찍힌 대상, 즉 피사체인 미시마 자신의 신체 의미를 변경 불능한 것으로 만들어 버리고 있는 것이다. 하지만 이 사진집에서 미시마가 요설이라는 것은 그가 말을 많이 사용해서 해설해버리고 있기 때문만은 아니다. 무엇보다도 피사체로서 사진에 찍히는 것에 있어서야말로 그는 요설인 것이다. 미시마는 앞서 언급한 서문에서 다음과 같이 적고 있다.

호소에 씨의 카메라 앞에서는 나는 자신의 정신이나 심리가 조금도 필요하지 않다는 사실을 깨달았다. 그것은 가슴 뛰는 경험이고, 내가 언제나 애타게 기다리던 상황이었다.

"자신의 정신이나 심리가 조금도 필요하지 않다"는 상황은 사진이라는 영역에서의 언어의, 문학의 무효를 확인하고 있는 것인데, 설령 미시마가 피사체가 됨으로써 말을 억누르고 있다 하더라도, 그의 피사체로서의 신체의 요설을 보증하고 있는 것은 그 신체에 깃든 언어와 문학의 요설에 다름 아니다.

원래 이 사진집이 미시마가 자신의 사진을 찍는 일에 호소에를 지명함으로써 성립했다는 경위도 있지만[6] , 제작과정에서 주체화한 피사체 쪽이 사진에 의미를 부여하는 주도적인 위치를 언제나 확보한다고 하는 전도가 일어나고 있다. 말할 필요도 없지만 미시마가 그의 포트레이트(portrait, 초상화)를 호소에 에이코라는 사진가에게 찍게 했다는 것이 아니다. 무엇보다 호소에가 피사체를 알몸으로 만들어, 고무호스를 신체에 휘감고 입에 물게 하는 등 , 작가 미시마 유키오에 대한 우상 파괴에 도전하고 있음은 틀림없다. 하지만 미시마의 사진의 경우, 부수려고 한 순간에 대상은 보다 우상화되어 버리고, 보는/찍는 측에 대한 보여지는/찍히는 대상의 우위가 확립되어 버리고 있다고 여겨진다. 여기에서 생기하고 있는 것은 역시 일종의 전도라고 해야 할 것이다.

호소에 에이코 『장미형(신편집판)』에서

물론 호소에의 카메라는 피사체 피부 표면의 세부를 샅샅이 찍어내고 있고, 이시우치 미야코의 사진과는 다른 의미에서 피부의 질감을 훌륭히 재현전(再現前)시키는 것에 성공하고 있다. 가령 유명한, 딱 눈을 부릅뜬 미시마가 장미꽃을 입에 물고 이쪽을 응시하는 클로즈업 사진. 이마에서 콧날, 목에 걸쳐서 미시마의 피부는 광택을 발하고, 세세한 피부의 입자, 모공, 주름, 점, 거기에 짙은 눈썹은 물론이거니와 속눈썹이나 안구의 모세혈관까지 극명하게 표현하고 있다. 하지만 그 피부들의 세부가 아무리 정밀하고 리얼하게 재현되었더라도, 보는 사람은 그러한 디테일로 곧장 시선을 미치기가 어렵다. 왜냐하면 이쪽을 응시하는 미시마 눈의 인상이 너무나 강렬하고, 짙은 눈썹과 함께 강한 의지를 내뿜고 있어 거기로부터 눈을 젖힐 수가 없어지기 때문이다. 이 피사체는 단순한 오브제가 되는 것을 단호하게 거부하고, 스스로가 주체임을 멈출 수가 없다─그렇게 양해시키는 듯한 눈. 이 눈은 타자의, 독자의 눈과 명백히 대결하려고 하고 있고, 그 대결에서의 승리를 조금도 의심하려고는 하지 않는다. 그는 보는 것이지 결코 보여지는 것이 아니다. 이 사진을 보는 사람은 그래서 그에게 닿을 수가 없다.

호소에 에이코 『장미형(신편집판)』 에서

미시마의 다른 사진도 날카롭게 부릅뜬 강한 눈이 공통적인데[8], 동시에 굵고 짙은 눈썹, 전신상에서는 가슴털이나 정강이 털 등 체모에 시선이 이끌린다.[9] 미시마 유키오의 도상에서는 보디빌딩으로 단련한 근육이 종종 화제가 되는데, 근육보다 눈이 더, 그리고 근육 사이에 우거진 짙은 털이 능동적인 의지를 지니고, 사진의 피사체를 받아들이는 것에 늘 붙어다니는 수동성을 떨쳐 버리고 이쪽으로 도전해온다. 그 피부는 보이는 것도 만져지는 것도 거부하고 있는 것이다. 이시우치 미야코의 『만지다』에서의 나체사진에서 한 사람 한 사람이 이름을 지닌 남성모델들의 얼굴 대부분이 보여지는 객체가 되는 것을 거부하는 표정을 하고 있던 것이 마침 여기에서 상기되는데, 그들의 경우에는 얼굴 사진 이외는 모두 얼굴이 없는 신체 각 부위의 피부를 드러내고 있었다. 즉, 그들은 일방적으로 보이고, 만져지는 것이다. 그들의 주체성을 지키려고 하는 표정은 그러한 철저한 자신 신체의 단편화, 그 피부의 대상화에 무의식중에 저항하려고 하고 있는 듯이도 보였다. 이것에 대해 호소에 에이코가 찍는 미시마 유키오의 나체 대부분에는 얼굴이 있다. 신체에서 인격은 분리되어 있지 않은 것이다. 자신의 쇠약해진 신체를 인정할 수가 없었던 미시마는 『만지다』와 같은 사진의 피사체가 될 리가 없었다. 그는 '볼품없는 신체', '볼품없는 피부'를 거부했다. 근육을 단련하는 신체개조를 마초이즘이라는 한마디로 정리하기는 쉽다. 하지만 『만지다』의 남성 모델들이 미시마의 나르시스적인 신체의식의 틀에서 과연 얼마나 해방되어 있는 것일까.

4. 성 세바스찬의 피부

그런데 『장미형』의 「촬영 노트」에서 호소에 에이코는 미시마가 이탈리아 르네상스의 미술서를 펼쳐서 〈성 세바스찬의 순교〉를 그린 회화를 감탄하며 칭찬하고, 호소에의 찬의를 구한 일을 기술하고 있다. 이것은 미시마가 넌지시 〈성 세바스찬〉(성 세바스티아누스)을 촬영 때의 테마로 삼을 것을 요구한 것으로서 이해할 수 있는데, 고통을 아름다움으로 파악하는 감각을 받아들일 수 없었던 호소에는 그것을 채용하지 않고, 같은 미술서에서 조르조네(Giorgione)의 비너스 그림을 소재로 사용하기에 그쳤다. 오카이 데루오(岡井耀毅)는 호소에가 촬영 과정에서 미시마의 미의식의 중심에 〈성 세바스찬 콤플렉스〉라고 해야 할 것이 있음을 간파했다고 지적하고 있는데[10], 호소에는 노골적으로 미시마의 욕망에 부응하는 대신에 한 송이의 장미를 그의 가슴 위에 두고서 그 '콤플렉스'를 표상했다. 장미는 화살 대신에 그 신체에 꽂혀 〈장미형〉이라는 표제를 이끌어내게 되었다. 오

카이도 지적하는 바이지만, 귀도 레니(Guido Reni)가 그린 〈성 세바스찬의 순교〉의 도상(성 세바스찬을 주제로 한 복수의 레니의 회화작품 중 제노바에 소장되어 있는 것)이 미시마의 소설 『가면의 고백(仮面の告白)』(1949)의 이야기 기반을 마련하고 있었음을 누구라도 알아차릴 것이다.

귀도 레니 『성 세바스찬』 (1615~16년경, 제노바,
팔라초 로소(Palazzo Rosso) 소장)

화살은 그의 팽팽해진·강한 향기의·청춘의 살로 파고들어, 그의 육체를 무상의 고통과 환희의 불길로 내부에서 태우려고 하고 있었다. 하지만 유혈은 그려지지 않고, 다른 세바스찬 그림과 같은 무수한 화살도 그려지지 않고, 단지 두 대의 화살이 그 조용한 단려한 그림자를, 마치 돌계단에 떨어져 있는 가지 그림자와 같이 그의 대리석 책상 위에 늘어뜨리고 있었다.

그 신체에 꽂힌 두 대의 화살이 세바스찬에게 "무상의 고통과 환희의 불길"을 가져온다. 소년인 주인공은 이 귀도 레니의『성 세바스찬』을 결렬하게 욕망해서 처음으로 자위행위의 쾌락을 알게 된다. 그의 신체는 세바스찬의 "고통과 환희"의 신체에 동화하려고 하는 것인데, 화살을 쏘아주는 타자가 그에게는 없다. 그 부재는 즉시 대상으로서 자기성애의 "행사"로 그를 재촉하고, 자신의 "기관"이 타자 대신에 그의 존재를 꿰뚫어줄 것을 기다린다. 이윽고 "내 최초의 ejaclatio"(사정)의 순간이 찾아온다.

> 이 거대한·부풀어 터질 정도가 된 내 일부는 전에 없이 격렬하게 나의 행사를 기다리고서, 내 무지를 힐책하고, 불만스럽게 숨 쉬고 있었다. 내 손은 저도 모르는 사이에 누구에게도 배우지 않은 움직임을 시작했다. 내 내부에서 검게 빛나는 것이 빠른 속력으로 공격해 올라오는 기색이 느껴졌다. 그렇게 생각한 순간 그것은 아찔한 취기를 동반하면서 세차게 내뿜었다.

성 세바스찬의 도상에 대한 스스로의 "돌발적"인 성적 반응을 통해서 내적인 성적 동일성을 발견한 '나'는 이성애주의가 지배하는 인간관계에 괴로워하면서 그 청춘기를 견뎌가지 않으면 안 되게 된다.

> 성 세바스찬의 그림에 홀리기 시작하고 나서, 아무렇지도 않게 나는 알몸이 될 때마다 자신의 양손을 머리 위에서 교차시켜보는 버릇이 생겨 있었다. 자신의 육체는 연약하고, 세바스찬의 풍려함은 흔적조차 없었다. 지금도 나는 아무렇지도 않게 그렇게 해봤다. 그러자 자신의 겨드랑이로 눈이 갔다. 이상한 정욕이 솟아올랐다.

주인공은 이윽고 오우미(近江)라는 중학교 동급생에 대해서 동성애를 품게 되는데, 그의 겨드랑이(특히 거기에 자란 "빽빽한 여름풀의 무성함과 같은 털")에 대한 욕망을 자신의 겨드랑이에 대한 욕망으로 중첩시켜서, 다시오토 에로틱한 수위로 회귀한다. 자신 문학의 원점이라고 해야 할 이러한 『가면의 고백』에서의 몽상을 미시마 유키오는 『장미형』에서 스스로의 마초다운 자태 속에 몰래 엮어 넣으려고 한 것이겠다.

『가면의 고백』의 주인공의 동작을 눈에 보이는 형태로 미시마의 신체가 모방하고 기록하는 시도는 수년 후에 시노야마 기신(篠山紀信)의 사진 「성 세바스찬의 순교」(1968)에서 실현되게 된다. 시부사와 다쓰히코(渋澤龍彦)의 책임편집으로 간행된 〈에로티시즘과 잔혹의 종합연구지〉 『피와 장미(血と薔薇)』 창간호(天声出版, 1968)의 권두특집[11] 의 그 맨 앞을 장식한 사진이다. 거기에서 피사체의 분위기는, 당연하지만 호소에 에이코가 찍은 그것과는 상당히 다른 것이 되었다. 미시마의 얼굴은 위쪽으로 향해 있고, 눈은 날카로움을 잃고서 도취경을 헤매고 있는 듯이 연기되고 있다. 다만 근육의 융기를 강조한 신체의 프로포션은 그대로 같고, 마초이즘과는 대극적으로 묘사되어온 성 세바스찬의 도상학의 규범에 대한 일탈을 여기에서도 감출 수는 없다. 『장미형』에서의 능동적=남근중심적(phallocentric)인 안광의 힘과 근육이나 체모와, 성 세바스찬의 마조히스틱한 정열=수난이 비극적일 정도로 삐걱거리고, 불협화음을 가져오고 있음을 시노야마의 사진에서 우리들은 직접 볼 수 있다.

〈성 세바스찬〉의 도상학은 서구의 미술사에 몇 세기나 걸쳐서 방대한 축적을 쌓아왔다. 일본의 미시마 유키오의 『가면의 고백』, 거기에 호소에 에이코와 시노야마 기신 등이 촬영한 미시마 자신의 포트레이트는

(20세기 초반의 단눈치오Dannunzio/드뷔시Debussy에 의한 무대화의 성과를 계승하면서), 그 도상학의 역사에 결정적인 위치를 차지하기에 이르렀다고 평가할 수 있다. 그 증거의 하나로서 여기에 예로 들어 두고 싶은 것이 『성 세바스찬 화려한 죽음의 준비』(Saint Sebastian: A Splendid Readiness for Death, Kunsthalle Wien, Kerber Verlag, 2003)라는, 2003년에서 2004년에 걸쳐서 빈의 쿤스트할레(Kunsthalle)에서 열린 전람회의 도록이다. 이 전람회는 표제대로, 〈성 세바스찬〉을 모티브로 한 다양한 종류의 현대미술작품을 모은 것으로, 도록을 통해서 보더라도 그 내용은 실로 장관이다. 1990년대 이후의 새로운 작품이 중심인데, 데릭 저먼(Derek Jarman, 『세바스찬』 외)이나 폴 슈레이더(Paul Schrader, 『미시마』) 등의 한 시대 전의 영상작품(그 스틸사진)도 들어가 있다.[12] 그리고 그 중에 1961년부터 1970년에 걸쳐서 촬영된 호소에 에이코와 시노야마 기신의 작품도 수록되어 있다.

그럼 왜 20세기와 21세기에 걸친 이 시대에 성 세바스찬의 성상(聖像, Icon)이 이렇게도 사람들을 매혹해서 재생되었을까. 앞서 기술한 전람회 『성 세바스찬 화려한 죽음의 준비』의 기획자, 제럴드 맷(Gerald Matt)과 볼프강 페츠(Wolfgang Fetz)는 다음과 같이 간결하게 이 성상의 성격을 설명하고 있다.

시노야마 기신 「미시마 유키오」 (Saint Sebastian: A Splendid Readiness for Death에서)

이렇게 해서 세바스찬은 세계의 양극에 나타난다. 즉 그는 욕망과 금욕, 수난과 속죄, 고통과 황홀, 삶과 죽음, 남성의 동일화와 여성의 동일화 사이에 존재하고 있는 것이다.[13]

이와 같은 양의적 성격 때문에 성 세바스찬의 상은 20세기 말엽에 젠더나 섹슈얼리티 규범의 용해가 진행됨으로써, 갑자기 주목을 모으게 되었다고 할 수 있겠다. 맷과 페츠도 지적하고 있지만, 중세말기 이후, 페스트 재난에 대한 수호신으로서 신앙되어온 성 세바스찬은 근대에 들어와서는 게이 문화의 중심적인 심벌이고, 1980년대 이후에 확대해가는 에이즈에 대한 불안에 촉진되어 게이 커뮤니티가 동일화의 근거로 삼는 성상으로서 중요도를 더해갔다고 여겨진다. 사디즘=마조히즘이나 자상증후군(여기에서의 문맥에서 말하면 미시마의 할복도 거기에 접속된다)의 문화 침투라는 것도 거기에는 개재되어 있을 것이다. 그것은 호모 소셜에 대한 호모 섹슈얼의 권리 회복임과 동시에, 남성(남근)중심주의적인 도상학에 대한 페미니즘으로부터의 이의 신청이라는 의의를 떠맡고 있었다. 그 자신 에이즈로 목숨을 잃은 데이비드 보이나로빗치(David Wojarowicz)는 전자의 대표적인 예로, 미시마 유키오에 촉발되어서 성 세바스찬과 『가면의 고백』을 믹싱한 작품을 그리고 있는데, 그의 경우는 명백히 에이즈 시대의 순교자로서 성 세바스찬을 소환하고 있다. 리차드·A·케이는 세바스찬의 신체에 꽂히는 화살이 주사기를 시사하는 데에서, 그가 "동성애자인 남성이나 정맥주사에 의한 약물사용자 등의 에이즈로 괴로워하는 사람들을 상징하는"[14] 존재라는 예리한 지적을 했다. 케이는 한편으로 페미니즘적 시점에 대해서도 프리다 칼로(Frida Kahlo)의 작품에 보이는 세바스찬적 성상을 거론하면서 다음과 같이 기술하고 있다.

> 그녀의 의인화된 수컷 사슴이나 동물의 기품에 가득 찬 토템은 원(原) 페미니즘적인 의미에서의 희롱거린 원시주의를 기리고 있다. 그것은 르네상스의 남성 거장들에 의해 그려진 순교의 엄숙함을 비웃고, 동시에 미시마의 근육질 포트레이트에 체현되고 있는 연극조의 남성적인 망아(忘我)까지도 비웃고 있는 것이다.[15]

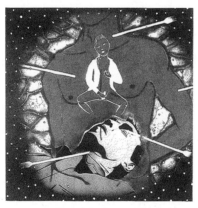

데이비드 보이나로빗치 『꿈꾸는 피터 후자(Peter Hujar)/유키오 미시마: 성 세바스찬』(1982) [Amy Scholder(ed.), Fever: The Art of David Wojarowicz, Rizzoli, 1999]

프리다 칼로를 매개시켜서 그 남근중심주의를 비판하든, 에이즈시대나 게이문화의 선구적인 상징으로서 자리매김하든, 미시마 유키오 나신의 성상은 성 세바스찬의 계보 속에 절대적인 장소를 확정하고 있다고 할 수 있다. 하지만 칼로나 보이나로빗치, 혹은 성 세바스찬에 중첩시켜서 셀프 포트레이트를 여성적 신체의 톤으로 촬영해온 루이지 온타니(Luigi Ontani) 등의 회화나 사진을 미시마의 사진에 대조해보면, 그의 주체화된 신체, 눈을 깜작이지 않고 이쪽을 응시하는 안구나 피부 위에 빽빽이 우거진 체모는 성 체바스찬의 양의성을 현저하게 훼손하고 있는 듯이 보일 뿐이다. 그 가장 우스꽝스러운 부정합은 시노야마 기신이 찍은 세바스찬을 연기하는 미시마의 누드일 것이다. 화살에 쏘여 마조히스틱한 황홀에 잠긴 얼굴 표정과는 반대로, 화살이 꽂힌 마초적인 근육은 울퉁불퉁 불거져 있고, 그것들은 인조인간과 같은 기묘한 복합체로서 접합되어 있음에 지나지 않고, 유착되지 못하고 배리된 채로 되어 있다고 보인다. 이것은 귀도 레니나 온타니와 같은 여성적 신체를 지닌 세바스찬이 아니다. 성을 넘어서는 성 세바스찬의 도상학 속에서 거의 단 한사람 미시마의 신체만이 강렬하게 반시대적인 남성성을 주장하고 있다.

『가면의 고백』의 주인공은 호모섹슈얼한 욕망에 눈뜨면서도, 본질주의적인 의미에서는 성의 쾌락을 거기에서 손에 넣지 못한 채 끝난다. 그것과 마찬가지로 피사체인 미시마가 몸소 공헌한 〈성 세바스찬〉 이미지를 현대로 소생하려는 시도는 결국 성을 보는 영역 안으로 투명화해 버리고, 관계나 행위의 수준에서 초월해서 형이상화해 버렸다고 할 수 있다. 더 나아가 환언하면, 피부와 피부가 접하는, 혹은 통증과 함께 피부가 파괴되고 피가 흐른다는, 촉각적·통각적 세계가 추방되어 버렸다고 파악할 수 있다. 그리고 이것은 미시마에 머물지 않고, 근대일본문학의 많은 수가 에로스 영역에서 전제화(前提化)된 형이상학의 한 가지 한계라고도 할 수 있을 것이다. "달아오르는 피부를 껴안지도 않고"라는 노래의 여성 피부가 남자의 포옹을 기다리고 있다고 한다면, 성 세바스찬의 피부도 화살에 꿰뚫릴 것을 기다리고 있을 것이다. 박힌 화살은 남근을 가진 세바스찬이 대망하는 타자의 남근 상징일지도 모른다. 하지만 수용체일 터인 신체를 주체적으로 전투에 배치시키는(activate) 미시마의 세바스찬은 사드=마조히즘의 이중성을 일체화·균질화시켜 버린다. 그 의미에서 그의 세바스찬 피부는 호모섹슈얼한 상황을 이용하면서 헤테로 섹시즘의 틀을 강고하게 요구하고 있고, 그것은 다와라 마치의 기다리는 신체의 노래 "달아오르는 피부"와 정확히 상보(相補)적으로 대응한다.

5. 『금색의 죽음(金色の死)』과 미시마 유키오

다니자키 준이치로(谷崎潤一郎)*의 『금색의 죽음』(1914). 작자 자신이 생전, 신서판의 자선전집(中央公論社, 1957~59)에 수록하지 않았고, 스스로 그 존재를 부정한 이 작품에 대해서 미시마 유키오가 이상하게 보일 정도로 커다란 관심을 표명한 것은 잘 알려진 바이다.

가장 고귀한 예술품은 실로 인간의 육체 자신이다. 예술은 우선 자신의 육체를 미로 삼는 것에서 시작된다.

---

* 다니자키 준이치로(1886~1965)는 일본의 작가로 탐미파, 탐미주의 작가로 평가된다. 1910년 제2차 『신사조(新思潮)』의 동인이 되어 창간호에 「탄생」을 발표했다. 이후 「문신」, 「소년」, 「비밀」 등의 단편을 발표하여 나가이 가후(永井荷風)로부터 격찬을 받았다. 탐미·유미주의 작가로 주목받다가 「악마」를 발표 후 〈악마주의〉로도 불린다. 성도착증과 페미니즘을 대담하게 묘사하는 등 반시대적인 예술지상주의를 신조로 삼으면서, 시대를 앞서서 미와 애정의 여러 가지 양상을 작품 속에서 묘사했다. 대표작으로 『치인의 사랑(痴人の愛)』(1924), 『킨쇼(春琴抄)』(1933) 등이 있다. 쇼와(昭和)시대가 되면서 다니자키는 일본의 전통미를 완성도 높은 작품으로 형상화하면서 자신의 작품을 다양화했으며, 가장 일본적인 미학을 추구한 작가로서 서양 독자들에게 지속적으로 읽히고 있다.

인간의 육체에서 남성미는 여성미에 뒤진다. 소위 남성미라는 것의 대부분은 여성미를 모방한 것이다.

예술은 성욕의 발현이다. …… 때문에 예술은 정신적인 것에 있지 않고, 모두 실감적인 것이다.

텍스트는 막대한 유산을 상속한 친구인 미청년 '오카무라(岡村) 군'의 예술적 생애를 '나'가 회상한다는 구조를 지닌다. 위에 인용한 것은 그 오카무라가 자신의 노트에 적어 둔 특이한 예술사상의 일부이다. 이 같은 미의식에 따라서 그는 기계체조로 육체를 단련하고, 한편으로 미안술(美顏術)을 배워서는 화장에 열중하고 있다. 작가로서의 성공을 거두어 문단에도 진출한 '나'와는 대조적으로 오카무라는 그 후에도 향락에 빠지면서, 남은 재산을 다 써서 하코네(箱根) 땅에 2만평의 토지를 구입, 그가 구상해온 "현란한 예술의 천국"을 건설한다. 그곳으로 초대받은 '나'는 오카무라가 완성한 장대한 '예술작품'을 직접 목격하는데, 마지막에는 전신에 금박을 바르고 미친 듯이 춤추는 향연 뒤에 오카무라 군이 시체로 발견되면서 끝을 맺는다.

"『금색의 죽음』을 스스로 부정했을 때부터, 다니자키 씨는 자살을 부정하게 된 것으로 여겨진다"라는 시점에 서서, 미시마 유키오는 『금색의 죽음』, 그 후에 있었을 지도 모를 다니자키 문학의 가능성을 발견하고, 동시에 그 가능성이 이후의 다니자키 작품에서 상실되어 버린 것을 한탄한다.[16] 그 가능성이란 다니자키가 미시마 자신과 같이 죽음을 에로스화하고, 욕망의 성취를 지연시키는 것이 아니라, 폭력적인 아첼레란도(accelerando)에 의해서 죽음과 함께 욕망을 성불시키는, 그와 같은 미학으로서 해석할 수 있다.

오카무라 군은 미의 객관성에 대한 보장으로서, 자신이 외면적으로는 미 그 자체이고, (게다가 그 미를 보장하는 것은 시각적 관능의 소유자로서 남자밖에 없을 터이니까, 즉, 자신의 미를 보장하는 자는 남자인 자기 자신뿐이다), 내면적으로는 미를 존재시키는 관능의 원천이려고 했다. 예술가와 예술작품을 자기 자신이 겸함으로써, 이 모순을 해결하려고 한 것이다. 그리고 그 일치의 순간이란 자신이 의도한 미가 완성됨과 동시에 자신의 관능을 정지시키고, 즉 그 금가루가 피부호흡을 질식시켜 자신의 내면에는 이미 그 무엇도 존재하지 않게 되고, 육체는 타자에게 있어서 대상에 다름 아니게 되고, 즉 사체가 된 순간이었다.[17]

하지만 노구치 다케히코(野口武彦)는 자기 자신에게 과잉일 정도로 끌어와서 『금색의 죽음』의 가능성을 말한 이 미시마의 비평이 빠뜨린 것을 다니자키의 이 작품에서 찾아내려고 했다.[18] 다니자키 자신이 부정한, 말하자면 예외중의 예외로 간주되는 작품에 미시마가 이처럼 집착하고, 게다가 미시마의 그 집착에 대해서 이번에는 노구치가 다니자키 준이치로론의 틀을 일탈하면서까지 집요하게 기술한다(노구치가 미합중국에서 다니자키론을 쓰기 시작한 계기가 된 것은 다름 아닌 미시마의 자결이었다). 이 3자의 관계 자체가 일종의 구경거리인 것인데, 노구치의 요약을 사용해서 미시마가 범한 다니자키 텍스트의 오독을 정리해보자.

오카무라 군은 여성미는 남성미보다 뛰어나다고 하는 미의식을 갖고 있음에도 불구하고, (남성인) 자신의 육체를 아름다운 예술품으로 완성하려고 하고 있다. 그런데 이 모순이 미시마 속에서 " '남자가 아름다움인 것'

과 '미를 존재시키는 (남자의) 시각적 관능' 사이의 모순"으로 바뀌어 버리고, 오카무라의 예술관에 함의되고 있지 않던 요소가 반입되고 말았다. 예술은 자신의 육체미를 최상으로 간주한다. 그런데 남성미는 여성미에 뒤떨어진다. 때문에 오카무라는 자신의 육체미를 창조함에 있어서 여성미를 모방한다. 이처럼 오카무라에게 있어서 모순이 아니었던 것에서 미시마가 모순을 찾아내서 그 독자적인 논리적 조리를 부여하려고 한 점에 오독이 발생했다고 노구치는 말한다.

> 아마 미시마는 『금색의 죽음』의 줄거리를 기록하는데 있어서 오카무라 군을 "아폴로와 같은 미청년"이라고 서술했을 때, 이 작가가 아니라면 범하지 않았을 독특한 미스를 범하고 있었다. 오카무라 군은 확실히 기계체조로 근골을 다부지게 단련은 한다. 하지만 작자 다니자키에 의하면, "그의 피부는 언제나 새하얗고 햇볕에 타는 일이 없으"며, "살결이 고운 하얀 양다리"를 지니고, "가능한 한 여자몸집의 옷을 짓게" 하는 것을 좋아하고, "끊임없이 화장에 열중하고, 외출할 때는 언제나 물분을 엷게 바르고, 입술에 연지조차 바르고 있"는 청년인 것이다. 미시마는 이 같은 오카무라 군의 예술적 주장의 하나를 헤르마프로디티즘 (hermaphroditism: 양성구유)이라고 부르고 있는데, 오카무라 군은 자신의 여성적 특징에 관심을 보인 흔적은 전혀 보이지 않는다.[19]

미시마가 『금색의 죽음』 이후에 있었을지도 모를 다니자키 문학의 가능성 끝에, 나르시즘의 극한으로서 "자살의 욕망"을 상정한 것에 대해, 노구치는 위와 같이 다니자키 자신의 작품사로부터 오히려 『금색의 죽음』과 그 이후의 공통성·연속성을 보고서 그것을 부정한다. 미시마는 나르시스트는 자신의 신체 그 자체가 미를 체현하고 예술작품이 되는 것과, 그 미와 예술의 현전을 시각을 통해서 확인하는 것(미시마의 표현에 있는 "미를 존재시키는 시각적 관능")을 양립시킬 수 없기 때문에, 그리고 그 두 가지를 결합시키기 위해서야말로 그는 자살의 욕망에 이끌린 것이라고 생각했다. 자신의 육체미는 자신의 눈에 의해서만 소유=주체화하고 싶은 것인데, 그것이 불가능하게 되면 타자의 시선에 의해서 소유=객체화되어 버리기 전에, 그 신체를 멸망시킬 수밖에, 즉 자살할 수밖에 없다는 논리이다. 말할 것도 없이 이 "자살의 욕망" 논리에서는 타자가 배제되고, 특히 타(자)의 성, 다른 성의 개재가 무조건적으로 거절되고 있는 것이다. 노구치도 미시마가 오카무라의 "여성적 특징"이나 일종의 여성화로의 욕망을 알아차리지 않고 있는 점을 하나의 근거로 삼아서, 『금색의 죽음』에 대한 그의 오독이 결정적임을 논증하는데, 이것은 미시마가 개인의 성적 기호에서 동성애자였는지 그렇지 않은지에 관계없이 그의 성적인 시각의 한 가지 편향을 뒷받침한다.

하지만 여기에서 그 이상으로 중요한 것은 결국, 자신의 성, 자신의 신체 이외의 타자의 성(동성애이든 이성애이든)과 신체를 배제하면서 『금색의 죽음』의 독해를 행하고 있는 점이다. 그리고 이것은 호소에 에이코가 찍은 나체사진에서 미시마라는 피사체가 보여지는 객체일 것을 거부하고 어디까지나 보는 주체이려고 하는 시선을 이쪽으로 향하고 있는 것과, 시노야마 기신이 찍은 세바스찬을 연기하는 미시마가 근육이 융기된 마초다운 신체에 황홀한 표정(그것을 굳이 '여성적'이라 평할 수도 있겠다)을 띤 나르시스트의 머리 부분을 서로 연결한 듯한 나상을 드러내고 있어서, 고금의 세바스찬 상의 규범을 완벽하게 파괴하고 있는 것과도 깊게 상통하고 있는 것으로 여겨진다.

노구치 다케히코가 『금색의 죽음』을 둘러싼 다니자키 문학에 대한 미시마의 반응으로부터 "나르시스트의 단명과 마조히스트의 장수라는 두 가지 역설"[20] 을 도출하고 있는 것은 탁월하다고 할 수밖에 없지만, 동성애적 그리고 무엇보다 자기애적인 기호에 기울어진 미시마의 오독을 이끌어내는 요소가 『금색의 죽음』이라는 텍스트 속에 없었다고는 할 수 없을 것이다. 오카무라가 금색의 사체가 되어서 누워 있고, 보살이나 나한 등으로 분장한 자들이 그 아래에 꿇어앉아 눈물을 흘리는 마지막의 "한 폭의 대열반상" 장면에 대해서는, 노구치에게도 "'보여지는' 자신"에게 에로스의 감수가 보증되어서 "나르시시즘의 금박에 뒤덮인 마조히스트의 사체"가 거기에 현출하고 있는 것이라고 하는 지적이 있었다.[21] 즉, 『금색의 죽음』의 오카무라에게 있어서 자신의 신체를 예술화하는 실천을 누군가가 끝까지 지켜보지 않으면 안 되고, 또한 보이고 싶다, 보여지고 싶다, 라는 욕망이 있었다고도 할 수 있는 것인데, 여기에서 특히 중요한 역할을 하는 것이 그의 소년시절부터의 친구이자 소설의 화자인 '나' 이다.

6. 금색의 세바스찬

'나' 는 오카무라와 종종 격론을 주고받음으로써 오카무라의 특이한 예술사상을 부각시키는 역할을 하고 있다. 특히 레싱의 비평 『라오콘』을 둘러싼 양자의 응수 부분은 압권이고, 오카무라는 '나' 와의 이 논쟁을 통해서 그가 예술의 이상으로 삼는 찰나주의·감각주의의 사상을 지극히 잘 말해주고 있다. 예술작품으로부터 시간성·역사성을 배제함으로서 추출되는 "순간의 육체미"를 찬양하고, 도덕 감정이나 문학적인 의미부여를 부정해서 "완전한 관능"의 행사, 즉 "눈으로 보거나, 손으로 만지거나, 귀로 듣거나 할 수 있는 아름다움이 아니면 승낙할 수 없다"는 것을 주장하는 오카무라의 예술사상은 '나'라는 대립자를 통해서 비로소 독자 앞에 밝혀진다. 무릇 결말의 "대열반상"에 이르는 오카무라의 도원경 사상의 실현은 '나'라는 목격자=기록자가 없고서는 이룰 수 없었던 것이다. 양자의 관계는 대립적이더라도, 오카무라는 '나'의 개입을 필요로 하고, '나'도 또한 오카무라의 사상을 받아들이지 못한 채, 그 실천의 과정에 관련됨으로써 명백히 그라는 존재에 매혹되고 있다.

> 그와 나는 여러 가지 점에서 예술상의 견해를 달리 하고 있습니다만, 요컨대 그의 일은 역시 훌륭한 예술이었음을 인정하지 않을 수는 없습니다. 그의 예술은 환영과 같이 나타나서, 그의 죽음과 함께 이 지상에서 사라져 버렸습니다. 하지만 그는 위대한 천재, 위대한 광세(曠世)의 예술가였습니다.

'나'는 오카무라라는 천재의 예술을 건네받은 역할을 맡고 있고, "환영과 같이 나타나서, 그의 죽음과 함께 이 지상에서 사라져 버"린 그 찰나의 예술은 얄궂게도 오카무라에 의해서 "가장 비루한 예술품"이라 평가된 '나'가 쓰는 소설의 언어 속에서만 존재하고 있는 것이다. 이것을 오카무라의 예술에 대한 '나'의 예술의 승리라고 볼 것인가, 혹은 그 반대인가는 어느 쪽이라고도 판정하기 힘들다. 그것보다도 주목해야 할 것은 이 오카무라와 '나'라는 동성 페어가 이 텍스트에서 완전히 배타적으로 자족하고 있다고 하는 사실이다. 양자의 관계는 기묘한 우애관계 이상의 관계는 아널지도 모르지만, 적어도 이 한 쌍 관계에는 다른 성, 즉 실체로서의 여성의 성은 전혀 표면화되지 않는다.

『이단자의 슬픔(異端者の悲しみ)』과 같이 학생 사이의 친구관계를 소재로 한 소설은 그 외에도 있지만, 다니자키의 소설 중에서 이처럼 남성 두 사람이 배타적인 한 쌍 관계로 구성되어 있는 작품은 지극히 드물지 않을까. 이른바 '영원 여성', '어머니에 대한 사랑' 등과 같은 주제로 크게 나눠져 버리는 다니자키 준이치로의 문학에서 특정 여성에 대한 사모나 관계가 사상(捨象)되고 있는 점에서(오카무라에게는 그 방탕생활에서 다양한 여성과의 관계가 있었음이 암시되고 있지만) 역시 이례적인 텍스트라 해도 좋고, 이러한 점에 미시마 유키오가 민감하게 반응했다고 하는 것도 상상하기에 어렵지 않다. 무릇 미시마는 『금색의 죽음』을 비평함에 있어서, 오카무라에 의해 전개되는 예술사상의 주체를 항상 "남자"로 기록하고 있지 않았던가. "게다가 오카무라 군은 미(美)를 존재케 하는 시각적 관능의 선험적인 관념성을 믿고 있고, 그것이야말로 남자의 특질이라면, 남자가 미(美)이기 위해서는 그 관념성을 포기하지 않으면 안 되고, 그것을 포기할 때에는 '본다' 라는 남자의 관능의 특질도 포기하고, 즉 미를 존재하게 하는 감각적 원천의 자기부정으로 끝나는 것이 아닐까"(방점 인용자)라는 식으로.[22]

게다가 뭐라 해도 이 오카무라라는 인물은 처음부터 "체조광"으로서 등장하고, "희랍적(希臘的) 정신"에 기반하여 "희랍적 훈련"이라 스스로 이름붙인 기계체조로 건강한 신체를 계속 만들고 있고[23], 자못 미시마가 좋아할 만한 인물이라고 볼 수가 있다. 오카무라는 금박을 마구 처바르고 미친 듯이 춤추는 마지막 퍼포먼스 전에, 마침 소설과 동시기인 1910년대의 발레 뤼스에서 활약한 레옹 박스트(Leon Bakst)의 의상을 매일 밤 바꿔서 변장하거나 하는데,『장미의 정령(精)』,『목양신의 오후』,『세혜라자데』등의 발레 역할로 분장해서, 이것도 실제로 신체를 구불거려서 댄스를 췄을 것이다. 미술과 음악과 의상을 신체운동 속에 응축시킨 발레라는 장르가 유럽의 예술을 석권하던 이 시대에, 오카무라의 "육체미"를 지향하는 예술의 구상은 확실히 첨단적인 위치에 서있었던 것이다. 미사미로 이야기를 이어보면 이 박스트는 다름 아닌 미시마 자신이 그 희곡의 번역에 관여한 다눈치오/드뷔시에 의한 음악극,『성 세바스찬의 순교』(1911)의 의상을 담당하고 있고, 오카무라가 마지막에는 검정과 금으로 물든 나체를 드러내고 죽는다는 것도 또한 자못 세바스찬적인 이미지를 환기시킬 것이다. 스스로를 아름다운 희생으로서 바친다고 말하고 황제 앞에서 춤추는 세바스찬을 표상하는 가브리엘 다눈치오에 의한 제3경에서의 다음과 같은 묘사는 검정이나 금을 나체에 마구 칠하고 오카무라가 미친 듯이 춤추는『금색의 죽음』의 결말에 삽입되어도 거의 자연스러울 터이다.

> 심한 땀과 검은 피, 고문의 경련과 꿰뚫린 옆구리의 움직임, 깊은 탄식, 치유되지 않는 사랑의 눈물, 의상 속 향료에 잠긴 육체, 그리고 모든 어둠……, 이 모든 것들을 세바스찬은 춤춘다. 마치 모든 것을 포섭하는 신의 키(箕)가 사락사락 흘리는 낟알과 같이.[24]

『장미형』의 촬영과정에서 피사체의 미시마는 "자신의 정신이나 심리가 조금도 필요하지 않는" 것을 알고서 가슴 뛰게 되는데, 오카무라의 예술관은 실로 시간적 계기(繼起)가 달라붙는 "정신이나 심리"라는 것을 깨끗이 잘라 버린 것이었다. 오카무라에게 좀 더 복잡한 음영을 주어서 생활적으로 조형하고, 그 위에 '나'와의 우애관계에 동성애적인 요소를 부가하면, 이것은『가면의 고백』의 오우미와 '나'와의 관계에 근접할 것이다.

  문제는『금색의 죽음』에 표상된 오카무라의 과잉적인 신체의식(정확하게는 신체예술의 이념)과 불령하기 그지없는 그 실천의 모습이 미시마가 자신이 피사체로서 맛보았을 자기도취의 영역을 더욱 일탈하는 것이었다는 점이다. 미시마는 "다니자키 씨는 아마 이 작품의 선상(線上)의 추구에 무언가 용이하지 않은 위험을 알아차리고 물러선 것으로 여겨진다"[25]고 말하는데,『금색의 죽음』텍스트의 "위험"을 알아차리지 않은, 혹은 굳이 알아차리려고 하지 않은 것은 실은 미시마 쪽이었던 것은 아닐까.

  오카무라가 하코네 땅에 쌓아 올린 예술의 이상향은 미켈란젤로나 로댕의 조각, 앵글의『샘(泉)』, 조르조네의『비너스』와 같은 서양 명화를 인체로 모방했다는, 이른바 졸부취미를 그대로 드러낸 요란한 것이었지만, 미시마는 이 묘사에 "통일적 요소를 잃어버린 일본문화의 추악함"을 발견하고, 홍콩의 타이거 밤 가든(Tiger Balm Garden)을 연상한다. "일본 유이스먼스(Huysmans)의 미적 생활에 대한 꿈은 이 정도로까지 빈상"이고, 그것은 "일본의 다이쇼(大正)문화의 책임과 한계"라고 단정하고, 그 맥락에서 "당시의 불쌍한 다이쇼 교양주의의 노예들"이 주도하는 현대의 언론을 비판하기도 한다. 실은 미시마 자신도『장미형』속에서 일개의 피사체로서 조르조네의『비너스』와 콜라주되고 있지 않았던가(게다가 촬영의 무대가 된, 서구 고전에 대한 콤플렉스를 뻔뻔스럽게도 과시하는 듯한 그 저택은 어떤가). 미시마는 스스로가 고전이나 교양의 모조품(카피)이 되는 것을 두려워해서 근육과 체모를 드러내고, 그리고 안구를 날카롭게 곧추세운 것이 아닌가.

  확실히 타이거 밤 가든은 아니더라도, 이러한 졸부취미 교양주의의 장식품에 의한 파노라마는 오늘날에 이르기까지 근대 일본에 넘쳐난 것이어서, 그 점에서는 미시마의 교양주의 비판도 당연하다고 여겨지는데, 미시마가 혐오한 모조품의 근대, 즉 〈키치(kitsch)로서의 근대〉를, 적어도 이 시대의 다니자키는 적극적으로 받아들이려고 했다. 오카무라는 단순히 동서의 고전을 모방한 것만이 아니다. 무릇 "여성미"를 이상으로 삼고 거기에 도달하기 위해 화장하거나 하는 것도 또한 모방인 것이며, 그것에 의해 획득한 "우아한 용모"에 "희랍적 정신"을 수육(受肉)시킨 "강건한 육체"를 접합시킨다는 발상 자체가 키치 이외의 그 무엇도 아닐 것이다.

『금색의 죽음』과 마찬가지 문맥에서 작자에 의해 부정된 또 하나의 작품, 『창조(創造)』(1915)에서는 『금색의 죽음』에서 이어받은 예술창조의 이상주의를 자신의 신체가 아니라, 남자와 여자의 교배에 의해서 인공적으로 만들어진 아이의 신체를 통해 실현하려고 한다. 미시마가 『금색의 죽음』을 이 『창조』와의 조합으로 읽고 있었다면, 여성미/육체미의 모순을 열을 띠고 말할 수는 없었던 것이 아닐까하고 여겨진다. 왜냐하면 『창조』에서는 훌륭한 남성미만으로는 완전한 신체미는 실현되지 못하고, 거기에 여성미를 주입(교배)시키지 않으면 안 된다고 여겨지고 있기 때문인데, 이렇게 해서 완성된 완전한 '예술'에는 이미 파트너는 필요하지 않다. 자신의 성에 부족한 것을 보완하는 다른 성을 필요로 하지 않는 자기 완결된 성이 완성된다. 이것이야말로 『금색의 죽음』의 오카무라가 추구한 성의 이데아였던 것이 아닌가.

"……하지만 너에게는, 너에게는 알맞은 연인이 있을 리가 없다. 너를 자신의 것으로 삼을 상대가 있을 리가 없다. 남자도 너를 사랑할 것이다. 여자도 너를 사랑할 것이다. 하지만 너는 그 사람들을 농락하고, 차가운 등을 돌릴 것이다. 네가 가는 곳에는 환락의 피가 흐르고, 죄악의 비단이 짜 내지고, 저주의 풀이 무성할 것이다."

　세기말적인 데카당스의 색조를 걸치고 이야기되는 아버지의 이 예언은 자손을 끊기게 하기 위해서 아름다운 자손을 만든다(궁극의 혈통주의로서의 혈통 단절=단종)고 하는 역설에 있어서, 미시마가 말하는 "자살의 욕망"의 논리를 끌어낸 것일까. 대답은 아니오이다. 이 완벽한 '예술'은 프랑케슈타인 박사의 인조인간, 혹은 로봇, 그리고 우생학 사상의 후예로서 클론의 동류이고, 실로 근대가 농축된 동일성인 모조품, 카피에 다름 아니기 때문이다. 아마 다니자키는 『창조』나 『금색의 죽음』에서 이와 같은 키치로서의 근대를, 드높은 웃음을 노이즈로서 삽입하면서 대범하게 그려낸 것이다. 오카무라의 광란의 마지막, 미시마의 표현에서 말하는 "자신이 의도한 미가 완성되면 동시에 자신의 관능을 정지시키고, 즉 그 금가루가 피부호흡을 질식시키고, 자신의 내면에는 이미 무엇도 존재하지 않게 되고, 육체는 타자에게 대상에 다름 아니게 되고, 즉 사체가 된 순간"이란 좀 번거로운 타자와의 관계성이나 시선의 억압 등을 날려버리는, 카니발적인 홍소를 그 본질로서 동반했을 터이다. 다니자키가 취할 수 있었던 야단법석의 키치적인 축제에 미시마는 결국 취할 수 없었던 것이다.

　인공의 낙원을 건설한다는 과대한 망상을 이 세상에 실현시키고, 거기에서 카니발적인 향연을 펼친다. 이, 어떤 의미에서는 가장 이야기적이라고도 할 수 있는 야심을 그린 『금색의 죽음』은 그 후계자를, 다니자키

의 동시대 사람인 사토 하루오(佐藤春夫)*의 『아름다운 마을(美しい町)』 (1919)이나 하기와라 사쿠타로(萩原朔太郎)**의 『고양이 마을(猫町)』(1935) 등의 메르헨 소설에서가 아니라, 에도가와 란포(江戸川乱歩)***의 황당무계하기 그지없는 유토피아소설인 『파노라마섬 기담(パノラマ島奇談)』 (1926~27)에서 찾아낸다. 이 소설에서도 막대한 자산을 손에 넣은 주인공이 (거기에 이르기까지의 과정에 대한 서술에 시간이 들고 있지만) 특이한 예술 공간을 건설하는데, 흥미로운 것은 해저터널 그 외, 거대한 자연의 시계(視界)가 실은 '파노라마'적인 장치에 의해서 만들어내진 모조품이고, 게다가 『금색의 죽음』과 닮은 취향으로 그 예술 공간의 대다수가 인간의 살아있는 신체(텍스트의 용어에 따르자면 "인육")로 구성된다.

그러나 에도가와 란포의 소설은 『금색의 죽음』이 집착한 "육체미"의 중요한 요소를 계승하지는 않았다. 그 요소란 살결, 피부, 즉 신체의 표층에 대한 강한 관심이다. 『파노라마섬 기담』에서도 주인공이 유토피아 건설을 위해서 맨 처음 행하는 악행인 무덤 파헤치기에서의 시체와 접촉하는 부

---

* 사토 하루오(1892~1964)는 일본의 시인이자 소설가. 요코하마(横浜)를 무대로 자신의 생활 체험을 바탕으로 쓴 자서전 격이자 출세작이 된 『전원의 우울(田園の憂鬱)』(1918)과 『도회의 우울(都会の憂鬱)』(1923)로 문단의 지위를 확보했다. 근대인의 상처받기 쉬운 신경으로 인해 전원으로 도피하거나, 반대로 도회생활에서의 심상과 의식을 묘사한 작품이 많고, 시인다운 감성과 지성이 결합하여 환상미를 띤 탐미적 경향을 읽을 수 있는 작품으로 평가되고 있다.
** 하기와라 사쿠타로(1886~1942)는 일본의 시인. 다이쇼(大正)시대에 근대시의 새로운 지평을 열었고, '일본근대시의 아버지'로 불린다. 그는 시에서의 운율을 중시하고, 예민한 감성으로 구어자유시를 완성시키고 근대화가 부여한 자아의 확립과 그 고뇌를 노래했다. 그의 첫 번째 시집 『달에 짖다(月に吠える)』(1917)는 작가의 날카로운 감수성으로 포착한 환상적 이미지가 전개되고 있다. 이어지는 『우울한 고양이(靑猫)』(1923)에서는 특이한 감각과 존재의 불안을 연결하는 영역을 펼치면서, 언어가 지닌 음악성을 살린 구어자유시를 예술적으로 완성했다.
*** 에도가와 란포(1894~1965)는 일본의 소설가, 평론가. 일본 미스터리 추리소설계의 거장으로 에도가와 란포라는 필명은 미스터리의 시조 에드거 앨런 포(Edgar Allan Poe)에서 따온 것이다. 일본 추리소설의 발전과 보급에 큰 공헌을 했고, 1955년 창설된 에도가와 란포상은 지금까지 수많은 미스터리, 추리소설 작가들을 배출해왔다.

분에서부터, "나부(裸女)의 연화좌(蓮臺)"를 타고 당도하는 파노라마 섬의 골짜기 밑바닥 목욕탕에서 보는 "육체의 급류" 등등, 나체의 무리가 수없이 등장하거나 촉각적인 관능의 센세이셔널리즘에 호소하는 부분을 발견하기는 쉽다. 이것들은 『금색의 죽음』의 인체예술의 세계와 놀라울 정도로 부합하고도 있다. 다만 주인공의 신체가 불꽃이 되어서 쏘아 올려지고, "피와 살덩어리의 비"가 되어 내려온다는 결말에서의 그로테스크 취미에 전형적인 것처럼, 에도가와 란포의 텍스트에서는 신체와 그 감각을 뿔뿔이 단편화해서 개별로 강조하는 경향이 강하다.

『파노라마섬 기담』의 몇 년 후에 쓰인 『눈먼 짐승(盲獸)』(1931~32), 이것은 작자 자신이 도겐샤(桃源社)판 『전집』에 수록할 때 재독하니 구토를 일으켰다고 하는 사정이 있는 엽기소설인데, 거기에서는 과연, 반복되는 토막 살인사건의 산물로서 범인이 만들어 내는 '촉각미술'의 작품 창출이나, 그것을 권하는 비평가의 「촉각미술론」이라는 그 개념화 등, 다른 데서 찾아볼 수 없는 촉각에 대한 초점화가 이루어지고 있다. 하지만 가령 "인체의 각 부위를, 혹은 축소하고, 혹은 확대하고, 혹은 어느 부분만을 한 덩어리로 그러모으고, ⋯⋯부조를 했다"고 하는, 맹인인 범인이 지하실에 완성한 특이한 "촉각세계"가 신체 각 부위로 단편화된 촉각에 기반하고 있듯이, 여기에서도 감각은 단편화되어 파악되고 있다. 무릇 접촉하다, 라는 감각과 그 쾌락은 시각의 상실을 대가로 삼아서 연마되는 것이다.

이러한 시각/촉각의 대립적 보완관계는 다니자키 준이치로의 작품에서는 『장님이야기(盲目物語)』나 『슌킨쇼(春琴抄)』 등에서 친숙한 구도인데, 『금색의 죽음』의 오카무라는 심안(心眼, innere Auge)의 활동이 제한되기 때문에 오히려 육안은 없는 편이 좋다고 생각해서 밀턴의 실명을 찬미한 레싱을 통렬히 비난하는 감각사상의 소유자이고, 그의 "완전한 관능"으로의 지향, 즉 "눈으로 보거나, 손으로 만지거나, 귀로 듣거나 할 수가 있는 아름다움"에 대한 지향은 명백히 『장님이야기』나 『슌킨쇼』에서 구가된 미의 식과는 반대되는 것이다. 더욱 말하자면, 나중에 『음영예찬(陰翳礼讚)』에서 표명된 균질화된 근대의 조명공간에 대한 혐오, 어둠과 그림자에 대한 탐닉에 대해, 오카무라가 창조한 예술 공간의 "찬란한 빛과 색", 그리고 그의 금색 시체 모습은 뚜렷이 콘트라스트를 이루고 있다.

그러나 무엇보다도 『금색의 죽음』의 독특함은 "눈으로 보거나, 손으로 만지거나, 귀로 듣거나 할 수 있는 아름다움"이라는 감각의 종합체로서 피부가 선택되고 있는 점에 있다. 그것은 (『눈먼 짐승』에서의 촉각예술의 지향이 그러했듯이) 스스로가 타자에게 접촉하는 기쁨을 가져오는 기관일 뿐만 아니라, 다양한 의상이나 화장, 그리고 나체에 직접 바른 금박을 몸에 걸치는 (닿는) 쾌락, 그리고 그러한 자기 및 타자의 "육체미"를 전시하고, 스스로도 바라보고, 무용이나 운동의 움직임을 통해서 타자의 시선에 드러내고 싶다는 욕망이 복합적으로 성취되는 장소로서 위치지어진다.

주인공이 전신을 덮은 금박에 의해 피부호흡을 할 수 없게 되어 죽는다는 『금색의 죽음』의 결말은 장대한 해학극의 성급한 종막으로서 어울리는 것이지만, 피부에 밀착된 금박은 그의 이른바 "희랍적 훈련"으로 연마된 보디라인을 강조하고, 그것에 싸여져 있다는 나르시즘에 도취하는 모습에는, 이미 지적했듯이 '성 세바스찬'의 비극에 대한 카타르시스의 반영이 보인다. 고금의 방대한 도상학 속에 있는 세바스찬의 신체라는 것은 철두철미하게, 드러낸 피부이다. 그 피부는 화살이 꽂힘으로써 보는 사람에게 의식화된다. 촉각이라고 하기보다도 통각이라고 하는 것이 어울리지만, 고통과 환희가 뒤섞인, 보는 자(쏘는=사정하는 자)와 보여지는 자(소도미의 받는 자)와의 사드=마조히스틱한 공범관계를 많은 남자들이 성 세바스찬으로부터 감수(感受)하고, 공진해온 것이다. 그렇다고는 하지만 이 심벌이 『금색의 죽음』의 주인공에게 겹친다고 하더라도, 그것은 그의 시체에서이다. "만신에 금박을 칠하고 여래의 존안을 나타내고, 그대로 술을 마시고 미친 듯이 춤추"는 오카무라는 이미 금색의 지체로서 나타났을 때에 성 세바스찬이 아닌 "여래의 존안"을 나타내고 있었는데, 그가 그 금색의 피부로부터 고통과 환희를 탐닉하고 호흡을 멈추는 결정적 순간을 텍스트는 묘사하지 않는다. 보살이나 나한의 모습으로 변장한 미남미녀들도 (그리고 손님인 '나'도) 잠들어 버려서 그 순간을 본 사람은 없었던 것이다. 오카무라가 성 세바스찬의 구도 속에 회수될 수 있었다 하더라도, 그것은 그의 사후에 있어서인 것이다. 즉, 목격자 부재인 채 죽어가는 그는 엄밀하게는 세바스찬으로는 될 수 없었던 것이다. "나는 이 정도로 아름다운 인간의 사체를 본 적이 없었습니다"라고 말하는 '나'의 오카무라에 대한 헌정의 대사는 액자 속에 정지해 관능을 동결한 세바스찬을 보는 시선과 함께 발화되고 있다.

반복되지만, 이러한 점에서 성 세바스찬의 성상은 첫머리의 『초콜릿 어역 흐트러진 머리』에서 보인 (남자의 포옹을) "기다리는 피부"라는 구도와 겹쳐서 보이기 시작하는 것이다. 다눈치오는 세바스찬에게 다음과 같이 호소하게 할 것이다. 그도 화면 속에서 기다리고 있다.

아, 사수들이여, 사수들이여,
지금까지 나를 사랑해주고 있었다면,

그 사랑을 철의 화살촉으로, 똑똑히 다시 한 번 가르쳐 다오!
잘 들어라,
보다 깊게 나를 상처 입히는 자야말로
보다 깊게 나를 사랑하는 자이다.[26]

 말할 것도 없는 것이지만, 『금색의 죽음』의 오카무라는 이와 같은 바람을 입에 담은 적은 없었고, 또한 '나'도 승낙할 수 없었다. 그는 기다리기조차 하지 않았을지도 모른다. '나'는 오카무라 자신이 임종이 가까움을 예상하고 있었다고 판단하고 있지만, 그 죽음은 돌발적으로 우발적으로 찾아왔기 때문이다. "자살의 욕망"을 오카무라의 미의식에서 찾으려고 한 미시마 유키오에게는 그의 신체도 '기다리는 피부'이지 않으면 안 되었을 터이다. 그렇다면, 남근중심주의적으로 안구나 피부나 체모가 우뚝 솟은 사진 속의 미시마의 나체도 "달아오르는 피부를 껴안지도 않고 인생을 이야기하다니 쓸쓸하지 않나요"라고 호소하고 있더라도 이상하지는 않다.

 『금색의 죽음』의 오카무라는 다양한 화장이나 변장을 한 후, 마지막에는 모든 것을 벗어버리고 나체가 되어 있다. 동시대 유럽에서의 나체주의 운동도 시야에 넣어서 생각해야 할 문제일지도 모르지만, 여하튼 그 점에서도 (스스로 나체가 되어 피사체가 된) 미시마와의 접점은 있다. 하지만, 유럽에서의 나체문화운동이 의복이나 장식으로부터의 해방, 더 나아가서는 남녀 양성문제에서 한 가지 해방의 사상이 된 한편으로[27], 리펜슈탈(Riefenstahl)의 영화 등에서 강조된 건전한 신체 이미지와 결부되어 인종주의적인 신체 사상을 형성했던 것처럼, 나체가 갖는 의미는 국가나 제도로부터의 '해방'과 그것들로의 '익찬'이라는 대항적인 패러다임에 있어서 이중의 의미를 짙어지게 된다.『금색의 죽음』의 나체와 미시마 유키오의 나체는 정확히 그러한 이중성의 양극으로서 결부될지도 모른다. 의복으로부터의 해방은 특히 젠더론적인 과제이기도 했지만, 여성들이 여성들의 신체를 찍은 사진과 미시마의 나체사진을 비교해보는 시점에도 이것은 관련될 것이다.

7. 1981년의 성 세바스찬

다니자키 준이치로의『금색의 죽음』의 발표가 1914년, 미시마 유키오의『가면의 고백』이 1949년. 양자 사이에는 35년의 시차가 있지만,『가면의 고백』에서 그것과 거의 같은 시차를 거친 1981년에, 새로운 '성 세바스찬' 성상의 문화사가 이루어진 것에 대해서 마지막으로 언급해두고자 한다. 마쓰우라 리에코(松浦理英子)의 그 이름도『세바스찬(セバスチャン)』(1981. 1992 개정). 이『세바스찬』과『가면의 고백』의 꼭 중간에 호소에 에이코와 시노야마 기신에 의한 미시마의 두 종류의 나체사진이 위치하게 된다.

『세바스찬』의 주인공, 마키코(麻希子)는 마조히즘 감성의 소유자로, 세리(背理)라는 사디스틱한 여성을 사모해서 그녀와의 사이에 주종관계에 가까운 연애관계를 지니고 있다. 한편으로는 그녀와 같은 마조히스트로 다리가 불편한 고야(工也)라는 소년 펑크 록커와도 서로 사랑하는 관계를 만들어간다. 마지막에는 마키코와 고야의 성애가 엇갈림을 초래하면서, 세리가 그녀에게 임신을 고백한다는 예상치 못한 결말로 끝난다. 감정과 신체, 성과 연애가 삐걱거리고 엇갈리는 동성애 관계는 후속작인『내추럴 우먼(ナチュラル·ウーマン)』(1987)에서 더욱 섬세한 필치로 묘사되고 있는데, 『세바스찬』에서는 마키코와 고야라는 이성 페어가 마조히스트끼리 공감함으로써 동일화되어, 그것과는 반대로 절대적으로 양립할 수 없는 보완

불능의 성적 감정을 자기증명해가는 점에 마쓰우라의 소설에 고유한, 애절할 정도로 상처입기 쉬운 성애감각이 표상되어 있다.

작품의 표제는 직접적으로는 스티브 할리(Steve Harley)의 곡 『세바스찬』에 유래하는데, 다른 작중인물에 의해서 이 곡이 성 세바스찬을 바탕으로 삼은 "매우 피학적인 색이 짙은 노래"이고, 주인공인 마키코도 "성 세바스찬이라 하면 당신에게 있어서도 아이돌이죠?"라고 지적되고 있는 것처럼, 성 세바스찬이 텍스트의 표제와 주인공의 조형에 기조를 이루고 있다. 또한 마키코와 서로 연정을 품는 고야도 부자유스런 한쪽 발에 대해서 나르시스틱한 자의식을 품고 있고(그리고 "마키코는 고야의 불구를 질투하고 있었다"), 그 '기다리는 신체'의 자세는 세

마쓰우라 리에코 『세바스찬』 표지

바스찬적인 유형에 속한다고 간주해도 좋다. 작자인 마쓰우라 리에코는 성 세바스찬의 도상학에 있는 "일종의 마조히스틱한 감성"에 대한 공감이 이 소설을 쓰는 기점에 있었다고 말하고, 거기에 미시마의 『가면의 고백』이 매개되어 있었음을 고백하고 있다(나아가 다리가 부자유스런 고야의 조형에 『금각사(金閣寺)』* 에서의 "안짱다리"인 가시와기(柏木)의 묘사가 조응하고 있다고도 언급하고 있다).[28]

이 소설의 주인공인 마키코는 "남자는 좋아해?"라는 질문에 대해 다음과

---

*『금각사』(1956)는 미시마 유키오의 장편소설로, 그의 대표작 중의 하나이다. 금각사의 아름다움에 사로잡힌 승려가 절을 방화하기까지의 경위를 1인칭 고백체의 형태로 묘사한 이야기이다. 1950년 7월 2일에 실제로 일어난 '금각사 방화사건'에서 제재를 취한 것으로 알려져 있다.

같이 대답한다.

> "나한테는 남자도 여자도 없어. 자신을 여자라고 생각한 적도 없고. 나
> 는 단순히 세계에 떨어진 무방비하고 무장식한 일개의 육체이고, 세계
> 에 요리될 것을 고대하기 있을 뿐이니까. 세계가 남자든 여자든 관계없
> 어. 나에게는 자신과 자신에게 관여해오는 힘이 있을 뿐인 거야."

"세계에 요리될 것을 고대하고 있는" 신체. 그녀의 신체도 또한 확실히
"기다리는 신체"임에 틀림없다. 그러나 "세계에 떨어진 무방비하고 무장
식한 일개의 육체"라는 제로 기호의 수동성을 선택해내고, 거기에 아무것
도 부가하지 않음으로써, 그녀는 동성애인가 이성애인가 라는 섹슈얼리티
의 질곡에서 해방되어 있다. 그 철저한 수동성은 자신의 성뿐만 아니라, 그
녀가 기다리는 타자의 성까지도 고르지 않는다. 마키코가 세리와는 물론
고야와도 성기를 매개한 섹스를 결국 하지 않는(할 수 없는) 것도 그것에 기
인하고 있을 것이다.

그런데 결말에서 세리가 임신하고, 고야가 마조히스트의 욕망을 보내온
다(하지만 마조히스트인 그녀에게는 자신이 세리와 같은 사디스트를 연기하는 일은
견디기 힘들다)는 결말의 전개는 성을 선택하든 선택하지 않든 상관없이 누
구라도 성의 자연적 질서에 거역할 수는 없다고 하는 쓰라린 아이러니를
노정시킨다. 고야도 마키코라는 존재에 대한 깊은 이해와 공감 때문에, 성
세바스찬을 연기할 욕망을 향해서 그녀에게 사수가 되어 줄 것을 애원하
지만, 그것을 맡을 수는 물론 없는 것이다.

이 같은 신체 생리에 의한 질곡을 넘는 데에, 성기뿐 아니라 신체 그 자체

를 매개하지 않는 성이라는 것이 몽상되는 것은 필연적이지만, 마쓰우라 리에코의 『세바스찬』은 물론 그와 같은 영역에까지 발을 들여놓지는 않고, 세리 앞에서 쓰러져 우는 마키코를 그리면서 끝난다. 신체에 성이 제한되어서 살아가는 존재이기 때문에야말로 우리들은 타자와 서로 접촉하고, 연결되는 것을 저지하는 그 장벽 때문에야말로 넘어서기 힘든 벽을 넘으려고 하고, 타자와 접촉하고, 접촉되고 싶다는 어찌할 수 없는 욕망과 동경(그것을 요사노 아키코라면 "뜨거운 열정"이라고 노래했을 것이다.)을 품는 거라고 할 수 있다. 한정된 신체를 담보로 삼아, 그럼에도 불구하고 그 한정을 넘으려고 꾀하는 욕망 때문에, 『세바스찬』의 주인공이 흘리는 눈물은 독자인 우리들에게 최저한의 카타르시스의 발로를 허가하는 것이다.

그리고 이와 같은 1980년대형 세바스찬 이미지는 다른 성을 배제하고, 성의 차이 그 자체를 배제한 다니자키나 미시마의 '성 세바스찬' 상을 상기시키고, 하지만 그것을 일신해 갈 것이다. 보는 시선과 보이는 피부 사이에서 주체화를 노리는 일방통행적인 섹슈얼리티(미시마의 나체사진에서의 '기다리는 신체'의 수동적 포즈와 능동화된 시선이나 체모, 근육과의 조어와 복합은 그 으뜸가는 것이었다.), 그와 같은 섹슈얼리티의 상태에 저항해서, 동성이든 다른 성이든 이해 불가능한 한 쌍 관계를 전제로, 이해 불가능한 피부와 피부의 거리와 차이를 사랑스러워하는 에고, 자타 사이의 흔들림 속에 "흘러 떨어진" 에고가 건져내지는 것이다. 이같이 복잡하게 표상된 '발정하는 신체', 있는 그대로의 수동성을 떠맡은 '피부' 속에, 21세기로 살아남아가는 우리들의 새로운 세바스찬이 숨 쉬고 있었다고 할 수 있지 않을까.

[신승모 옮김]

▌원주

1. 笠原美智子,『ヌードのポリティクス 女性写真家の仕事』, 筑摩書房, 1998, 147쪽.

2. 石内都,『キズアト』, 日本文教出版, 2005, 29쪽.

3. 外山紀久子,「鏡の国のアートワールド―シンディ·シャーマンの磁場」, 神林恒道·仲間裕子編.『美術史をつくった女性たち モダニズムの歩みのなかで』, 勁草書房, 2003, 219쪽.

4. 石内都, 앞의 책, 103쪽.

5. 石内都, 앞의 책, 103쪽

6. 『장미형』의 성립 경위에 대해서는 細江英公,「'薔薇刑'撮影ノート」, 新版『薔薇刑』, 集英社, 1984), 및 岡井耀毅,『瞬間伝説 歴史を刻んだ写真家たち』, 朝日文庫, 1998 을 참조.

7. 프란시스 킹은 미시마가 고무호스를 입에 문 이 사진을 평해서 "여기에는 미시마의 죽음이 가공할 형태로 예언되어 있다. 똬리를 튼 호스는 그의 내장과 같다"고 기술했다 (フランシス·キング,『日本の雨傘』, 横島昇訳/池田雅之監修, 河合出版, 1991, 411 쪽. 이 인상은 미시마의 소설 『우국(憂國)』의 할복장면을 상기한데서 온 것이겠다.

8. 사진집 속에는 안구 그 자체를 확대해서 변형시킨 작품도 포함된다. 덧붙여 호소에, 앞의 글에는 촬영할 때 미시마 유키오의 눈에 관한 다음과 같은 에피소드를 증언하고 있어서 흥미롭다. "막상 촬영에 들어가려고 하자, 자신의 특기는 몇 분간이나 깜박이지 않고 눈을 크게 뜨고 있을 수 있는 일이라 한다. 그럼 그 자세로 렌즈를 강하게 응시해달라고 하자, 실로 눈을 크게 뜬 그대로 내가 35미리 필름 한통 36장을 다 찍어도 아직 눈을 깜박이지 않는다. 바로 필름을 교환해서 같은 위치에서 다시 계속 찍었는데, 아직 눈을 크게 뜬 채였다".

9. 『장미형』의 신편집판에서는 맨 첫 장이 요코오 다다노리의 극채색의 일러스트레이션으로 구성되어 있는데, 그것들은 모두 미시마의 체모가 빽빽하게 덮인 신체를 강조해서 그리고 있다. 그리고 주목해야 할 것은 그 어느 것도 얼굴이 그려지지 않았다는 점이다.

10. 岡井, 앞의 책, 126쪽.

11. 특집의 표제는 「LES MORTS MASCULINES 남자의 죽음(男の死)」. 남성들을 피사체로 삼은 사진으로 바타이유의 이른바 에로스/타나토스의 미학을 시각화한 시도이다. 미

시마를 찍은 시노야마 기신의 사진이 또 한 장, 「익사(溺死)」라는 표제로 게재되어 있다. 이것은 거의 완전한 누드로, 파도의 물결에 겹치듯이 미시마의 다리 정강이 털에 초점이 맞춰져 있다. 이 외의 피사체는 시부사와 다쓰히코, 나카야마 진(中山仁)(촬영은 호소에 에이코), 히지카타 다쓰미(土方巽) 등

12. 폴 슈레이더 감독의 영화 『미시마』(Mishima: A Life in Four Chapters, 1985. 일본에서는 공개되지 않았다)에는 미시마 저택에서의 『장미형』의 촬영신(반나체의 미시마가 고무호스를 입에 물고 있는 사진)이 재현되고, 시노야마 기신이 찍은 『피와 장미』의 「성 세바스찬의 순교」 사진을 복원한 영상, 거기에 영화 『우국』에서의 자작자연의 할복신이 재현되어 삽입되어 있다. 슈레이더에게 있어서 미시마 유키오의 세계란 무엇보다도 그 자신의 신체(나체)인 것이고, 그것은 『가면의 고백』이나 『금각사(金閣寺)』, 『교코의 집(鏡子の家)』 등의 작품세계와 동등한 중요도로 배치되어야 할 것이었다.

13. Gerald Matt and Wolfgang Fetz, Forward for Saint Sebastian: A Splendid Readiness for Death, Kunsthalle Wien, Kerber Verlag, 2003, 9쪽.

14. Richard A. Kaye, "St. Sebastian: The Uses of Decadance." in Saint Sebastian: A Splendid Readiness for Death, 14쪽.

15. 위의 책, 15쪽.

16. 三島由紀夫「解説」(『新潮日本文学6 谷崎潤一郎集』, 1970). 『決定版 三島由紀夫全集』第36巻(新潮社, 2003).

17. 三島, 앞의 글(앞의 책 『決定版 三島由紀夫全集』第36巻, 90쪽).

18. 野口武彦 『谷崎潤一郎論』(中央公論社, 1973).

19. 野口, 앞의 책, 68쪽.

20. 野口, 앞의 책, 72쪽.

21. 野口, 앞의 책, 70~71쪽.

22. 미시마는 앞의 책 『피와 장미』 창간호에 「All Japanese are perverse」라는 자못 도전적인 표제의 문장을 권두 에세이로서 싣고 있다. 동성애/이성애, 사드/마조 등의 요소에 입각해서 여러 가지 도착 perverse의 조합을 11의 패턴으로 분류해서 제시해 보이고 있는데, 거기에서는 사디즘=남성적 특질/마조 히즘=여성적 특질이라는 성별 고정의 본질주의를 회의하는 입장을 표명하고 있다. 다형도착(多型倒錯)이라는 것과 성행위에

서의 역할 선택의 상대성에 대해서 미시마는 유연한 사고를 보이고 있다고 할 수 있다. 하지만 남성에 들어맞으면 사디즘이 "남자의 이지적 비평적 분석적 궁리(窮理)적 측면", 마조히즘이 "남자의 육체적 행동적 정감적 영웅적 측면" 이라고 설명할 수 있다고 하는 바, 페티시즘이 "거의 남자에게밖에 보이지 않는" perverse이고, "온갖 perverse 중에서 가장 '문화적' 인 것이고, 예술이나 철학이나 종교에 근접하고, 그 상징체계들의 숨겨진 기반을 이루고 있다" 라고 단언하고 있는 점에 명백하듯이, 주격과 기축(基軸)을 남성, 혹은 동성애로 고정하는 시점을 숨기려고는 하지 않고 있다.

23. 다니자키가 『금색의 죽음』을 쓴 1914년과 거의 동시대에 독일에서는 신체문화 Körperkultur의 운동이 활발해져 있었고, 작가 프란츠 카프카도 또한 그 세례를 받아서 매일, 뮐러식 체조를 일과로서 연습했다고 한다. 그 체조의 창시자인 뮐러가 이상으로 삼은 것은 "근골이 울퉁불퉁 불거진 보디빌더 형 신체가 아니라, 고대 그리스의 경기자가 갖추고 있던 아름다운 신체", "남녀의 차이를 초월한, 경쾌하고 아울러 '청결' 한 나체" 이고(マーク·アンダーソン『カフカの衣装』三谷研爾·武林多寿子訳, 高科書店, 1997, 143쪽), 이러한 신체사상은 『금색의 죽음』의 오카무라의 사상에도 통하는 바가 있다. 단, 카프카가 공명한 것은 어디까지나 건강한 신체를 만들고, 그것을 자연과 동조시키는 자연회귀적인 신체문화운동이며, 그것은 스위스 아스코나의 몬테 베리타 등에서 전개되던 유토피아니즘 운동과도 연동하는 것이었다. 이러한 건강이나 자연에 대한 동경과 오카무라의 인공적인 예술 의식이 서로 양립할 수 없는 것이었음은 말할 것도 없다.

24. ガブリエレ·ダンヌンツィオ,『聖セバスチャンの殉教』, 三島由紀夫·池田弘太郎 訳, 国書刊行会, 1988(초판은 1966), 235쪽.

25. 三島由紀夫, 앞의 글, 앞의 책,『決定版 三島由紀夫全集』第36巻, 91쪽.

26. ダンヌンツィオ, 앞의 책, 267~268쪽.

27. 가령 1930년에 일본어역이 간행된 모리스 파멜『나체예찬(裸体礼賛)』(内山賢次訳, 萬里閣書房, 1930. 해브록 엘리스가 서언을 썼다)에는 다음과 같은 기술을 찾아볼 수가 있다.

"나체주의는, 실로 철두철미 인도적이어야 한다. 그것은 경제적, 정치적, 종교적 및 사회적 경향이나 편견이나 선전에서 이탈해 있고, 종족, 종교, 계급, 성계(姓階), 또는 성

차별을 불문하고 인간으로서 남녀를 포용하지 않으면 안 된다." (같은 책, 232쪽).

28. 松浦理英子/富岡幸一郎(対談)「〈畸形〉からのまなざし」(河出文庫版『セバスチャン』, 1992).

:: 제8장 ::

맡아지는 언어로
후각 표상과 근대시, 그리고 그 외

1. 근대의 시각중심주의와 후각

야나기타 구니오(柳田国男)의 『메이지다이쇼사 세상편(明治大正史 世相篇)』
(1932)은 쇼와시대 이후 발생한 '엔본(円本) 붐'을 마치 보완하듯 메이지 다
이쇼기를 총괄·회고하는 기운[1]에 편승해서 아사히신문(朝日新聞)사가 간행
한 『메이지다이쇼사』 시리즈 6권 중 한 편이다. 다른 편을 보면 미도로 마
스이치(美土路昌一)의 『언론편』(1930)이나 도기 젠마로(土岐善麿)의 『예술
편』(1931) 등이 1930년대 현대와 메이지다이쇼 시대 사이에 시대적 구분을
설정하여 두 시대 간의 선조적이자 단계적인 발전의 역사를 그리고 있다.
이에 비해 야나기타의 서술의 특색은 대략적인 시대 구분으로서의 '근대'

안에 메이지 다이쇼 60년의 변화가 완만하게 녹아들어 있다는 점이다. 미도로나 도기가 메이지다이쇼를 논하면서 결국 당대 쇼와를 비판하고 있는데 비해 고유명이나 연대 등의 데이터를 일부러 결락시킨 서술 방법을 취한 야나기타는, 근대의 시간을 연속적인 시간으로 설정하고 그와 같은 굴곡 없는 근대를 총체적으로 비판하는 시점에 입각해 있다. 이러한 시점은 특히 책 전반의 근대감성사에 대한 소묘를 위해 필수였다고 할 수 있다.

소리와 색채가 우리의 피로에도 아랑곳없이 끊임없는 변화를 거듭해감에 반해 오직 현대의 냄새라는 것은 희한하게도 차츰차츰 정리되어 가는 경향이 있다. 도시에 살고 있는 자의 오감 중 코만이 조금 과분한 휴가를 허락받고 있는 것 같다. 이는 냄새를 맡아야 하는 대상의 수가 꼭 줄어들었기 때문이라고만은 할 수 없는 것으로, 어쩌면 그와 반대로 수많은 냄새를 전부 맡을 수 없기 때문에 스스로 물러나서 냄새 맡는 능력을 제한하게 되었다고 할 수도 있을 것이다. 코를 진찰하는 의사 및 코 관련 질환이 갑자기 증가한 것도 그러한 점과 왠지 관계가 있는 것처럼 여겨진다. 어쨌든 코의 생김새만 보자면 조금씩 좋아져 왔다고 일반적으로 말할 수 있을지 모르겠으나, 그 내부의 기능을 보면 반대로 나빠지고 있을 뿐, 눈과 귀의 경우처럼 코의 민감함을 자만할 수는 없을 뿐만 아니라 그러한 민감함이 미개인의 특징 마냥 억지를 부리는 사람이 있기 때문에 이 방면에 대한 연구도 진보도 없다. 오직 고풍스런 냄새만이 코에 들러붙어 그 경험이 더욱 빈곤해지는 자들이 늘어나고 있다.[2]

제1장 「눈에 비친 세상(眼に映ずる世相)」에서 특히 의복의 색채를 중심으로 시각 방면에 대해 서술하는 야나기타 구니오는, 제2장을 위와 같은 「마

을의 향기 마츠리의 향기(村の香り 祭りの香り)」라는 문장으로 시작한다. 허나 제2장 역시 「음식에 대한 개인의 자유(食物の個人自由)」라는 제목 그대로 식생활 및 미각만을 화제로 하고 있고, 제3장 이후에는 주거나 풍경 등으로 이야기의 중심이 이동한다. 아쉽게도 위의 후각 문제에 대한 논의가 심화되지는 않는다. 근대의 '색음론(色音論)'에 대한 구상을 전개하는 제1장에서도 소리의 문제를 언급한 부분은 그리 많지 않으나, 근대는 새로운 음향이 오래된 소리를 몰아내고 망각시켜서 지둔(遲鈍)한 채로 정체되어 있는 사람들의 감각을 허용하지 않는다는 부분이 있는 걸로 보건데[3] , 야나키타에게 청각은 시각과 마찬가지로 근대의 변화와 유행 속에 위치하고 있다고 봐도 좋을 것이다.

서구(근대)에 있어서 바라봄(gaze), 시각 표상에 관해서는 할 포스터(hal foster), 마틴 제이(Martin Jay), 조나단 클래리(Jonathan Crary), 미크 발(Mieke Bal) 등에 의해 활발하게 논의되어 왔다. 예를 들어 클래리는 고전적인 카메라 옵스큐라의 지각 모델이 쇠퇴해 가는 과정에서 19세기 근대의 시각을 파악해 가는데, 거기서 시각의 신체성과 시각 경험의 추상화(아무것도 표상하지 않는, 참조하지 않는)라는 양의적인 방향 전환이 발생했음을 논하고 있다.[4] 이러한 시각의 신체성(corporeality of vision)의 인식과 관련하여 터너(Joseph Mallord William Turner)나 페히너(Gustav Theodor Fechner) 등을 예로 들며, 질이 아닌 양으로 가치가 매겨지기 시작한 시각이 다른 감각과 (교환 가능할 만큼) 병렬되는 구도로 이어지는데, 그 와중에 근대화가 시각의 탈영토화 즉 시각의 (다른 감각으로부터의/감각으로의) 자율과 전제(專制)를 준비했다는 탁월한 견해가 제기되고 있다.[5]

클래리도 지적한 바와 같이, 수많은 고전적인 시각론에 있어서 시각의 문제는 종종 촉각과의 보완 관계를 중심으로 논의되어 왔다. 18세기 계몽주의 시대, '몰리뉴 문제(Molyneux's Problem)'(개안(開眼)한 맹인이 촉각에 의존하지 않고 어떠한 시각 이미지를 획득할 수 있는가를 묻는 문제)를 계기로, 버클리(George Berkeley), 콩디야크(Étienne Bonnot de Condillac)를 중심으로 시각과의 상관관계 안에서 촉각의 존재가 갑자기 부각되는 사태가 발생했다.[6] 소위 '순수 시각'의 평가와 관련된 문제가 바로 그것이다. 아닉 르 게르(Annick Le Guerer)는 콩디야크, 디드로(Denis Diderot) 등을 예로 이 시대에는 촉각이 시각보다 상위에 위치하게 되어서 감각 서열의 변동이 일어났음을 개관하는데, 이러한 변동에 의해 그때까지 억압되어 있었던, 예컨대 후각과 같은 감각의 일시적 복권이 이루어졌다고 보고 있다.[7]

하지만 시각과 촉각이 특권적 계층에 위치하고 있음에 비해 후각의 위치가 여전히 하위였다는 점 또한 부정할 수 없다. 콩디야크의 『감각론(感覚論)』(1754)은 한 감각밖에 가지지 못한 입상(立像)이라는 극단적 모델을 가정하고, 그 모델이 다른 감각을 단 하나씩 함께 가지게 되었을 경우를 비교해 간다는 구성인데, 첫번째 조건으로 후각을 선택한 이유는 "모든 관능 중 후각은 인간 정신의 인식에 기여하는 부분이 가장 적다"[8] 고 판단했기 때문이다. 또한 『감각론』과 비슷한 시기에 간행된 버크(Edmund Burke)의 『숭고와 아름다움의 이념의 기원에 대한 철학적 탐구(崇高と美の観念の起源)』(1757)와 같이, 숭고와 아름다움을 감각의 문제로 탐구할 때 빛이나 색채 등 오직 시각을 기축으로 하는 것도 자연스런 전개였다. 후각이나 미각은 버크에게 있어 "단순히 말해, 고통의 원인일 뿐 결코 어떠한 환희도 동반하지 않는"[9] 것이기 때문이다. 숭고(sublime)가 발생하는 조건은 공간의 확장 혹은 '무한'이다. 무엇보다 대상과의 거리 확보가 필수이다. 후각이

나 미각은 대상과의 거리가 가장 가까운 감각으로 낭만주의적 숭고의 규범에서 배제되어야 했을 것이다. 이처럼 서구의 경우 근대의 시각중심주의에 경도되어 가는 과정속에서 후각은 한 단계 아래로 폄하되어 계급(빈곤)지역차나 성차 등 다양한 패러다임 속에서 부정적인 무언가를 표상하는 기호가 되었다. 감각표상의 역사를 연구한 콘스탄스 클라센(Constance Classen)에 의하면 18세기말 서구에서는 남녀가 공통된 향수를 몸에 뿌리는 경우가 있었음에도 19세기가 되면 향수 문화와 후각은 여성의 것으로 특화되어 "향기의 성차"가 확립되었다고 한다.

> 19세기에는 향수뿐만 아니라 후각 그 자체가 여성의 영역이 된다. 계몽주의의 부흥이 시작된 이래 본질적 진리를 전파하는 것으로서의 또는 그 진리를 발견하는 수단으로서의 향기의 가치가 떨어지고, 성성(聖性)을 지닌 향기라는 개념은 영향력을 잃어서 향기의 치유력은 더 이상 신뢰받지 못하게 되었다. 그러한 후각을 대신해 시각이 지식 발견의 강력한 수단으로 그리고 비유로 등장하여, 이른바 과학적인 감각으로 여겨지게 되는 것이다. 시각은 탐험가·과학자·정치가·사업가 등 날카로운 시선으로 세계를 발견하고 지배하는 자들 즉 남성과 결부되고, 후각은 본능·감상·가정·유혹 등 여성에 관한 모든 것과 결부되었다. 한 쪽에는 지도·현미경·금전이, 다른 한 쪽에는 향주머니·음식·향수가 위치하는 것이다. 후각은 당시의 서양 문화에서 여성이 그랬던 것처럼 깔보였고, 착취당하는 노예나 동물의 감각이기도 했다.[10]

시각이 지(知)나 권력과 결부되어 후각 등 다른 감각보다 우세를 점하게 되었다는 조망은 클레리가 지적하는 시각을 양으로 가치매기는 경향과 중첩되는데, 클라센은 그것을 '질로서의 후각'과 대비시키고 있다.[11] 서구 근대의 시각중심주의하에 놓여진 후각의 운명은 일본의 근대화 과정에서도 비슷한 양상을 보였다고 할 수 있다. 근대 일본에서도 서구와 다를 바 없이 정통/통속을 막론하고 지적 담론에 있어서 감각의 계층이 구축되게 되는데, 후각이 시각중심주의하에서 아래로 밀려나 낮은 계층에 위치하게 되었다는 사실도 서구와 동일하다. 일본의 아카데미즘에서 심리학을 창시한 모토라 유지로(元良勇次郎)의 감각론을 살펴 보면 '몰리뉴 문제'에 대한 버클리의 소견이 여전히 답습되어 있으며 시청각(흥미롭게도 청각이 상위에 위치한다)은 분류 즉 차이를 나타내는 능력에 있어 뛰어남에 비해 후각과 미각은 "표상이 불완전함"으로 인해 발달 전망이 어두운 것으로 평가되어 있다.[12] 또한 통속심리학 분야의 경우 대상과의 거리를 기준으로 시각과 청각을 "고급 관능"으로 하고 "저급 관능"을 후각/미각/촉각 순으로 배치한 가토 도쓰도(加藤咄堂)의 담론을 전형적인 한 예로 봐도 무방할 것이다.[13] 앞서 언급한 『메이지다이쇼사 세상편』 속 야나기타 구니오의 후각에 관한 담론 또한 이러한 계보와 접점을 가지고 있다.

근대인에게 초래하는 흥분과 피로를 보상물로 순차적으로 쇄신되어 가는 색이나 소리의 '진화'에서 탈락한 후각의 '퇴화'를 야나기타는 놓치지 않았다. 클라센의 연구가 달성한 것처럼 근대에 있어서 감각이 계층화되는 문제가 자세히 고찰되지는 없었으나, 시청각과는 대조적으로 "코의 민감함을…… 미개인의 특징인마냥" 이야기하며 후각을 야만시하는 편견에 관해 언급하고 있다. 야나기타는 8년간 시력을 잃어버렸던 사람이 개안 후 서술했던 시각의 인상(이는 '몰리뉴 문제'의 전제 조건과 유사하다고도 볼 수 있다)을 근거로 근대의 풍요로운 색채, 그 **양적인** 진화를 '근대의 해방' 중

하나로 제시하고 있는데, 이러한 해방(진화)이 동시에 상실(퇴화)과 맞닿아 있음을 그는 후각 퇴화 담론을 매개로 암시해 주고 있다.

그런데 야나기타가 상정하는 (일본의) 냄새의 전형은 촌락이나 붕배(朋輩) 간 공동체 의식을 이어주는 음식 냄새, 다시 말해 같은 가마 같은 냄비에서 올라오는 음식 냄새를 의미했다. 그는 근대에 후각의 퇴화한 이유로 흡연 습관을 들고 있긴 하나, 그것보다 마을의 냄새라는 공동성이 가마와 냄비의 분립에 의해 상실되고 "서로 다른 것으로 변화하여", "단지 부엌이라는 곳의 냄새로 되어" 버린 점을 아쉬워하는 부분에서 감각에 대한 야나기타 고유의 태도가 현저히 나타난다고 생각한다. 공동체에 의해 공유되는 부분이야말로 야나기타가 생각하는 감각의 표준형이며, 그러한 공동성이 집이나 개인 단위로 분화되어 변이되어 가는 과정에서 근대의 해방=상실의 단면을 발견하고 있는 것이다. 사상, 습관, 법과 달리 감각이란 본래 개개인 신체의 고유성으로 인해 한정되는 것으로, 궁극적으로는 타자와 공유가 불가능하다는 생각이 일반적이다. 허나, 신체 의식이든 오감이든 무언가를 느끼는 방식이란 타자나 공동체와의 사이에 둘러쳐진 **공감**의 망에 사로잡혀 있다. 혹은 틀림없이 그러한 공감에 의존하고 있기에 절대 자유로울 수 없다는 점은 분명하다.

시인 하기와라 사쿠타로는 시집 『달에 짖다(月に吠える)』(1917) 서문에서 '광견병자(狂犬病者)'를 비유로 들며 언어를 통해 타자와 공유될 수 없는 개인만의 고통의 감각, 그 고독함에 대해 말하며, 시작(試作)은 언어를 넘어 개인의 고유 감정을 전달할 수 있는 "언어 이상의 언어"라 하고 있다.

내 육체 내 감정이라 함은 이 세계에서 오직 나 혼자 소유하고 있는 것이다. …… 이는 다른 이들의 것과는 달리 아주 아주 특이한 성질을 지니고 있다. 하지만 또 동시에 세계의 어느 누구와도 공통점이 있어야 한다. 이러한 특이하면서도 공통점이 있는 감정 하나 하나에 초점을 맞추면 그곳에는 시가(詩歌)의 참된 "기쁨"과 "신비성"이 존재한다.[14]

개인의 감각과 감정은 "특이하면서도 공통점이 있"다는 양극성을 내포한다. 이러한 '특이'와 '공통' 사이의 미세한 틈에, 바로 시에 의한, 문학에 의한 표상이 자양분을 얻어 쾌락과 미로 발효되는 효모가 잠복하고 있는 것은 아닐까.

2. 메이지 도쿄의 악취

> 요즘 긴자의 스에히로켄(末広軒)에서 파는 악취제거제를 써도 제거되지 않는 악취는 「촌스러운 냄새나는 처자, 창기(娼妓) 냄새나는 기생, 매음부 냄새나는 찻집여자…… 허둥지둥 냄새나는 인력거꾼, 소변 냄새나는 첩, 패자 냄새나는 가고시마(鹿児島)폭도. 더 쓰려면 끝이 없겠으나…… 이러한 냄새를 기자 나으리에게 발각되는 일이 없도록 주의합시다.
> 아사쿠사(浅草) 미나미마츠야마초(南松山町) 시바타(志婆田)(『読売新聞』1877.5.19)

야나기타 구니오는 「마을의 향기 마츠리의 향기」에서 앞서 거론했던 악취론의 대상이 되는 공간을 촌락에 한정했으나, 메이지 초기의 기록을 보건데 후각이라는 화제는 도시의 공공위생, 구체적으로 악취 문제에 집중되어 있는 듯하다(그에 비해 향수나 꽃향기에 관한 화제는 매우 예외적인 것이었을 것이다). 물론 다음 장에서 논할 마사무네 하쿠초의 『외양간의 냄새』(1916)등의 예에서 볼 수 있듯 지방 촌락에서도 같은 문제를 도출할 수 있을 것이다. 그러나 이는 도시와 농촌 사이에 무의식적인 계층화가 구축되어 있다는 전제 하에서 생각해야 한다. 그러한 의미에서 근대의 냄새 문제란 무엇보다 도시민의 감수성 및 모럴을 그 시발점으로 해야 할 것이다.

 창간한지 얼마 되지 않은 1875년부터 77년 무렵까지의 하절기 『요미우리신문』을 살펴보면 다수의 악취 관련 투서 및 기사가 눈에 띈다. 도랑물의 살포, 어물전 생선의 내장, 도살장의 대소변 퍼내기, 화장터의 연기 등이 그 원인이다. 악취가 생활 위생의 바로미터라는 의미를 띄고 있는데 앞의 인용문에서는 악취가 세상풍자의 도구로도 쓰이고 있다.[15]이는 악취가 도쿄에 대한 공통 화제로 널리 퍼져 있음을 보여준다. "이러한 냄새를 기자 나으리에게 발각되는 일이 없도록" 이라는 문구에는 일단 신문기사화되는 일이 없도록 주의하자는 의미가 있겠으나, 말 그대로 악취를 신문 미디어가 감시하는 외연적 코드가 기능하고 있었다고도 할 수 있다. 그도 그럴 것이 전년도 같은 신문에는 포고를 지키지 않고 도랑의 오수를 길거리에 뿌려 대는 몰상식한 자가 있으면 "그 집 번지부터 이름까지 신문사에 알려 줍시다" 라는 투서도 보이기 때문이다(1876.8.1).

 이러한 투서들보다 몇 년 앞서 1872년 도쿄에서 위식괘위조례(違式詿違条例)˚가 공포되었는데 죄목 제36조에 "죽은 금수 또는 오염물을 길거리에 투기하는 것" 이라고 명기되어 있다(이외에도 "부패한 음식", "병든 소, 죽은 소 그 외 병들어 죽은 금수" 의 매매, "뚜껑을 덮지 않은 똥통" 의 운반 등도 금지되어 있

---

* 메이지 초에 주로 경범죄를 단속하기 위해 제정된 단행법.

다).[16] 악취를 기피하고 감시하는 일종의 시민 의식에는 공중위생의 모럴을 규정하는 것보다 더 큰 영향력으로서 법의 통제력이 작용했다고 볼 수 있다. 뿐만 아니라 그 배경에 1877, 79년에 대유행한 콜레라를 비롯한 전염병에 대한 경계심, 그리고 하층 사회에서 생활하고 있는 사람들에 대한 천시와 차별 의식도 있었다는 점을 함께 고려해야 한다. 물론 도시론적 관점의 연구가 밝히고 있듯 일본의 수도 도쿄에서도 산업 혁명 이후의 서구 도시와 마찬가지로 하수도나 도로의 정비가 매우 지체되어서 위생 문제의 해결이 언제나 그 과제였는데, 이를 앞서 지적했던 시민 감정과 떼어 놓고 생각할 수는 없다. 사쿠라다 분고(桜田文吾)나 마쓰바라 이와고로(松原岩五郎)등에 의한, 1880년대 후반에서 90년대에 걸친 이른바 '빈민굴' 르포르타주에서 공통적으로 추출할 수 있는 냄새 묘사를 분석한 미하시 오사무(三橋修)는 근대 악취 문제의 기원에 대해 다음과 같이 날카롭게 분석하고 있다.

> 이것(가시마 만베이鹿島萬兵衛에 의한 에도의 회상[17] —인용자)을 보면 에도 시대에는 모두가 악취 속 생활에 익숙했기 때문에 굳이 뭐라 할 정도로 사람들의 관심을 끌지 못했음이 여실히 드러나 있다. 악취는 메이지 시대가 돼서야 사람들의 입에 오르내리게 되었다고 할 수 있다. 조금 과장하면 악취란 메이지 시대에 발견된 것이다.
> 그렇다면 악취는 어떻게 사람들의 관심을 끌 수 있었는가. 가장 큰 계기는 역시 "악성 전염병"에 있다.[18]

미하시는 악취 기피 모드(mode)가 구축되는 과정을 위와 같이 파악한 후, 냄새가 위생·건강을 해친다는 발상은 콜레라와 관련해서 비접촉전염설(미아즈마설)이 서구에서 유입된 것이 계기라고 하는데, 콜레라균 발견(1883) 이후에도 그러한 발상은 불식되지 못했다고 한다. 이는 과학적 지식에 근거한 법적 강박(위식괘위조례도 전염병을 당연히 의식하고 있다)에 시달리면서도 그러한 지식의 과학적 증명성이 동요되어 과학적 담론과 편견적 담론이 분절되지는 못한 채, 편견적 담론 자체가 통속적으로 과학화하는 과정으로 생각할 수도 있다. 메이지 이후 악취는 전염병의 병원(病原)인 장기(瘴氣, 미아즈마)의 징후로 간주되게 되고, 그때까지 의식하지 못했던 냄새가 부정적이고 위험한 가치를 띠는 사태에 이르게 된다. 그리고 통속적으로 항간에 유포된 '과학'이 역으로 이러한 후각적 편견을 오랜 기간 배양하는 원인으로 작용했던 것이다.

전후 1960년대부터 70년대에 걸친 '공해(公害) 열도'의 공기를 호흡했던 기억이 있는 사람에게 악취 문제가 결코 메이지라는 먼 과거의 문제만은 아니다. 필자가 아는 인근 지역의 예를 들자면 요카이치(四日市)시 공해로 인해 발생한 악취'는 분명 건강과 생명을 좌우하는 지표로서 기능했다(1971년에 악취방지법이 공표되었다). 이 악취에 후각에 대한 편견 따위가 끼어들 여지는 없었다. 그러나 하수 및 도로 배수 정비가 지연된 메이지 도쿄의 거리를 뒤덮은 악취는 분명 현대의 악취와는 차원이 다른 것으로, 오늘날 도시에서 맡을 수 있는 불쾌한 냄새와는 분명 비교도 되지 않을 것이다. 메이지 초기의 도랑 오수와 도로상 오물이 내뿜는 냄새가 심각한 문제였으며 손쉽게 개선 가능한 문제가 아니었음은 사반세기 후 고다 로한(幸田露伴)의 저명한 도쿄론『일국의 수도(一国の首都)』(1899) 속, 불결한 도쿄의

---

* 1960년대 미에(三重)현 요카이치 콤비나트에서 발생한 대기 오염으로 인해 집단 천식 환자가 발생했다. 요카이치 천식은 미나마타병 등과 더불어 전후 일본의 4대 공해병 중 하나.

오수, 쓰레기, 분뇨를 고발하는 집요할 정도의 서술을 보면 수긍이 간다. 예컨대 "혼조(本所), 후카가와(深川), 시타야(下谷), 아사쿠사(浅草)의 비습한 웅덩이에서 나는 불쾌한 광경"을 서술하고 있다.

> …… 넘칠 듯한 개골창의 썩은 물이 끊임없이 더러운 냄새를 뿜고 있어서 건조할 틈이 없는 땅은 장마철인 듯한 느낌도 준다. 이러한 땅이 건강에 부적합한 땅임을 한 눈에 알아봐야 할 것이다. 금방 그치는 비에도 도랑은 쉴 새 없는 배설의 움직임을 시작하고 더럽고 불결한 물은 거리 위에 범람한다. 그리하여 쓰레기 처리장에 쌓여 있는 쓰레기와 인기의 분뇨가 뒤섞여 거리로 흘러 넘친다.[19]

인용문에서도 알 수 있듯 고다 로한이 강한 어조로 적발하는 도시의 불쾌함·불결함이란 개골창(배수) 설비의 불충분함에 의한 습윤한 환경에서 유래하는 것이다. 이에 대한 대책이 실행된 지역(니혼바시구日本橋区 등)에서는 건조 상태가 유지되어 있으며, 이러한 '건조/습윤'의 차이가 그대로 지역 번영의 차이에 반영되어 있다는 것이 골자이다. "건정"(乾浄), "비습"(卑湿) 등의 용어를 채택했다는 점에서 그러한 사고를 엿볼 수 있다. 마에다 아이는 『일국의 수도』를 논하며 슬럼('빈민굴') 문제, 마쓰바라 이와고로나 요코야마 겐노스케(横山源之助)등이 기록한 서민의 생활을 시야에 넣지 않았다는 점에 의문 부호를 달고 있으나,[20] 짧게나마 시타야, 아사쿠사 일부 지역이 슬럼화하는 필연성을 위 인용문에서처럼 "배수 설계"의 관점에서 언급하는 부분이 한 곳 있기는 하다. 아니, 오히려 고다의 텍스트는 '하층 사회'를 일국 수도의 풍경이 오수나 오염에 대해서 그러하듯 격리·배제하려 했다고 생각할 수 있을 것이다. 고다는 인분을 비료로 활용했던 근세 이후의 리사이클 시스템(메이지 당시 아직 대소변은 농가나 업자에 의해 매입되는 훌륭한 자원이었다)에도 부정적인데 '건조'를 이상화하는 발상의 **결벽함**과 같은 것이 엿보인다. 그러한 '건조'가 냄새를 배제하고 있음은 물론이다. 오히려 토지의 습윤함은 불쾌하고 불결한 이미지로서 악취와 연동한다. 선행하는 슬럼 르포르타주를 보조선으로 설정하면 '습윤-악취-불결-빈곤'과 '건조-무취-청결-번영'이라는 대립적 패러다임이 펼쳐짐을 알 수 있다.[21] 앤서니 신노트(Anthony Synnott)는 이러한 계층화를 초래하는 후각의 정치학에 대해 다음과 같이 서술하고 있다.

> 따라서 냄새란, 현실의 냄새이건 상상의 냄새이건 계급과 민족에 대한 불평등의 정당화에 봉사할 수 있는 것이다. 더군다나 특정 인간 집단에 **부정적인 도덕적 아이덴티티**를 강요할 때 쓰이는 확신 가운데 한 가지다. (강조 원문)[22]

위와 같은 대립적 패러다임이 앞 절에서 개괄한 근대의 감각의 계층화와 직접적으로 접속하지는 않으나, 냄새가 위생이나 경제상의 부(負)의 가치를 짊어지게 됨으로써 후각이라는 감각 자체도 폄하되어 왔다는 점은 예상 가능한 전개이다. 물론 근대의 후각이 혐오해야 할 대상으로서의 악취만을 맡아 왔던 것은 아니다. 예를 들어 슬럼의 악취와 계급적인 정대칭점에는 향수 문화의 발달이 존재한다. 서구의 향수 문화 발달 또한 악취에 의한 침식 방지라는 배경을 가지고 있긴 하나 원래 쾰른에서 페스트 예방을 위해 제조되었다고 하는 오데코롱(eau de Cologne=쾰른의 물)이 메이지 시대 일본에 유입될 시 콜레라 예방 효과에 대한 기대와 함께 보급되었다(그러한 이유로 '오데코로리'라고도 불렀다)는 점을 상기해도 좋을 것이다. 그리고 개인의 몸에 뿌리는 향수라는 인공적인 향기는 사적인 장면에서의 에로스적 감각을 불러일으키며, 통속성욕학의 담론 또는 자연주의 문학 표상의 힘을 빌려 육체(신체)의 향기에 눈 뜨게 해 준다.

개별 감각으로서의 '향기'와 공공 감각으로서의 '냄새(악취)'라는 대립적인 구도를 기반으로 후각의 근대는, 시각중심주의 체제 하에서 스스로의 위치를 정한 뒤 거기서부터 성숙으로 향할 것이다. 그러한 성숙화 과정에서 개별(향기)과 공공(냄새) 사이의 경계가 모호해지는 사태도 찾아오게 될 것이다. 그리고 감각의 개별/공공의 경계가 불안정해지는 것을 토양으로 퇴화론 등의 세기말적 사조 또는 자연주의/상징주의 등의 문학 표상이 꽃을 피우게 된다.

3. 세기말 퇴화론과 후각

> 불란서 시인 보들레르가 극단적 인공미를 찬미한 것처럼, 오늘날 도쿄 시로 하여금 물질적인 미관이 드러날 수 있도록 하자. 아름다운 것을 눈으로 보고 자극적인 냄새를 코로 맡으려는 것은 현대인의 욕망이다. 나라도 부유해지는 마당에 지상의 극락을 보고 싶다.[23]

시인 고다마 가가이(児玉花外)가 남긴 『도쿄인상기(東京印象記)』(1911)는 메이지·다이쇼 시대에 쓰인 적지 않은 도쿄론 중에서 한 편의 도시감각론으로 특히 주목할 만하다. 1911년을 기점으로 공시적 시점에 입각하여 사적인 감각을 통해 도쿄의 단면을 부분적으로 보여주는 점에서, 통시적 시점에 입각한 서술이 주를 이루고 있는 야나기타 구니오의 『메이지다이쇼사 세상편』과 상호보완적 관계에 있다고도 볼 수 있다. 고다마는 일단 도쿄 거리에 색을 입히고 있는 페인트 칠한 간판이나 광고 기둥을 "도시를 수놓는 꽃"이라 칭송하며, 현대 도쿄를 상징하는 색채는 빨강이라고 서술한다. 상기 인용문에서 볼 수 있는 찰나주의적이라 해도 좋을 물질미·감각미에 대한 지지 표명은 시각중심주의적 코드 안에서 이루어지고 있다. 뒤이어 "금광의 광부가 곡괭이질을 하는 것보다 더 노력하여 우리는 대도회에서 시를 찾을 것이다. 근대시의 내부를 쪼개어 보면 전부 빨간색을 띠고 있다" 등의 문장이 이어지는데, 고다마가 찬미해 마지않는 '빨강'이라는 색채는 "대도회의 진보해 가는 생명 활동력"의 상징, 마치 도시라는 신체 내부를 뜨겁게 흐르는 혈액 같은 것으로 인식되어 있다.

자극으로 가득 차 있고 생명력을 구가하는 빨강이라는 색채는 그러나, 어딘가 모르게 불안함과 불길함을 환기하고 있지는 않은가. 예컨대 『도쿄 인상기』 전년에 간행된 나쓰메 소세키의 『그 후(それから)』(1910)의 결말, 주인공 다이스케가 직업을 찾기 위해 집을 나와 올라탄 시영(市營) 전차에서 바라보는 **빨간** 도쿄의 풍경을 상기해보자. 빨간 우체통, 빨간 양산, 빨간 자동차, 빨간 포렴과 깃발, 빨간 전봇대, 그리고 "빨간 페인트의 간판……", "끝내는 세상이 전부 새빨개졌다." 이러한 빨강의 연쇄는 이 후 아쿠타가와 류노스케도 『톱니바퀴』(1927)에서 주인공을 위협하는 연상과 암호의 망상의 표상으로 활용한다(빨간 빛, 가집 『빨간 빛』, 빨간 원피스의 여자). 야나기타가 색채의 혁신에서 발견한 "근대의 해방"을 고다마는 현장 검증의 당사자로서 생생하게 증언하고 있는데, 앞서 야나기타에 대해 언급한 바와 같이 '해방(진화)'에 '퇴화'가 인접해 있다는 점은, 『그 후』와

같은 일종의 세기말적 감각 표상의 취향을 매개하면 명확히 알 수 있다.

"진화의 뒷면이 언제나 퇴화라는 사실은 고금을 통틀어 슬퍼해야 할 현상"—이는『그 후』에서 "너무 심하게 도회화되어…… 무감동(nil admirari)의 영역에 도달해 버린" 다이스케의 '진화'를 설명하는 구절이다. 이처럼 진화가 퇴화를 내포한다는 발상은 나쓰메 소세키가 열심히 읽고 또『런던탑』(1905)에서도 언급했던 막스 노르다우(Max Simon Nordau)의『퇴화론』 Degeneration(원저 1892, 영어판 1895)에 근거를 두고 있다. 그 자신 의사이기도 했던 노르다우는 의학적 모드에 준거해서, 세기말적 퇴화 병리의 다양한 증후(symptom)를 적출하여 그에 대한 진단을 내린다. 우선 현대인의 복장·주거에서 시작해서 미술·음악 순으로, 이어서 시각·청각의 순으로 분석해 나가는데 문학에 관해서 다음과 같이 후각적 표상을 매개로 분석한다는 점이 흥미롭다.

> 따라서 그와 같은 악취는 하수가 마구잡이로 발산하는 것처럼 우리 코를 찌른다. 졸라 그리고 졸라 일파가 몸을 담그고 있는 하수의 오물은 오늘날 전부 준설(浚渫)되었기는 하나 이로 인해 오히려 현대인의 마음을 썩어 짓무르게 함이 많음을 알지 못한다.[24]

노르다우의 의도는 동시대에 발흥한 세기말 문예 '모더니즘'을 비판하는 것이었는데, 인용문은 자연주의 문학의 잔해를 말 그대로 하수(sewage)와 악취(exhalation)의 비유를 통해 험한 어조로 비난하고 있다. 노르다우에게 "하나의 유기체인 인간에 있어 자기 내면의 성장을 환경과 분리하여 생각할 수는 없다. 이러한 문맥에서 자연을 알고 사실을 관찰하는 것이 언제나 중요하다", 그래서 "관찰보다 상상력에 의거하기 때문에" 졸라는 비판받아야 한다(조지 모스George Lachmann Mosse).[25] 성윤리를 포함하는 중산 계급의 모럴 및 이성을 원리로 하는 노르다우의 눈으로 보면, 수많은 모던 문예의 상상력과 표상은 병리이자 퇴화로 비춰질 뿐이었다.

"하수의 오물"이 발하는 악취 취급까지 받은 졸라에 대해서는 후반부 「사실주의(리얼리즘)」장에서, 특히 후각 표상에 대해 상세하게 논하고 있다. 뇌중추의 구조 등을 근거로 후각은 시청각에 비해 철저히 폄하되어서 "냄새 맡는 사람들"은 원시 시대를 넘어 인간 이전=동물 시대로 퇴화한 존재라 말한다.[26] 마찬가지로 고다마 가가이가 도시미를 상징하는 색으로 중심화한 빨강에 대해서도 홍분을 유발하는 발동적(dynamogeneous)인 성질을 지니고 있기 때문에 히스테리 환자에게 편애받는 색이라 단정짓고 있다.[27] 졸라 일파의 자연주의나 상징주의가 '느끼는 것'을 아무리 솜씨 좋게 표상한들 그것은 더 높은 위치의 (진화한) 모럴이나 정신성과는 무관한 것에 불과하다고 말하고 있는 것이다.

하지만 이러한 퇴화론의 담론이 위에서 설명한 문맥과 무관하게 일본에 도입되었을 때, 그러한 모던의 저주가 『그 후』에서 볼 수 있는 것처럼 근대인의 존재를 증명해 주는 감각의 퇴화를 낭만화(극화)하는 방향으로의 가교 역할을 수행한 것은 아닐까. 여기서의 낭만화란 개별 감각으로서의 퇴화를 예컨대 '세계고(世界苦)(Weltschmerz)'와 같은 보편 감각으로 일반화하는 것을 일컫는 것으로 이러한 굴절된 번역의 효과는, 예를 들어 노르다우를 강하게 의식하며 쓴 세기말 문예의 대표적 계몽서, 구리야가와 하쿠손(厨川白村) 『근대문학십강(近代文學十講)』(1912)에 비추어 생각해 보면 분명해진다. 구리야가와는 노르다우가 병리나 퇴화로 명명한 증후를 예민한

"근대인의 감수성"(sensibility)[28]의 상징으로 반전시킨다. 신경·감각(관능)에 대한 고다마구리야가와의 찬미 그리고 노르다우의 혐오는 모던이 투사하는 모델의 양의성을 드러내고 있다. 노르다우에게 다른 무엇보다 세기말 서구의 퇴화를 상징하는 것인 후각. "degeneration"의 번역어가 '퇴화'가 되든 '퇴폐'가 되든, 야나기타가 시각의 확장에서 감지한 "근대의 해방"을 후각은, 언더그라운드에서 지탱해 가며, 동시에 흔들어 간다.

『퇴화(론)(Degeneration)』의 독일어 원제는 Entartung인데 (둘 다 '변이', '전화(転化)' 등을 의미하는 의학 용어), 이 단어는 1937년 뮌헨을 시작으로 독일 각지에서 개최된 전람회에 전시된 예술 작품, 즉 '퇴폐 예술(Entartete Kunst)'이란 표현에도 쓰이고 있다. 나치스의 미 규범에서 이탈·변이(entarten)했다고 간주되어 몰수된 예술 작품('퇴폐 음악' 또한 따로 선정되어 탄압받았다), 인상파에서 다다이즘, 표현주의 회화, 조형 예술을 전시한 '퇴폐 예술전'에 대해 노르다우(그 자신도 유대인이다)의 직접적인 책임은 없겠으나, "민족의 발전"을 역행하는 원시성을 "기형적인 신체부자유자", "인간보다도 동물에 가깝다"고 비난한[29] 히틀러의 연설과 『퇴화론』의 '모더니즘' 비판 논리는 너무나도 자연스럽게 연결된다. 전시된 대상을 조롱하는 매우 이례적인 전람회가 대만원을 이룬 이유를 성급하게 결론지을 수는 없겠으나, '퇴폐(entartung)'가 불온한 에너지를 견지하고 있었음은 분명하다. 그리고 '퇴폐예술전'으로 수렴되어 가는 세기말 퇴폐 예술과 퇴화론적 담론 둘 다 같은 류의 불온한 힘을 지니고 있었음을 노르다우의 『퇴화론』은 여지없이 드러내고 있다. 그러한 불온함은 도랑물의 악취를 통해 공유되었던 불쾌한 오예(汚穢)가, 피부 감각을 세력권으로 하는 개인의 신체 영역에서 배어 나오는 것을 통해 그 모습을 드러낸다. 여기서 노르다우가 후각론에서 언급한 자연주의 및 상징주의 문학이 증언석으로 소환된다.

4. 맡아지는 언어로

일본의 근대시는 어떻게 후각과 조우하게 되었을까. 죠카(長歌)* 개량에서 탄생한 신체시(新體詩)는 전통시의 수사법을 원재료로 출발했는데, 신체시와 전통시 사이의 감각표상에 단절이 발생한 것은 언제부터일까. 후각만을 특정지어 논할 수는 없겠으나 기타무라 도코쿠(北村透谷)**의 시가 그러한 단절의 단서를 형성했다고 할 수는 있을 것이다. 그의 특출난 선험성과 비견될 수 있는 동시대적 존재는 『신체바이카시집(新体梅花詩集)』(1891)의 나카니시 바이카(中西梅花) 정도가 있을 뿐이다. 기타무라는 시 텍스트에 특이한 공간적 조건을 부여하여 상상력과 감각을 새로운 차원으로 고조시켰다.

『죄수의 시(楚囚之詩)』(1889)에서 기타무라 도코쿠는 옥사에 갇힌 수인을 묘사했는데, 닫힌 공간으로 상정된 자신의 내부 세계(또는 "슬픈 limit"[30] 로서의 신체)에 다채로운 상상과 감상이 피어오르게 했다. 옥사는 동시에 "묘지"로도 간주되어 죽음에 대한 각오도 시를 통해 이야기되고 있는데, 이러한 구상은 사후 묘지 안에서의 감회를 노래하는 이색작 「촉루무(髑髏舞)」(1894)를 통해 구체적인 시도가 이루어지고 있기도 하다. 「촉루무」는, 생전

---

* 와카의 한 형식. 단가(短歌)에 비해 긴 와카로 기본 5·7을 3회 이상 반복한 뒤 마지막에 7을 덧붙인다.
** 기타무로 도코쿠(1868~1894)는 시인, 평론가, 평화주의운동가. 자유민권운동에 참가하나 좌절, 기독교 세례를 받는다. 『죄수의 시』, 희곡『봉래곡(蓬莱曲)』(1891)등을 자비 출판하나 당시는 크게 평가받지 못했다. 허나 후세에 이르러『내부생명론(内部生命論)』등을 기점으로 하는 그의 형이상학적 사상철학이 재평가 받게 된다. 1894년 25세의 나이로 자살했다.

남자들을 홀렸던 "이마고마치(今小町)*"의 해골이 춤을 춘다는 괴상한 풍경(서구 중세의 '죽음의 무도(dance macabre)'의 기호와도 통한다)을 묘사한다. 텍스트 서문 "어느 날, 지학(地學)협회에서 본 것을 환등을 계기로 구상했다"는 부분에서 환등이라는 시각 미디어의 개입이 상상력의 발단에 존재했음이 엿보이지만, "살 없는 몸"의 묘사에 후각 표상은 관계가 없었다. 단지 『죄수의 시』 「제8(第八)」에, 집 앞뜰에 남겨 두고 온 국화를 생각하니 국화의 향기가 난다는 환상으로서의 후각 묘사가 존재할 뿐이다. "아, 날 생각해 주는 친구!/한스러운 이 향기/내 손으론 닿을 수 없네"라는 것처럼, 국화 향기는 대상(꽃)으로서의 실체를 지니지 못하고 후각 특유의 만질 수 없는 답답함을 표출하고 있다. 또는 반대로, 옥사라는 내부 세계에서 자라난 초현실적 관념 세계와 후각은 비교적 멀지 않은 관계에 있었다고 보는 것도 가능할 것이다.

기타무라 도코쿠에게 현실을 초월한 관념 세계의 미적 지표는 앞서의 버크가 창도(唱導)한 바와 마찬가지로 '숭고'에 놓여 있었는데[31], "서브라임이란 형(刑)에 대한 판단이 아니다. **상(想)**의 영역이다"(강조 원문)[32]라고 되어 있듯 그의 감각에 대한 자세에는 본인도 모르게 형이상학적 초월 지향이 내재되어 있었다. "형태의 미추를 눈으로 보고 즉각 결정하는 것은 미의 최후 판단으로서 옳지 않다"[33]는 그의 미의식에서 "안모"(眼眸)도 "고막"도 미추를 판단하는 기관으로 적합하지 않다는 인식을 도출할 수 있다. 결국 기타무라의 주장은 신체의 "limit"에서 벗어나 단일한 "모럴리티"를 탐구하는 정신주의일 수밖에 없으나, 대상의 형체와 거리를 초월하려 하

---

* 헤이안 시대의 여류가인 오노노 고마치(小野小町)에 빗대어 그에 견줄만한 미녀가 나타났음을 일컬을 때 쓰는 표현이다.

는 지향 속에서 시각중심주의를 넘어서려 하는 순간이 얼굴을 내밀고 있다는 점에는 주목해야 할 것이다.

 시각이 우세한 인간의 감각세계에 있어서, 감지된 냄새는 대상의 속성, 즉 대상의 시각 이미지를 표상하는 속성 정도의 취급을 감수할 수밖에 없다. 시각을 기본으로 하는 한, 장미 향기는 장미를 표상할 수는 있어도 장미 그 자체가 될 수는 없다. 어떤 언어가 의미·환기하는 것(시니피에)의 영역에서 냄새가 시각 이미지와 비교하여 얼마만큼의 배당을 차지하고 있는지는 대상에 따라 달라지긴 하겠으나(예를 들어 '마늘' 과 '돌' 의 차이와 같이), 장미든 대파든 언어의 의미 내용에서 후각이 시각을 압도하는 예는 극히 드물 것이다. 냄새는 시니피에로부터 가장 멀리 떨어진 감각 기호이다. 그렇기 때문에 시각에 복종하는 서열에서 탈출하기 어렵다. 그러나 역으로 실체성이 희박하다는 점과 대상(의미)과 거리가 있다는 제약으로 인해, 후각 표상은 대상과 자신의 '사이', 그 사이에 존재하는 공기, 분위기 또는 기미(気味) 등을 표상하는데 효과를 발휘해 왔다. 분위기와 기미라는 단어가 둘 다 '기(気)' 를 포함하고 있듯 냄새 자체는 공중으로 흩어지는 향수나 향연(香煙)처럼 **기체와 같은** 것으로(과학적으로 냄새는 '냄새물질' 의 증기) 물상(物像)이나 신체의 윤곽을 넘어서는 '인상' 과 결부된다. 당연하게도 그것은 에로틱한(장면의) 표상에 알맞을 뿐만 아니라, 타자가 아닌 자기 자신의 신체를 감싸고 있는 냄새는 때로는 나르시시즘과도 유착한다. 그러나 냄새가 사적인 관계나 나르시스적인 신체 영역에서 이탈하여 널리 공유(共有/公有)되면 그 즉시 불쾌한 악취로 여겨져 혐오의 대상이 되거나 계급이나 성차를 분절화하는 권력의 기호로서 기능하기 시작한다. 일본의 자연주의와 상징주의 문학이 실은 상극이면서도 둘 다 후각을 발견하고 그것에 집착해 왔던 것은, 이상과 같이 후각이 초래하는 '인상'에서 그 단서를 찾을 수 있을 것이다.

알랭 코르뱅(Alain Corbin) 『냄새의 역사(Le miasme et la jonquille: L' odorat et l' imaginaire socail)』는 19세기 서구의 냄새 미학사에 관해서 자유분방하게 이야기를 전개하는 서적인데, 그 책에서 소개하는 발자크, 보들레르, 졸라, 플로베르, 위스망스 등 근대 프랑스 작가들의 후각적 미학의 풍요로움을 접하면 경탄을 금할 수 없다. 코르뱅은 보들레르의 후각 표상의 에로티시즘에 대해 "이제 성적 욕망을 자극하는 것은 조신한 신체에서 아련하게 느껴지는 향기가 아니라 나체의 향기, 드러누운 침실의 눅눅하고 무거운 공기 그리고 열기를 머금어 한층 더 강렬하게 피어오르는 향기이다. 시각적 메타포도 모습을 감추어 간다. 이제 여자는 백합이 아니라 향주머니가 되고…… 향기의 꽃다발이 된다"[34]라는 탁월한 해설을 덧붙이고 있다. 그러나 우에다 빈(上田敏)* 이나 간바라 아리아케(蒲原有明)** 등 일본의 시인들이 보들레르 등에 의한 서구의 상징주의 시를 받아들이기 시작한 1900년대가, 소설을 중심으로 자연주의 사조가 문단을 주도하는 시대와 중첩된다는 점은 주지의 사실이다. 그리고 그러한 사조에 뒤이어 발현한 시에서도 언문일치와 더불어 자연주의가 논의의 대상이 되었다는 경위를 잊어서는 안 된다. 상징주의라는 개념 또한 이러한 혼란 속으로 끌려들어 왔다고 봐야 할 것이다. 보들레르의 「황혼의 곡(薄暮の曲)」(Harmonie du soir)이, 우에

---

* 우에다 빈(1874~1916)은 시인·외국문학자평론가. 『제국문학』제1기 창간인 중 한 명. 상징주의적 시작에 힘쓰는 한편 유럽 문예 사조의 소개 및 후진 양성에도 적극적이었다. 번역시집 『해조음』은 상징적 수법의 달성이라는 면에서 높은 평가를 받았다.
** 간바라 아리아케(1875~1952)는 시인. 복잡한 어휘·리듬을 구사하는 상징시를 창작했다. 그의 세 번째 시집 『춘조집』은 일본 최초로 상징주의적 지향을 표명한 시집이며 『아리아케집』을 통해 상징주의적 수법의 정점에 도달하려 했다.

다 빈의『해조음(海潮音)』(1905)의 고아(古雅)한 번역에 의해 소개된 것도 그
러한 상황과 관련이 있다.

> 나뭇가지를 윤기로 적셔, 가지 끝 꽃날리는 이 시간,
> 순풍에 흩날리는 꽃향기, 지지 않는 향로 같구나.
> 향기도 소리도 하늘로 지네, 툭툭 후두둑 툭 후두둑.
> 왈츠 춤사위란 애절하구나, 노곤함에 갈 곳 잃은 현기증이여,
> 순풍에 흩날리는 꽃향기, 지지 않은 향로 같구나.
> 상처에 아파하는 가슴처럼, 바이올린 연주여,
> 왈츠 춤사위란 애절하구나, 노곤함에 갈 곳 잃은 현기증이여,
> 가마 위 아득한 하늘은 슬퍼서 아리따워라.

너무나도 고풍스러운 조사(措辭), 그리고 표제의 "곡"(曲)을 시작으로 "툭
툭 후두둑 툭 후두둑", "애절하구나" 등의 번역이 원시와는 전혀 다른 의
미를 띠고 있다.『해조음』에 대해 자주 지적되는 사항이 바로 번역이라기
보다 번안에 가깝다는 점이다. 그렇기 때문에 원시가 가진 에로틱한 암시
나 음악적 압운=해조(諧調, harmonie) 또한 모두 손실되었다고 볼 수 있다.
이래서는 촉각 및 청각과 어울리는 후각 표상의 효과도, 코르뱅이 지적한
에로스적 효과도 묽어진다. 그렇다면 다음의 인용은 어떠한가.

도키오는 책상 서랍을 열었다. 머릿기름이 밴 오래된 리본이 버려져 있
었다. 그걸 꺼내 도키오는 냄새를 맡았다. 그러고는 조금 있다가 그는
이불장을 열어 보았다. 큰 버드나무 고리짝 세 개가 곧장 보내도 될 상
태로 동여매어져 있었다. 그 안쪽엔 요시코가 항상 사용했던 이불—연

두빛 당초 무늬의 요와 솜이 두툼하게 들어간 같은 무늬의 요기(夜着)가 포개져 있었다. 도키오는 요기를 꺼냈다. 그녀의 그리운 머릿기름 냄새 땀 냄새가 도키오의 가슴을 뭐라 말로 표현할 수 없을 만큼 설레게 만들었다. 기름과 땀으로 특히 더러워져 있는 벨벳 옷깃에 얼굴을 부비며 그리운 그녀의 냄새를 마음 가는 대로 맡았다.

성욕과 비애와 절망이 홀연 도키오의 가슴을 엄습했다. 도키오는 그 이불을 깔고 요기를 입고 때 묻은 차가워진 벨벳 옷깃에 얼굴을 파묻은 채 눈물을 흘렸다.

『해조음』보다 2년 늦게 발표된 다야마 가타이(田山花袋)『이불(蒲団)』(1907)의 너무나도 유명한 결말 부분이다. 주인공 도키오는 여제자 요시코가 떠난 뒤 그녀의 몸에서 나는 머릿기름과 땀 냄새를 맡는다. 그것은 그녀의 신체의 흔적, 코르뱅의 표현을 빌리자면 그녀의 "나체의 향기"의 흔적이라 할 수 있다. 그리고 리본에서 이불로 그리고 잠옷으로, 도키오의 후각은 요시코의 외부에서 내부(나체)를 향해 침입해 간다. "성욕과 비애와 절망이 홀연 도키오의 가슴을 엄습했다"라는 부분이 도키오의 감각 및 심정의 대부분을 설명해 주고 있는데, '성욕'이 "비애와 절망"과 같은 차원에서 다루어지고 있다는 점에서 다야마의 낭만주의적 감각을 확인할 수 있다. "특히 더러워져 있는"이라는 추함의 표상이 성욕과 대응하고 있다고 봤을 때, 반복되는 "그리운"이라는 표현은 "비애와 절망"의 페이소스와 대응한다. 『이불』은 미수에 그친 성교섭을 그리기 위한 소설이기 때문에 다름아닌 냄새 표상을 필요로 하고 있으며, 그러한 미수의 묘사를 통해 해학과 맞닿아 있는 페이소스 또한 자아낼 수 있었다. '추함의 미화'를 표상하는 것으로, 미와 추의 경계를 흔드는 후각 표상의 방향성 또한 제시했다고도 볼 수 있다.

『이불』의 3개월 후 『제국문학(帝国文学)』에 '무극(無極)'이라는 서명으로 발표된 「육욕과 예술(肉欲と芸術)」이라는 비평은, "현재 유행하는 성욕파"를 비판하며 성욕이 예술로 승화되기 위해서는 "미(美)라는 옷" 즉 기교가 필수불가결임을 주장한다.[35] 『이불』의 경우는 '냄새 맡다'라는 술어적 수준에서의 표상일 뿐 언어 그 자체가 냄새를 그려내고 있지는 않다. 후각 표상을 본질적인 방법론으로 고민하게 되는 곳은 역시나 시의 영역인 것일까.

> 시청(視聴)의 모든 관능은 항상 선명해야 한다. 생기를 가지고 있어야 한다.

> 시청은 서로 교차하며 근대인의 정념과 뒤섞인다. 여기에 은빛 소리가, 낭랑한 빛이 있다.
> 심안(心眼)이라고도 하고 심이(心耳)라고들 하지만 영혼의 향미(香味)를 느끼는 것은 바로 악취를 맡는 관능이다.
> 후각을 비관(卑官)이라 칭함이란 절실한 관능의 힘을 모르는 자들이나 하는 말이리라.

『해조음』과 같은 해, 몇 개월 앞서 간행된 간바라 아리아케의 시집 『춘조집(春鳥集)』(1905)의 자서(自序) 속 한 구절이다. 보들레르를 의식한 공감각 또는 감각의 조응(correspondance)을 주창하며 감각의 "근대의 해방", 다른 어떤 감각보다 "비관"으로 취급받아 왔던 후각을 대담하게 발탁한 이 표명은 그 자체로 기념비적인 것으로 평가해야 할 것이다. 문제는 "비관"이

간바라의 창작 실천 속에서 어떠한 "미의 옷"을 걸치고 있는가이다. 같은 시집에 수록된 「아침(朝なり)」을 살펴보자.

아침이다, 탁해진 강이로구나
눅눅해진 냄새는, 밤에 태반을
떠보내는 그 냄새. 늘어선 흰 벽―
강가 장터 나란히 늘어선 곳간―
아침이다, 축축한 강가의 안개.

떠내려가네, 아아 참외 껍데기,
참외씨, 쓰레기들―. 술에 취해서
내뱉는 거친 숨결 안개가 피고
때때로는 속 깊은 향을 감추고,
사리지곤 푸르게 썩어가누나.

후각 표상을 포함하고 있는 제1연과 제3연을 인용했다. 이 시는 니혼바시 부근을 모델로, 날이 밝아 오는 시간 진행에 맞춰 탁한 강가의 풍경을 묘사한 작품이다. 눅눅한 느낌과 함께 냄새를 풍겨 오는 탁한 강 그 자체가 이미 그러하겠으나, 밤을 상징하는 "태반"(분만 후 강에 흘려보내는 풍습이 있었다), 강을 따라 흐르는 "참외 껍데기" 및 여타 음식 쓰레기, 주정뱅이의 술 냄새 나는 호흡(안개가 이를 상징한다) 등, 인용 부분만을 보더라도 역겨운 냄새를 뿜어내는 소재들로 부족함이 없다. 이는 본장 2절에서 언급한 도쿄 도랑의 오수가 내뿜는 악취를 실사(実寫)한 것으로 봐도 무방할 정도이다. 동시대의 가와이 스이메이(河井酔茗)도, 도시의 추악한 풍경을 주제로 한

이 시를 상징시로 취급하지 않고 소설『이불』과 비교해도 좋을 시단(詩壇)의 "자연주의의 선구자"로 평가하고 있을 정도이다.[36]

하지만『명성(明星)』이 기획한『춘조집』합평[37]을 보면, 기교의 정교함을 집중력의 백미로 절찬하는 우에다 빈이나 요사노 뎃칸에 반대하여, 바바 고초(馬場孤蝶)는 이 시의 "난해"함, 시 속 언어 표현 및 수식 관계의 난해함을 비판하는 등, 논의의 초점은 행과 행 사이에서 의미가 파생된다고 보는 enjambment(행간의 의미 걸치기)와 같은 기교에 집중될 뿐, 추한 것에 대한 감각(후각) 표상에 대해서는 일언반구의 언급도 없다. 예를 들어 제1연 전반을 의미의 연결과 관련해서 생각해 보면, "아침이다,/탁해진 강이로구나 눅눅해진 냄새는,/밤에 태반을 떠보내는 그 냄새"라는 식으로, 행을 바꾼 부분을 7·5조의 정형 운율에 맞추었기 때문에 enjambment라는 '기교'를 파생시킨 것이다.[38] 제1행의 '4·8' 운율도 의미적으로 보면 '4·3·5'로 분할한 뒤 '7·5' 정형의 가락으로 재편성하여 읽어야 하는 복잡한 과정을 요구한다.

야노 호진(矢野峰人)은 「아침」에 대한 평석(評釈)에서 이 시를 서경(叙景)시로 규정하며 앞선 가와이의 평가를 지지하고 있는데, 이러한 비평에 대해 작자 간바라 자신이 사신(私信)을 보내(1943), "심경에 비친 인생의 한 단면으로서, 무의식의 상태에서 의식의 세계로 옮겨 가는 그 사이의 내적 고통과 황망함"[39]의 표상하려는 의도가 있었다고 반론했다는 사실을 소개해 주고 있다.

결국 작자는 이 시를 자연주의시가 아닌 상징시로 읽히도록 의도했으며 이는 앞서 살펴본 것처럼 리듬에 시적 기교를 집중시킨 복잡한 기교성과 밀접하게 연관되어 있다. 그러나 작자 간바라의 고집에는 또 다른 의미도 있었다. 그것은 간바라가 『춘조집』에 이어 간행한 『아리아케집(有明集)』 (1908)이 자연주의를 표방하는 젊은 세대 시인들에 의한 합평[40]에서 혹평을 받아, 결국에는 그 자신이 붓을 놓아버리고 말았다는 사실과 관련이 있다. 예를 들자면 "젠체 하는 시적 자아, 미화된 시적 자아, 과하게 치장하는 시적 자아", "귀족적 공상, 귀족적 경험의 시", "씨의 시에서 부족한 것은 강인함이다. 생생함이다. 깊이이다. 더 지적하자면 프레시(fresh)하지 않은 점이다" 등. 감각은 "언제나 신선해야 한다"고 의기양양하게 주장했던 간바라에게 예상치도 못했던 공격이자 몰이해였을 것이다.

『아리아케집』에서는 음율 배치가 더욱 대담하게 시도되고 그로 인해 텍스트의 난삽함은 정도를 더해가게 되지만, 한편으로 「말리꽃(茉莉花)」과 같은 시를 통해 상징시의 완성형을 제시함과 동시에 상당히 성숙한 후각 표상을 실천한다. 그의 자부심을 짓밟는 자연주의의 폭력에 왜 간바라 아리아케의 상징주의는 그처럼 무력했던 것일까. 쉽게 답하기 어려운 문제이긴 하나 결국 간바라의 상징시적 기교(미)의 실천 정신과, 감각을 "프레시"하게 해방시키려는 야심이 서로 조화를 이루지 못했다는 사실은 확인해 둘 필요가 있을 것이다. 악취를 묘사하든 그 소재가 추악한 것이든 감각은 조탁(彫琢)된 언어의 벽 너머로 봉인되어 버리고, 봉인된 언어는 벽 너머로 냄새를 풍기지 못했던 것이다. 노르다우의 심기를 불편하게 했던 '퇴폐'의 볼온한 힘은 발화(發火)를 실천하지 못한 채 배경으로 후퇴해 버리고 말았다.

    이웃집 쌀 곳간 뒤 쪽에
    찌는 더위 속 쓰레기통의 고약한 냄새,

그 중 뚜껑을 덮지 않아서

각종 쓰레기의 악취가,

장마가 갠 뒤 저녁 하늘을 흐르고

감돌고, 하늘이 활활 타고 있다.

『춘조집』과 『아리아케집』의 딱 중간 시기에 쓰인 가와지 류코(川路柳虹)*의 「쓰레기통(塵溜)」(1907). 근대시의 역사적 통설에서 최초의 구어체 자유시의 명예를 안고 있는 시이다. 이른바 근대시의 기념작이라 할 수 있는 이 작품이 실은 악취투성이의 자연주의시였던 것이다. 악취를 발산하며 썩어가는 쓰레기통 잡벌레들의 "고통"과 "비애"에 찬 울음소리가 들려온다. 이러한 "고통", "비애" 또한 『이불』 속 결말의 "비애와 절망"과 동질의 페이소스라고 결론 지으면 그뿐이겠으나, 『쓰레기통』에서 사용된 후각 표상이 간바라 아리아케의 상징시를 밀어낸 뒤 자기 위치를 차지해 간다는 사실이 근대시의 함정이기도 하다. 국민 통합을 위한 장치로 기능하는 국어=국민어로서의 구어에 의해 악취는 또다시 공유되기에 이르는 것이다. 이러한 언어와 표상 사이의 균질화에 저항하기 위해서는 악취를 풍기고 있는 쓰레기통을 걷어차고 추악한 것의 표상을 개별 감각으로서의 에로스에 접속시켜 가는 방도를 강구해야만 했다. 이와 같은 과제에 대하여, 그만의 예민한 후각을 동원하며 대답해준 예를 1절 마지막 부분에서 언급했던 하기와라 사쿠타로의 시작(詩作)에서 발견할 수 있다. 하기와라가 말하는 "특이하면서도 공통점이 있는 감정"을(그는 자주 '감정'이라는 단어를 즐겨 사용했는데) '감각'에 대한 평언(評言)으로 재평가하는 것도 의미 있는 일이

---

* 가와지 류코(1888~1959)는 시인·미술평론가. 상징파풍 시도 창작하긴 했으나, 「쓰레기통」을 통해 일본 최초로 구어자유시를 발표한 시인으로 문학사에 이름을 남기고 있다.

리라.

> 그렇게 쓸쓸한 망령아
> 떠도는 그녀의 그림자에서
> 가난한 어촌 뒷골목에서 생선이 썩어가는 냄새가 난다.
> 내장은 햇볕을 받아 걸쭉해져 악취를 내고
> 슬프고 애절하고 참으로 견디기 힘든 애수의 냄새다.

하기와라는 위의 「요염한 묘지(艶かしい墓場)」(1922)를 비롯한 일군의 텍스트에서 무언가가 썩어 가는 냄새를 미로서 조형하였는데, 굳이 설명하자면 후각 표상을 일본어 시의 극단까지 첨예화한다.[41] 간바라 아리아케의 좌절을 극복한 그의 시는 아마도 '맡아지는 언어'를 획득한 최초의 시 텍스트일 것이다. 그러나 그와 같은 1920년대의 실험장으로 입장하기 전에, 우리는 감각 표상을 둘러싼 악전고투의 발자취를 20세기 초라는 시대를 통해 더 탐색해 나가야 할 것이다.

[이승준 옮김]

▌원주

1. 슌요도(春陽堂)에서 간행한 엔본 전집이 『메이지다이쇼문학전집(明治大正文学全集)』이라는 타이틀이었던 사실에서 단적으로 드러난다. 이후 문학사 관계로는 岩城準太郎, 『明治文学史』(1927), 木村毅, 『明治文学展望』(1928), 日夏耿之助, 『明治大正詩史』(1929) 등의 출판이 이어졌으며, 더 포괄적인 것으로는 1927년부터 대량의 자료집 『明治文化全集』가 明治文化研究会에 의해 편찬·간행되었다는 점도 특기할만하다.

2. 『柳田国男全集』第五巻, 筑摩書房, 1998, 367쪽.

3. 근대 음성의 문제에 대한 야나기타의 견해를 알아보기 위해서는 『民謡の今と昔』(1929), 『民謡覚書』(1940)에 정리된 민요론을 살펴봐야 할 것이다. 야나기타의 민요론에 대해서는 제2부 제2장을 참조해주기 바란다.

4. Jonathan Crary, *Techniques of the Observer: On Vision and Modernity in the Nineteenth Century*, MIT Press, 1992, 137~141쪽. 일본어 번역은 『観察者の系譜 視覚空間の変容とモダニティ』(遠藤知巳 역, 十月社, 1997)도 참조.

5. 위의 책, 149~150쪽.

6. 콩디야크의 버클리 비판에 대해서는 古茂田宏, 「魂とその外部—コンディヤックの視覚·触角性によせて」, 『一橋大学研究年報 人文科学研究』34, 1997 참조.

7. 아닉·르게레, 『匂いの魔力 香りと臭いの文化誌』, 원저개정판 1998, 今泉敦子 옮김, 工作舎, 2000, 195~198쪽.

8. 에티엔느·드·콘디야크, 『感覚論』上, 加藤周一·三宅徳嘉 옮김, 創元舎, 1984, 67쪽.

9. 에드먼드·버크, 『崇高と美の観念の起源』, 中野好之 옮김, みすず書房, 1999, 96쪽.

10. 콘스탄스·클라센, 데이비드·하우즈, 앤소니·시놋트, 『アローマ 匂いの文化史』(원저1994, 時田正博 역, 筑摩書房, 1997), 128쪽(해당 부분의 집필자는 클라센). 클라센의 다른 저서 『感覚の力』(陽美保子 역, 工作舎, 1998), *The Color of Angels: Cosmology, gender and the aesthetic imagination*, Routledge, 1998에서도 흡사한 고찰을 볼 수 있다.

11. 클라센·앞의 책 『感覚の力』, 48~49쪽.

12. 元良勇次郎 『心理学綱要』(弘道館, 1907), 107~145쪽 참조. 모토라의 감각론의 원형은 그의 최초의 저작 『心理学』(金港堂, 1890)에 이미 제시되어 있는데, 여기서 청각은

시각보다 하위에 위치하고 있으며 후각, 미각에 대한 언급은 없다.

13. 加藤咄堂『心の研究』(森江書店, 1908), 30~40쪽 참조.

14. 『萩原朔太郎全集』第一巻, 筑摩書房, 1975, 12~13쪽.

15. 마지막에 "패자 냄새나는 가고시마 폭도"가 등장하는 것은 정부군이 승리를 쟁취한 다 바루자카(田原坂) 전투 이후의 세이난 전쟁(西南戦争, 1877)의 전황이 그 배경에 있다.

16. 위식괘위조례에 관해서는 東京都編纂, 『東京市史稿 市街編』, 第五三, 1963 참조.

17. 鹿島萬兵衛, 『江戸の夕栄』, 초출 1922, 中公文庫, 1977.

18. 三橋修, 『明治のセクシュアチティ 差別の心性史』, 日本エディタースクール出版部, 1999, 145~146쪽.

19. 『露伴全集』, 第二七巻, 岩波書店, 1954, 80쪽.

20. 前田愛, 『都市空間のなかの文学』, 1982. 인용은 『前田愛著作集』第五巻, 筑摩書房, 1989, 98쪽. 『일국의 수도』에 대해서는 이외에도 吉田司雄, 「帝都の「水」が変わるとき―「水道」言説の形成」, 『メディア·表象·イデオロギー――明治三十年代の文化研究』, 小沢書店, 1997), 柳瀬善治, 「衛生·身体·首都―『一国の首都』を中心に」, 『近代文学試論』三五号, 1997.12 등 참조.

21. 이후에도 '악취-빈곤' 패러다임은 슬럼에 대한 시선을 통해 증폭되어 가는데, 이는 1910년대 이후의 슬럼 르포르타주에서 분명히 드러난다. 賀川豊彦의 『貧民心理の研究』(警醒社, 1915)는 슬럼에 살고 있는 사람들은 촉시·청각과 더불어 미각이 "완전히 퇴화되었다"고 서술하는데, 그들은 후각이 결여되어 있기 때문에 악취 속에서 살 수 있다는 논리를 펼치고 있다. 村島歸之의 『ドン底生活』(文雅堂·弘学館, 1918)에서도 거의 동일한 견해가 나타나 있다. 환경의 열악함을 그곳에서 살고 있는 사람들의 감각의 마비·결락의 문제로 전가하고 있는 것이다. 가가와(賀川)의 저작은 キリスト新聞社 간행의 그의 전집에 수록되나 차별 서적으로 비판을 받게 된다. 그 경위에 대해서는 キリスト新聞社의 『『賀川豊彦全集』と部落差別』(1991)를 참조.

22. アンソニー·シノット, 『ボディ·ソシアル 身体と感覚の社会学』, 원저 1993, 高橋勇夫 옮김, 筑摩書房, 1997, 337쪽.

23. 児玉化外『東京印象記』(金尾文淵堂, 1911), 3쪽.

24. マックス·ノルダウ, 『現代文明之批判』, 桐生政次(悠々) 옮김, 隆文館, 1907, 73쪽.

25. ジョージ·モッセ, 영어판복각 『退化論』(1968)서문. George L. Mosse, Introduction to

Degeneration, University of Nebraska Press, 1993, p. x vii.

26. Max Nordau, *Degeneration*, University of Nebraska Press, 1993, 503쪽.

27. 위의 책, 28~29쪽.

28. 『厨川白村全集』第一巻, 改造社, 1929, 427쪽.

29. 関楠生『ヒトラーと退廃芸術―退廃芸術展と大ドイツ芸術展』(河出書房新社, 1992), 106~107쪽 참조.

30. 北村透谷「人生に相渉るとは何の謂ぞ」(1893). 『透谷全集』第二巻(岩波書店, 1950), 124쪽.

31. 기타무로 도코쿠와 '숭고'에 관해서는 西尾泰康充「北村透谷の「崇高」概念」(『広島大学教育学部紀要』第二部, 四一号, 1992.2)를 참조. 기타무라가 비판한 야마지 아이잔(山路愛山)의 인격적 '숭고'와의 비교를 통한 고증이 상세하다.

32. 「人生に相渉るとは何の謂ぞ」, 앞의 책 『透谷全集』第二巻, 123쪽.

33. 北村透谷「万物の声と詩人」(1893). 앞의 책 『透谷全集』第二巻, 313쪽.

34. アラン·コルバン, 『においの歴史 臭覚と社会的想像力(新版)』원저1982, 山田登世子·鹿島茂 옮김, 藤原書店, 1990, 278쪽.

35. 無極, 「肉欲と芸術」, 『帝国文学』一五六号, 1907.12.

36. 河井酔茗, 「詩の評釈」, 『文章世界』四巻五号, 1909.4.

37. 上田敏·馬場孤蝶·与謝野寛, 「春鳥集合評」, 『明星』1905.9.

38. 다만 'enjambment'의 기교 자체는 일본 와카(和歌)의 수사(修辞)를 통해 이미 성숙해 있었기 때문에 간바라의 시에서 그러한 기교와의 연결성을 발견하는 것도 가능하다. 『춘조집』서문에서 세이쇼 나곤(清少納言)과 마쓰오 바쇼(篤夫芭蕉)의 감각 표상 기교에 찬사를 보내고 있다는 점을 떠올릴 필요가 있을 것이다. 이는 우에다 빈의 『해조음』번역시에 나타난 의고주의를 오늘날의 시점에서 단순히 시대착오적이라고 비판할 수는 없다는 점과 연결된다.

39. 矢野峰人, 『蒲原有明研究(増訂版)』, 刀江書院, 1959, 148쪽.

40. 松原至文·藪白明·福田夕咲·加藤介春·人見東明, 「『有明集』合評」, 『文庫』1908.2.

41. 하기와라의 후각 표상과 '부패'의 주제화에 대해서는 일전 『우울한 고양이(青猫)』를 중심으로 논한 바 있다. 坪井秀人『萩原朔太郎論《詩》をひらく』(和泉書院, 1989)를 참조해 주기 바란다.

:: 제9장 ::

향기로운 텍스트
근대 신체와 후각 표상

1. 냄새를 언어화하기 ─『향수』와 『거꾸로』

문학 텍스트가 냄새라는 감각을 담아내려 할 때, 그때는 문학 언어에 있어서 이례적인 사태가 발생하고 있는지도 모른다.

파장이나 주파수 등 단위로 수치화할 수 있는 빛이나 색 또는 소리 등과 달리, 냄새는 수치화의 단위로 기능하는 기준이 없다. 수치화할 수 없다는 것은[1] 언어화할 수 없다는 것과 대동소이하다. 수치는 시각화된 기호로 언어 곁에 위치해 있으며, 나아가 색, 형태, 소리는 각각을 위한 수용기관(눈·귀)을 통해 재수용되는 것도 가능하다. 눈에 보인 색이나 형태는 그것들과 근접한 색이나 선에 의해, 귀에 들린 소리는 성대를 통해 재현(모방)이 가능하기 때문에 다시 듣기, 또는 문자화된 것을 다시 보기와 같은 행위가 가능한 것이다. 그러나 맡아진 냄새를 또다시 냄새에 의해 곧장 재현(모방)하는 것은 불가능하다.

냄새를 기록하기란 불가능하다. 냄새는 '지금/여기'라는 현전성(現前性)에 구속되기 때문에 거리나 시간을 뛰어넘을 수 없다. 냄새는 언어화 과정의 경계, 기록의 영역이 아닌 기억의 영역에서 숨쉬고 있다.

냄새는 언어가 지배하는 음성 및 문자 문화로부터 가장 먼 곳으로 주변화되어 온 감각으로, 애당초 적어 두거나 말로 전달하는 기록의 대상으로 적합하지 않다. 냄새를 하나의 기호로 보면, 운산무소(雲散霧消)하듯 자취를 감춘 시니피에를 놓쳐 버린 시니피앙이라는 식으로 도식화해도 좋을 것이다.

누구나 아는 냄새에 관한 이야기, 파트리크 쥐스킨트(Patrick Süskind)의 『향수』(1985)[2]. 18세기 프랑스를 살아가는 주인공 그르누이는 초인적인 후각의 소유자로 천재적인 조향사(調香師)이다. 그런데 그 자신의 육체는 완벽한 무취이기 때문에 그렇게 예민한 코를 가지고도 자기 자신의 체취는 맡을 수 없는 인간으로 설정되어 있다. 『향수』라는 이야기는 그와 같은 주인공이 몸에 뿌려야(지

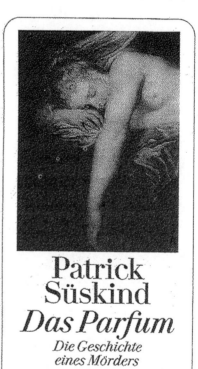

파트리크 쥐스킨트 『향수』 페이퍼북 표지.

녀야)할 향수=체취를 찾아 이상적인 "인간의 냄새"(Menschenduft)를 만들어 가는 과정을 그리고 있다. 이러한 그르누이의 신체야말로 영원히 지시 대상을 가질 수 없는 제로 기호로서의 냄새 그 자체의 화신이 아닐까.

모든 동물 가운데 인간의 신체가 후각을 현저히 퇴화시켰음에도 불구하고 여전히 **냄새를 풍기는 동물**, 발광체 아니 발취체(發臭体)로 존재하고 있다고 할 때, 냄새 맡는/냄새 맡아지는 주체와 객체 간의 비대칭성이라는 관점에서 보면 그르누이가 특권적인 후각 존재임을 부정할 수 없다. 민감한 후각을 통해 자유자재로 타자를 감수(感受)하면서도 자신은 타자를 통해 감수되지 않는 존재. 이러한 관계성을 시각으로 치환해보면 훔쳐보는 주체의 불가역적=특권적 시점과 동등한 의미를 가진다고 할 수 있다. '비관(卑官)'으로 불리며 시각을 정점으로 하는 감각 서열에서 가장 낮은 위치로 내몰렸던 후각은, 바로 그와 같은 열등한 위치를 차지하여, 그리고 표상(언어화)의 곤란함을 이유로, 19세기 말 초세(超世)적 데카당들의 언어에 고용된다. 냄새 맡는 주체로서의 그르누이적인 특권적 시점(후점臭点)이 그들의 데카당적 성격, 그들의 이례성을 보증해 주는 것이다.

조리 카를 위스망스(Joris-Karl Huysmans) 『거꾸로』(1884)의 주인공 데 제생트는 "가계의 퇴폐", "남성적 특징의 쇠퇴", "격세유전" 등 막스 노르다우가 이야기했던 퇴화론적 특징을 체현한 인물로서[3] 데카당들의 꿈을 구체화한 존재라 할 수 있다.[4] 청년 귀족이 모든 감각을 총동원하여 자신의 방을 환각 공간으로 변용시키는 『거꾸로』는 후각에 대한 비범한 관심으로 일관하고 있는데, 특히 10장에서 냄새, 향수의 마력에 홀리는 이야기를 다루고 있다.

냄새에 관한 정밀도가 높은 코에 의해 "어떤 희미한 냄새에도 거의 어긋남 없는 정확함에 도달한"데 제생트는 그 전 세기의 초월적 **후각쟁이** 그르누이의 환생이라 봐도 무방할 정도의 자질을 갖추고 있다. 둘 다 특정 냄새를 다른 냄새로부터 분별해서 맡을 수 있는, 후각의 시사(示差)능력에서 가치를 발견한다. 따라서 그와 같은 차이를 분별해 내는 능력은, 조합에 따라 다양한 하모니를 만들어 내는 단위에 의해 냄새가 분절될 수 있음을 암시하게 된다. 실제로 그르누이의 직업인 조향사는 향수를 제조하는 과정에서 그와 같은 분절을 항상 의식하며, 데 제생트는 "냄새의 예술"로서의 조향의 궁극을 "유체(流體)의 언어"로 보고 그러한 언어의 "문체"와 "문법", "냄새의 문장 구성법"을 배워야 한다고 생각했다. 데 제생트의 이러한 레토릭에는 언어 체계를 냄새에 적용시키려는 의식이 분명하게 작용하고 있다. 언어화할 수 없는 무언가, 소리와 소리·의미와 의미 사이에서 혼들리는 존재로서의 데 제생트이기 때문에 냄새의 언어화=분절화에 대한 몽상이 짙게 묘사되어 있는 것이다.

이처럼 냄새의 분절을 향한 욕망, 미묘한 냄새를 다른 냄새와의 차이를 통해 맡아 내어 그 차이의 기원을 규명하려는 욕망이란, 당연하게도 후각에 관한 과학적 탐구를 견인한 원동력이었다. 1918년 간행의 농상무성(農商務省) 상공국편 『향료의 연구』[5] 에는 프랑스의 피스가 고안한 향기를 음계로 배열한 '향계(香階)(Geruchskala=향기의 음계)' 라는 시스템이 소개되어 있는데 이러한 시스템에 대한 기술은 후속 간행물도 계승하고 있다. 이 시스템은 냄새의 감각에 대해 소리와 동일한 화음의 조합 법칙을 적용하려는 시도였다. 일본에서는 가후쿠 긴조(加福均三)가 이후 1942년 저서 『냄새(にほひ)』에서, 한스 헤닝(Hans Henning)에 의한 분류를 비판적으로 발전시키는 형태로 정육면체를 기조로 한 냄새 분류 모델을 제시했다.[6] 꽃(花)

향기/악(惡)취, 과일(果)향기/탄(焦)내, 약(藥)향기/비린내(腥), 수지(樹脂)냄
새/식초(醋)향기라는 식으로 4쌍의 후각 관계의 각 항을 대립 및 연속 관계
에 따라 배치한 것이 아래 그림 "입방체표현법"이다. 가후쿠는 이 그림처
럼 특정 냄새를 좌표 위에 위치 지을 수 있다고 생각했던 것이다(예를 들어
우유 냄새는 1267면 위에 존재해서 "과일과 식초를 잇는 대각선에서 비린내 쪽에 가
깝고 꽃과 비린내를 잇는 대각선에서 과일에 가까운 한 점으로 나타낼 수 있다"라는
식으로).

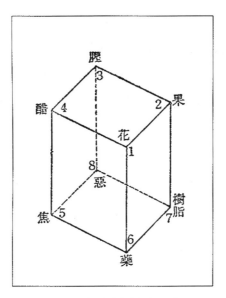

가후쿠 긴조에 의한 냄새 분류 모델
(『냄새』가와데쇼보)

이와 같은 모델은 냄새를 언어에 대응하는 기호로 체계화하려 했던 시도
로 볼 수 있는데, 냄새의 단위를 분류하기 위한 지표로서 일정 정도의 유

효성을 지니고 있다고 할 수 있다. 청각이든 촉각이든 언어로 나타내는 또 문자로 나타내는 과정에서 시각의 지배에 복종해 버린다는 점을 고려할 때, 후각을 언어나 도상 또는 음계에 의해 지시할 수 있다는 것이 그렇게 까지 부자연스러운 일이 아닌 것만은 분명하다. 다만 가후쿠 긴조가 다음 과 같이 잘 설명해 주는 것처럼 냄새 감각의 표상을 소리나 문자 텍스트를 빌려 나타낸다는 것은 역시나 불가능성의 차원 안에서 꿈꾸어져 왔다고 생각하는 편이 더 좋을 것이다.

> 두 가지 냄새를 동시에 맡아 이들을 비교한다는 것은 절대 불가능하 다. 요컨대 냄새라는 느낌은 그 종류가 천차만별임에도 불구하고 이들 을 선별할 수 있는 표현 방법이 존재하지 않는다는 사실이 분명히 그 근본에 가로놓여 있는 난점이다.[7]

냄새의 복잡한 다양성과 분별 불가능성, 이로 인해 후각 표상이 음계나 시각 이미지에 의존할 수밖에 없다는 점. 이러한 결락감(欠落感)의 존재가 오히려 데 제생트로 하여금 냄새의 언어화를 향해 돌진시켰다고 할 수 있 다. 모리스 마테를링크(Maurice Maeterlinck)는 「냄새」라는 산문에서 꽃들의 영혼(âme)=방향(芳香)에 오마주를 표하고 있는데 "실제로 우리가 가진 모 든 감각 기관 중 후각이 가장 불가설(不可說)이다"고 말하며 후각이 "우리 가 가진 감각 기관 가운데 가장 막내"이고, "측정 불가능한 세계"를 가지 고 있기 때문에 그 비밀과 가능성에 이끌리게 된다고 서술하고 있다.[8] 19 세기 위스망스나 마테를링크 그리고 보들레르와 졸라 등, 냄새라는 불가 설·불가측의 세계에 접근하려 했던 서구의 시인이나 작가의 수는 결코 적지 않다. 후쿠나가 다케히코(福永武彦)는 「만물조응」 이후의 보들레르에게 냄새야말로 '공감각', '유추' 방법의 중심에 있었다고 강조한다.[9] 그러한 시인·작가들이 원했던 것은 기분을 좋게 하는 상쾌한 향수나 향료와 같은 향기만이 아니었다. 불쾌한 오취, 부패한 냄새에도 일부러 코를 들이댔던 것이다. 냄새 표상은 미추(美醜) 및 쾌불쾌(快不快)의 역학 관계(dynamics)를 확대시켰다.

2. 상사화가 썩을 때 ―『매음부』 등

근대 향료 과학의 발달은 냄새 물질을 자유자재로 조합하는 것을 가능케 하였는데, 『거꾸로』에서 데 제생트가 추구한 향기의 인공미는 현실에 세련미를 더해주는 요소로 작용한다. 그러나 같은 물질이 상쾌한 향기가 되기도 하고 불쾌한 냄새가 되기도 하듯 냄새란 측정불가능함과 동시에 극히 상대적·주관적인 감각이기도 하다.[10]

용모나 복장의 미추라는 시각적 선별 의식과 마찬가지로 냄새의 쾌불쾌는 개별적 또는 민족적·계층적·지역적인 우열·권력 관계를 형성하는데, 특히 위생 관념과 결탁하여 차별적 시선을 끌어 들인다. 앞 장에서 살펴본 바와 같이 메이지부터 다이쇼까지 냄새와 관련된 화제는 도시의 공중 위생 문제들과 밀착된 형태로 나타나기도 한다. 거기서 냄새의 '불쾌'란 '불결'과 동의어로 봐도 무방하며[11] 당시의 슬럼 르포르타주에서 전형적으로 살펴볼 수 있듯, 악취를 내뿜는 신체와 주체는 자신의 환경과 신체의 관리가 잘 이루어져 있지 않은 비위생=섭생(摂生)하지 못한다는 지표로 간주되어 감각이 둔화=미개하다는 각인이 찍혀져 왔다.

외부 세계로부터의 자립도를 상승시키기 위해 욕망되는 자기 신체에 대한 나르시스적 관심, 그리고 그러한 신체를 매개로 하는 타자나 환경에 대한 '느끼기 쉬움(sensibility)'이 근대인다움의 지표였다는 점은, 그와 같은 차별적 시선의 강화와 같은 뿌리를 공유하고 있다. 앞 장의 공공 영역의 '냄새'·사적 영역의 '향기'라는 도식에서 상정한 것은, 오수나 분뇨(비료), 쓰레기 등 개개의 신체나 생활에서 이탈하여 도시 속에 **폐기**된 것들(그리고 결과적으로 **공(公)**해의 원인이 되는 것들)이 뿜어내는 악취와, 개별적인 나르시스적 신체 간이나 개인 간의 에로스적인 교섭 장면에 **부가**되는 향수를 양극으로 하는 대립적 구도였다. 본 장에서는 그와 같은 양극단 사이를 매꾸기 위해 악취·부패를 포함하는 체취 일반에서 향수에 이르기까지, 냄새의 각종 단계가 밀착하는 신체라는 장(場)에 초점을 맞추어 고찰을 진행하고자 한다.

예컨대 에밀 졸라(Emile Zola) 『나나』(1880)의 결말 부분. 남자들을 "여자의 냄새"로 매혹하여 파멸시켜온 창부 나나는 천연두에 걸려 죽음을 맞이하는데, 보불전쟁 개전 소식에 열광하는 군중의 목소리를 배경으로 나나의 시체 썩는 냄새가 묘사된다. 텍스트는 방에 홀로 남겨진 나나의 시체를 "뼈와 피와 고름과 부패한 살의 퇴적"이라는 식으로 극명하게 묘사한다. 그녀의 신체가 발하는 방을 가득 채운 썩는 냄새는 창부 동료들의 코에 의해 맡아져 감지되고, 이후 시각에 의한 역겨운 시체 묘사로 이어진다.[12] 나나같은 고급 창부도 아닐뿐더러, 오히려 몸을 파는 여성 중 가장 최하층에 속하지만 절망하고, 폐기되어, 그리고 죽어가는 한 창부의 신체를 묘사한 다음 텍스트 속 표상도 『나나』의 계보와 동일선상에 있을 것이다.

그녀의 어깨 부근에서 베개 근처까지, 아직 어느 정도는 음식을 먹을 수 있었을 때 토해 낸 듯한 오물이 검은 혈흔과 함께 엉망진창으로 어지럽혀져 있었다. 오물과 혈흔 때문에 머리칼은 딱딱히 굳어 있었다. 게다가 그녀의 ××××××××××××가 끈적하게 들러붙어 있었다. 그리고 머리 쪽에선 부패한 악취를 풍기고 있었고 다리 쪽에선 악성 종양 특유의 악취가 방산(放散)되고 있었다. 이런 괴상하고 역겨운 냄새 속에서 과연 인간의 폐가 견딜 수 있는지 의심될 정도였다.[13]

하야마 요시키(葉山嘉樹)* 『매음부(淫売婦)』(『文芸戦線』1925.11)의 한 구절. 요코하마의 방파제에 내려선 청년 선원이자 텍스트의 화자인 '나'가 발가벗겨진 병든 신체("폐결핵에 자궁암")의 창부를 최초로 확인했을 때의 묘사이다. 그는 형식적으로 그녀를 "사서" 나체를 자유롭게 볼 수 있는 권리를 획득한 입장이다. 그러한 '나'가 창부를 성욕의 대상으로 사는 고객에서 그녀를 동정하는 나아가 구원하는 존재로 입장을 전환하게 되고, 그녀에게 안내한 남자들과의 연대감도 유발되면서, 그녀를 "피착취계급의 일체의 운명을 상징"하는 "순교자"로 성화(聖化)시키기에 이른다.[14] 하시즈메 켄(橋爪健)의 다음과 같은 동시대 평도 텍스트 속 화자의 그러한 변용과 같은 지점에 위치해 있다고 볼 수 있다.

매음부가 그저 성욕의 대상, 그저 동정의 대상, 또는 그저 계급 의식의 대상일 뿐이라는 사실은 말할 필요도 없다. 우리는 그 모든 것 위에 피

---

* 하야마 요시키(1894~1945)는 프롤레타리아 문학 작가. 이전의 프롤레타리아 문학과 달리 그의 문학은 서민성, 유머, 서정적 성격을 띠고 있다. 『매음부』는 1923년 검거된 그가 옥중에서 집필한 소설로, 『바다에 사는 사람들(海に生くる人々)』은 일본 프롤레타리아 문학의 걸작으로 일컬어지고 있다.

어난 가련하면서도 강인한 꽃—

그런 꽃을 피우고자 하는 것이다.[15]

그러나 그러한 시점 전환의 배경에는 응시하는 자의 성욕의 추악함(또는 죄악감)이 응시되는 대상의 추악함에 의해 반사된다는 점이 전제로 존재하며, 마치 그러한 거울 관계를 덮으려는 듯 결말에서 성화(聖化)가 그려진다는 점에 주의할 필요가 있다. 텍스트는 그와 같은 거울 관계를 맺어주는 '추악함'을 역겨운 냄새의 형태로 묘사했다. **자각할 수 없는 성욕**을 지닌 채 여자가 있는 곳에 도착한 남자는 여자의 추악한 냄새, 추악한 신체에 의해 자신의 성욕에 대한 고통스런 자각으로 내몰린다. 그러한 고통스런 자각이라는 곤란한 상황에서 빠져 나오는 것이 그에게는 무엇보다도 필요했던 것이다.

『매음부』의 전개는 남자들을 타락·부패시키는 '운명의 여자'라는 본질을, 결말에서 그녀 자신의 신체의 '부패'가 집약하는 『나나』의 스토리를 연상시킨다. 나나의 육체에 빠져들어가는 뮈파백작은 그녀가 발산하는 "여자 냄새"를 맡고는 재빨리 반응한다. "상사화가 썩을 땐 여자 냄새가 나는 법이지"[16]라고.

보들레르나 하기와라 사쿠타로 등 시인들의 손에 의해 썩는 냄새는 종종 에로스의 표상에 편입되어 **고차원화**=성화되어 왔다. 허나 성화의 근거에는 여자의 손에 의해 부패(타락·변질)(degenerate)될 수는 있어도 스스로 부패할 일은 없는 남자들의 꿈틀거리는 욕망이 존재하며, 그러한 남자들은 그들의 나르시스적 에로스나 성욕을 투사할 장소로, 꽃을 피우기도 하지만 마찬가지로 시들어 썩어버리기도 하는 "여자 냄새"를 원한다—이러한 비대칭적 성차(性差) 관계를 발견할 수 있다. 이 비대칭성이 존재하는 한 여성의 썩는 냄새를 성화하는 텍스트는 단순하게 평가할 수 없는 굴절이 발생하고 있다고 봐야 할 것이다.

3. 악취 텍스트 —『외양간의 냄새』

마사무네 하쿠초『외양간의 냄새(牛部屋の臭ひ)』(『中央公論』1916. 5)는『매음부』보다 10년 정도 앞서 발표된 소설로, 여성의 신체와 욕망이 뒤엉킨 악취를 악취 그대로, 즉 성화(카타르시스)라는 결착을 배제한 채 묘사했다는 점에서 참고해도 좋을 텍스트이다.

> 쉼없이 더러운 물을 토해내고 있는 강 때문에 깊지 않은 바다가 썰물일 땐 일종의 악취가 감돌았다. 마을에서 마구잡이로 흘러 보내는 세탁물 냄새, 부패한 음식 냄새, 생선이나 해초 냄새, 그리고 똥오줌 냄새조차 그 속에 섞여 있었다. 밀물과 썰물의 차가 극심한 곳에서 흔히 볼 수 있는 고운 백사(白沙)는 이 부근 어디서도 찾아볼 수 없지만, 그 대신 주머니 속 모양처럼 바다가 뭍으로 들어온 곳에서 건지는 물고기는 부근 바닷가 통틀어서 특히 맛이 뛰어났다. 탁한 물은 물고기가 먹는 밥을 풍부하게 해 주고 조수의 차가 크지 않아 항상 잠잠한 물은 피곤해질 일이 없었다. 앞바다의 풍랑에 지친 물고기들이 지느러미를 쉬게 하기 위해 섬 뒤쪽 울창한 곳으로 모이곤 했다.[17]

작자의 고향인 비젠(備前)의 세토나이카이(瀬戸内海)에 면한 후미진 어촌이 무대라 여겨지는데, 근대문학사에 있어 이렇게까지 악취가 전체를 가득 채우고 있는 텍스트도 드물지 않을까. 바닥이 얕은 후미진 바다는 안정된 "주머니 속" 처럼 조수간만의 차가 크지 않아 어장으로서 알맞은 환경을 조성하고 있으나, 동시에 "주머니" 는 공간적인 정체를 창출하고 있기 때문에 각종 악취로 가득 차 있다. 마을에 거주하는 사람들 또한 그러한 악취에 둘러싸여 말 그대로 "주머니" 속에 감금되어 있는 듯하다. 이러한 환경의 어촌에서 쓸모없어진 외양간을 바다 가까이 살고 있는 대지주에게 빌려 생활하고 있는 것이 주인공 기쿠요의 가족이다. 여든을 넘긴 조모와 맹인 모친으로 이루어진 이 모계가족은 기쿠요 한 사람의 수입에 의존하기 때문에 근방의 빈가중에서도 가장 빈곤한 생활을 영위할 수밖에 없다.

> 강가 주변에 높게 쌓여 있는 쓰레기 냄새나 이 근방 집들에서 세어 나오는 각종 악취는 불결한 냄새에 길들여져 있는 마을사람들의 코조차 뭐라 형용할 수 없는 자극을 느낄 정도였는데, 기쿠요의 집엔 그러한 냄새에 더해 외양간 특유의 냄새마저 가득 차 있다. 멍석 두 장을 깐 판자바닥에서 생활하고 있긴 하나 봉당은 외양간 그대로라서 소 몸뚱이에서 배출되는 더러운 것들이 햇볕이나 바람이 잘 들지 않은 탓인지 완전히 마르지 않는다. 겨울은 그렇다 치더라도 장마철이나 한여름엔 파리와 모기가 들끓고 후덥지근한 공기 탓에 집안에서 잠깐이나마 숨쉬기조차 힘들 정도이다.[18]

인용문과 같은 가혹할 정도의 악취 표상은 기쿠요 가족이 사회에서 내버려져 있음을, 다시 말해 쓰레기와 다를 바 없는 존재임을 알려 준다. 행상을 생업으로 삼고 있는 기쿠요는 오카야마(岡山)의 방적공장의 여공이 되든 하녀가 되든, 어떻게든 마을을 떠나고 싶어하지만 고령의 조모와 장애인 모친을 가족으로 짊어진 처지이기에 그 또한 여의치 않다. 그러한 상황의 그녀가 느끼는 폐색(閉塞)감이, 악취로 가득찬 어촌 그 안에서도 이중삼중의 하위에 위치하는 후각 표상을 매개로 숙명적인 인상을 띄고 있다. 열악한 주거 환경과 불쾌한 악취의 표상은 "'외양간' 보다 더 낮은 위치에서 삶을 영위하고 있는 기쿠요 가족의, 가축보다 더 열악한 생활 그 자체를 암시"[19] 한다. 주인집네의 앞뜰에서 뛰놀고 있는 아이들을 기쿠요가 창문 너머로 올려다보고 있으면 아이들은 그녀를 향해 소변을 뿌리는 등의 장난을 해대기도 하지만, 그녀는 항의는커녕 분노 또는 탄식조차 표명하지 못한다. 그녀는 텍스트에서 사회에서 내버려져 있으며, 그 이상을 상상하기 힘들 정도의 멸시를 당하고 있다고 할 수 있다.

"조선이든 시코쿠(四国)든 어디든 좋으니 나를 데려가 줘요"—기쿠요는 한때 원양어업에 종사해 조선까지 배를 타고 간 적이 있는 헤어진 남편 시게마츠와 재회, 그가 타는 배로 자신을 마을에서 탈출시켜 달라고 간청한다.[20] 탈출 자금 마련을 위해 주인집에 도둑질하러 몰래 들어갔으나 발각되고, 텍스트는 기쿠요와 그녀 가족의 앞날을 독자의 상상에 맡긴 채 막을 내린다.

기쿠요의 가정과 압도적 계층차를 드러내는 지주는 작자 마사무네 하쿠초의 생가가 그 모델로 알려져 있는데,『외양간의 냄새』보다 한 달 앞서 발표된 마사무네의『전보(電報)』(『文芸雑誌』1916. 4)라는 단편에는, 아내와 함께 귀향한 작가의 시점에서 즉 외양간을 빌려주는 지주 입장에서 기쿠요 가족에 대한 이야기가 서술되어 있다. "일평생 이런 곳에서 쭉 사는 건 싫다"며 시골 생활이 익숙치 않은 아내는, 어두운 인간 관계가 눈에 들어오게 됨에 따라 시골 땅에 대한 혐오를 토로한다. 결말에 이르러 도쿄에서 소설 원고 의뢰의 전보가 도착하고 작가는 "이런 걸 쓰기 위해 나도 도쿄와 가늘게나마 연이 이어져 있다. ······"고 중얼거리며 다음과 같이 몽상한다.

> 나는 한 겹 벽으로 칸막이 친 외양간에 사는 고지요(기쿠요의 어머니. 『외양간의 냄새』에서는 오나츠—인용자) 일가의 삶을 종이 위의 재료로 쓰기 위해 눈 앞에 떠올렸다. 단지 종이 위의 재료로 쓰기 위해······.[21]

전보 한 장으로 도쿄와 이어져 있는 작가가 한 겹 벽을 사이에 두고 인접한 외양간 거주자들의 불행한 삶을 "단지 종이 위의 재료"로 해서 소설로써 내려간다. 『전보』의 이 구절을 『외양간의 냄새』의 '메이킹 필름'으로 읽는다면, 이를 한 자연주의 작가의 노악(露惡) 취미의 발로로 봐야 할까. 이웃하고 있는 가난한 가족의 이야기가 전보 한 장을 계기로 멀리 떨어진 도쿄 '문단'으로 소환을 받아 "종이 위"에 편성되어 간다. 여기서 바로 작가를 둘러싼 윤리적인 문제가 발생하고 있는 것이 아닐까.

『외양간의 냄새』라는 텍스트는 기쿠요를 악취에 둘러싸이게 하고 멸시당하게 함으로써 『매음부』처럼 동정이나 연대의 마음이 환기될 여지를 남기지 않는다. 『전보』의 화자 이미지를 『외양간의 냄새』에 접속시켜 생각하면 알 수 있듯이, 화자와 대상(매음부/기쿠요) 간의 계급(의식) 차이라는 점도 관계해서, 기쿠요는 최후의 최후까지 성화될 가능성을 부여받지 못하기 때문이다. 후각 표상과 연관시켜 말하자면, 예컨대 『나나』와 같이 유전이나 출신을 근본 원인으로 삼는 결정론적 사고조차도 이 텍스트에 개입할 여지는 없다고 봐도 좋을 것이다.

 "성욕과 식욕에 휘둘리는 한 무리의 남녀"[22] 가 묘사되어 있다고 보는 동시대 평이 존재하듯 일종의 동물적이고 본능적인, 저항하기 힘든 욕망의 꿈틀거림과 같은 무언가를 독자는 『외양간의 냄새』에서 읽어낼 수 있을 것이다. 허나 어디까지나 추악하게 비추어질지언정, 기쿠요에게 부여된 성질은 '선천적'인 것도 아닐뿐더러 그녀 개인을 영원히 속박하는 질곡도 아니다. 기쿠요는 자신이 귀속되어 있는 불쾌한 악취 공간으로부터 일관되게 도망치고 싶어 하고 있을 뿐만 아니라, 애초에 악취를 방출하고 있는 것이 그녀 자신(그녀의 체취)도 아니다. 즉 그녀를 휘감고 있는 냄새는 그녀 자신의 내면이나 (선천적·유전적인) 형질에서 유래하는 것이 아닌 것이다. 시게마츠가 "**너**는 잘도 그따위 지저분한 집에서 견뎠구나. 역하고 역해서 **나**는 한시도 머무르지 못하겠는데"라며 멸시해도 이는 그녀의 책임이 아니다. 어머니 오나츠는 기쿠요의 친구가 향수를 뿌린 것에 "비싼 돈 들여 몸에 냄새를 뿌려댄들 아무 짝에도 쓸모 없어"라며 깎아 내리는 데, 이는 기쿠요에게 사적인 장식으로서의 향수 대신 외양간 냄새와 같은 가족/지역 공동체의 악취를 몸에 지니기를 오나츠가 바라고 있음을 의미한다.

 향수가 아니라 악취를 몸에 두른 여성을 그린 『외양간의 냄새』속 후각 표상은 『나나』나 『매음부』에서 볼 수 있는 에로스적인 정동(情動)과는 무관한 듯 생각되는데, 이는 그녀가 향수를 뿌리지 않아서가 아니라 그녀 자신의 신체가 체취의 표상조차 부여받지 못했기 때문이다. 『매음부』의 창부처럼 구제해 주려는 남자도 등장하지 않는다(전남편 시게마츠는 오히려 기쿠요를 파멸로 이끄는 존재이다). 또는 기쿠요는 **체취라는 인격**조차 박탈당했다고 해도 좋다. 개별적 신체에 대한 후각 표상의 지도를 그려 가는데 있어서 『외양간의 냄새』기쿠요에 대한 후각 표상을 제로지점으로 위치시키는 것도 가능하다. 그리고 뒤이어 생각해야 할 논점은 물론 체취의 문제가 될 것이다.

4. 체취의 발견 —액취(腋臭)의 인류학

향료의 역사를 연구한 야마다 겐타로(山田憲太郎)는 백인계 사람들이 이성의 체취에 민감한 이유를 "……여성은 연애를 하면 냄새가 강해진다. ……액취가 강한 백인계 사람들은 그래서 체취도 강하다. 냄새가 강하다. 그리고 그 냄새는 구리다. 그러나 그 구림이 누군가에게는 참을 수 없는 유혹인 것이다"라며 『악의 꽃』과 『나나』의 사례를 들고 있다. [23]

액취란 겨드랑이 아래쪽을 중심으로 존재하는 아포크린샘이 분비하는 땀이 피부 세균에 의해 변화해서 채취를 발하는 현상에 의한 냄새로, 아포크린샘의 크기에 의해 체취의 농담(濃淡)이 결정된다. 아포크린샘은 성(性)이나 생식과 관련이 있다고 알려져 있는데, 크기순에 따라 일반적으로 "흑인, 백인, 일본인, 중국인, 조선인의 순"으로 체취가 강하다고 한다. [24] 성차 및 계층과 마찬가지로 이와 같은 냄새의 민족적 차이가, 자기/타자에 대한 우열 의식 그리고 그에 파생되는 차별 구조와 깊이 관계하고 있음은 더 말할 것도 없다.

액취 문제는 인류학적 아카데미즘이 일본에 도입됨에 따라 일어난 선주민족에 관한 논의(코로보클 논쟁*, 즈치구모 논쟁 등), 특히 아이누와 야마

---

* 코로보클이란 아이누의 전승설화에 등장하는 소인. 코로보클 논쟁은 일본인의 기원을 둘러싸고 와타세 쇼사부로(渡瀬庄三郎)가 아이누 이전에 코로보클이 삿포로 주변에 거주했다는 논문에 의해 촉발되어 메이지 시대에 전개된 논쟁이다.

토 민족 간의 관계의 기원을 둘러싼 논의와 관련하여 전개되었다. 해브록 엘리스(Henry Havelock Ellis) 『성(性)심리의 연구』(1897~1910)는 「인간의 성적 도태」속 「후각」장에서, 흑인이 백인보다 체취가 강함을 서술하면서 그러한 백인과 비교했을 때 일본인은 한층 더 체취가 약함을 지적하고 있는데, 거기서 "일본의 인류학자 아다치"의 연구에 대해 언급한다.

> 일본의 인류학자 아다치는 유럽인의 냄새에 관한 흥미로운 연구를 발표했다. 아다치에 의하면 유럽인은 냄새가 강하고 자극적이어서 때로는 유쾌하고 때로는 불쾌한데―개인차는 존재하나―유아와 노인은 냄새가 나지 않으나―겨드랑이에 냄새의 중심점이 존재해서 유럽인은 겨드랑이 밑을 아무리 신경써서 씻어도 얼마 지나지 않아 곧 냄새가 난다. 일본인 중 체취가 강한 사람은 극소수로 액취는 병역 부적확의 요건이 된다고 한다. 백인이 일반적 흑인종만큼 냄새가 강하지 않다는 점은 분명하며 체취는 털의 숱과 마찬가지로 어느 정도 피부 색소의 농도와 관계가 있을 것이다. 하지만 모든 유럽인은 꼼꼼히 몸을 씻어도 냄새를 지울 수는 없다.[25]

유럽인이자 백인이기도 한 엘리스의 이러한 서술이 신체적 측면에서 서구인에 대한 열등감에 사로잡혀 있었던 일본인[26]에게 일종의 명예 회복의 기회를 주는 의미를 가질 수 있었음을 상상하기란 그리 어렵지 않다. 여기서의 "아다치"란 연부(軟部)인류학의 창시자로 알려져 있는 아다치 분타로(足立文太郎)[27]로, 엘리스가 언급하는 내용은 아다치가 스트라스부르 유학 중에 독일어로 발표한 「유럽인의 체취(欧羅巴人の体臭)」라는 논문[28]이라 여겨진다. 가나세키 다케오(金関丈夫)에 의하면 1903년 아다치의 연구

가 신문에 소개되었을 때 독일인 독자들은 충격을 받았다고 한다.[29]

아다치는 세계 인종이 지닌 액취의 강약을 분류해서 액취의 강도와 접착성 귀지의 유연함이 평행 관계에 있음을 밝혀냈다. 아다치는 이 연구를 통해 아이누와 "류큐인" 간의 민족적 공통성, 그리고 아이누 백색인종설을 전면으로 내세우며 일본인의 성립에 대해 다음과 같이 논하고 있다.

> 원주민인 백색인 계통의 아이누가 사는 곳에 무취의 몽골로이드가 대륙에서 침입해 들어와 원주민을 북으로 남으로 몰아냈다. 그리하여 북쪽이 아이누, 남쪽이 류큐인이 된다. 이를 액취와 귀지의 분포가 뒷받침해준다.[30]

결과적으로 아다치 인류학이 서구(백인사회)를 향한 동경/대항과 오키나와에 대한 국내식민지주의라는 상반되는 시선, 다시 말해 냄새라는 매개항을 통해 옥시덴탈리즘과 오리엔탈리즘을 상호·보완적으로 연결하는 시선을 정립시키는 역할을 수행했음은 부정할 수 없다.[31] 아다치의 조사는 방대한 샘플 채집에 의거하고 있기는 하나 과학의 이름으로 행하는 일본인(성립)론에 부수되는 전형적인 이탈 및 과오에서 자유롭지는 않다. 예컨대 정신병자나 수인의 액취를 조사해서 후자의 액취 퍼센트가 "정상인"보다 높다는 결론을 내리고 있는데[32] 이는 롬브로소(Cesare Lombroso)류의 선천적 범죄자설과 별반 다를 바 없다.

이러한 아다치의 연구를 이어 받아 홋카이도 아이누의 액취 조사를 행한 가나세키 다케오(金關丈夫)는 액취 연구를 더욱 발전시켰는데, 그의 논고는 『호인의 냄새(胡人の匂ひ)』[東都書籍(타이페이), 1943]에 정리되어 있다. 간

행 당시 가나세키는 타이페이 제국대학 교수로 1945년까지 잡지『민족타이페이(民族台北)』를 간행하는 등 그에게는 대만에 관한 저술도 다수 존재하긴 하나[33] , 체취라는 토픽에 관해서는 역시나 아이누 관련 기술이 가장 두드러진다. 가나세키는 고대 중국에서 액취의 호칭이었던 '호취(胡臭)'가 '호인의 냄새'를 지칭하는 말이었고 호인이란 한(漢) 시대 이후 중국에 유입된 백색 인종계 사람들을 일컫는 말이었다는 점을 들어 "호취를 백인의 냄새로 이해해도 크게 틀리진 않을 것"이라고 판단한다.[34] 아다치와 마찬가지로 아이누와 백색 인종 간의 유사성을 개입시킴으로서 가나세키의 연구도 체취=액취는 일본 민족을 서구 백색 인종 및 아이누라는 **중첩되는** 양극 사이에서 우위적으로 위치 지을 수 있는 역할을 맡고 있는 것이다.[35]

 가나세키는 그러한 도식을 기준으로 "냄새나는 인종과 냄새나지 않는 인종 간에 체취에 관한 관념은 동일하지 않다"고 서술하면서 "냄새나는 인종에는 냄새나는 문학이 존재한다"며 문학으로 논을 발전시키는데, 여기서도 서구 백색 인종과 아이누에게는 "체취 찬미의 문학"이 공통으로 존재함을 일본과의 차이점으로 발견하려 한다.[36] 그렇다면 일본 문학은 "체취 부재의 문학"이 되는 것일까. 아다치 분타로는 "액취의 성적 관계"를 언급하며(그는 아포크린샘이란 "특수한 향기로운 향의 제조소로 일종의 '성기'이다"고까지 말한다) "액

가나세키 다케오『호인의 냄새』표지

취라는 것은, 액취가 통상적으로 존재하는 민족에게는 매력이 되지만 반대로 액취가 통상적으로 존재하지 않는 민족에게는 혐오의 대상이 된다"고 서술한다.[37] 이러한 판단에 따라 생각해보면 '체취 부재'의 환상이란 오히려 액취(체취)에 대한 이화(異和)를 더 강하게 내포하는 것이 된다. 체취에 익숙하지 않음이 초래하는 위화감이 오히려 "냄새나는 문학"(체취 문학)의 시야로는 조망 불가능한 쾌불쾌의 분기의 표상을 가능하게 해 준 것은 아닐까.

아다치는 일본의 경우 액취를 '병'으로 간주하고 피부과를 찾는 환자가 많다는 점을 주목하여, 경미한 "액취 환자"가 심각한 체취 공포에 빠지는 사례(이 자체가 오늘날의 무취=청결 지향의 앞선 예가 되겠으나)를 근거로 "그만큼 일본인은 액취에 신경을 쓰고 있다"는 진단을 내린다.[38] 오하구로(お歯黒)* 및 소리마유(剃り眉)**가 폐지된 문명개화 이후 서구에서 이입된 미용 기술 등의 화장 문화가 침투하여 여성의 얼굴에서 전신에 이르기까지 미용에 대한 관심이 확장해 감에 따라, 위와 같은 '불쾌=불결'이라는 위생 관념과 결속한 미용 의식 또한 강화되었다고 볼 수 있을 것이다. 자기/타자의 신체에서 나는 냄새에 대한 관심 또한 그러한 의식과 불가분의 관계에 있는데, 근대 미용법에서 입욕이 장려되거나 향수가 권장되는 이유도 아마 그러한 점과 연결되리라 생각한다.

폴라 문화 연구소가 1983년부터 이듬해까지 전국의 메이지 출생 여성을 대상으로 실시한 다이쇼 시대의 화장 풍습에 관한 조사(유효 회답 400명)

---

* 야마토·나라 시대부터 존재했다고 여겨지는 것으로 주로 기혼 여성이 치아를 까맣게 물들이는 것.
** 오하구로와 마찬가지로 주로 기혼 여성이 눈썹을 미는 것.

에 따르면, 가정용 욕조·목욕탕 등을 이용하여 60퍼센트에 가까운 사람들이 매일 입욕했다고 대답했다(참고로 향수는 47퍼센트가 사용. 상표로는 '긴즈루(金鶴)'가 20퍼센트 가까이 차지하고 있으나 외국 제품 사용 또한 7퍼센트에 달하고 있다)[39]. 입욕이 체취에 대한 배려와 직결된다고 일률적으로 판단할 수는 없으나, "입욕 즉 피부의 청결법은 미모와 깊은 관계가 있기 때문에 **단 하루라도 걸러서는 안되는** 방법입니다"[40] (강조 인용자)라는 식의 불결에 대한 **일과적** 강박 관념이 주입되고, 이것이 냄새와 관련지어져 자기/타자를 경계 짓는 피부 위에 투영되었다고 볼 수 있다. 다이쇼 시대『요미우리신문』에서 향수 관련 기사를 모아 보면, 특히 땀이 나는 여름철 체취 예방과 관련한 것들이 눈에 띄고 액취·구취에 관한 상담 및 대처법 기사도 몇몇 확인할 수 있다.[41] 이러한 기사들은 아다치 분타로가 언급한 바와 같이 무취와 다를 바 없는데도 자신에게서 냄새가 난다고 느끼는 "액취 환자"의 감성을 뒷받침하는 것으로, 이와 같은 '체취의 발견'이 상업화된 향수 문화 산업의 좋은 먹잇감이 되는 것이다.

시세이도(資生堂)·나카야마타이요도(中山太陽堂) 등의 화장품 메이커에서 근무했던 미스 유타카(三須裕)는 1924년 간행『화장미학(化粧美学)』에서, 향수가 사교 및 체취 예방·외출 준비를 위한 "필수적인 화장품"이 되었다며,「체취와 향수」라는 항에서 체취 방지에는 입욕과 식습관의 배려와 향수 용법이 중요하다고 설명하고 있다.[42] 미스의 담론에서 흥미로운 점은 "개인 고유의 체취"를 더 발휘할 수 있도록 오히려 체취를 "더욱 발산해 주게 하는" 향수를 선택하라고 권하는 부분이다. 그는 다른 담화 기사에서도 그러한 부분을 강조하며 "향수의 개인성"을 존중하는 시대가 도래했다고 말한다.[43] 물론 여기서 상정하고 있는 것은 불쾌한 냄새로서의 체취가 아니다. 그러나 향수 문화 속에서 체취가 소거되지 않고 자기 주장의 한 기호로 평가되었다는 점은, 체취와의 상관 관계 안에서 발달해온 서구 향수 문화의 체취 코드와는 또 다른 차원의 일본적인 수용 양상을 상징하는 것이었다.[44] 이는 여성의 체취에서 자신이 이상으로 삼고 있는 향수를 창출해 내는 그르누이가 지향하는 바와 통하고 있다. 일상적 풍경에 향수 향기가 진출한 결과 자타의 신체에서 **발견된** 체취를 향해 후각을 더욱 민감하게 가동시키게 되었다고 해도 좋을 것이다. 그러한 자타관계의 중핵에는 바로 에로스적 대면 관계가 존재했다.

5. 냄새의 젠더화에 저항하는 ―「선혈」, 「이혼」 등

1931년 슌요도(春陽堂)에서 간행된 기타가와 구사히코(北川草彦)『여자의 냄새와 향기(女の匂ひと香)』라는 대형판 서적이 있다. 우선 모던풍으로 디자인된 장정(裝幀)이 눈길을 끄는데, 책을 펼쳐 보면 "여자의 냄새와 향기는/현대 생활의 핵심이다/그러나 너무나도 이에 무지한 현대/를 조소한다"라는 문장이 쓰여 있어서 독자를 도발하는 뉘앙스를 풍긴다. 실제로 에로틱한 사진을 다수 수록하고 있는 이 책은 키스·포옹·애무 등 성애의 이미지를 시각 이미지로 자극하여 그것을 후각적 판타지로 증폭시킨 뒤 최종적으로 모더니즘적 디자인으로 포장한 형태인데, 남성 독자의 외설적인 호기심을 자극하는 책이라 할 수 있다. 제1장의 표제「남자는 여자를 맡는다」는 이 책이 취하는 자세를 단적으로 이야기해 주는데 냄새 맡는 주체로서의 남성과 향수를 몸에 뿌린 채 기다리고 있는 즉 남성에게 냄새 맡아지는 객채로서의 여자라는 구도를 들여다 볼 수 있다. 8장에서 언급한 클라센이 말하는 "향기의 성차"의 전형적인 모델이 여기에 있다.

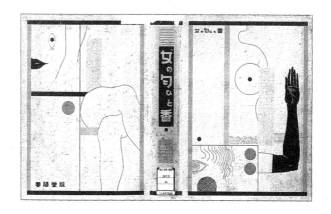

기타가와 구사히코 『여자의 냄새와 향기』 표지

 저자 기타가와는 앞서 언급한 미스 유타카를 통해 향수에 관한 지식을 배웠다고 밝히고 있다. 미스가 체취를 살린 향수 용법을 추천한 것은 체취가 가진 성적 환기력을 중시했기 때문으로 여겨지는데, 기타가와의 담론은 거기서 한 발 더 나아가 냄새를 성애와 직결시킨다. 나쓰메 소세키 『그후』(1909)에는 흰 백합의 향기에 둘러싸인 다이스케가 "자연의 옛날로" 돌아가 미치요에게 진심을 고백하는 유명한 장면이 있는데, 기타가와는 마조흐에 의한 후각 표상과 『그 후』의 이 장면을 비교하며 "변태성욕증과 불능증 정도의 거리"가 떨어져 있음을 주장하며, "냄새가 성적 자극이 된 현대인"이라면 미치요의 "체취를 맡을 수준이 되어 있"을 것이라고 야유한다.[45]

 1909년에 집필·간행된 『그 후』의 암시적인 에로스를 20년 후 "현대인"의 첨단 감수성으로 판단하는 것은 너무나도 거친 논법이기는 하나, 기타가

와 입장에서 보면(똑같이 졸도할 정도라면) 다이스케가 맡아야 할 꽃은『나
나』의 상사화 같은 꽃이여야 했을 것이다. 무샤노코지 사네아츠(武者小路
実篤)가 말했던 '사회'와 '자연'간의 상극이라는『그 후』에 대한 고전적
해석[46]을 적용해 보면, 백합의 향기는 "자연의 옛"이라는 시간적 층을 두
텁게 포함하고 있음에 비해 1931년의 냄새의 욕망은 시간성을 이탈하여
"지금/여기"의 찰나의 현전에서 채워져야만 한다. 다이스케의 "자연의
옛날" 또한 미치요와의 기억의 공유점에서 더욱 거슬러 올라가 성애마저
포함하는 원초적인 '본능'의 의미가 실려 있어야 하는 것이다(반대로 미래
에는 사회의 법에 의한 구속이 기다리고 있겠지만). 그런 의미에서 다이스케는
"성적 불능"이 아니다. 다만 체취와 향수가 이음새없이 접속한 모더니즘
시대의 냄새 표상은 이미 자연(나르시스적 신체-체취)과 사회(자타관계-향수)
의 차이 그 자체를 무효화시켜 돌아가야 할 '자연' 냄새의 소재를 보이지
않게 만들었던 것이다.

　첨단 시대 속 냄새의 에로스. 그 현전성은 그러나, 다이스케를 되돌아
보는(냄새를 되맡는) 주체로서의 미치요를 더욱더 주변화시킨 것이 아닐
까. '남자는 여자를 맡
는다.' 왜냐하면 '여자
는 (신체와 향수가) 냄새
가 나'기 때문이다. 냄새
를 맡아서 구별하는 남자
는 여자라는 향기로운 텍
스트를 해독하는 해석자
에 다름 아니다. "향기,

영화 『그 후』[모리타 요시미츠 감독, 1985] 팸플릿 중에서.
다이스케[마츠다 유사쿠]와 미치요[후지타니 미와코]

냄새, 악취에 민감한 남자에 반해 자연스레 여자는 향수나 향료를 한층 더 애호하게 된 것이다."[47] 냄새 맡는 주체와 맡아지는 객체 간의 비대칭성은 이처럼 감각에 대한 민감함에도 귀결된다. 민감한 안테나를 갖춘 코. 그로 인해 남자들의 '코의 방탕(코르뱅)' 도 자연스런 것으로 여겨지게 된다. '코의 방탕' 은 포르노그라피에서도 무대를 발견한다. 그렇다면 냄새 맡아져야 할 '텍스트로서의 여자' 들이 후각 표상에서 주체를 되찾기 위한 계기는 어디에 존재할까.

> 이 여자가 집필한 것 대부분은 분가루에서 태어난 것이다. 그래서 항상 하얀 분가루의 냄새가 배여 있다.[48]

다무라 도시코(田村俊子) 『여자 작자(女作者)』(『新潮』 1913.1)에서 유명한 한 구절이다. 여성으로서 소설을 가구(仮構, make-up)하기 위해서는 맨얼굴을 지워 나가야 한다. 여배우처럼 메이크업해서 '여자 작자' 로 행동하겠다는 창작 의식을 표명하고 있는 것이다(작중에는 이외에도 "무대 분장 같은 화장" 이라는 표현도 있다. 작자 자신의 배우 경험이 반영되어 있는 것일까). 화장대의 거울 앞에 앉아 분가루를 바르고 있으면 소설적 상상력이 솟아 나는 주인공에게 "민낯이 까칠까칠해져서 분가루 자국에 금이" 갈 정도로 자신의 피부의 질감(texture)이 까칠까칠해졌다는 것은, 작품을 쓸 수 없다는 것 즉 텍스트 자체의 거칠음과 직결된다. 이러한 '여자 작자' 는 다름 아닌 자신의 피부 위에 '텍스트로서의 여자' 를 연출하고 있다고 할 수 있다. '쓰기' 에 있어서, 다시 말해 '보기/만지기/냄새 맡기' 에 있어서 여성을 상대화하는 표상과 감각 그리고 욕망의 젠더화의 구조에 대해 정면으로 대항하는 것이 아니라, 분가루 냄새로 가장(仮裝)하여 맨얼굴의 체취가 은밀하지만 더욱 돋보이게 하는 복잡한 전략을 취하고 있는 것이다.

한편 위 인용문에도 냄새 표상이 나타나기는 하나 이는 분가루의 냄새이므로 엄밀히 말해 촉각적인 냄새이다. 소설 말미에도 그녀가 좋아하는 여배우가 무대 위에서 추운 듯 손이 새빨개져 있음을 상기하며 "그 손을 꼭 쥐고 입술의 온기로 데워주고 싶다"는 촉각적 욕망이 돌연 표명된다. 또한 다무라에게는 제목 그대로 『냄새(匂ひ)』(『新日本』1911.12)라는 소품도 있는데, 여기서 그녀는 자신을 귀여워해주었던 조부의 첩 오다키와 관련된 유년기의 기억을 이야기한다. 유방을 물려주는 등 그녀는 "팔뼈나 갈비뼈가 으스러질 정도의…… 뜨거운 애착"을 표현해 주었으며, "나는 그래도 역시 오다키의 차가운 검은 새틴 옷깃에 달라붙어 그 옷깃 언저리가 점점 따뜻해져 갈 즈음, 그 달달한 살냄새에 둘러싸여 잠들던 때가 너무 좋아서 오다키 곁에서 떨어질 줄 몰랐다"[49]고 쓰고 있다. 이러한 묘사는 동성간의 성적/모성적 욕망과 안식을 접촉 및 온기로 상징하고 있는 것이다. "살냄새"라는 표현은 제목과도 관련이 있으나 분가루 냄새와 마찬가지로 촉각적인 냄새라 할 수 있다.

　　진홍빛 지리멘(縮緬) 모기장 자락을 꽉 깨물고 여자는 울고 있다. 남자는 바람에 휘날리는 이요스다레(伊予簾)에 어깨를 부딪치며 창밖 불빛을 바라보고 있다. 그는 돌연 웃으며 "어쩔 수 없잖아"라고 말했다.
　　금붕어의 비릿한 냄새가 풍겨 왔다.
　　무슨 냄새인지도 모른 채 유코는 그 냄새를 맡았다. 언제까지고 계속, 맡았다.
　　'남자 냄새.'

문득 이런 생각이 들자 유코는 소름이 돋았다. 손끝에서 발끝까지 움찔 할 정도로 무언가가 몸 속을 타고 흐르듯 부르르 떨었다.[50]

『냄새』보다 조금 이른 시기에 『세이토(青鞜)』 창간호(1911.9)에 발표한 『선혈(生血)』은, 최초의 성교섭 즉 '처녀 상실'을 경험한 여성의 감각을 그린 특이한 소설로, 인용문과 같은 독자적인 냄새 표상이 펼쳐진다. 날이 밝아 오는 방에서 어항을 바라보며 성행위 후의 매정한 남자의 언동이 남긴 마음의 상처를 반추하는 그녀는 피어오르는 비릿한 냄새를 느낀다. 금붕어 냄새로 생각하며 맡고 있는 사이, 남자와의 성행위가 그녀의 신체에 남긴 '남자 냄새'에 침식된 불쾌감에 휩싸여 격렬한 증오심에 불타오른다. 사후(事後)밖에 이야기되지 않는 텍스트이기에 정보량이 부족하긴 하나, 그녀가 마음속에서 발하는 "유린"이라는 단어가, 그녀에게 남자와의 성행위가 어떤 의미였는지를 암시한다. 남자에게 받았던 폭력의 기억이 되살아나자 그녀는 금붕어(남자 냄새)에 대한 폭력으로 상징적 복수를 행한다. 그러나 현실이란, 방에서 나온 그녀는 남자와의 관계를 주체적으로 결정 짓지도 못한 채 그의 뒤를 쫓아갈 뿐, "신체가 조금도 자유롭지 못"하다. 그리고 밤은 또 찾아온다……

동시대에 '감각적'이라는 평을 이미 획득했던[51] 다무라 도시코의 소설은 첨예한 감각 표상을 포함하는 텍스트가 적지 않은데, 여타 작품과 달리 『선혈』이 표상하는 냄새는 대부분 불쾌한 것들이다. 그 밑바탕에는 다른 성에 대한 어쩔 수 없는 생리적 위화감이 존재하는데 이 소설은 '남자 냄새'가 자신의 신체에 **감염**되는 과정을 그린 것으로 볼 수도 있을 것이다. 남자와 몸을 섞은 신체가 대낮의 햇살에 비치자 그녀는 "햇빛에 썩어 문드러져 가는 물고기에서 나는 것 같은 악취"를 맡아 "자신의 신체를 누군가가 집어 건져 올려 주"기를 바란다. 당연하게도 이는 '남자 냄새'를 환기하는 것으로 그녀가 상처 입혀 죽이고는 여관 정원에 "던져 버"린 금붕어의 부패한 시체 이미지를 재생하고 있다.

동성 간에 맡아지는 (나르시스적인) 냄새와 달리 감염시키는 타자(남자)의 냄새는 피부의 온기도 촉감도 동반하지 않는다. 여기에서 냄새 맡는 주체가 실질적으로는(타자의 냄새를) **맡게끔 강요받는** 객채이며, 나아가 스스로를 **맡아지는** 객체로 대상화시켜 버리는 냄새의 자가중독이 발생하고 있음을 읽어낼 수 있다. '텍스트로서의 여자'로 화장한다는 것이 무엇인가에 대해 굳이 실체론적으로 접근하자면, 다무라 도시코는 '여자 작자'로 각인되는 성차를 온몸으로 받아들임을 통해 냄새의 대타(対他)/대자(対自) 관계를 둘러싼 투쟁을 집요하리만큼 텍스트 위에서 전개할 수 있게 된 것이다.

한편 『선혈』에서 후각 이미지의 열쇠를 쥐고 있는 "금붕어의 비릿한 냄새"와 관련하여, 오늘날의 독자라면 『선혈』보다 약 30년 뒤에 쓰인 다음의 텍스트가 조금 더 친근하게 상기될지도 모르겠다.

> 오늘 아침 전차에서 옆에 탔던 진한 화장의 아주머니를 떠올린다. 아, 더러워, 더러운 여자는 싫다. 자신이 여자인 만큼 여자 내면의 불결함을 잘 알고 있기에 치가 떨릴 만큼 싫다. 금붕어를 만진 뒤의 그 비린내가 내 몸 전체에 스며들어 있는 것 같아 씻어도 씻어도 냄새가 떨어질 줄 몰라서, 이런 식으로 하루하루 나도 암컷스런 체취를 발산하게 되는구나, 라고 생각하니 문득 마음에 걸리는 부분도 있고 해서, 더더욱 지금 이대로, 소녀인 채로 죽고 싶다고 느낀다.[52]

다자이 오사무(太宰治)『여학생(女生徒)』(『文学界』1939.4)에서의 인용이다. 『여학생』은 가와바타 야스나리의 평[53]을 시작으로 발표 당시부터 높은 평가를 받았는데, 다자이가 집필 당시 프레 텍스트(pre-text)로 그 바탕에 두었던 아리아케 시즈(有明淑)라는 소녀의 일기 전체가 2000년 아오모리(青森)현 근대문학관을 통해 복각·번각됨[54]에 따라 다자이의 오리지널리티에 대한 논쟁을 불러일으키기도 했다.

두 텍스트의 세부를 비교해 보면 내용적으로나 수량적으로나『여학생』은 표절에 가깝다는 판단도 성립 가능하다. 허나 문제의 핵심은 명망높은 직업 작가가 한 무명 독자의 텍스트에 전적으로 의존했다는 사실보다, 소설의 서사가 여성 화자에 의한 서사를 이루고 있다는 사실, 다시 말해 남성 작가가 화자의 허구성을 창조하기 위해 여성의 목소리를 훔쳤다는 소설 제작상의 윤리와 관련된 부분일 것이다.[55] 본론에서 이 문제에 대해 자세히 논하지는 않겠으나, 위 인용에서 "금붕어를" 이하는 모두 다자이의 오리지널로,『여학생』과 아리아케 시즈의 일기 모두 특히 인상적인 소녀의 동성 혐오 모티브를 비교해 보는 것은 가치있는 작업일 것이다. 간단히 요점만 정리하자면, 아리아케 시즈의 서술을 보면 동성 어른에 대한 불쾌감의 이면에는 자신도 마찬가지로 어른으로 성숙해 간다는 것에 대한 자기 혐오에 가까운 어린 자의식을 감추고 있다. 이에 비해 다자이의 여성 화자 텍스트는 남성의 시선에 대해 '성숙 거부'를 결심하는 투의, 틀에 박힌 형태로 메이크업된 소녀 이미지가 두드러지게 나타나 있다.

"암컷스런 체취"를 감지하는 자기 의식을 다무라의 텍스트에서는 발견할 수 없다. 다무라의 텍스트에는 '암컷스런 체취'에 감염되는(지배되는) 것에 대한 결벽증(virginity)을 어떻게 하면 감각의 주체를 탈환하기 위해 전략화할 수 있는가에 대한 화두가 제시되어 있기 때문이다.『여학생』은 마치 그림으로 그린 듯한 소녀 이미지의 유형을 소녀의 서사를 통해 구축한다. 그러한 이미지는 남성 작가들에 의해 "여성적인 것"이 (무서우면서도 매력적이게) 배어 나오는 것으로 여겨져 환영받는다.『선혈』의 "금붕어의 비릿한 냄새"라는 표상과 관련해서, 그와 같은 젠더화 기제(機制)의 형성에 대해 어떠한 노이즈를 발생할 수 있는가를 물어야 할 것이다.

다무라 도시코에게는『선혈』이외에도『이혼(離魂)』(『中央公論』1912. 5)이라는,『선혈』과 마찬가지로 여성 신체의 생리적 변화에 주목한 작품이 존재한다. 주인공은 초경을 맞아 건강이 악화되고 정신적으로 불안정한 소녀. 불안정하기 때문에 예민한 그녀의 감각은 냄새에 대해서도 예민하다. 그녀가 맡아 내는 것은 "살냄새와 뒤섞"인 "이불 속 온기의 달달한 냄새", 머리를 묶는 하녀의 머릿기름 냄새, 그리고 병문안 온 같이 무용을 배우고 있는 소년의 체취. "살냄새"에 대해서는 "매끈하고 부드러운 자신의 팔의 피부를 입으로 오랫동안 살짝 깨물고 있으면 따뜻한 혀끝의 침이 증발하여 발산해 오는 살냄새"라는 식으로 변주되는데, 앞서의『냄새』등의 텍스트와도 상통하는, 농후한 나르시시즘과 촉각 및 미각의 연대를 통해 달성되는 독자적인 후각 표상을 발견할 수 있다. 병문안 온 12세의 (아마도 소녀보다 연하인) 소년은 "착실한 소녀"와 달리 주위로부터 "3류 배우의 아들놈"이라고 학대받고 있으며 그 스스로도 아버지와 더불어 자칭 "거지 광대"라고 말하고 다니는, 그녀와는 계층이 다른 떠돌이 광대 소년이다. 그는 그러한 계층에 속함으로 인해 차별받고 있고 강한 체취로 인해 모두로부터 미움을 받고 있기도 하다.

그 냄새는 여름철 썩은 음식물에서 스믈스믈 스며나오는 끈적끈적한 액체를 딱 연상시키는 냄새였다. 옷감 염색에 쓰는 호분(胡粉) 냄새와도 비슷했다. 문하생들은 모기치가 가까이 오면 일부러 옷소매로 코나 입을 가리며 웃어 댔다.

"네 몸에는 도대체 뭐가 처묻어 있는 거냐."

못된 게이샤들은 이렇게 말하며 모기치의 옷자락을 걷어올리는 장난을 치곤 했다.[56] (강조는 원문)

'냄새 난다'—이 한마디가 한 개인을 향해 발화됨으로 인해 그 발화의 대상이 된 그/그녀의 인격은 한순간에 부정되어 버린다. 당연하게도 냄새 표상은 오늘날 '이지메' 문제의 핵심에 자리잡고 있다. 『이혼』에 등장하는 소년의 냄새나는 이미지는 같은 1910년대 전반의 『외양간의 냄새』 속 기쿠요에 대한 표상과 동시대적으로 공통되는 부분이 있으며, 나아가 이는 오늘날의 사회적 병리와도 연속한다. 이 소년도 성화되지 못한다는 점에서 기쿠요와 다를 바 없으나(기쿠요의 경우는 계층적으로 더욱 하위에 위치 지어 있기는 하나) 사회로부터 완전히 버림받은 존재는 아니다. 그는 게이샤들의 커뮤니티 안에서 스스로를 비하하고 소녀에게도 남자 게이샤인 듯 봉사하며 그녀의 성적 우롱에 가까운 장난에 스스로 몸을 던짐으로서 차별 구조 속에서 살아남고 있기 때문이다.

소녀는 『매음부』에서의 창부와 남자들의 관계처럼 계급 의식에 근거하여 소년과 연대하지는 않는데, 실은 그러한 연대란 가능하지도 않다. 그녀는 계급 격차는 그대로 둔 채 무의식적 성애의 욕망을 통해 그를 향해 손을 내민다. 연습 때문에 함께 있을 때 바람에 실려 감도는 소년의 체취를 맡자 소녀는 "모짱 냄새가 난다" 며 그의 얼굴을 본다. 그녀는 그의 체취를 맡아도 불쾌함을 느끼지 않으며 오히려 그의 냄새=인격[57] 에 대해 호감을 가지고 있는 듯하다. "냄새 옮는다" 고 친구들로부터 주의를 듣지만 "그러한 냄새가 나는 모기치의 신체에 오히시는 발작난 아이가 그러하듯 손을 대지 않고서는 견딜 수가 없었던 것이다".

그러한 소녀의 행동은 자칫 잘못하면 "피의 길(血の道)"*을 앓은 초경기의 여성에게 상정(기대)될 수 있는 병리, 즉 광녀(mad woman)적 퍼포먼스로 해석될 여지가 다분하다. 그러나『선혈』의 냄새의 감염에 대항하는 자가중독적인 격투와 달리,『이혼』에서는 감염의 일방통행적 측면이 상대화되어 있다. 차별 구조를 지탱하는 후각을 반목이나 갈등이 아니라 타자와 연결되어 있는 관계 안에 위치시키고 있는 것이다. 따라서 광녀의 퍼포먼스로 보는 독해는 받아들일 수 없다. 소녀와 소년의 관계에서 신체적·생리적 욕망과 성숙을 둘러싼 권력 관계가 도출 가능하다고 하더라도 말이다.

6. 향기로운 텍스트로

문학의 후각 표상이라는 문제는 자칫하면 '냄새' 가 아닌 '향기' 로, 다시 말해 수사적인, 표현의 방법론적인 위상에서 다루기 십상이다.『거꾸로』의 주인공이 그랬던 것처럼 향기 문화의 첨단에 위치했던 향수라는 영역은 마치 의상과 마찬가지로, 언제나 신체에 부가되는 수식 즉 레토릭이자 신체를 꾸미는 것으로 수용되어 왔다. 향수는 향기의 과잉이라는 본질적 측면으로, 공허하고 허구적인 미와 쾌감이라는 측면으로 사람들을 매혹했

---

* 월경을 포함하여 여성의 피와 관련된 병을 종합적으로 일컫는 말.

다. 이러한 성질에서 봤을 때 향수란 문학적인, 너무나도 문학적인 영역이다. 본 장은 그러한 향기의 문학성을 신체상의 피부라는 지점을 기준으로 상대화하려는 시도였는데, 마지막으로 향수의 '문학성'이 가장 두드러진 부분도 한 번 살펴보고자 한다.

『선혈』과 같은 다무라 도시코의 초기 소설 및 마사무네 하쿠초『외양간의 냄새』가 집필된 1910년대 중반을 지나 제1차 세계대전을 기점으로 일본 경제는 단숨에 호경기로 전환하게 되는데, 인구 대량 유입이라는 요소도 한몫하여 도시 생활의 문화 수준이 향상된다. 향수와 같은 기호품 또한 이러한 호경기에 의해 생활 속으로의 침투가 가속화되었다고 할 수 있다. 국산 향수가 시장을 확대해 감에도 불구하고 서구를 향한 동경이라는 향수가 가진 원래의 이미지도 한몫하여 프랑스산 등 외국 제품에 대한 수요는 끝을 모르고 증가, 고급품 지향은 전쟁 경기로 인해 더욱 강화되었다.[58] 이러한 대내·외적 배경의 존재가 레토릭으로서의 향수의 문학성이 서구 상징주의로부터 감염된 문학 그 자체에 의해 보증받는 근거가 된다는 것은 자연스러운 결과였다. 향수나 화장품 회사가 이미지 전략상의 방법론을 개척해야 할 필요에 직면하여 '선전 광고' 분야의 발전을 견인했다는 사실도, 넓은 의미에서 봤을 때 이러한 문학성의 문제 영역에 속한다고 할 수 있다.

아니, 이는 문학성이라는 추상적 차원에 국한된 이야기가 아니다. 실제로 시인이 화장품 회사에 소속되어 선전 광고 업무에 종사했기 때문이다. 또는 화장품 회사에서 향수 및 화장품 판매를 촉진시키기 위한 방책을 (문학적으로) 생각했던 사람이 같은 시기에 시도 집필했다, 라고 바꿔 말해도 좋다.

그중 한 명은 오테 다쿠지(大手拓次). 그의 이름은 기타하라 하쿠슈 문하생 중 가장 특출난 인물로서, 기타하라나 하기와라 사쿠타로, 무로 사이세이 등 다이쇼 시대 근대시를 이끌었던 시인들과의 관계 속에서 거론되는 경우가 적지 않았다. 후각 표상 관련에서 보면 기타하라는 최초의 시집『사종문(邪宗門)』(1909)부터 냄새 표상의 도입에 적극적이었으며 [59], 하기와라 시의 풍요로운 후각 표상에 대해서는 굳이 재언급할 필요가 없으리라 여겨진다.[60] 오테가 이들과 어떠한 영향 관계에 있었는지에 대해서는 더 조사할 필요가 있겠다. 여기서는 그가 짧은 일생 중 20년 가까이 라이온 치약에 근무했다는 사실이 그의 창작에 끼친 영향과 의미를 확인하고자 한다.

오테 다쿠지는 이미 1911년 무렵부터 기타하라 주재(主宰)의『주란(朱欒)』,『지상순례(地上巡礼)』에 하기와라와 함께 시를 발표하면서 활동을 시작했는데,『오테 다쿠지 전집』제5권(白風社, 1971)에 수록된 작품 및 문장, 그리고 그 이전의 노트 등에 기록되어 있는 단편(斷片)등을 살펴보건대 아마도 그가 독자적인 감성을 바탕으로 냄새의 감각에 대한 관심을 키워 왔음을 확인할 수 있다.

> 살 냄새가 구린 여자는 싫다.
> 진짜 여자의 향기를 원한다.
> (1909.5.6, 앞의 책『오테 다쿠지 전집』139쪽)

이외에도 "(목서의 향기가—인용자)저는 언제나 여자 냄새 같다고 생각했습니다(1909.11.14, 앞의 책, 148쪽)," "보들레르는 여자의 액취와 같은 녀석이다"(1912.1.24, 앞의 책, 223쪽) 등, 20대 청년이 자신의 성욕에 형태를 부여하

기 위해 후각을 날카롭게 다듬었던 흔적이 엿보인다. 물론 그가 죽은 뒤 구상이 실현된 시집 『남색 두꺼비(藍色の蟇)』(1936)를 위해 써두었던 상당량의 시 텍스트들 또한 흡사 향기의 실험장이라 불러도 될 정도의 화려한 후각 표상을 담아내고 있다

오테 다쿠지는 라이온 치약 본사 광고부에 1916년 취직했다. 말 그대로 선전 광고 현장에서 살았다. 광고부에서의 그의 업적 내용은 『오테 다쿠지 전집』 제5권에 수록된 회사 내부용 문장 및 메모, 그리고 전집 별책 『오테 다쿠지 연구』(1971) 권말에 수록된 『오테 다쿠지 작으로 추정되는 사문(詞文)」(오테가 제작에 관여했던 『라이온 당용(當用) 일기』의 기교적인 사장(詞章) 및 부록의 「향수의 방찬(方撰)」) 등 제한된 자료를 통해 추측해 갈 수밖에 없겠으나, 간단히 정리하자면 "문안(文案)계, 요즘 말로 카피라이터로서 작업"[61]을 수행했다고 볼 수 있을 것이다. 전집 제5권 월보(月報)에 재수록된 사내보 『라이온 소식』(오테 자신이 편집에 관여했을 뿐만 아니라 몇몇 문장도 수록했다)48호(1934.5)에 게재된 오테를 위한 추도문을 보면, 고인은 완고함·편굴(偏屈)함·불규칙적임·단정치 못함·어딘가 어두움 등으로 이야기되는 성격의 소유자로, "광고부의 사무적 관점에서 그리고 통제상으로도 매우 곤란한 일"이 종종 발생했다는 등 추도의 취지와 어긋나는 언사도 눈에 띄는 걸로 봤을 때 시인을 근면한 샐러리맨으로 평가하는 것은 적절치 않을지도 모르겠다.

그러나 가령, 광고가 주는 심리적 효과에 관한 연구의 소개문[62]에서 오테가 "상품 대 고객, 광고 대 독자"라는 표현을 쓰고 있는 부분에 그의 시 창작과 광고 문안 작성을 이을 수 있는 고리를 발견하는 단서가 있지는 않을까. 요컨대 그에게는 시를 쓰는 일도 라이온 치약 회사의 상품 광고를 만

드는 일도 모두 동일한 독자를 향하고 있었던 것은 아닐까, 라는 말이다. 물론 양자의 '독자'는 미묘하게 다르다. 그러나 그가 시인 입장에서 남긴 시론으로 간주해도 좋을 산문에서 확인 가능한 공감각론과 「'향수의 표정'에 대하여」[63] 와 같은 라이온 치약 광고부를 대표해서 업계지(業界紙)에 기고한 공감각론을 비교해 보면 결과적으로 별반 차이를 느낄 수 없다. 향수 향기에 취해 향수 표정을 탐구하여, 궁극적으로 "향수가 걸어오는 말"을 "읽을 수 있게 되는" 것을 제창하는 오테는, 여기서 문학 특히 시를 영위(營為)하고 있음이 분명하다.

> 암흑을 찢고 나오는 메아리처럼,
> 부벼 안은 비단결의 속삭임처럼,
> 내 맘을 경탄과 비밀로 끌어들이는 요술,
> 그곳엔 새하얗고 작은 강아지가
> 생긋생긋 웃으며
> 길 잃고 헤매는 내 등 뒤에서 샛노란 숨을 토했다.
> 나는 덜덜 떨었다.[64]

 정서 원고에 1920년 8월 4일로 되어 있는 '나르시스의 향료'라는 제목의 시. 인용에서 보듯 후각 표상이 아닌 청각이나 촉각 등의 감각 표상을 통해 수선화(나르시스)의 향기를 언어화하려는 시도인데, 같은 시기에 약 2주간에 걸쳐 라일락, 버가모트, 튜베로즈, 백장미, 헬리오트로프 등에 대해서도 비슷한 형태의 '향료' 시를 남기고 있다. 가령 위의 인용이 시 텍스트가 아니라 향료를 선전하는 텍스트라 가정하면 어떠한가. 완고·편굴·단정치 못한 성격의 광고문안계가 우연찮게 시를 끄적거린 것이 아니라 시의

언어가 이미지를 판매하는 향수나 화장품의 판촉 전략에 채택된 것이라면
ㅡ. 그에게 상품이란 시의 언어가 아니라 치약이나 향료·향수를 판매하기
위한 언어였다는 사실이 단지 생활을 위한 어쩔 수 없는 선택이었다고 그
누가 단정 지을 수 있겠는가.

마지막으로 또 다른 '시인' 한 사람을 소개하고자 한다.

> 오, 수많은 향좌(香座) 수많은 향궁전(香宮殿)에는
> 수없이 많은 여인들 모두 경라향의(輕羅香衣)를 두르고 있다
> 아 향의를 둘렀건만
> 여체의 향긋한 향기
> 여체의 눈부신 발광
> 오 눈부시게 빛나는 수많은 향륜(香輪)
> 오 향긋한 향기의 수많은 향연화(香蓮華).

오테 다쿠지 '향료' 연작시 2년 후에 간행된 야베 스에(矢部季, 矢部季継)
의 시집 『향염화(香炎華)』(巡礼詩社, 1920)의 서시 「향장엄(香荘厳)」의 후반
부다. 시집에 수록된 시들은 '향염편(香炎篇)', '향화편(香華篇)', '향광편
(香光篇)', '향해편(香海篇)', '향운편(香雲篇)'으로 분류되어 있기는 하나,
실질적으로 인용한 서시 정도만이 향기와 직접적으로 연관된 텍스트라 봐
야 할 것이다. 컬트적인 느낌의 언어 구사를 통해 '여체'를 찬미하는 내용
또한 그리 특별히 여겨질만한 부분도 아니다. 이 시집에 대한 평가는 작자
그리고 시집 만들기(생산)라는 텍스트의 외연을 통해서만 정당하게 이루
어질 수 있다. 서문을 실은 기타하라 하쿠슈는 작자에 대해 "지금도 그는
비행기, 전차, 기차, 자동차, 마차, 인력거가 복잡하게 달리고 있는 도쿄 긴

자 번화가 어딘가에서 미용여색(美容麗色)의 화장향(化粧香)속에 몸을 파묻고 있다"고 소개한다. 작자인 '시인' 야베 스에 또한 오테 다쿠지와 마찬가지로 화장품 회사에서 근무하고 있었던 것이다.

뛰어나 사진가로도 유명했던 후쿠하라 신조(福原信三)가 부모가 경영했던 시세이도 경영을 물려 받은 것은 제1차 세계대전이 한창인 1915년이었는데, 상품의 외장 디자인과 광고 제작을 맡고 있는 의장부(意匠部)가 중요시되었고, 그곳에 최초의 스텝으로 입사한 자가 바로 야베였다[65] (참고로 앞서 인용 및 언급한 미스 유타카도 야베의 의장부 동료였다). 도쿄미술학교에서 일본화를 공부한 야베는 시세이도에서 디자이너로 활약하기도 했는데, 그의 최대 업적은 오늘날까지 시세이도 심벌로 사용하고 있는 하나츠바키 마크의 상표와 이탤릭체 회사명 로고 그리고 포장지의 원형을 만들어냈다는 점일 것이다. 또 쇼윈도 디스플레이에 관한 의견을 내는 등[66] 시대를 내다보는 안목도 지니고 있었다. 이러한 디자이너=시인에 의한 최초의 시집 『향염화』는 장정 및 장정화(裝丁畵) 역시 그 자신이 창작했다고 여겨지는데 실로 호화로이 장식되어 있다.

표지에는 나체 여성의 윤곽을 본떠 만든 디자인의 반지를 새겨 넣었으며 속표지에는 요염한 인어 일러스트(이니셜 SY는 야베일 것이다)가, 마지막 페이지에는 십자가 목걸이 삽화가 삽입되어 있다. 이는 표지의 반지와 더불어 이 책이 하나의 완성된 보석 액세서리임을 주장하는 듯하다. 본문 페이지는 모두 가장자리가 핑크색으로 꾸며져 있는데 이는 시세이도의 포장지 디자인을 연상시킨다. 그러나 이 시집의 가장 큰 특징은 향수에 적신 종이를 본문 페이지로 활용해 그 위에 활자를 인쇄했다는 점이다(저자의 문장 「시집을 닫으며」에는 "그저 기이하고 괴상한 인어 반지와 연홍(蓮紅)빛 염광(炎光)

야베스에 『향염화』 속표지
(http://kindai.ndl.go.jp/info:ndljp/pid/908187/29, 흑
백이긴 하나 근대 디지털 라이브러리에서 열람 가능
—옮긴이)

과 오동나무꽃 그윽한 향기, 그것들을 잃지 않는다면 나는 행복할 따름이다"라 쓰여
있다). 어떤 향기인지 사진만 봐서는 물론 알 수 없다. 와세다대학 도서관
의 허가를 얻어 실물과 마주하였을 때 가장 먼저 내가 한 행동이란, 당연
하게도 책을 펼쳐 코에 갖다 대고 깊이 숨을 들이마셔 냄새를 맡는 일이었
다. 그때, 근대의 코들이 갈구했던 '향기로운 텍스트'가 실제로 향기를 발
산했을까? 이에 대해서는 침묵을 허락해주기를 바란다.

[이승준 옮김]

원주

1. 다만 오늘날에는 냄새의 강도를 나타내는 취기강도(臭氣強度)라는 기준이 6단계로 분류되어 있으며 시각의 삼원색에 해당한다고 볼 수 있는 '원향(原香)'이 존재한다는 가설도 제출되어 있긴 하다. 그러나 실증되지 못했거나 개인차에 의해 정설로 채택하기가 곤란한 점 등, 후각 연구의 기초적인 부분은 아직 불분명한 영역으로 남겨져 있다. 外崎肇一, 『「におい」と「香り」の正体』, 靑春出版社, 2004 참조.

2. パトリック·ジュースキント, 『香水, ある人殺しの物語』, 池内紀옮김, 文春文庫, 2003.

3. 노르다우는 『퇴화론』에서 데 제생트의 인물상에 대해 많은 지면을 할애하는데 이는 그가 "이상적인 '데카당트'" 이기 때문이다. 다만 『거꾸로』에 대한 노르다우의 평가는 매우 부정적이다. "나는 소름끼칠 정도로 멍청하다고 해도 좋을 이 책에 구애될 수 없다. 데카다니즘적으로 이상적 인물을 제시하는 것으로 충분했다". Max Nordau, *Degeneration*, University of Nebraska Press, 1993, 309쪽.

4. ジョリ·カルル·ユイスマンス, 『さかしま』, 澁澤龍彦 옮김, 河出文庫, 2002. 이하 인용은 시부사와(澁澤)의 번역에 따른다.

5. 農務省商工局編纂(今井源四郎報告), 『香料の硏究』, 丸善, 1918.

6. 加福均三, 〈科學新書〉 『にほひ』, 河出書房, 1942, 54쪽. 또한 가후쿠는 식민지하 대만에서 총독부가 전매제도를 통해 진행시킨 장뇌(樟腦) 개발 사업에도 깊이 관여했다. 1920~30년대 『대만일일신보(台湾日日新報)』 속 장뇌 관계 기사를 보면 그의 이름이 자주 등장한다. 대만은 세계 최대 장뇌 생산지였는데 향료·방충제 그리고 특히 셀룰로이드의 재료로 중요시되었던 천연 장뇌를 획득하기 위해 총독부는 산지(山地)의 원주민을 거칠게 제압했다. 1905년 竹越與三郎의 『台湾統治志』(博文館)를 보면 그와 같은 사실과 관련된 "번인"[蕃人, 대만 원주민의 고산(高山)족―옮긴이]과의 전투에 관한 자세한 기술을 확인할 수 있으며 "예부터 장뇌 생산을 위해 많은 피를 흘려야 했으나 이는 전혀 바라던 바가 아니었다"고 기록되어 있다(298~299쪽). 그러나 당연하게도, 많은 피를 흘려야 했던 쪽은 고산에서 포위되어 고립되어 갔던 원주민들로 大江志乃夫가 "장뇌제국주의"라 명명한 제국 일본 침략의 역사가 이 '향료의 섬'에 각인되어 있는

것이다. 이와 같은 침략에 의해 결국 발생하게 된 것이 1930년의 우서(霧社)사건이었다 (이상, 大江志乃夫, 『日本植民地探訪』, 新潮選書, 1998 참조).

7. 加福均三, 앞의 책, 8쪽.

8. モーリス·メーテルリンク『花の知恵』(1907) 수록. 인용은 メーテルリンク·ダーウィン의 『花の智慧と蘭』(尾澤慶忠 옮김, 洛陽堂, 1920), 185~189쪽. 『花の知恵』는 새로운 번역본도 출판되어 있다(高尾歩 옮김, 工作舍, 1992).

9. 福永武彦, 「詩人としてのボードレール」, 『ボードレール全集』一巻, 人文書院, 1963.

10. 예를 들어 자스민 향기의 성분은 '스카톨(skatole)' 이라는 물질로 대변 냄새와 동일한 성분이며 'scatology' 라는 용어도 여기에서 유래한다고 한다(外崎·앞의 책 참조).

11. 青柳有美는 「糞臭学原理」라는 독특한 글에서 "대변이 코를 찌르고 참을 수 없을 정도의 악취를 내뿜는" 원리를 설명하고 있는데 "유해물은 반드시 악취를 동반하는 법"이며 "유해물로부터 인간을 멀리 떨어뜨려야 한다"고 논하고 있다.

12. 졸라 소설의 후각 표상은 오래전부터 주목받아 왔다. 해브록 엘리스『성심리의 연구』(1897~1910)는 후각을 대상으로 하는 장에서 졸라에 대해 언급하며 레오폴 베르나르(Léopold Bernard)『졸라의 소설에 있어서의 냄새(Les odeurs dans les romans de Zola)』(1889)라는 문헌을 소개하고 있다. 일본의 경우에는 뒤에서 언급할 인류학자 가나세키 다케오가 1931년 졸라의 후각 표상 및 베르나르의 문헌에 대해 언급하고 있다[金関「わきくさ物語」, 『生理学研究』八巻四号, 1931.4, 『호인의 냄새』, 東都書籍(타이페이), 1943]. 이후 알랭 코르뱅도 베르나르를 인용하며 다음과 같이 서술하고 있다. "시각과 청각이라는 지적이며 미적인 감각과 후각과 촉각이라는 식물적이면서 동물적인 생명의 감각을 같은 차원에 둠으로써 아마도 졸라는 가장 스캔들러스한 도전을 건 것이다"(コルバン, 『においの歴史 臭覚と社会的想像力』원저 1982, 山田登世子·藤原茂옮김, 藤原書店, 1990, 280쪽).

13. 『葉山嘉樹全集』第一巻, 筑摩書房, 1975, 241쪽.

14. 동일 작가에 의한 『항구의 여자(港町の女)』(1926) 및 이를 부분으로 삽입한 장편『바다에 사는 사람들(海に生くる人々)』(같은 해)도 선원의 성욕 및 "기생놀이"가 주요 모티브 중 하나를 형성하고 있으며 창부와 "무산계급" 동지로서의 공통되는 감정

을 교차시키는 장면 등도 묘사되어 있다. 때마침 공창제 폐지 운동이 고조되던 시기이기도 했는데 원래 『매음부』를 출판했던 슌요도(春陽堂)도 같은 시기의 『新小説』(1926.9)에 '매춘연구' 호를 냈다.

15. 橋爪健, 「新人の横顔―葉山嘉樹君」, 『新小説』 三一年一一号, 1926.11, 25쪽.

16. エミール·ゾラ, 『ナナ』 上, 川口篤·古賀照一 옮김, 新潮文庫, 1956, 174쪽.

17. 『正宗白鳥全集』 第五巻, 福武書店, 1983, 471쪽.

18. 『正宗白鳥全集』 第五巻, 473쪽.

19. 大本泉, 「大正五年の正宗白鳥―『牛部屋の臭ひ』『死者生者』をめぐって」, 『目白近代文学』 五号, 1984.10, 13쪽.

20. 시게마쓰가 한때 어업을 위해 조선까지 배를 탔던 경력이 있다는 점과 기쿠요가 조선 도항을 현실 타개를 위한 선택지 중 하나로 의식한다는 점은 메이지 이후 오카야마(岡山)현이 조선 해역 어업을 장려했다는 사실, 그리고 이와 맞물려 한반도에 이주 어촌이 건설되었다는 사실이 그 배경에 있을지도 모르겠다[1907년에 경상남도 오카야마무라(岡山村)가 건설되었고 입식(入植)이 순조롭게 진행되었다. 소설이 발표된 1916년에는 기비무라(吉備村)도 건설되어 있었다]. 당연히 이는 시기적으로 한일병합과 중첩되는데 이주촌의 건설은 조선 민족의 어장을 수탈함을 의미했다. 이식(移植)자들은 "결과적으로 제국주의적 식민지 진출에 협력할 수밖에 없는 입장이 되고 말았다"고 봐야 할 것이다. 이상은 『岡山県史』 第一巻·近代 II, 1987 참조.

21. 正宗白鳥, 『電報』, 앞의 책, 『正宗白鳥全集』 第五巻, 470쪽.

22. 「五月の雑誌(一)」, 『読売新聞』, 1916.5.3.

23. 山田憲太郎, 『香談 東と西』, 法政大学出版局, 1977, 42~43쪽.

24. 中村祥二, 『香りの世界をさぐる』, 朝日新聞社, 1989, 197쪽. 鈴木隆, 『匂いの身体論―体臭と無臭志向』, 八坂書房, 1998 참조.

25. ハヴェロック·エリス, 『性の心理』 第三巻, 「感覚と性的淘汰」, 佐藤晴夫 옮김, 未知谷, 1996, 72쪽.

26. 파리 체제중이었던 다카무라 고타로(高村光太郎)는 일부러 뒤를 밟아 알게 된 프랑스인 여성과 "삶은 고기를 사향으로 숙성시킨 것 같은 마음으로" 하룻밤을 함께 보내게 되는데, 아침에 거울에 비친 자신의 신체를 보며 다음과 같이 탄식한다. "아, 역시

난 일본인이다. JAPONAIS다. MONGOL이다. LE JAUNE이다". 高村, 「珈琲店より」,
『趣味』1910.4. 筑摩書房版『高村光太郎全集』第九巻, 1995, 42~44쪽.

27. 1923년에 간행된 엘리스의 번역(『性の心理』第一巻「触味覚に依る選択」〈上〉, 鷲尾
浩 옮김, 冬夏社)에서는 "安達"로 표기되어 있다.

28. "Geruch der Europäer", *Globus*, Bd. 83, No. I. 1903.

29. 金関丈夫, 「わきくさ漫考」, 『週間朝日』, 1930.8.12. 참조. 시키바 류자부로(式場隆
三郎)또한 동일 화제에 대해 언급하며 아다치의 논문이 "흑인 냄새"를 하등한 것으
로 차별해 온 구미인의 "자존심을 상처입혔다"고 평가하고 있다(式場, 「体臭の科学」,
『週間朝日』, 1934.6.24.

30. 寺田和夫, 「足立文太郎の人類学」, 『科学』五一巻七号, 1981.7, 465쪽.

31. 여기서의 '옥시덴탈리즘'이라는 용어는 첸 샤오메이가 제2차 세계대전 이후의 중국
내부에서 서구의 오리엔탈리즘에 대해 대항적, 공모적으로 발생했다고 여기고 있는
다음과 같은 개념―"서양이라는 타자(Western Other)에 의해 오리엔트가 전유되고
구축된 이후에도 서양이라는 타자를 구축함을 통해, 오리엔트가 현지의 사회 그 자신
의 상상력에 의해 자아를 획득하는 과정에 활발하게 참가할 수 있게 해온 담론상의 실
천"―에 의존하고 있다. チェン・シャオメイ, 『オクシデンタリズム』(원저1995, 篠
崎香織 옮김, 『批評空間』 II期二号, 1996.10, 64쪽.

32. 足立文太郎, 「腋臭と耵聹」, 田中昌信 옮김, 『芝蘭会雑誌』創刊号, 1940.5. 이 글은
1937년 독일 인종학 잡지에 발표한 논문의 개요를 번역한 것이다. 『日本人種論·言語
学〈論集日本文化の起源 第五巻〉』(平凡社, 1973)에도 재수록되어 있다.

33. 전시하 대만에서의 가나세키(金関)의 활동에 대해서는 川村湊의 『「大東亜民俗学」の
虚実』(講談社, 1996), 小熊英二의 「金関丈夫と『民俗台湾』―民俗調査と優生政策」
(篠原徹編, 『近代日本の他者像と自画像』, 柏書房, 2001) 및 呉密察, 「『民俗台湾』
発刊の時代背景とその性質」(藤井省三·黄英哲·垂水千恵編『台湾の「大東亜戦争」』,
東京大学出版会, 2002) 참조. 川村는 가나세키의 『胡人の匂ひ』에 관해서도 언급하
며 "인종차별적 발상"을 강도 높게 비판하고 있다.

34. 金関丈夫, 앞의 책, 23쪽.

35. 가나세키는 아이누의 체취에 관한 정보를 자신의 조사 결과에 추가하며 아이누 학자

긴다이치 교스케(金田一京助)로부터 직접 정보를 얻기도 했다. 참고로 긴다이치가 제공한 정보 중에는 긴다이치의 저택에 체재하며 『아이누신요집(アイヌ神謡集)』을 집필했던 지리 유키에(知里幸惠)임을 확실히 연상시키는 "아이누 모부인"의 이야기도 등장한다(다만 그 당시 지리는 이미 사거한 뒤였다).

36. 金関丈夫, 앞의 책, 37~39쪽.

37. 足立文太郎, 앞의 글, 11쪽.

38. 足立文太郎, 앞의 글(이 부분은 독일어판 본론으로부터의 초역), 15쪽. 아다치는 이에 앞서 썼던 「액취에 대해서」(『大阪毎日新聞』1917.9.17)에서도 다음과 같이 서술하고 있다. "일본은 액취를 대단히 싫어해서 이를 이유로 병역도 면제될 정도라는 사정을 서양인이 들으면 깜짝 놀란다. 신문을 매일 펼쳐 보아도 액취치료 광고를 못 본 적이 없을 정도이나 서양 신문에는 이런 류의 광고가 일절 없다"(인용은 足立의 『日本人体質之研究』(岡書院, 1928, 896쪽). 액취가 일본인의 병역 면제의 이유가 될 수 있음에 놀라는 서양인에는 앞서 언급했던 엘리스도 포함될 것이다. 서양인에게 편재해 있는 체취가 투명한 무징성(無徵性)을 나타내는 것에 비해 무취가 지배적인 일본인 안에서는 그것이 역으로 유징화(有徵化)되고 있다. 서구 사회를 규범으로 하는 인류학적 서술이 여기서 일종의 굴곡을 일으키고 있다

39. 「四百人の証言(明治生まれの女性の初化粧アンケート)」, ポーラ文化研究所編, 『モダン化粧史 粧いの80年』, ポーラ文化研究所, 1986, 161~164쪽.

40. 坂本季堂, 『男女美顔法 一名美貌之秘訣』, 保椿堂, 1903. 인용은 『近代庶民生活誌』第五巻, 三一書房, 1986, 188쪽. 표제에서 알 수 있듯 전신 미용보다 얼굴 미용에 중점을 두고 있다.

41. 대표적인 기사의 표제만 적어 둔다. 「액취의 악취를 제거하는 간편한 요법(腋臭の悪臭を除く簡易な療法)」(1916.5.30.), 「구내악취(口内悪臭)」(1920.6.9. 高峰博による衛生相談), 「암내 걱정(わきがの心配)」(1920.12.21. 앞 기사와 동일), 「땀냄새를 막는 향수 애용의 격증(汗の臭ひを止める香水愛用の激増)」(1922.7.26), 「체취를 예방하려면 귀 뒤에 향수를(体臭を防ぐには耳の裏に香水を)」(1926.6.8)등.

42. 三須裕, 『化粧美学』, 都新聞社出版部, 1924. 앞의 책, 『近代庶民生活誌』第五巻 참조.

43. 三須裕,「肌の香を生す新しいお化粧法」, 1923.6.4. 당시 향수는 손수건에 묻히는 방법이 일반적이었으나 미스는 체취를 살리기 위해 피부에 직접 닿는 속옷 등에 묻히는 방법을 추천하고 있다.

44. 알랭 코르뱅은 해브록 엘리스의 담론에 근거하여 18세기 말 서구의 동물성 향수의 실태에 대해 논하고 있다. 체취를 (감추기 위해서가 아니라) 강조하기 위해 사향을 채용했던 감각이 변용되어 사람들의 후각적 기호는 체취를 교묘하게 감추는 방법으로 이동한다. "미묘한 땀 냄새"가 "분비물의 강력하고 고약한 냄새"로 대체되는 이러한 변용에 대해 코르뱅은 "성적인 유혹의 역사에 있어 이보다 더 중요도를 가지는 전환은 그때까지 단 한번도 일어난 적이 없음이 틀림없다"고 서술하고 있다. (코르뱅, 앞의 책, 98~99쪽).

45. 北川草彦, 『女の匂ひと香』, 春陽堂, 1931, 142쪽.

46. 武者小路実篤,「それから」に就て」, 『白樺』創刊号, 1910.4

47. 北川草彦, 앞의 책, 3쪽.

48. 『田村俊子作品集』第一巻, オリジン出版センター, 1987, 297쪽.

49. 『田村俊子作品集』第三巻, オリジン出版センター, 1988, 321쪽

50. 앞의 책, 『田村俊子作品集』第一巻, 188~189쪽.

51. 예컨대 마사무네 하쿠초의 "다무라 여사의 작품이야말로 가장 감각적인 필치로 가득 차 있다"는 비평(「俊子論」, 『中央公論』二九巻八号, 1914.8). 또한 다무라 도시코 소설의 후각을 포함한 감각 표상에 대해서는 山崎眞紀子의 『田村俊子の世界―作品と言説空間の変容』(彩流社, 2005)를 참조. 관능적·감각적이라는 평어에 부착되는 젠더화 기제(機制)에 대한 다무라의 표상 전략에 대해서는 光石亜由美의 「〈女作者〉が性を描くとき―田村俊子の場合」(『名古屋近代文学研究』一四, 1997.12)를 참조.

52. 『太宰治全集』第二巻, 筑摩書房, 1989, 248쪽.

53. 川端康成,「小説と批評―文芸時評」, 『文藝春秋』, 1939.5.

54. 『資料集第一輯 有明淑の日記』, 青森県近代文学館, 2000.

55. 坪井秀人,「女の声を盗む 太宰治の女性告白体小説について」, 『剽窃·模倣·オリジナリティ―日本文学の想像力を問う〈第二七回国際日本文学研究集会会議録〉』, 国文学研究資料館, 2004 참조.

56. 앞의 책, 『田村俊子作品集』第一巻, 225쪽.

57. 다만 체취를 인격과 동류의 것으로 간주하는 것에 대해서는 더 논의가 필요할 것이다. 예를 들어 鈴木隆는 불결과민증이나 결벽증을 예로 들며 피부 표면의 냄새가 자기와 비(非)자기 사이의 애매한 중간 영역에 존재한다는 점에 착목하여 다음과 같이 지적한다. "그렇다고 봤을 때 '자기' 란 무엇인가, 자신의 몸 어디까지가 '자기' 이며 어디부터가 '비자기' 인가 라는 것은 신체의 냄새에 대한 문제에서 가장 첨예한 부분일지도 모른다"(鈴木, 앞의 책, 186쪽).

58. 1차대전 후의 『読売新聞』을 봐도 「향수나 장식품은 비쌀수록 잘 팔린다(香水や裝飾品は高い程善く売れる」(1919.8.18), 「일본의 부를 송두리째 빼앗아 버리는 공포의 사치품의 유입, 전전의 40배에서 60배(日本の富を根こそぎにする恐ろしい贅沢品の輸入 戦前の四十倍から六十倍」(1922.11.19). 참고로 향수는 전전에 비혜 약 8배 증가)등의 표제의 기사를 발견할 수 있다.

59. 프랑스 상징주의와의 비교를 통해 기타하라 하쿠슈의 후각 표상을 연구한 예로 江島宏隆의 「共感覚という方法—フランス象徴主義と北原白秋」(『奥羽大学文学部紀要』一三号, 2001.12)가 있다. 기타하라가 세상을 뜨기 두 달 전, 문자 그대로 향기의 세계에 탐닉했던 산문집 『향기의 수렵자(香ひの狩猟車)』(1942)를 출판했다는 사실도 기억해두어야 할 것이다.

60. 다만 시와 소설 모두 감각적인 방법 의식에서 특출난 면을 드러냈던 무로 사이세이에 관해서는 기타하라하기와라 등과의 차별화가 필요하다고 본다. 예를 들어 시집 『파란 물고기를 낚는 이(青い魚を釣る人)』(1923)에 수록된 1923년 무렵의 「애어시편(愛魚詩篇)」 또는 소설 「물고기와 공원(魚と公園)」(1920)등의 물고기를 메타포로 활용한 촉각적 에로스 표상을 환기해 볼 필요가 있다.

61. 原子朗, 『大手拓次詩集』解説, 岩波文庫, 1991, 422쪽.

62. 「広告洋書研究会発表文」, 『ライオンだより』二一号, 1929.2. 『大手拓次全集』第五巻(白鳳社, 1971)에 수록.

63. 『東京小間物化粧品商報』(1931.6.6, 13, 21). 앞의 책 『大手拓次全集』第五巻에 수록.

64. 『大手拓次全集』第一巻, 白鳳社, 1970, 491쪽.

65. 이하 야베 스에와 시세이도와의 관계에 대해서는 『資生堂宣伝史Ⅰ 歴史』(資生堂, 1979)를 참조.

66. 矢部季, 「新しき飾窓の研究」, 『読売新聞』, 1919.2.27~28. 시세이도의 쇼윈도는 긴자의 명물이 되었으며 야베 등 의장부는 1916년부터 10년간 매주 진열을 교체하였는데, "당시 프랑스에서 유행했던 소극장"을 모방하여 "상품을 극중 인물로 내세"우는 것을 컨셉트로 했다고 한다(矢部, 「福原信三さんと化粧品」, 『資生堂百年史』資生堂, 1972). 安藤更生의 『銀座細見』(春陽堂, 1931)에 의하면 바로 그 무렵에 '긴부라'(銀ブラ, 긴자를 하릴없이 걷는 것을 이르는 말 - 옮긴이)라는 말도 생겨났다. 긴자 거리와 쇼윈도를 극장 공간처럼 디자인했던 그 중심에 야베가 있었던 것이다.

옮긴이의 말

　최근 종영된 화제의 드라마 〈미스터션샤인〉에서 두 주인공 유진 초이(이병헌 분)와 고애신(김해리 분)의 첫 만남은 한성 거리에 전등불빛이 처음으로 환하게 켜지는 장면에서 이뤄진다. 거리는 그 '엄청난' 광경을 보려고 몰려나온 인적의 소음으로 온통 가득하다. 전등불빛 밑의 두 주인공이 스쳐지나가는 순간은 슬로우로 처리된다. 전등불빛 없는 밤거리였다면, 상대를 인지할 수 없었을 시간이었다. 통상 밤은 시각적으로 미지와 불안의 시간이며 그로 인해 공포가 따르는 시간이다. 하지만 새로이 가로등불빛이 늘어선 그 거리에는 환히 드러난 사람들의 표정으로 가득하다. 그 슬로우 장면처럼 한성 거리의 첫 전등불빛은 그 두 주인공이 서로를 오래도록 바라볼 수 있도록 만든 것이다. 〈미스터션샤인〉의 서사는 노비의 자식과 사대부의 영애라는 전혀 다른 신분을 가진 두 주인공의 만남으로부터 시작한다. 칠흑 같았을 '어제'의 밤이었다면 그 둘의 만남의 시간과 배경은 달랐을 것이다. 근대적 이기의 전등불빛이 밤의 시간에 근대적 감각을 잉

태시키듯 근대의 새로운 계급적 질서 또한 만들어냈던 것이다. 그래서 그 장면은 더욱 상징적일 수 있다.

밤의 가로등은 사건화의 시간뿐만 아니라 그 공간마저 연장시킨다. 한밤 중의 이 새로운 불빛은 육안의 가시거리의 확장과 더불어 사물의 명암을 바꾸어 놓았다. 또한 빛의 더 많은 사각지대를 만들고 그림자의 공포를 상 상하게 만들었다. 그로 인해 밤 시간 배경의 사건이 다양해졌고 더불어 새 로운 이야기의 창작이 가능하게 되었다.

앞서 〈미스터션샤인〉의 장면을 보면서 문득 이런 생각이 들었다. 과거 의 어둠 속 가시거리에 익숙했던 화면 속 민중들은 갑작스레 켜진 불빛에 비친 옆 사람의 선명한(?) 표정을 보며 과연 어떤 감정이 품었을까. 그들의 웅성거림 속 낱낱의 목소리가 이제껏 익숙했던 옆 사람의 목소리와는 다 르게 느껴지지 않았을까. 불명의 실루엣에서 들려오는 소리와 이목구비의 뚜렷한 움직임을 확인하면서 듣는 목소리. 분명 전등불빛이 시각의 변화 뿐 아니라 여타 다른 감각에도 큰 변화를 초래했으리라.

물론 〈미스터션샤인〉이 그런 물음에 답을 줄 리 만무하다. 앞서 〈미스터 션샤인〉의 장면에게 품게 된 나의 의문은 사실 쓰보이 히데토(坪井秀人) 교 수의『감각의 근대(感覚の近代)』에서 비롯된 것이다.

이 책은 본래 서장을 비롯해 제1부와 제2부로 나누고, 각 부는 9장의 「감 각의 근대」와 9장의 「노래하는 신체」를 주제로 다룬 논문들로 구성되어 있다. 하지만 이 번역서에는 제1부와 제2부를 분책하기로 하고 우선 제1 부 「감각의 근대」만을 번역하여 수록하기로 한다.

이 책의 표제가 왜 근대의 혹은 근대적 감각이 아니라 '감각의 근대' 일까.

근대는 흔히 이성의 시대로 불린다. 하지만 이 책은 이성적 사고 이전에 감각을 통해 느끼게 만드는 무수한 주체들의 존재, 그것들이 무시된 채 논리적으로 설명하기를 우선시하는 것에 대해 반기를 들고 있다. 그 점이 바로 '감각의 근대'여야 하는 이유이다. 다시 말해, 감각에 기초해 사고나 언어의 의미를 다시 묻고 있으며, 사고나 언어의 표현인 문학이 감각을 어찌 새롭게 구축했는지 혹은 그것들을 파괴했는지를 다시금 묻고 있는 것이다. 그리고 시각, 청각, 촉각, 후각, 미각 등의 감각이라는 영역이 근대 이후 숱한 곡절을 겪는 역사를 살피며, 새로운 이기의 출현과 과학의 발달로 촉진된 근대화 과정 안에서 각 감각의 분절과 동시에 특정 감각이 특권화되기도 하면서 그들 사이 관계가 새롭게 위계·계층화되었음을 밝히고자 함에 그 이유가 있다.

근대 이기와 과학으로 야기된 새로운 감각의 탄생이 근대문학의 장(場)에는 어떻게 관여했을까. 이 문제 또한 이 책의 중요한 화두이다. 이 책은 일본의 근대문학과 문화 텍스트를 분석 대상으로 한 일종의 감각사라 할 만하다. 그 논의가 주제나 화제의 다양화에 그치는 것이 아니라 특히 근대문학 장르의 탄생과 그 변화 과정에 주목해 전개되고 있는 점이 특이하고 흥미롭다. 국민국가와 문학의 긴밀한 관계에 대해서는 재론할 필요가 없겠지만, 이 책은 그 주제를 새로운 관점에서 접근하고 있다. 그런 쟁점의 하나로서 이 책은 국민문학과 그 안의 장르의 변화나 문예 사조에 관여하는 감각의 문제와 더불어 근대의 감각으로 발견해낸 타자와 이계(異界)의 문제, 그리고 내부의 '오래된 것'에 대한 타자화를 감각의 문제로 접근하는 등의 논의를 통해 국민 이데올로기에 대한 비판적 태도 또한 취하고 있다. 시각, 청각, 촉각, 후각, 미각 등의 감각이라는 영역을 두루 다루면서도 이 책의 구성이 논리적으로 수미일관될 수 있었던 것도 그 때문일 것이다.

한국 독자가 이 책을 읽는 데 다소 어려움을 겪을 수 있는 문제는 다름 아닌 익숙하지 않은 일본 근대문학과 문화 텍스트들을 분석 대상으로 삼고 있다는 점이게다. 하지만 나쓰메 소세키(夏目漱石), 하기하라 사쿠타로(萩原朔太郎), 미시마 유키오(三島由起夫) 등 이미 일본에서는 정전화되어 있는 작가의 텍스트일 뿐 아니라 그 작품의 다수가 한국어로 번역되어 있으니 얼마든지 참조가 가능하다는 점을 일러둔다. 그러나 옮긴이의 의도와 입장에서 볼 때, 이 책에서 다루는 텍스트들에서의 감각의 문제는 동아시아의 권역에서 추체험한 서구의 근대, 그리고 감각의 문제를 동시대적으로 혹은 비교문학적으로 읽어볼 수 있는 기회를 제공하고 있다는 장점을 오히려 덧붙이지 않을 수 없다. 현대사회에서는 이미 낯익은 것이 되어버려 의심하지 않고 수긍해버린 것, 즉 낯익은 감각의 기원에 대한 탐구가 가능한 기회를 제공할 것이다. 그러면서 한국 근대문학에서의 감각의 기원 문제나 동시대성의 문제로 환원해가며 읽어갈 수 있기를 기대해본다, 이를 통해 일본제국 내 식민지의 하나였던 조선의 문학과 문화, 그리고 감각의 문제에 대해서 새롭게 연구할 수 있는 기회가 제공되리라 믿어본다.

이 책의 옮긴이들은 모두 나고야(名古屋)대학에서 저자인 쓰보이 히데토 교수의 밑에서 유학했던 동학들이다. 그 수학한 시기에 차이는 있지만 적어도 쓰보이 히데토 교수의 언어와 인식을 누구보다 깊게 공유, 공감하고 있기에 그 번역 결과의 차이를 최소화할 수 있으리라 여겼다. 하지만 그것은 역시 안일한 판단이었다. 이미 연구 영역이나 학문적 경험의 차이가 뚜렷한 상태인 만큼이나 각자 나름의 글쓰기를 해왔기에 메울 수 없는 차이가 존재했고 또 극복할 수 없었음을 고백한다. 변명처럼 들릴지 모르지만, 메울 수 없는 차이는 그 나름대로 의미 있게 받아들이는 것도 좋을 것이라 생각했다. 물론 그 점이 독자의 책읽기에 장애가 되었다면 그 책임은 물론 모두 감수 역할을 맡은 나에게 있다.

무엇보다도 번역을 허락해주시고 한국어판 서문을 보내주신 쓰보이 교수님께 감사드리며 선배랍시고 일삼았던 잔소리와 닦달을 참아주고 번역에 참여해준 공역자 모두에게 감사한다.

마지막으로 출판 시장의 어려운 환경 속에서도 흔쾌히 출판을 허락해주신 어문학사의 윤석전 사장님과 편집부에 감사의 말씀을 전한다.

2018년 9월 남산골에서
옮긴이 모두를 대신해서
박광현

찾아보기

감각의 근대

초판 1쇄 발행일 2018년 11월 19일

지은이 쓰보이 히데토
옮긴이 박광현 · 손지연 · 신승모 · 장유리 · 이승준
펴낸이 박영희
편집 박은지 · 김영림
디자인 원채현
마케팅 김유미
인쇄 · 제본 AP프린팅
펴낸곳 도서출판 어문학사
　　　서울특별시 도봉구 해등로 357 나너울카운티 1층
　　　대표전화: 02-998-0094 / 편집부1: 02-998-2267, 편집부2: 02-998-2269
　　　홈페이지: www.amhbook.com
　　　트위터: @with_amhbook
　　　페이스북: https://www.facebook.com/amhbook
　　　블로그: 네이버 http://blog.naver.com/amhbook
　　　　　　　다음 http://blog.daum.net/amhbook
　　　e─mail: am@amhbook.com
　　　등록: 2004년 7월 26일 제2009─2호

ISBN 978-89-6184-482-6 93830

정가 20,000원

이 도서의 국립중앙도서관 출판예정도서목록(CIP)은 서지정보유통지원시스템 홈페이지(http://seoji.nl.go.kr)
와 국가자료공동목록시스템(http://www.nl.go.kr/kolisnet)에서 이용하실 수 있습니다.
(CIP제어번호: CIP2018035001)